浙江大學「二一一」工程三期建設項目

「古代文化典籍整理保護與研究」

〔宋〕張先　著
吴熊和
沈松勤　校注

張先集編年校注

上海古籍出版社

圖書在版編目(CIP)數據

張先集編年校注/(宋)張先著;吴熊和,沈松勤校注.—上海:上海古籍出版社,2012.12(2019.4重印)
(中國古典文學叢書)
ISBN 978-7-5325-6619-8

Ⅰ.①張… Ⅱ.①張… ②吴… ③沈… Ⅲ.①宋詞-注釋 Ⅳ.①I222.844

中國版本圖書館CIP數據核字(2012)第188650號

中國古典文學叢書
張先集編年校注
[宋]張 先 著
吴熊和 沈松勤 校注
上海世紀出版股份有限公司
上 海 古 籍 出 版 社 出版、發行
(上海瑞金二路272號 郵政編碼200020)
(1)網址:www.guji.com.cn
(2)E-mail:gujil@guji.com.cn
(3)易文網網址:www.ewen.co
上海世紀出版股份有限公司發行中心發行經銷
常州市金壇古籍印刷廠有限公司印刷
開本850×1168 1/32 印張13.375 插頁7 字數310,000
2012年12月第1版 2019年4月第3次印刷
印數:2,101-2,650
ISBN 978-7-5325-6619-8
I·2606 精裝定價:72.00元
如有質量問題,請與承印公司聯繫

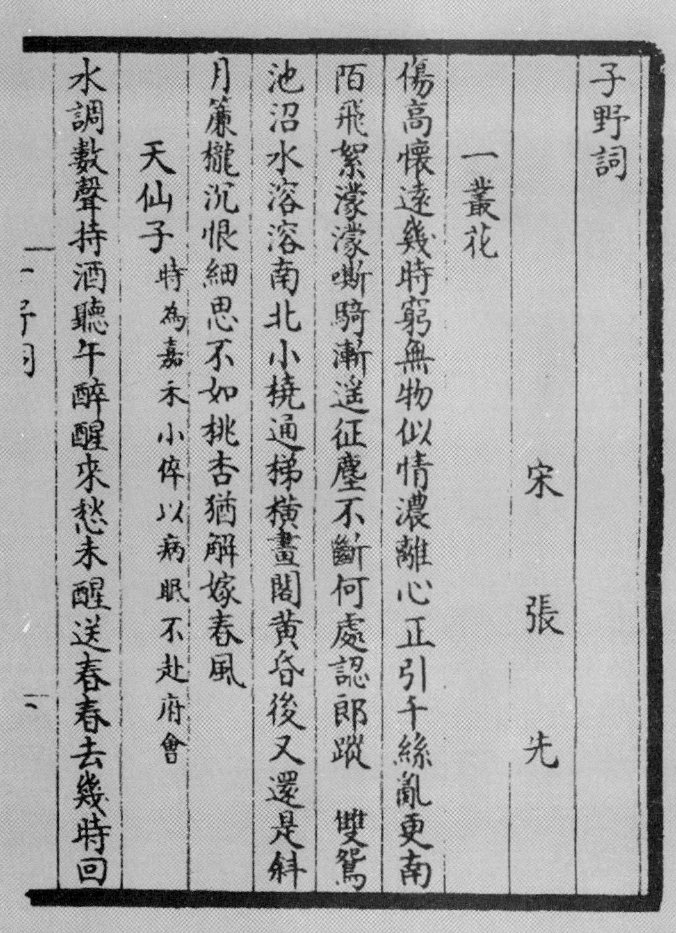
子野詞

宋　張　先

一叢花

傷高懷遠幾時窮無物似情濃離心正引千絲亂更南陌飛絮濛濛嘶騎漸遥征塵不斷何處認郎蹤　雙鴛池沼水溶溶南北小橈通梯橫畫閣黄昏後又還是斜月簾櫳沉恨細思不如桃杏猶解嫁春風

天仙子　時為嘉禾小倅以病眠不赴府會

水調數聲持酒聽午醉醒來愁未醒送春春去幾時回

子野詞　一

宛委別藏本《名家詞集》之《子野詞》書影一

定風波令

碧玉篦扶墜髻雲鶯黃衫子退紅裙糚樣巧將花草競。相竝要教人意勝於春　酒眼茸茸香拂面口見丹青寧似鏡中真自是有情偏小小向道江東誰信更無人

又

素藕抽條未放蓮晚蠶將繭不成眠若比相思如亂緒何異兩心俱被暗絲牽　暫見欲歸皆是恨莫問有情誰信道無緣正似中秋雲外月皎潔不團圓待幾時圓

又次子瞻韻送元素內翰

宛委別藏本《名家詞集》之《子野詞》書影二

浴殿詞臣亦議兵禁中頗牧黨羌平詔卷促歸難自緩溪館綵花千數酒泉清　春草未青秋葉暮口去一家行色萬家情可恨黃鶯相識晚望斷湖邊亭上不聞聲

又　再次韻送子瞻

談辨纔疎堂上兵畫船齊岸暗潮平萬乘靴袍曾好問須信文章傳口齒牙清　三百寺應遊未遍口算湖山風物豈無情不獨渠郎歌叔度行路吳謡終日有餘聲

又　雲溪席上同會者六人楊元素侍讀劉孝叔吏部蘇子瞻李公擇二學士陳待舉賢良

西閣名臣奉詔行南牀吏部錦衣榮中有瀛仙賓與主

宛委別藏本《名家詞集》之《子野詞》書影三

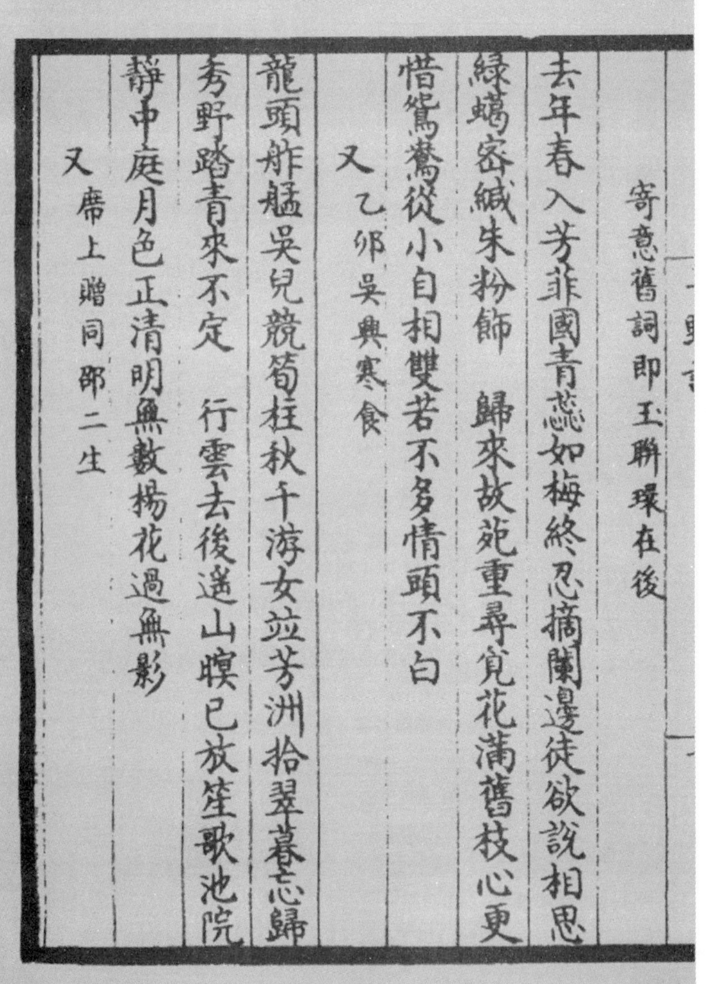
寄意舊詞即玉聯環在後

去年春入芳菲國青蕊如梅終忍摘闌邊徒欲說相思

綠蠟寄緘朱粉飾　歸來故苑重尋覓花滿舊枝心更

惜鴛鴦從小自相雙若不多情頭不白

又　乙卯吳興寒食

龍頭舴艋吳兒競筍柱秋千游女竝芳洲拾翠暮忘歸

秀野踏青來不定　行雲去後遥山暝已放笙歌池院

靜中庭月色正清明無數楊花過無影

又　席上贈同郡二生

宛委別藏本《名家詞集》之《子野詞》書影四

前言

張先（九九〇—一〇七八），字子野，烏程（今浙江湖州）人。宋仁宗天聖八年（一〇三〇）進士。初爲宿州掾，歷吴江令、嘉禾判官、永興軍通判，知渝州、安州〔一〕，嘉祐四年（一〇五九）以都官郎中致仕。安州宋時屬荆湖北路，本名安陸郡，故時稱張先爲「張安陸」〔二〕。張先歷仕州郡，多有政績，「邑境人歌令尹賢」〔三〕，晚年優遊於杭州、湖州之間，嘯詠自得，卒年八十九，葬於湖州弁山多寶寺。

張先詩詞兼擅。蘇軾題張子野詩集後謂張先「詩筆老妙」，「可以追配古人」〔四〕。蘇舜欽、梅堯臣、王安石、蔡襄、蘇軾等名流，都有詩與張先酬贈。宋史藝文志著録張先詩二十卷。周密齊東野語卷十五謂藏有「舊京本」（北宋汴京刻本）張先安陸集一帙，後由楊纘重刻於湖州郡齋。方回瀛奎律髓卷四六：「子野詩集，湖州有之，近亡其本。」即指楊纘所刻。南宋陳思輯兩宋名賢小集有張都官集一卷，詩僅六首，清葛鳴陽輯安陸集，亦僅八首。然永樂大典録張先詩十餘首，多引自張子野集，爲陳思、葛鳴陽兩家所未見，或其書明時尚有幸存。香港中文大學羅忼烈先生據永樂大典及一些方志，補輯張先佚詩二十三首〔五〕。北京大學古文獻研究所編全宋詩又略有增補，凡二十五首〔六〕。蘇軾感嘆張先詩名爲詞名所掩，而今張先詩僅存十一，泰半早已亡佚，蘇軾有和張子野見寄三絶句，原唱皆不可復問。

張先的文學成就，主要在於其詞。

宋詞爲中國文學中的一代之勝，張先是宋詞興盛局面的開創者之一。宋仁宗至神宗半個多世紀内，張先「以歌詞聞於天下」〔七〕，「俚俗多喜傳詠（張）先樂府」〔八〕。張先詞傳唱之盛，當時或許只有柳永可以與之相比。陳廷焯白雨齋詞話卷八論唐宋詞的流派，舉出能够創體立派的詞人，從晚唐的温庭筠到宋元之際的張炎凡十四家，張先即以其所創的「張子野體」而獨樹一幟，連與張先同時開創宋詞新風的晏殊、歐陽修，也僅能附於南唐馮延巳之後而排不上號〔九〕。不僅如此，無論從五代到宋初的詞風嬗變中，還是從北宋前期到中期的詞風嬗變中，張先都是個承先啓後的關鍵性人物。張先在唐宋詞史上的這種獨特作用，白雨齋詞話卷一有著一段頗具鑒識的説明：

張子野詞，古今一大轉移也。前此則爲晏、歐，爲温、韋，體段雖具，聲色未開；後此則爲秦、柳，爲蘇、辛，爲美成、白石，發揚蹈厲，氣局一新，而古意漸失。子野適得其中，有含蓄處，亦有發越處；但含蓄不似温、韋，發越亦不似豪蘇膩柳。規模雖隘，氣格却近古（舊説每以晏、歐在張先之前，柳永在張先之後，近人所撰諸家年譜，已證其誤）。

宋詞的興盛，始於仁宗時期。在此之前，宋滅西蜀，平江南，歐陽炯、孫光憲、李煜等相繼入宋。

李煜後期的詞，就都作於宋初。但它們只是五代詞的餘波，並不是宋代的新聲。宋初數十年間，戰亂之餘的北方詞壇依然相當寂寞。十一世紀初，柳永、張先、晏殊、歐陽修先後由南入北，情況才得到根本改變。柳永、張先、晏殊、歐陽修四人的政治身份和創作風貌各不相同，他們寫作的歌詞，分別受到精英文士以至一般市民不同文化層次的愛好和歡迎，從此風氣大開，形成了宋詞的一代新風。北宋詞壇的這種新興局面，不可能僅僅是某個人的個別行爲造成的，而是積聚而成的羣體合力的共同結果。從這個意義上説，張先和柳永、晏殊、歐陽修一樣，都不失爲開創與帶動宋詞新風尚的領袖人物。

張先初與柳永齊名。天聖八年，晏殊以御史中丞、資政殿學士知禮部貢舉，張先與歐陽修同榜登第。因此，晏殊爲張先的座主，與歐陽修則爲同年。除了這層交契，他們之間還因作詞而互相汲引。皇祐二年（一〇五〇），晏殊以觀文殿大學士知永興軍（今陝西西安），特辟張先爲通判，宴飲間「往往歌子野所爲之詞」〔一〇〕。晏殊的詞集珠玉集，其序即爲張先所作〔一一〕，這是宋人詞集中最早的一篇序，可惜後已亡佚。歐陽修對張先詞名亦仰慕已久。張先入京過訪，歐陽修聞後，「倒屣迎之，曰：此乃『紅杏嫁東風』郎中」〔一二〕。這首「紅杏嫁東風」詞（一叢花令），就是晏殊、歐陽修所共同激賞的。今傳張先、晏殊、歐陽修三家詞集，都有彼此相混而誤入之作，説明三家詞風本有相近的一面。但張先比之晏、歐，亦有離有合。晏、歐詞主要承自南唐，受馮延巳影響較深；張先則於南唐高雅之餘，又雜以花間之穠麗。周濟宋四家詞選序論謂「子野清出處，生脆處，味極雋永」，劉熙載藝概卷四謂「張子野始創瘦勁之體」，這兩者則尤爲張先所長。晏殊、歐陽修所作悉爲小令；張先早期固然仍以小令爲主，但後期轉嚮慢詞，所作遂多，明顯地表現出由唐五代小令向北宋慢詞過渡的轉變期的特色，在這一方面，晏、歐倒是未免保守了。

張先同柳永一樣熟諳音律。張先詞今存一百七十餘首，共用了九十六個詞調，平均不到兩首詞就有一個新調，兩宋詞人中罕見其匹（晏殊詞一百四十首，用了三十八個詞調，歐陽修詞二百四十二首，用了六十九個詞調）。張先所用的詞調，有兩類值得注意。一類出於唐教坊曲。據任二北先生教坊記箋訂附録曲名流變表的統計，張先用及唐五代的舊調，如破陣樂、定西番、酒泉子、玉樹後庭花、何滿子之類，凡三十三調。其中小重山曲久已失傳，張先從教坊樂工花日新處度得，然後填詞推開〔一三〕。集中感皇恩兩詞，清嘉慶時黃錫禧校知不足齋本張子野詞，因未及見到二十世紀初方始發現的敦煌詞中多首感皇恩詞體，還把它們誤改爲小重山。這個錯誤，彊村叢書本張子野詞亦不及改正。一類是張先自創的新調，多爲長調慢曲。所作如泛青苔、宴春臺慢、山亭宴慢、謝池春慢、少年遊慢、熙州慢，就是張先的自度曲或當時的流行新聲。張先、柳永在詞調上都有因有革。這種承先啓後的作用，在宋詞興盛之初，就以張先、柳永兩家詞最爲突出（晏殊、歐陽修在詞調上並無新創）。張先的詞集，也同柳永的樂章集一樣，按宮調編排（張先用正宮、中呂宮等十四個宮調，柳永用林鍾商、仙吕調等十七個宫調），是傳世宋詞别集中按宫調編排、存唱本面目的僅有的兩個集子。這也爲張先、柳永兩家詞在宋代傳唱之盛，提供一個旁證。

不過，張先同晏殊、歐陽修有離有合，與柳永還有雅、鄭之别。在上層的文人圈子内，柳永半被接受半被排斥，不像張先那樣備受尊重。晏殊執政時，柳永因長期不能改官前去投訴。晏殊當面批評他寫了「針綫慵拈伴伊坐」（定風波）之類有礙令聞的詞，不予援手〔一四〕。張先也曾嘲笑柳永的輪臺子早行詞，既言「匆匆策馬登途，滿目淡烟衰草」，則已辨色；又言「楚天闊，望中未曉」，不免語意顛倒〔一五〕。元祐間晁補之評本朝樂章對張先與柳永作過比較：「張子野與柳耆卿齊名，而時以子野不及耆卿；然子野韻高，是耆卿所乏處。」〔一六〕論及張、柳兩家長短，比較公允。張先初以行香子詞有「心中事，眼中淚，意中人」之句，人稱爲「張三中」。後來張先自舉其生平得意的三詞：「雲破月來花弄影」（天仙子）、「嬌柔懶起，簾壓捲花影」（歸朝歡）、「柳徑無人，墜風絮無影」（剪牡丹），遂被稱爲「張三影」〔一七〕。「三中」猶近柳永風味，「三影」清麗雋永，格高韻絶，就不是柳永所能及。宋祁任工部尚書，屈尊拜訪張先，派人先行申明：「尚書欲見『雲破月來花弄影』郎中」〔一八〕。秀州（今浙江嘉興）府署於張先「雲破月來花弄影」得句處，特地修築一座「花月亭」，並立碑刻詞以作紀念。乾道六年（一一七〇）陸游入蜀前，舟過秀州，專往憑吊〔一九〕。劉過天仙子詞云：「君須聽，低唱『月來花弄影』。」可見直到南宋末期，張先這首名作猶被傳唱不衰。葉恭綽全清詞鈔載咸豐時南京畫家張次柳以「三影」詞句各繪一圖，顧世沅、盛樹基等作洞仙歌數首題畫。除「三影」句外，朱彝尊静志居詩話卷十六則嘆賞張先木蘭花乙卯吴興寒食詞「中庭月色正清明，無數楊花過無影」，以爲其工絶在世所傳「三影」之上。梁啓勛曼殊室詞論還列舉張先詞中寫「影」之句，有以「影」字爲韻、用重筆描寫的，如青門引「隔墻送過秋千影」等九句，輕描淡寫的，如謝池春慢「花影閑相照」等十八句，還有寫「影」而不著「影」字的，如菩薩蠻「湖水亦多情，照妝天底清」等三句，謂張先於燈影、月影、水影與夫各種物象之影，不但有着特殊興趣，而且在唐宋詩詞名家中還於此別具會心。

仁宗時期，張先作爲維繫唐五代與北宋詞之間的紐帶，與柳永、晏殊、歐陽修一起推動宋詞走嚮興盛。神宗熙寧時期，柳永與晏、歐一時俱逝，張先則作爲詞壇耆宿，與初濡詞筆、尚屬新進的蘇軾唱酬，又成爲維繫北宋前期至北宋中期這兩代詞人的紐帶，代表了其間詞風嬗變的趨嚮。

熙寧年間，張先已八十餘歲，與歷仕杭、湖二郡的蘇軾爲忘年交（蘇軾比張先小四十七歲），往來唱和甚歡（日本學者村上哲見以爲詞中唱和之風，即始於張先，見其所著唐五代北宋詞研究張子野詞論）。蘇軾對張先至老「消磨未盡只風情」，時有雅謔，但欽佩張先「細琢歌詞穩稱聲」的本領[二〇]。張先晚年的詞，也擺脱了早期的妍煉，轉而趨嚮疏放，他的詞風與蘇軾就互有影響。熙寧七年（一〇七四），張先、蘇軾、陳舜俞等六人會於松江垂虹亭。八十五歲的張先作定風波令（前六客詞），傳於四方。十六年後（元祐四年，一〇八九），蘇軾復作後六客詞追懷前事，並與張先之作同刻於湖州墨妙亭，成爲北宋詞壇的一段佳話。蘇軾改革詞風，對柳永詞頗爲鄙薄，對張先則贊譽不已。張先卒後，蘇軾在徐州爲文遥祭，稱其「微詞（小詞，即歌詞）宛轉，蓋詩之裔」〔二一〕。蘇軾這種詞爲「詩裔」説，比之後起的「詩餘」説，顯有推尊詞體之意。這與後人稱張先之詞爲「詩人之詞，與三變（柳永）不同」〔二二〕，用意是完全一致的。

本書將張先的詩詞合編在一起（包括一佚文殘篇），並加以編年箋釋。張先詞集有多種版本。宋陳振孫直齋書録解題著録張子野詞一卷，爲長沙劉氏書坊所刻百家詞之一。明吴訥唐宋名賢百家詞有張子野詞一卷，天津圖書館藏有傳鈔本。清康熙二十八年（一六八九），無錫侯文燦於毛晉宋六十名家詞外，刻名家詞集十種，内子野詞一卷，凡一百六十九闋，爲現存張先詞集的最早刻本。四庫全書詞曲類收葛鳴陽輯安陸集，凡詩八首，詞六十八首，甚不完備。乾隆時鮑廷博得緑斐軒鈔本張子野詞二卷，詞一百零六闋，鮑廷博跋謂此本「區分宫調，猶屬宋時編次」（葉恭綽藏有緑斐軒所刊詞林要韻，中縫悉寫紹興二年刊）。鮑廷博復據名家詞集本及宋時各種選本，輯爲補遺二卷，共一百八十四闋，刻於知不足齋叢書。趙萬里校輯宋金元人詞又從永樂大典輯得二闋。彊村叢書所收，即鮑氏知不足齋本，唯删其補遺誤入之秦觀、晏幾道、李之儀等詞九首。本書即以彊村叢書本爲底本，校以明吴訥本、清侯文燦本，以及樂府雅詞、花庵詞選、草堂詩餘、陽春白雪、花草粹編諸宋明選本。其中互見於陽春集及晏殊、歐陽修諸詞集者，是宋初詞集中常見的現象，可兩存以資考證。

顯係誤入的温庭筠、晏幾道、秦觀諸詞，則依全宋詞例，概予删除，計存一百七十九首。蘇軾東坡樂府有江城子、南鄉子二詞與張先同賦，張先詞今無其題，蓋尚有散佚者。

本書的編年與箋釋，容有失誤，幸讀者教之。

吴熊和

一九九五年一月於杭州大學

〔一〕張先晚仕安陸，後移虢州。然嘉祐四年張先年已七十，自當致仕，虢州實未赴任。詳見本書附録張先事跡補正。

〔二〕劉攽中山詩話。

〔三〕全宋詩卷二〇二章岷如歸亭詩。

〔四〕蘇軾文集卷六八。蘇軾祭張子野文還説張先「清詩絶俗，甚典而麗。搜研物情，刮發幽翳」。

〔五〕羅忼烈詩詞雜俎。

〔六〕全宋詩卷一七〇。

〔七〕蘇軾書遊垂虹亭，蘇軾文集卷七一。

〔八〕葉夢得石林詩話卷下。

〔九〕白雨齋詞話卷八。

〔一〇〕佚名道山清話。

〔一一〕黄昇唐宋諸賢絶妙詞選卷三。

〔一二〕范公偁過庭録。

〔一三〕李之儀姑溪居士文集卷四十跋小重山詞。

〔一四〕張舜民畫墁録卷一。

〔一五〕胡仔苕溪漁隱叢話後集卷三九引藝苑雌黄。

〔一六〕吴曾能改齋漫録卷一六。

〔一七〕陳師道後山詩話；苕溪漁隱叢話前集卷三七引古今詩話；又同卷引高齋詩話。

〔一八〕苕溪漁隱叢話前集卷三七引遁齋閑覽。

〔一九〕陸游入蜀記，渭南文集卷四三。

〔二〇〕蘇軾和致仕張郎中春晝，蘇軾詩集卷八。

〔二一〕蘇軾祭張子野文，蘇軾文集卷六三。

〔二二〕夏敬觀吷庵詞評。

目録

詩文

詞

偷聲木蘭花〔一〕

曾居別乘匡吳俗〔二〕。民到於今歌不足。驪馭征鞭〔三〕。一去東風十二年。重來却擁諸侯騎〔四〕。寶帶垂魚金照地〔五〕。和氣融人。清霅千家日日春〔六〕。

【校注】

〔一〕此詞原編鮑本補遺上。歷代詩餘卷二二調作上行杯，並注：「即偷聲木蘭花也。」詞云「曾居別乘匡吳俗」，又云「一去東風十二年。重來却擁諸侯騎」，此詞當贈知湖州且前此十二年爲湖州通判者。考湖州方志和宋史有關傳記，曾爲湖州通判而後復知湖州者，僅刁衎與王鬷二人。然宋談鑰嘉泰吳興志卷一四郡守題名載刁衎於宋太祖時通判湖州，真宗大中祥符二年知湖，與「一去東風十二年」不合。故此詞所贈當非刁衎，疑爲王鬷。宋史卷二九一王鬷傳：「王鬷，字總之，趙州臨城人。七歲喪父，哀毁過人。既長，狀貌奇偉。舉進士，授婺州觀察推官。代還，真宗見而異之，特遷秘書省著作佐郎，知祁縣，通判湖州。再遷太常博士、提點梓州路刑獄，權三司户部判官。使契丹還，判都磨勘司。以尚書度支員外郎兼侍御史知雜事。……改三司户部副使。樞密使曹利用得罪，覬以同里爲利用所厚，出知湖州，徙蘇州。」嘉泰吴興志卷八公廨通判題名記曰：「通判廳置自國初，至嘉祐三年，章衡始立題名，追録自咸平四年何敏中而下，其後相續至政和三年伊材卿，凡五十四人。」所列五十四人唯王覬後知湖州。同書卷一四郡守題名：「王覬，司封員外郎，天聖七年四月視事，八年四月移知蘇州。」因知此詞爲天聖七年（一〇二九）王覬到湖州作。

〔二〕別乘　通判之別稱。吴曾能改齋漫録卷六：「別駕始後漢，州置別駕治中。然則別駕者，官之名也。若別乘則別駕之義，非官名也。晉庾亮與郭遜書云：『別駕舊與別乘同，流王化於萬里，任居刺史之半。』」

〔三〕驪馭　並駕。文選張衡西京賦：「驪駕四鹿，芝蓋九葩。」薛綜注：「驪猶羅列駢駕之也。」

〔四〕諸侯騎　謂州郡長官。漢書王嘉傳：「今之郡守，重於古諸侯。」

〔五〕垂魚　即魚袋。宋史卷一五三輿服志：「魚袋，其制自唐始，蓋以爲符契也。其始曰魚符，左一右一。左者進内，右者隨身，刻官姓名，出入合之。因盛以袋，故曰魚袋。宋因之，其制以金銀飾爲魚形，公服則繫於帶而垂於後。」

〔六〕清霅　水名。太平寰宇記卷九四湖州烏程縣：「霅溪在烏程縣東南一里，凡四水合爲一溪：自浮玉曰苕溪；自天目山曰餘不溪；自銅峴山曰前溪；自德清縣東北流至州前興國寺，曰霅溪。」嘉泰吴興志卷五河瀆：四水「會運河同過駱駝橋，出臨湖門，北經昆山，入於太湖」。

塞垣春〔一〕 寄子山〔二〕

野樹秋聲滿。對雨壁、風燈亂〔三〕。雲低翠帳，烟消素被，簽動重幔〔四〕。甚客懷〔五〕、先自無消遣。更籬落、秋蟲嘆。嘆樊川、風流減〔六〕。舊歡難得重見。停酒説揚州，平山月〔七〕、應照棋觀〔八〕。緑綺爲誰彈〔九〕，空傳廣陵散〔一〇〕。但光紗短帽，窄袖輕衫，猶記竹西庭院〔一一〕。老鶴何時去〔一二〕，認瓊花一面〔一三〕。

【校注】

〔一〕此詞諸本未收，趙萬里校輯宋金元人詞宋金元明名家詞補遺據永樂大典卷一四三八一「寄」字韻引張子野詞補録。題云「寄子山」，下片言及平山月照，當是仁宗寶元二年（一〇三九）寄沈邈作。沈吴曾能改齋漫録卷一七：「宿州營妓張玉姐，字温卿，本蘄澤人。色技冠一時，見者皆屬意。沈子山爲獄掾，最所鍾愛。既罷，途次南京，念之不忘，爲剔銀燈二闋。其一云：『一夜隋河風勁，霜濕水天如鏡。古柳堤長，寒烟不起，波上月無流影。那堪頻聽。疏星外、離鴻相應。 須信道、情多是病。酒未到愁腸還醒。數疊蘭衾，餘香未減，甚時枕鴛重並。教伊須省。更將盟誓要言定。』其二云：『江上秋高霜早。雲静月華如掃。候雁初飛，啼螿正苦，又是黄花衰草。等閑臨照。潘郎鬢、星星易老。　那堪更酒醒孤棹。望千里長安西笑。臂上妝痕，胸前淚粉，暗惹離愁多少。此情難表。除非是、重相見了。』其後明道中，張子野先、黄子思孝先相繼爲掾，尤賞之。偶陳師之求古以光禄丞來掌榷酤，温卿遂托其家，僅二年而亡，才十九歲。」此詞下片「停酒説揚州，平山月，應照棋觀」，指沈邈時知真州。案沈邈於寶元二年知真州。吴廷燮北宋經撫年表卷四云：「康定元年（一〇四〇），真州沈邈知福州，志：二年四月，以都官員外知。」前此寶元元年（一〇三八），許宗壽自真州改知福州。沈邈乃代許宗壽者。

〔二〕子山　沈邈，字子山，信州弋陽人。進士及第，補大理評事、知候官縣，通判廣州，累遷都官員外郎，歷知真州、福州。慶曆初，爲侍御史，權鹽鐵判官，轉兵部員外郎，加直史館，使京東。未幾，入爲侍御史知雜事，擢天章閣待制、知澶州，徙河北都轉運使，又徙陝西，加刑部郎中、知延州，卒。邈疏爽有治才，然性少檢。在廣州時，歲遊劉王山，會賓友縱酒，而與閭里婦女笑言無間。詳見宋史卷三〇二沈邈傳。

〔三〕風燈　風中燈火。杜甫漫成詩：「江月去人只數尺，風燈照夜欲三更。」

〔四〕簽動重幔　周邦彦繞佛閣詞：「厭聞夜久簽聲動書幔。」與此情景相近，可參看。簽，簽籌，古代夜間報更用的計時竹簽。

〔五〕甚　張相詩詞曲語辭匯釋卷二：「正也；　真也。」

〔六〕樊川　晚唐詩人杜牧字牧之，號樊川。在揚州牛僧孺幕中掌書記期間，風流倜儻，多作狹斜遊。

〔七〕平山　在揚州。揚州府志山川蜀岡：「在城西北四里，一名昆山。鮑照賦『軸以昆岡』，即此。相傳地脉通蜀，故名。……方輿紀要云：『蜀岡綿亘四十餘里，西接儀徵（北宋時爲真州治所）界，東北抵茱萸灣。』」因山勢綿亘平緩，故名平山。慶曆間，郡守歐陽修於蜀岡建平山堂，其朝中措詞云：「平山欄檻倚晴空，山色有無中。」

〔八〕「應照」句　賈島欲遊嵩岳留别李少尹益詩：「新秋愛月愁多雨，古觀逢仙看盡棋。」

〔九〕緑綺　琴名。傅玄琴賦序：「楚莊王有鳴琴曰繞梁，司馬相如有琴曰緑綺，蔡邕有琴曰焦尾，皆名器也。」

〔一〇〕廣陵散　曲名。世説新語雅量：「嵇中散（康）臨刑東市，神氣不變，索琴彈之，奏廣陵散。曲終曰：『袁孝尼嘗請學此散，吾靳固不與，廣陵散於今絶矣！』」

〔一一〕竹西　揚州有竹西亭。杜牧題揚州禪智寺詩：「誰知竹西路，歌吹是揚州。」輿地紀勝：「揚州竹西亭在北門外五里。」

〔一二〕老鶴　舊題陶淵明續搜神記卷一：「丁令威本遼東人，學道於靈虚山。後化鶴歸遼，集城門華表柱。時有少年舉弓欲射之，鶴乃飛，徘徊空中而言：『有鶴有鶴丁令威，去家千里今始歸。城廓如故人民非，何不學仙冢壘壘。』遂高上冲天。」

〔一三〕瓊花　王禹偁后土廟瓊花二首序：「揚州后土廟有花一枝，潔白可愛，且其樹大而花繁，不知實何木也，俗謂之瓊花云。」周密齊東野語卷一七云：「揚州后土祠瓊花，天下無二本，絶類聚八仙，色微黄而有香。仁宗慶曆中，嘗分植禁苑，明年輒枯，遂復栽祠中，敷榮如故。」

天仙子〔一〕　時爲嘉禾小倅〔二〕，以病眠不赴府會

水調數聲持酒聽〔三〕。午醉醒來愁未醒。送春春去幾時回。臨晚鏡，傷流景〔四〕。往事後期空記省〔五〕。　沙上並禽池上瞑〔六〕。雲破月來花弄影〔七〕。重重簾幕密遮燈〔八〕。風不定，人初静，明日落紅應滿徑。

【校注】

〔一〕此首原編卷二，屬中吕調。張先於慶曆三年（一〇四三）春，爲秀州判官。題云「時爲嘉禾小倅」，當是慶曆三年至秀州後作（詳見本書附録三張先事跡補正）。陳師道後山詩話云：「尚書郎張先善著詞，有云『雲破月來花弄影』、『簾幕捲花影』、『墜輕絮無影』，世稱誦之，號『張三影』。」胡仔苕溪漁隱叢話卷三七引高齋詩話云：「子野嘗有詩云：『浮萍斷處見山影。』又長短句云：『雲破

月來花弄影。』又云：『隔墻送過秋千影。』並膾炙人口，世謂『張三影』。」又引古今詩話云：「有客謂子野曰：『人皆謂公張三中，即心中事、眼中淚、意中人也。』公曰：『何不目之爲張三影？』客不曉。公曰：『「雲破月來花弄影」、「嬌柔懶起，簾壓捲花影」、「柳徑無人，墜風絮無影」，此余平生所得意也。』」元燕南芝庵唱論云：「近世所謂大樂，蘇小小蝶戀花、鄧千紅望海潮、蘇東坡念奴嬌、辛稼軒摸魚子、晏叔原鷓鴣天、柳耆卿雨霖鈴、吴彦高春草碧、蔡伯堅石州慢、張子野天仙子也。」

〔二〕嘉禾　今浙江嘉興。元和郡縣圖志卷二五江南道蘇州嘉興縣：「嘉興縣，本春秋時長水縣，秦爲由拳縣，漢因之。吴時有嘉禾生，改名嘉禾縣，後以孫皓父名，改爲嘉興縣也。」　小倅：宋時州郡副職官員稱倅。小倅指判官等幕職官。

〔三〕水調　曲調名。杜牧揚州詩：「誰家唱水調。」自注：「煬帝開汴河，自作水調。」

〔四〕「臨晚鏡」二句　杜牧代吴興妓春初寄薛軍事詩：「自悲臨晚鏡，誰與惜流年。」

〔五〕後期　唐宋諸賢絶妙詞選卷五、安陸集作「悠悠」。

〔六〕並禽　謂鴛鴦。鴛鴦又稱匹鳥。崔豹古今注卷中：「鴛鴦，水鳥，鳧類也，雌雄未嘗相離，人得其一，則一思而至死，故曰匹鳥。」

〔七〕「雲破」句　白居易三遊洞序：「雲破月出，光氣含吐，互相明滅，晶瑩玲瓏，象生其中。」吴曾能改齋漫録卷八：「張子野長短句『雲破月來花弄影』，往往以爲古今絶唱。然予讀古樂府唐氏瑶暗别離云：『朱弦暗斷不見人，風動花枝月中影。』」意子野本此。張伯駒叢碧詞話：「後主蝶戀花詞（一作李世英詞）『數點雨聲風約住，朦朧淡月雲來去』，眼前景，别人道不得。張子野『雲破月來花弄影』，似胎息於此。」

〔八〕簾幕　樂府雅詞卷上、花草粹編卷七、安陸集作「翠幕」。

轉聲虞美人〔一〕　霅上送唐彦猷〔二〕

使君欲醉離亭酒〔三〕。酒醒離愁轉有〔四〕。紫禁多時虚右〔五〕。苕霅留難久〔六〕。一聲歌掩雙羅袖〔七〕。日落亂山春後〔八〕。猶有東城烟柳。青蔭長依舊。

【校注】

〔一〕此詞原編卷二，屬高平調。花草粹編卷四、百家詞本、十名家詞本、安陸集調作胡擣練。嘉泰吴興志卷一四郡守題名：「唐詢，工部員外郎、直史館，慶曆七年四月到，皇祐元年四月罷。」詞題「霅上送唐彦猷」，當爲皇祐元年（一〇四九）四月送唐詢離湖州作。

〔二〕唐彦猷　唐詢（一〇〇五—一〇六四），字彦猷，杭州人。仁宗天聖中，詔賜進士及第。知長興縣，除尚書工部員外郎、直史館、知湖州，徙江西轉運使，移福建路，爲三司户部判官，判磨勘司，江東轉運使，修起居注，知制誥，出知蘇州、杭州、青州，進翰林侍讀學士，遷右諫議大夫，卒，贈禮部侍郎。見宋史卷三〇三本傳。

〔三〕使君　漢代刺史之代稱，後用以尊稱州郡長官。此謂唐詢。　離亭：　餞别之亭。岑參送柳録事詩：「英掾柳家郎，離亭酒瓮香。」　花草粹編卷四、十名家詞本、安陸集「欲醉」作「少醉」。

〔四〕「酒醒」句　杜牧後池泛舟送王十秀才詩：「當筵雖一醉，寧復緩離愁。」轉有，更有，更多。

〔五〕紫禁　古以紫微垣比喻帝居，故稱禁中爲紫禁。　右：　要職。後漢書卷六〇蔡邕傳：「臣愚以爲宜擢（張）文右職，以勸忠謇。」注：「右，用事之便，謂樞要之官。」　花草粹編卷四、十名家詞本、安陸集「紫禁」下無「多」字。

〔六〕苕霅　即苕溪與霅溪。見前偷聲木蘭花（曾居别乘匡吴俗）校注〔六〕。　花草粹編卷四、十名家詞本、安陸集「苕霅」作「清霅」。

〔七〕雙羅袖　指别宴上之歌妓。

〔八〕亂山　花草粹編卷四、十名家詞本、安陸集作「汀花」。

南鄉子〔一〕

何處可魂消〔二〕。京口終朝兩信潮〔三〕。不管離心千疊恨，滔滔。催促行人動去橈。

記得舊江皋。緑楊輕絮幾條條〔四〕。春水一篙殘照闊〔五〕，遙遙。有個多情立畫橋〔六〕。

【校注】

〔一〕此詞以下二首原編卷一，屬正宮，約作於皇祐元年（一〇四九）。趙令畤侯鯖録卷二：「張子野云：『往歲吴興守滕子京席上，見小妓兜娘，子京賞其佳色。後十年，再見於京口，絶非頃時之容態。感之，作詩云：「十載芳草採白蘋，移舟弄水賞青春。當時自倚青春力，不信東風解誤人。」』」子京爲滕宗諒字。據嘉泰吴興志卷一四郡守題名，滕宗諒於寶元二年（一〇三九）知吴興，康定元年（一〇四〇）十月離任。此後十年，當爲皇祐元年前後。夏承燾先生張子野年譜「皇祐元年」條云：「滕席見兜娘，乃子野五十歲事。再見於京口，當是此年左右。詞集一有南鄉子『何處可魂消。京口終朝兩信潮』一首，又有同調『南徐中秋』一首，皆别妓詞，或即贈兜娘之作。」知不足齋本調下有題曰「京口」。

〔二〕魂消　江淹別賦：「黯然銷魂者，惟別而已矣。」

〔三〕京口　今江蘇鎮江市。通典州郡典潤州：「因京峴山在城東，故稱京口。」　信潮：潮水漲落有時，故稱信潮或潮信。

〔四〕幾條條　百家詞本作「飛條條」。

〔五〕春水一篙　温庭筠洞户二十二韻詩：「橋彎雙表迥，池漲一篙深。」

〔六〕「有個」句　劉禹錫楊柳枝詩：「春江一曲柳千條，二十年前舊板橋。曾與美人橋上別，恨無消息到今朝。」此詞下片所賦與之相近。

又　中秋不見月〔一〕

潮上水清渾。棹影輕於水底雲。去意徘徊無奈淚，衣巾。猶有當時粉黛痕。　海近古城昏〔二〕。暮角寒沙雁隊分〔三〕。今夜相思應看月，無人。露冷依前獨掩門。

【校注】

〔一〕此詞與前首「何處可魂消」作於同時。百家詞本、十名家詞本、歷代詩餘卷三題作「南徐中秋」。南徐，南徐州，即京口。元和郡縣圖志卷二五江南道潤州：「晉永嘉亂後，幽、冀、青、并、兖五州流人過江者，爲僑居此州。吴晉以後，皆爲重鎮。晉咸和中，郗鑒自廣陵鎮於此，爲僑徐州理所。升平二年，徐州刺史北鎮下邳，京口常有留局，後徐州寄理建業，又爲南兗州，後爲南徐州。」

〔三〕「海近」句　長江經京口入海。嘉定鎮江志卷六地理山川水：「京江水，在城北六里，東注大海，西接上流，北距廣陵。」

〔三〕暮角　畫角，樂器名，外加彩繪，發音哀厲高亢，古時軍中多用以警昏曉，振士氣。京口有駐軍，故曉暮吹之。

木蘭花〔一〕　晏觀文畫堂席上〔二〕

檀槽碎響金絲撥〔三〕。露濕潯陽江上月。不知商婦爲誰愁，一曲行人留晚發〔四〕。

畫堂花入新聲別。紅蕊調高彈未徹〔五〕。暗將深意語膠弦〔六〕，長願弦絲無斷絶。

【校注】

〔一〕此詞原編鮑本補遺上。又見歐陽修近體樂府卷二，調作玉樓春，然調下無題，應以張先作爲是。詞林萬選則誤作蘇軾詞。詞題「晏觀文畫堂席上」，晏殊於皇祐二年（一〇五〇）以觀文殿大學士知永興軍，辟張先爲通判，此詞即作於永興軍任上。

〔二〕晏觀文　謂晏殊。觀文爲觀文殿大學士簡稱。晏殊（九九一—一〇五五），字同叔，撫州臨川人。七歲能屬文，十五歲廷試，賜同進士出身。真宗朝官至翰林學士。仁宗朝累官樞密使、同平章事。皇祐二年秋，遷户部尚書，以觀文殿大學士知永興軍。五年秋，徙知河南，兼西京留守。卒贈司空，謚元獻。見歐陽修居士集卷二二晏公神道碑、宋史卷三一一本傳。有珠玉詞一卷，張先作序。

〔三〕「檀槽」句　張祜王家琵琶詩：「金屑檀槽玉腕明，子弦輕撚爲多情。」檀槽，謂琵琶。琵琶的架弦格子由檀木制成，故云。撥，彈奏琵琶之撥片。

〔四〕「露濕」三句　白居易琵琶行詩序云：「元和十年，予左遷九江郡司馬，明年秋，送客湓浦口，聞舟中夜彈琵琶者，聽其音，錚錚然有京都聲，問其人，本長安倡女，嘗學琵琶於穆、曹二善才，年長色衰，委身商人婦。遂命酒使快彈數曲，曲罷憫然。」詩云：「潯陽江頭夜送客，楓葉荻花秋瑟瑟。主人下馬客在船，舉酒欲飲無管弦。醉不成歡慘將別，別時茫茫江浸月。忽聞水上琵琶聲，主人忘歸客不發。」潯陽江，長江流經九江市北一段之別名。

〔五〕紅蕊　曲調名。

〔六〕膠弦　漢武帝外傳：「西海獻鸞膠，武帝弦斷，以膠續之，弦兩頭遂相著，終日射不斷，帝大悦，名『續弦膠』。」唐劉兼秋夜書懷呈州郎中詩：「鸞膠處處難尋覓，斷盡相思寸寸腸。」陶穀風光好詞：「再把鸞膠續斷弦，是何年。」

碧牡丹〔一〕　晏同叔出姬〔二〕

步帳搖紅綺〔三〕。曉月墮、沉烟砌。緩板香檀〔四〕，唱徹伊家新制〔五〕。怨入眉頭，斂黛峰橫翠〔六〕。芭蕉寒，雨聲碎。　鏡華翳。閑照孤鸞戲〔七〕。思量去時容易。鈿盒瑤釵〔八〕，至今冷落輕棄。望極藍橋〔九〕，但暮雲千里。幾重山，幾重水。

【校注】

〔一〕此詞原編鮑本補遺上。皇祐二年至皇祐五年（一〇五〇——一〇五三）通判永興軍期間作。

〔二〕同叔　晏殊字。佚名道山清話（四庫全書總目卷一四一「道山清話」條爲考訂王暐作跋，不是該書作者）：「晏元獻爲京兆，辟張先爲通判。新納侍兒，公甚屬意。先字子野，能爲詩詞，公雅重之。每張來，令侍兒出侑觴，往往歌子野所爲之詞。其後王夫人寖不能容，公即出之。一日，子野至，公與之飲，子野作碧牡丹詞，令營妓歌之，有『望極藍橋，但暮雲千里。幾重山，幾重水』之句，公聞之，憮然曰：『人生行樂耳，何自苦如此。』亟命於宅庫支錢若干，復取前所出侍兒。既來，夫人亦不復誰何也。」（案皇都風月主人緑窗新話卷上引古今詞話謂此詞爲晏幾道出姬作，誤）譚瑩論詞絶句：「歌詞餘技豈知音，三影名聲擅古今。碧牡丹纔歌一曲，頓令同叔也情深。」陳廷焯詞則閑情集卷一：「深情綿邈，晏公聞之，能無動心耶？」

〔三〕步帳　同「步障」，詞綜卷五、歷代詩餘卷四八「帳」作「障」。步帳爲出行時用以遮蔽風塵或障蔽内外之屏幕。世説新語汰侈：「君夫（王愷）作紫絲布步障碧綾裏四十里，石崇作錦步障五十里以敵之。」北史張景仁傳：「景仁在官小心恭謹，齊後主愛之，恩遇日隆。景仁多疾，或有行幸，在道宿處，帝每送步障，爲遮風寒。」

〔四〕緩板香檀　以拍板節樂助唱。宋時拍板以檀木所制最爲名貴。緩板猶云慢拍。

〔五〕唱徹　唱遍。伊家新制：指晏殊所作新詞。晏殊清平樂詞：「蕭娘勸我金卮，殷勤更唱新詞。」葉夢得避暑録話卷上云：「晏元獻公……每有嘉客必留，但人設一空案、一杯，既命酒，果實蔬茹漸至。亦必以歌樂相佐，談笑雜出，數行之後，案上已燦然矣。稍闌即罷遣歌樂，曰：『汝曹呈藝已遍，吾當呈藝。』乃具筆札，相與賦詩，率以爲常。前輩風流，未之有比。」

〔六〕斂黛峰　皺眉。

〔七〕「鏡華翳」二句　藝文類聚卷九〇引南朝宋范泰鸞鳥詩序云：「昔罽賓王結罝峻祁之山，獲一鸞鳥，王甚愛之。欲其鳴而不致也，乃飾以金樊，饗以珍羞。對之愈戚，三年不鳴。其夫人曰：『嘗聞鳥見其類而後鳴，何不懸鏡以映之。』王從其意。鸞睹形悲鳴，哀響中宵，一奮而絕。」此喻被出之姬孤居一處，顧影自哀。

〔八〕鈿盒瑶釵　陳鴻長恨歌傳：「定情之夕，授金釵鈿合以固之。」白居易長恨歌詩：「唯將舊物表深情，鈿合金釵寄將去。」　花草粹編卷八、歷代詩餘卷四八、汪潮生本「盒」作「合」。

〔九〕藍橋　在陝西藍田縣東南藍溪之上，傳説橋側有仙女居住。太平廣記卷五〇引傳奇：唐長慶中，秀才裴航因落第遊於鄂渚，謁故舊崔相國，獲錢二十萬，傭鉅舟，遠挈歸京。同載有樊夫人，作詩贈裴航曰：「一飲瓊漿百感生，玄霜搗盡見雲英。藍橋便是神仙窟，何必崎嶇上玉清。」行至藍橋驛近側，「有老嫗緝麻苧，航揖之求漿。嫗咄曰：『雲英擎一甌漿來，郎君要飲。』航訝之，憶樊夫人詩有『雲英』之句，深不自會。俄於葦箔之下，出雙玉手捧瓷，航接飲之，真玉液也。但覺異香氤鬱，透於户外。」因還甌，遽揭箔，見一女子「雖紅蘭之隱幽谷，不足比其芳麗也。航驚怛，植足而不能去」。數月之後，裴航挈玉杵臼，再至藍橋，與之議定姻好。此以藍橋喻出姬處所。

更漏子〔一〕

杜陵春〔二〕，秦樹晚〔三〕。傷別更堪臨遠。南去信，欲憑誰。歸鴻多北歸。　小桃枝，紅蓓發。今夜昔時風月。休苦意，説相思。少情人不知。

【校注】

〔一〕此詞原編鮑本補遺上。詞云「杜陵春，秦樹晚」，亦是皇祐二年至皇祐五年通判永興軍時作。

〔二〕杜陵 在今陝西西安市東南。漢宣帝葬於杜東原上，故曰杜陵。

〔三〕秦樹晚 唐韓翃題遊仙觀詩：「山色遥連秦樹晚，砧聲近報漢宫春。」

玉聯環〔一〕 南郊夜飲〔二〕

來時露裛衣香潤。彩縧垂鬢〔三〕。卷簾還喜月相親。把酒更〔四〕、花相近。 西去陽關休問〔五〕。未歌還恨。玉峰山下水長流〔六〕，流水盡、情無盡。

【校注】

〔一〕此詞原編卷一，屬雙調。花草粹編卷三、詞律卷四、安陸集、汪潮生本調作一落索。詞譜卷五注云：「歐陽修詞名洛陽春，張先詞名玉聯環，辛棄疾詞名一落索。」宋時永興軍領陝、同、華、耀、邠、解、虢七州，詞題「南郊夜飲」，當是通判永興軍期間作。

〔二〕南郊 即邠州，今陝西彬縣。「邠」本作「豳」，唐玄宗以「豳」嫌近「幽」，易相混淆，詔改爲「邠」。

〔三〕彩縧 蘇軾宋叔達家聽琵琶詩：「賦罷雙垂紫錦縧。」

〔四〕更　花草粹編卷三、詞律卷四、詞譜卷五、汪潮生本作「與」。

〔五〕陽關　王維送元二使安西詩：「渭城朝雨裛輕塵，客舍青青柳色青。勸君更盡一杯酒，西出陽關無故人。」陽關，在今甘肅敦煌西南，以處玉門關之南而名。王維詩後被之管弦，名陽關曲。李商隱贈歌妓詩：「斷腸聲里唱陽關。」

〔六〕玉峰山　即藍田山，在陝西藍田縣東南。長安志卷一六藍田：「范子計然曰：『玉英出藍田，一名覆車山。』郭緣生曰：『山形如覆車之象，其山出玉，亦曰玉山。』」白居易遊藍田山卜居詩：「朝蹋玉峰下，暮尋藍水濱。」

木蘭花〔一〕　邠州作〔二〕

青錢貼水萍無數〔三〕。臨曉西湖春漲雨〔四〕。泥新輕燕面前飛，風慢落花衣上住。

紅裙空引烟娥聚〔五〕。雲月却能隨馬去。明朝何處上高臺，回認玉峰山下路〔六〕。

【校注】

〔一〕此詞以下二首原編卷二，屬林鐘商。題云「邠州作」，與前首玉聯環（來時露裛衣香潤）作於同時。

〔二〕邠州　今陝西彬縣。

〔三〕青錢　謂荷葉。杜甫漫興詩：「點溪荷葉疊青錢。」詞綜卷五、十名家詞本、歷代詩餘、安陸集、汪潮生本「青錢」作「青銅」。

〔四〕西湖　陝西志輯要卷四邠州名勝：「西湖，在州城西北。」

〔五〕空引烟娥　詞綜卷五、十名家詞本、歷代詩餘卷三二作「空解烟蛾」。百家詞本、汪潮生本「引」作「解」。

〔六〕玉峰山　藍田山。見前玉聯環（來時露裛衣香潤）校注〔六〕。

又〔一〕

西湖楊柳風流絶〔二〕。滿縷青春看贈別。墻頭歘歘暗飛花，山外陰陰初落月。秦姬穠麗雲梳髮〔三〕。持酒唱歌留晚發〔四〕。驪駒應解惱人情〔五〕，欲出重城嘶不歇。

【校注】

〔一〕詞云「西湖」、「秦姬」，與前首同詠邠州西湖，二詞皆皇祐二年至皇祐五年永興軍通判任上作。

〔二〕西湖　指邠州西湖。

〔三〕秦姬　秦地歌妓。陝西一帶古爲秦地。

〔四〕唱　花草粹編卷六、百家詞本、詞綜卷五、十名家詞本、歷代詩餘卷三一、安陸集、汪潮生本作「聽」。

〔五〕驪駒　純黑色的馬。又逸詩篇名，爲告別時所歌。漢書王式傳顏師古注引文穎曰：其辭云：「驪駒在門，僕夫具存；驪駒在路，僕夫整駕。」唐雍陶途中西望詩：「唯到高原即西望，馬知人意亦回頭。」唐張蠙上所知詩：「而今馬亦知人意，每到門前不肯行。」陳廷焯詞則閑情集卷一：「『驪駒』二句，較叔原『紫騮認得舊遊蹤，嘶過畫橋東畔路』，更覺有味。」花草粹編、百家詞本、詞綜卷五、十名家詞本、歷代詩餘卷三一、安陸集、汪潮生本「應解惱」作「應亦解」。

醉桃源〔一〕　渭州作〔二〕

雙花連袂近香猊〔三〕。歌隨鏤板齊〔四〕。分明珠索漱烟溪。凝雲定不飛〔五〕。　唇破點〔六〕，齒編犀〔七〕。春鶯莫亂啼。陽關更在碧峰西。相看翠黛低〔八〕。

【校注】

〔一〕此詞原編卷二，屬仙吕調。題云「渭州作」，當是皇祐二年至皇祐五年通判永興軍時遊渭州之作。歷代詩餘卷一六調作阮郎歸。

〔二〕渭州　治所在今甘肅平涼縣。

〔三〕「雙花」句　謂兩歌女連袂同唱。香猊，猊形香爐。歷代詩餘卷一六、安陸集「花」作「歌」。

〔四〕鏤板　即拍板，歌唱時控制節拍用。宋時拍板凡六片，以繩串聯，兩手合擊發音。板有鏤紋，故云「鏤板」。王禹偁拍板謠：「麻姑親採扶桑木，鏤脆排焦其數六。……吳宮女兒手如筍，執向玳筵爲樂準。」

〔五〕「分明」二句　謂歌聲圓轉如貫珠，清脆動聽，行雲亦爲之凝佇。列子湯問：秦青「撫節悲歌，聲振林木，響遏行雲」。白居易夜宴醉後獻裴侍中詩：「翩翩舞袖雙飛蝶，宛轉歌聲一索珠。」李賀李憑箜篌引詩：「空山凝雲頹不流。」

〔六〕唇破點　岑參醉戲竇子美人詩：「朱唇一點桃花殷。」韓偓裊娜詩：「著詞但見櫻桃破。」

〔七〕齒編犀　詩衛風碩人：「齒如瓠犀。」喻齒如葫蘆籽，潔白而排列整齊。

〔八〕「相看」句　張籍蘇州江岸留別樂天詩：「欲語離情翠黛低。」翠黛低，低眉，喻離愁。

蘇幕遮〔一〕

柳飛綿〔二〕，花實少〔三〕。鏤板音清〔四〕，淺發江南調〔五〕。斜日兩竿留碧□〔六〕。馬足重重，又近青門道〔七〕。去塵濃，人散了。回首旗亭〔八〕，漸漸紅裳小。莫訝安仁頭白早〔九〕。天若有情，天也終須老〔一〇〕。

【校注】

〔一〕此詞原編鮑本補遺上。據上片云「馬足重重，又近青門道」，似皇祐二年至五年（一〇五〇—一〇五三）任永興軍通判時作。

〔二〕柳飛綿　彊村叢書本校記云：「按『飛綿』疑當『綿飛』，與下句對。」案：下片首兩句亦不對，朱校疑非。

〔三〕花實　歷代詩餘卷四一作「花萼」。

〔四〕鏤板　即拍板。見前首醉桃源渭州作校注〔四〕。

〔五〕「淺發」句　南朝宋劉鑠擬古其一擬行行重行行：「悲發江南調。」

〔六〕斜日兩竿　杜牧齊安郡中偶題其一：「兩竿落日溪橋上。」歷代詩餘卷四二「日」作「草」。

〔七〕青門　長安東門。三輔黄圖卷一都城十二門：「長安城東出，南頭第一門曰霸城門，民見門色青，名門青城門，或曰青門。」長安宋時爲永興軍治所。

〔八〕旗亭　酒樓。

〔九〕「安仁」句　潘岳秋興賦：「斑鬢髟以承弁兮，素髮颯以垂領。」其序云：「晉十有四年，余春秋三十有二，始見二毛。」竇常奉寄辰州房使君郎中詩：「新年只可三十二，却笑潘郎白髮生。」安仁，潘岳字。

〔一〇〕「天若」二句　李賀金銅仙人辭漢歌：「天若有情天亦老。」

玉聯環〔一〕　送臨淄相公〔二〕

都人未逐風雲散〔三〕。願留離宴。不須都愛洛城春〔四〕，黄花訝〔五〕，歸來晚。　葉落灞陵如翦〔六〕。淚沾歌扇。無由重肯日邊來，上馬便、長安遠〔七〕。

【校注】

〔一〕此詞原編卷一，屬雙調。夏承燾先生張子野年譜「皇祐五年癸巳一〇五三」條云：「集有玉聯環送臨淄相公云（引詞從略）。案晏殊此年十月自永興軍徙知河南，封臨淄公。據詞，子野此年重遊長安也。」姜書閣夏承燾張子野年譜補正云：「夏譜由於誤解了玉聯環，遂造出此條，實別無依據也。……其實晏殊於（皇祐五年）閏七月即徙知河南，張先則於送晏去後，始離長安回汴京，再於秋後入蜀知渝州。」案張先於皇祐五年秋自永興軍至汴京，受命知渝州；而自京赴蜀，長安則爲必經之地。又晏殊離長安，時在十月，非閏七月。李燾續資治通鑑長編卷一七五云，皇祐五年閏七月孫抃奏知永興軍晏殊秩將滿，請以文彥博代殊。……八月戊申，新知秦州文彥博知永興軍。據此，此詞當是皇祐五年十月赴渝經長安作。夏譜謂此月重遊長安，不誤。

〔二〕臨淄相公　謂晏殊。臨淄，古營丘地。齊獻公自薄姑遷都於此，更名臨淄。晏殊於皇祐五年十月自永興軍徙河南，兼西京留守，遷兵部尚書，封臨淄公。

〔三〕都人　永興軍治所即漢唐舊都長安，故云。十名家詞本「未」作「來」。

〔四〕洛城　洛陽。

〔五〕花　百家詞本、十名家詞本作「閣」。

〔六〕灞陵　三輔黃圖卷六陵墓：「（漢）文帝霸陵，在長安城東七十里，因山爲藏，不復起陵，就其水名，因以陵號。」

〔七〕「無由」二句　謂晏殊從此遠離長安，無由重返。日邊，指長安。世説新語夙惠：「晉明帝數歲，坐元帝膝上。有人從長安來……因問明帝：『汝意謂長安何如日遠？』答曰：『日遠，不聞人從日邊來，居然可知。』元帝異之。明日，集羣臣宴會，告以此意，更重問之。乃答曰：『日近。』元帝失色，曰：『爾何故異昨日之言邪？』答曰：『舉目見日，不見長安。』」後以「日邊」比喻皇都附近。

南歌子〔一〕

殘照催行棹，乘春拂去衣。海棠花下醉芳菲。無計少留君住、淚雙垂。　烟染春江暮〔二〕，雲藏閣道危〔三〕。行行聽取杜鵑啼〔四〕。是妾此時離恨、盡呼伊。

【校注】

〔一〕此詞原編卷二，屬林鍾商。張先於皇祐五年（一〇五三）知渝州，約嘉祐元年（一〇五六）離渝州任。據下片所云，當是知渝期間送別之作。見本書附録三張先事跡補正。

〔二〕春江　指嘉陵江。

〔三〕閣道　在今四川劍閣縣北，爲大劍山與小劍山之間的一條棧道。華陽國志卷三蜀志：「諸葛亮相蜀，鑿石架空，爲飛梁閣道。」

〔四〕杜鵑　爾雅釋鳥子巂：子巂出蜀中，今所在有之。其大如鳩，以春分先鳴，至夏尤甚，日夜號深林中，口爲流血，……亦曰杜鵑。此物芳菲時最先鳴，然一發其聲，次日視之，則梨菊之穎皆截然萎折數寸，莫知其故。……今人亦惡先聞，以爲當有離別。

少年遊〔一〕　渝州席上和韻〔二〕

聽歌持酒且休行。雲樹幾程程〔三〕。眼看檐牙，手搓花蕊，未必兩無情。　拓夫灘上聞新雁〔四〕，離袖掩盈盈。此恨無窮，遠如江水，東去幾時平。

【校注】

〔一〕此詞原編鮑本補遺上。題云「渝州席上和韻」，當作於渝州，原作莫考。張先於皇祐五年（一〇五三）自京赴渝州，十月途經長安，作玉聯環詞爲晏殊送行；嘉祐初年（一〇五六）春離渝州任。此詞當爲至和年間（一〇五四—一〇五五）在渝送人東歸作。

〔二〕渝州　今重慶。北宋屬夔州路。元豐九域志卷八夔州路：「渝州，南平郡，軍事。治巴縣。」

〔三〕「雲樹」句　謂去程之遠。

〔四〕拓夫灘　不詳。

天仙子〔一〕 別渝州〔二〕

醉笑相逢能幾度。爲報江頭春且住。主人今日是行人〔三〕，紅袖舞。清歌女。憑仗東風教點取〔四〕。 三月柳枝柔和縷。落絮盡飛還戀樹〔五〕。有情寧不憶西園〔六〕，鶯解語。花無數。應訝使君何處去〔七〕。

【校注】

〔一〕此詞原編卷二，屬仙吕調。題云「別渝州」，下片有「三月柳枝」語，當是嘉祐初（一〇五六）春間離渝留別之作。

〔二〕渝州 見前少年遊校注〔二〕。

〔三〕主人 張先自指。 行人：因離任由知州轉爲行客也。

〔四〕教點 樂府雅詞卷上、花草粹編卷七、百家詞本、歷代詩餘卷四五、詞譜卷二、十名家詞本作「交點」；安陸集作「閑領」。

〔五〕盡 樂府雅詞卷上，花草粹編卷七、百家詞本、安陸集、歷代詩餘卷四四、詞譜卷二、十名家詞本作「倦」。

〔六〕西園 文選曹植公燕詩：「公子敬愛客，終宴不知疲。清夜遊西園，飛蓋相追隨。」曹丕芙蓉池作：「乘輦夜行遊，逍遥步西園。」沈約應王中丞思遠詠月：「高樓切思婦，西園遊上才。」吕向注：「西園謂魏氏鄴都之西園也。文帝每以月夜集文人才子共遊於西園。」後遂以「西園」代指遊宴之處。詞譜卷二「憶」作「惜」。

〔七〕使君 漢時稱刺史爲使君，後遂爲州郡長官之尊稱。此張先自指。

漁家傲〔一〕 和程公闢贈别〔二〕

巴子城頭青草暮〔三〕。巴山重疊相逢處〔四〕。燕子占巢花脱樹。杯且舉。瞿塘水闊舟難渡〔五〕。

天外吴門清霅路〔六〕。君家正在吴門住〔七〕。贈我柳枝情幾許〔八〕。春滿縷。爲君將入江南去。 來詞云：折柳贈君君且住。

【校注】

〔一〕此詞原編卷二，屬涉般調，亦爲嘉祐初離渝留别之作。

〔二〕程公闢 程師孟（一〇〇九—一〇八六）字公闢。累知南康軍、楚州，提點夔路刑獄，徙河東路，爲度支判官，知洪州，判三司都磨勘司，出爲江西轉運使，加直昭文館，知福州，徙廣州，以爲給事中，集賢殿修撰，判都水監，知越州、青州，遂致仕，以光禄大夫卒，享年七十八。程師孟累領劇鎮，爲政簡而嚴，發隱擿伏如神，得豪惡不逞者，必痛懲之，所部肅然。洪、福、廣、越諸州爲立生祠。見宋史卷三三一本傳。

〔三〕巴子城　巴縣城之古稱，在今重慶市郊。元和郡縣圖志卷三三劍南道：「巴縣：本漢江州縣也，屬巴郡，在岷江之西，漢水之南，即蜀將李嚴所修古巴城也。」

〔四〕巴山　亦稱大巴山，在川、陝、甘、鄂四省邊境，此處泛指蜀中諸山。

〔五〕瞿塘　峽名。太平寰宇記卷一四八夔州奉節縣：「瞿唐峽在（夔）州東一里，古西陵峽也。連岸千丈，奔流電激，舟人爲之恐懼。」

〔六〕吴門　今江蘇蘇州市。張繼閶門即事詩：「試上吴門看郡國。」清霅：霅溪。水名，見前偷聲木蘭花（曾居别乘匡吴俗）校注〔六〕。

〔七〕「君家」句　宋龔明之中吴紀聞卷三：「程師孟，字公闢。所居在南園之側，號晝錦坊。自高祖思爲錢氏營田使，因徙姑蘇。」王安石有送程公闢得謝還姑蘇詩。

〔八〕「贈我」句　見詞末張先自注。程師孟原作已佚，僅存此句。

木蘭花〔一〕　和孫公素別安陸〔二〕

相離徒有相逢夢。門外馬蹄塵已動。怨歌留待醉時聽，遠目不堪空際送。　今宵風月知誰共。聲咽琵琶槽上鳳〔三〕。人生無物比多情〔四〕，江水不深山不重。

【校注】

〔一〕此詞原編鮑本補遺上。嘉祐三、四年間（一〇五八—一〇五九），張先知安州。詞題「和孫公素別安陸」，當於此二年間作。見本書附録三張先事跡補正。

〔二〕孫公素　孫賁字公素，宋史無傳，續資治通鑑長編卷四三七注云：「韓琦門人孫賁，賁，黄州人。」毛滂玉樓春贈孫守公素：「三衢太守文章伯。……風流前輩漸無多，好在魏公（韓琦）門下客。」又雙石堂記：「韓魏公客齊安，孫賁公素爲衢守。」劉攽彭城集卷二〇有朝散郎孫賁可知邵州制。知孫賁爲黄州人，出韓琦門下，曾知衢州、邵州。續資治通鑑長編卷三一二：元豐四年五月，孫賁因在陽翟縣令任上「奸狀甚多」，並與樞密院都承旨張誠一貪贓案有瓜葛，被「詔送開封府」；又卷四五四：「元祐六年正月，知真州孫賁除開封府，聞賁傲虐不檢，侈跡甚著，詔罷。」又卷四五五：「元祐六年二月，詔孫賁知和州。」又卷四八〇：「元祐八年正月壬寅，起居郎兼權給事中姚勔言：中書省録黄：

孫賁知興州。」又卷五一六：「元符二年閏九月壬寅，秦鳳路提點刑獄孫賁特沖替。賁坐知秦州日用女妓夜筵無度，及創修園亭過侈故也。」孫賁仕歷可考如此。其知陽翟以後事，皆張先所不及見。 安陸：今湖北縣名，北宋爲安州治所。元豐九域志卷六荆湖北路：「安州安陸郡，安遠軍節度。後唐安遠軍節度，周降防御，皇朝建隆元年復舊，天聖元年，隸京西路，慶曆元年，還隸湖北。治安陸縣。」

〔三〕槽上鳳 謂琵琶之鳳尾槽。蘇軾宋叔達家聽琵琶詩：「數弦已品龍香撥，半面猶遮鳳尾槽。」

〔四〕比多情 安陸集作「共情多」。

山亭宴慢〔一〕 有美堂贈彦猷主人〔二〕

宴亭永晝喧簫鼓〔三〕。倚青空、畫闌紅柱。玉瑩紫微人〔四〕，藹和氣、春融日煦。故宮池館更樓臺〔五〕，約風月〔六〕、今宵何處。湖水動鮮衣〔七〕，競拾翠〔八〕、湖邊路。 落花蕩漾愁空樹〔九〕。曉山靜、數聲杜宇〔一〇〕。天意送芳菲，正黯淡、疏烟逗雨〔一一〕。新歡寧似舊歡長〔一二〕，此會散、幾時還聚。試爲挹飛雲，問解寄〔一三〕、相思否。

【校注】

〔一〕此詞原編卷一，屬中吕宮。咸淳臨安志卷四六古今郡守表：「嘉祐三年：唐詢，錢塘人，是月

（六月）自蘇州知。五年九月，除吏部郎中。」題云「有美堂贈彥猷主人」；詞云「此會散，幾時還聚」，當是嘉祐五年（一〇六〇）九月送唐詢離杭作。詞譜卷三〇注：「調見張先詞集，有美堂贈彥猷主人作，蓋自度曲也。」又曰：「此調只此一詞，無別首可校。」花草粹編卷一一、百家詞、詞綜卷五、十名家詞、詞律卷一七、歷代詩餘卷七三、詞譜卷三〇、安陸集調無「慢」字。

〔二〕有美堂　乾道臨安志卷二：「有美堂在郡城吴山。嘉祐二年，龍圖閣直學士梅摯出守杭州，仁宗賜詩寵行，乃取詩之首章，以名『有美堂』。」宋陳巖肖庚溪詩話卷上：「嘉祐初，龍圖閣直學士、尚書吏部郎中梅摯公儀出守杭州，上（仁宗）特制詩以寵賜之，其首章曰：『地有吴山美，東南第一州。剖符宣政化，持槖輟才流。暫出論思列，遥分旰昃憂。循良勤撫俗，來暮聽歌謳。』梅既到杭，欲侈上之賜，遂建堂吴山上，名曰『有美』，歐陽修爲記以述之。」彥猷：唐詢（一〇〇五—一〇六四）字彥猷。見前轉聲虞美人（使君欲醉離亭酒）校注〔二〕。

〔三〕亭　花草粹編卷一一、詞綜卷五、十名家詞、詞律卷一七、歷代詩餘卷七三、安陸集作「堂」。

〔四〕紫微人　吴曾能改齋漫録卷五紫微郎：「劉莘老摯賀宋舍人啓曰：『總爲贊書，其任乃古之内史；觀諸上象，其文猶天之紫微。』唐六典：『中書令，開元元年，改爲紫微令，五年復舊。』唐會要：『中書舍人，開元元年十二月一日，改爲紫微舍人，五年復爲中書舍人。故開元二年十二月二十日，紫微令姚崇奏，紫微舍人六員，每頭商量事，諸舍人同押。』蓋紫微，皇居，以比天文紫微宫。

有令，有舍人，紫微宮中官屬也。」唐詢曾修起居注，元豐改制前，起居郎同中書省起居舍人，故云。

〔五〕故宮　五代吴越國王錢鏐曾於杭州鳳凰山下建子城，爲國治，故云。蔡襄經錢塘故宮詩：「廢苑蕪城裏故宮，行人苑外問秋風。當時歌舞何年盡，此意古今無處窮。」「更」：詞譜卷三〇作「舊」；詞律拾遺卷八，安陸集注：「一作『舊』。」

〔六〕約風月　南史徐勉傳：「今夕止可談風月，不宜及公事。」

〔七〕鮮衣　謂衣色明麗。蕭統七契：「光彩飾體，莫過鮮衣。」

〔八〕拾翠　拾取翠鳥羽毛爲首飾。後多指婦女遊春。曹植洛神賦：「或採明珠，或拾翠羽。」沈佺期洛陽道詩：「乘羊稚子看，拾翠美人嬌。」

〔九〕愁　花草粹編卷一一、詞綜卷五、十名家詞、詞律卷一七、歷代詩餘卷七三、安陸集、詞譜卷三〇作「怨」。

〔一〇〕杜宇　華陽國志卷三蜀志：後有王曰杜宇，號曰望帝，「法堯舜禪授之義，禪位於開明。帝升西山隱焉。時適二月，子鵑鳥鳴，故蜀人悲子鵑鳥鳴也。」禽經：「江左曰子規，蜀右曰杜宇，甌越曰怨鳥，一名杜鵑。」

〔一一〕逗雨　李賀李憑箜篌引詩：「石破天驚逗秋雨。」逗，張相詩詞曲語辭匯釋卷二：「猶引也。」花草粹編卷一一、詞綜卷五、十名家詞、詞律卷一七、歷代詩餘卷七三、安陸集、詞譜卷三〇「逗」

作「短」。

〔一二〕「新歡」句　猶言新知不似故友。

〔一三〕問解寄　詞律卷一七、詞譜卷三〇無「解」字。

喜朝天〔一〕　清暑堂贈蔡君謨〔二〕

曉雲開〔三〕。晥仙館陵虛〔四〕，步入蓬萊〔五〕。玉宇瓊甃，對青林近，歸鳥徘徊。風月頓消清暑〔六〕，野色對、江山助詩才〔七〕。簫鼓宴，璇題寶字〔八〕，浮動持杯。人多送目天際〔九〕，識渡舟帆小，時見潮回。故國千里〔一〇〕，共十萬室〔一一〕，日日春臺。睢社朝京非遠〔一二〕，正和羹、民口渴鹽梅〔一三〕。佳景在，吳儂還望〔一四〕，分閫重來〔一五〕。

【校注】

〔一〕此詞以下二首原編卷二，屬林鍾商。詞譜卷九：「調見張先詞集，蔡襄還朝作。按唐教坊有朝天曲，宋史樂志有越調朝天樂曲。此蓋借舊曲名，自翻新聲也。」乾道臨安志卷三牧守：「治平二年（一〇六五）二月，以三司使給事中蔡襄爲端明殿學士、尚書禮部侍郎知杭州。本傳：字君謨，興化軍仙游人，爲政精明，吏不能欺。三年五月甲寅，徙知應天府。」此詞贈蔡君謨，結句云「吳儂還望，分鬮重來」，乃治平三年（一〇六六）五月送蔡襄離杭作。

〔二〕清暑堂　乾道臨安志卷二：「清暑堂，治平三年郡守蔡襄建，在州治之左，並撰記及書，刻石堂上。」宋史卷三二〇蔡襄傳：蔡襄（一〇一二—一〇六七），字君謨，興化仙游人。舉進士，爲西京留守推官、館閣校勘。慶曆三年，仁宗更用輔宰，親擢余靖、歐陽修及王素爲諫官，亦命襄知諫院。後進直史館，兼修起居注；以母老求知福州，改福建路轉運使；復修起居注，進知制誥，遷龍圖閣學士、知開封府；以樞密直學士再知福州，召爲翰林學士、三司使。英宗即位，因受猜疑，乞知杭州，拜端明殿學士以往。治平四年卒，謚忠惠，贈吏部侍郎。著有茶録、荔枝譜、忠惠集（又名端明集）。

〔三〕曉雲　花草粹編卷一一作「晚雲」。

〔四〕陵虛　凌空。曹植節遊賦：「建三臺於前處，飄飛陛以凌虛。」

〔五〕蓬萊　列子湯問：「渤海之東不知幾億里，有大壑焉。……其中有五山焉：一曰岱輿，二曰員嶠，三曰方壺，四曰瀛州，五曰蓬萊。……所居之人皆仙神之種。」此喻清暑堂之勝境。蔡襄杭州清暑堂記：「今斯堂也，度面勢，揭崇宇，前有江海浩蕩無窮之勝。潮濤蚤暮以時上下，奔騰汹涌，蔽映日月，雷震鼓駭，方輿動摇，浮商大舶，往來聚散乎其中。朝霞夕景，不續而彩翠。旁走羣山，濱山而湖。崖漾瀰漫，並包鉅澤，岩岫崒峰，圾乎河漢之上。蒼烟白雲，少頃萬變，茂林香草，冬榮不離，此所以娱君之視聽也。」

〔六〕「風月」句　蔡襄杭州清暑堂記：「清暑者，負州廨之左，直海門之衝；其風遠來，灑然薄人。……及夫夏日，比室煩燠，方且披軒闥，據高凉，放蕩於無何，翺翔於至極，蕭然而自適。或賓從環次，鳴管揳瑟，釃酒均餌，歌呼瞑醉，此所以懌君之心意也。」花草粹編卷一一、百家詞本、十名家詞本、歷代詩餘卷七三、詞譜卷二九「頓消」作「從今」。

〔七〕「野色」句　舊唐書張説傳：「爲文屬思精壯，長於碑志。既謫岳州，而詩益凄婉。人謂之得江山之助云。」詞譜卷二九此句作「帶江山野色助詩才」；花草粹編卷一一、百家詞本、歷代詩餘卷七三、十名家詞本「野色對」作「野色帶」。

〔八〕璇題　椽頭玉飾。梁昭明太子七契：「璇題昭晣，珠簾彪焕。」實字：指蔡襄所書石刻清暑堂記。宋史蔡襄傳：「襄工於書，爲當時第一。」

〔九〕「人多」句　花草粹編卷一一、十名家詞本、歷代詩餘卷七三、詞譜卷二九作「天多送目無際」。

〔一〇〕故國　杭州爲五代吴越國治，故云。

〔一一〕十萬室　柳永望海潮詞：「參差十萬人家。」吴自牧夢粱録卷一九：「柳永詠錢塘詞曰：『參差十萬人家。』此元豐前語也。自高廟車駕自建康幸杭，駐蹕幾近二百餘年，户口蕃息，近百萬餘家。」

〔一二〕睢社　今河南睢縣，北宋時爲應天府治。　朝京：祝賀之辭，意謂蔡襄此次知應天府後，不久會被調至汴京入主中樞。　花草粹編卷一一「朝京」作「廟京」。詞譜卷二九「非」作「未」。

〔一三〕「正和羹」句：尚書商書説命下：「若作和羹，爾維鹽梅。」舊題孔安國傳：「鹽鹹梅醋，羹需鹵醋以和之。」後遂以喻輔佐之賢臣。李世民執契静三邊詩：「元首伫鹽梅，股肱惟輔弼。」韓愈苦寒詩：「褰旒去耳纊，調和進鹽梅。」詞律拾遺卷四「渴」作「待」。

〔一四〕吴儂　猶言吴人。蘇軾書林逋詩後：「吴儂生長湖山曲，呼吸湖光飲山緑。」

〔一五〕分閫　指出任封疆大吏。史記卷一〇二馮唐傳：「閫以内者，寡人制之，閫以外者，將帥制之。」

破陣樂〔一〕　錢塘〔二〕

四堂互映〔三〕，雙門並麗〔四〕，龍閣開府〔五〕。郡美東南第一〔六〕，望故苑〔七〕、樓臺霏霧〔八〕。垂柳池塘，流泉巷陌，吴歌處處。近黄昏，漸更宜良夜，簇簇繁星燈燭〔九〕。長衢如畫，暝色韶光〔一〇〕，幾許粉面〔一一〕，飛甍朱户。　和煦〔一二〕。雁齒橋紅〔一三〕，裙腰草緑〔一四〕。雲際寺、林下路。酒熟梨花賓客醉〔一五〕，但覺滿山簫鼓。盡朋遊、同民樂〔一六〕。芳菲有主。自此歸從泥詔〔一七〕，去指沙堤〔一八〕，南屏水石〔一九〕，西湖風月，好作千騎行春〔二〇〕，畫圖寫取。

【校注】

〔一〕此詞原編卷二，屬林鍾商。十名家詞本調無「樂」字。此詞有「龍閣開府」語，乃贈以龍圖閣學士知杭州者。據乾道臨安志卷三牧守，自嘉祐二年至張先去世，以龍圖閣學士知杭州者先後有四人：嘉祐二年九月至三年六月，梅摯；嘉祐六年九月至七年八月，施昌言；治平四年六月至九月，呂溱；治平四年十月至熙寧二年，祖無擇。此詞首句「四堂互映」指杭州郡守所建四堂：嘉祐二年梅摯所建之有美堂、至和三年孫沔在錢鏐閱禮堂故地重建之中和堂、唐時舊傳之虛白堂、治平三年蔡襄所建之清暑堂。因知此首爲治平四年（一〇六七）賀祖無擇知杭州之作。

〔二〕錢塘　今浙江杭州。

〔三〕四堂　見本詞校注〔一〕。

〔四〕雙門　淳祐臨安志卷五：「子城南曰通越門，北曰雙門，吴越錢氏舊造，國朝至和元年，郡守資政殿學士、給事中孫公沔重建，樞密直學士蔡公襄撰記並書，刻石於門之右。」蔡襄端明集卷二八有杭州新作雙門記。

〔五〕龍閣　葉夢得避署録話卷上：「龍圖閣學士，舊謂之老龍，但稱龍閣。」祖無擇時以龍圖閣學士知杭州。

〔六〕「郡美」句　用嘉祐二年仁宗賜梅摯出守杭州詩句。見前山亭宴慢（宴亭永晝喧簫鼓）校注〔二〕。

〔七〕苑　詞譜卷三七作「園」。

〔八〕臺　詞譜卷三七作「閣」。

〔九〕簇簇　花草粹編卷一二、十名家詞本、歷代詩餘卷九八、詞譜卷三七作「簇」。

〔一〇〕暝色韶光　夏敬觀吷庵詞評：「猶言夜間之春色也。」

〔一一〕幾許粉面　夏敬觀吷庵詞評：「非指婦女，當係指粉墻而言，始與『飛甍朱户』相貫。」　花草粹編卷一二、十名家詞本、歷代詩餘卷九八、詞譜卷三七「幾許」作「幾簾」。

〔一二〕和煦　花草粹編卷一二、百家詞本、十名家詞本、歷代詩餘卷九八作「歡遇」；詞譜卷三七作「歡聚」。

〔一三〕雁齒橋紅　白居易題小橋前新竹招客詩：「雁齒小紅橋。」雁齒，物並列如雁行貌。

〔一四〕裙腰草緑　白居易杭州春望詩：「誰開湖寺西南路，草緑裙腰一道斜。」自注：「孤山寺路在湖中，草緑時，望如裙腰。」

〔一五〕酒熟梨花　即梨花春，酒名。酒顛補：「杭俗釀酒，趁梨花時熟，名梨花春。」白居易杭州春望詩：「青旗沽酒趁梨花。」

〔一六〕同民樂　花草粹編卷一二、十名家詞本、歷代詩餘卷九八、詞譜卷三七作「因民樂」。

〔一七〕泥詔　朝廷詔書。詔書用紫泥封於繩端打結處，上蓋印章，故云。

〔一八〕沙堤　李肇國史補卷下：「凡拜相，禮絶班行，府縣載沙填路，自私第至子城東街，名曰沙堤。」

〔一九〕南屏　即南屏山。淳祐臨安志卷八：「南屏山，在興教寺後，怪石秀聳，松竹森茂，間以亭榭，中穿一洞，崎嶇直上，石壁高崖，若屏障然，故謂之南屏。」

〔二〇〕千騎　指扈從。參見杜佑通典職官典武官上左右羽林衛。此謂郡守隨從之多。柳永望海潮詞：「千騎擁高牙。」

醉垂鞭〔一〕　錢塘送祖擇之〔二〕

酒面灧金魚〔三〕。吴娃唱〔四〕。吴潮上〔五〕。玉殿白麻書。待君歸後除〔六〕。　勾留風月好〔七〕。平湖曉。翠峰孤〔八〕。此景出關無。西州空畫圖〔九〕。

【校注】

〔一〕此詞原編鮑本補遺上。乾道臨安志卷三牧守載：治平四年（一〇六七）十月，祖無擇知，熙寧二年（一〇六九）五月，鄭獬替代。題云「錢塘送祖擇之」，當是熙寧二年祖無擇離杭時作。

〔二〕祖擇之　祖無擇（一〇一〇—一〇八五），字擇之，上蔡人，景祐五年進士。歷知南康軍、海州，提點淮南、廣東刑獄，擢廣南轉運使，入直集賢院，同修起居注、知制誥，加龍圖閣學士、權知開封府，進學士，知鄭、杭二州。在杭任上，因坐事謫忠正軍節度副使。尋復光禄卿、秘書監、集賢院學士，主管西京御史臺，移知信陽軍，卒，年七十六。有洛陽九老祖龍學文集。宋史卷三三一有傳。

〔三〕「酒面」句　杯中之酒盈溢浮動如金魚泛光。張先慶春澤詞：「花影濺清樽，酒泉生浪。」與此意近，可參看。詞譜卷四「酒面」作「醉面」。

〔四〕吴娃　吴地美女。文選左思吴都賦：「幸乎館娃之宫，張女樂而娱羣臣。」劉淵林注：「吴俗謂好女爲娃。」李白經亂離後天恩流夜郎憶舊遊書懷贈江夏韋太守良宰詩：「吴娃與越艳，窈窕夸鉛紅。」此指侑酒歌妓。

〔五〕吴潮　指錢塘江潮。

〔六〕「玉殿」二句　預祝之辭。言祖無擇雖遭貶謫，日後必將受朝廷宣召，位至將相。案續資治通鑑長編卷二一三：「熙寧三年七月癸丑，龍圖閣學士、右諫議大夫祖無擇責授檢校工部尚書、忠正軍節度副使。無擇坐知杭州日貸官錢及借公使酒，並乘船過製，與部民接坐。」又引韓駒南窗雜録：「祖無擇知杭州，坐法制勘，鄭獬往代。……（獬）至郡，上疏曰：『……無擇與官妓薛希濤通，然聞希濤榜笞至死，事卒無實，至於給致仕官張先酒醋歷子及治亭榭不支瓦木價錢，則皆州郡常事。且今參知王安石前知江寧、蔡襄前知福州，皆常繕營矣，豈盡出家財？若所坐止此，則願少寬其獄，或更它罪，則臣請從坐。』乃詔無擇。」案蘇轍欒城集拾遺再論王子韶劄子：「王安石初用事，遣子韶出按淮浙。子韶妻父沈扶閑居杭州，方謀造宅舍，每於本州干借捍行役兵。知州祖無擇守法不與，子韶挾此私恨，誣謗百端，遂起大獄，然卒無事實。無擇緣此得罪，至今天下冤之。」白麻書，高承事物紀原卷二宣麻：「唐書百官志曰：『開元二十六年，改翰林供奉爲學士，專掌内命，凡拜免將相，號令征戰，皆用白麻。』則宣麻之始，自明皇世也。」蘇轍和子瞻鎖院賜酒燭詩：「明日白麻傳好語，曼聲圜繞殿中央。」除，罷故官而就新官。

〔七〕「勾留」句　白居易春題湖上詩：「未能拋却杭州去，一半勾留是此湖。」

〔八〕翠峰孤　謂西湖孤山。萬曆杭州府志卷二〇山川一：「孤山，在重湖之間，山形亘夷，綿邈介湖中，……頗爲奇勝，以其獨立水心，不與諸山聯屬，故名。」

〔九〕西州　唐滅麴氏高昌，以其地置西州。此處指祖無擇將去之地。聯繫上句「出關」，似朝廷初命祖無擇赴西北邊州，祖無擇將離杭西上，故此詞結句以之與杭州相比，嗣後復有改命，張先此時則不及知也。

好事近〔一〕　和毅夫内翰梅花〔二〕

月色透横枝，短葉小花無力〔三〕。北客一聲長笛〔四〕，怨江南先得。誰教强半臘前開，多情爲春憶。留取大家沉醉〔五〕，正雨休風息〔六〕。

【校注】

〔一〕此詞以下二首原編卷一，屬仙吕宫。乾道臨安志卷三牧守：「熙寧二年五月癸未，以翰林學士、尚書兵部員外郎鄭獬爲翰林侍讀學士、户部郎中知杭州，三年四月己卯，徙知青州。」花草粹編卷三有鄭獬好事近一首，用韻與此詞悉同，當爲原作，張先和之。下片云「誰教强半臘前開」，則其時猶在熙寧二年之冬。

〔二〕毅夫　鄭獬（一〇二二—一〇七二）字毅夫，安州安陸人。少負俊才，詞章豪偉峭整，進士第一。通判陳州，入直集賢院，度支判官、修起居注、知制誥。神宗初，拜翰林學士。權發遣開封府，民喻興與妻謀殺一婦人，獬不肯用按新法，出爲侍讀學士、知杭州，徙青州。時散青苗錢，獬以爲害國害民，引疾祈閑，提舉鴻慶宫。卒年五十一。見宋史卷三二一本傳。

〔三〕小花　百家詞本、詞綜卷五、十名家詞本、歷代詩餘卷一二、安陸集作「小葩」。

〔四〕「北客」句　相傳宋時北方無梅，梅獨盛於江南。漢横吹曲有梅花落。郭茂倩樂府詩集卷二四：「梅花落本笛中曲也。按唐大笛曲亦有大單于、小單于、大梅花、小梅花等曲，今其聲猶存者。」

〔五〕「留取」句　唐無名氏梅花詩：「南枝向暖北枝寒，一種春風有兩般。憑仗高樓莫吹笛，大家留取倚欄杆。」歷代詩餘卷一二、安陸集「沉醉」作「須醉」。

〔六〕正　詞綜卷五、十名家詞本、歷代詩餘卷一二、安陸集作「幸」。

〔附〕鄭獬好事近

把酒對江梅，花小未禁風力。何計不教零落，爲青春留得。　故人莫問在天涯，尊前苦相憶。好把素香收取，寄江南消息。

又〔一〕

燈燭上山堂，香霧暖生寒夕。前夜雪清梅瘦〔二〕，已不禁輕摘。　雙歌聲斷寶杯空〔三〕，妝光艷瑶席。相趁笑聲歸去〔四〕，有隨人月色〔五〕。

【校注】

〔一〕唐宋諸賢絶妙詞選卷五載鄭獬好事近初春一首，結句云「歸去不須明燭，有山頭明月」，與張先此詞結句彼此呼應，蓋同時唱酬之作，當作於熙寧三年春。

〔二〕雪清　樂府雅詞卷上作「雪消」。

〔三〕雙歌　兩人合唱。　樂府雅詞卷上、百家詞本、十名家詞本「聲斷」作「未徹」。

〔四〕相　樂府雅詞卷上、百家詞本、十名家詞本作「好」。

〔五〕「有隨」句　李白月下獨酌四首其一：「月既不解飲，影徒隨我身。」

〔附〕鄭獬好事近 初春

江上探春回，正值早梅時節。兩行小槽雙鳳，按梁州初徹。　謝娘扶下綉鞍來，紅靴踏殘雪。歸去不須銀燭，有山頭明月。

天仙子〔一〕 鄭毅夫移青社〔二〕

持節來時初有雁〔三〕。十萬人家春已滿〔四〕。龍標名第鳳池身〔五〕，堂阜遠。江橋晚。一見湖山看未遍〔六〕。　障扇欲收歌淚濺〔七〕。亭下花空羅綺散〔八〕。檣竿漸向望中疏，旗影轉〔九〕。鼙聲斷〔一〇〕。惆悵不如船尾燕〔一一〕。

【校注】

〔一〕此首原編卷二，屬中呂調。據乾道臨安志卷三牧守，鄭獬於熙寧二年五月知杭州，三年四月，徙知青州。題云「鄭毅夫移青社」，爲熙寧三年（一〇七〇）四月在杭送鄭獬赴青州作。青社，借指青州，今山東益都。宋梅堯臣送張諷寺臣赴青州幕：「富公鎮青社，有來成鞠育。」

〔二〕毅夫　鄭獬字，見前好事近（月色透横枝）校注〔二〕。

〔三〕「持節」句　謂鄭獬於熙寧二年來知杭州。節，節符。周禮地官掌節：「掌守邦節而辨其用，以輔王命。守邦國者用玉節，守都鄙者用角節。」此指奉朝廷之命出守。初有雁，雁爲候鳥，每年春分時飛北方，秋分時南飛。鄭獬五月受命，其到任時，正值北雁南飛。

〔四〕十萬人家　見前喜朝天（曉雲開）校注〔一一〕。　春已滿：鄭獬於熙寧三年四月離杭，已過了春天，故云。

〔五〕龍標名第　書言故事科舉類：「大魁首奪龍標。」鄭獬於皇祐五年進士第一，故云。　鳳池身：鄭獬知杭前爲翰林學士，故以稱之。

〔六〕一見　百家詞本、歷代詩餘卷四五、十名家詞本作「一障」。

〔七〕障扇　以蔽日光所用之長柄扇。崔豹古今注輿服：「障扇，長柄扇也。漢世多豪俠，象雉尾而制長扇也。」

〔八〕羅綺散　指歌女散歸。羅綺，同粉黛、金釵，爲女子之代稱。左思魏都賦：「羅綺朝歌。」唐盧汪懷古詩：「惆悵興亡繫綺羅，世人猶自選青娥。」蘇軾閭丘江君二家雨中飲酒詩：「肯對綺羅辭白酒，試將文字惱紅裙。」皆其例。

〔九〕「檣竿」二句　鄭獬乃乘船沿運河北上，檣疏旗轉，爲遠望漸逝之態。

〔一〇〕鼕聲　官船離岸時打鼓啓行。

〔一一〕船尾燕　謂人不如燕猶能隨舟遠送。

醉落魄〔一〕　吴興莘老席上〔二〕

山圍畫障〔三〕。風溪弄月清溶漾〔四〕。玉樓苕館人相望。下箬醲醅〔五〕，競欲金釵當〔六〕。　使君勸醉青娥唱〔七〕。分明仙曲雲中響〔八〕。南園百卉千家賞〔九〕。和氣兼春，不獨花枝上。

【校注】

〔一〕此詞以下十首原編鮑本補遺上。花草粹編卷六、安陸集調作慶金枝；詞譜卷一三列於一斛珠，並注：「張先詞名怨春風。」嘉泰吴興志卷一四郡守題名：「孫覺，右正言直集院，熙寧四年十一月到任，六年三月移知廬州。」又周密齊東野語卷一五載陳振孫十詠圖跋云：「子野爲十詠圖，當治平甲辰。又後八年，孫莘老爲(湖州)太守，爲之作序，當熙寧甲子。」題云「吴興孫莘老席上」，所叙皆春景，當是熙寧五年(一〇七二)作。

〔二〕莘老　孫覺（一〇二八—一〇九〇），字莘老，高郵人。少學於胡瑗。舉進士，調合肥主簿。嘉祐中，編校昭文館書籍，進館閣校勘，神宗即位，直集賢院，爲昌王記室。熙寧二年，詔知諫院，同修起居注，知審官院。青苗法行，奏條其妄，出知廣德軍，徙湖州、廬州。移知應天府。元豐中，召爲太常少卿，易秘書少監。哲宗即位，兼侍講，遷右諫議大夫、給事中，進吏部侍郎，拜御史中丞。數月，以疾請罷，除龍圖閣學士兼侍講，提舉醴泉觀，求舒州靈仙觀以歸，卒年六十三。著有春秋經解、孫莘老先生奏議事略。宋史卷三四四有傳。

〔三〕畫障　詞律拾遺卷一作「錦障」。

〔四〕溶漾　水波蕩漾貌。杜牧漢江詩：「溶溶漾漾白鷗飛，緑净春深好染衣。」

〔五〕下箬醲醅　即箬下酒。太平寰宇記卷九四湖州長興縣引顧野王輿地志：「夾溪悉生箭箬，南岸曰上箬，北岸曰下箬。二箬，村名。村人取下箬水釀酒，醇美勝於雲陽，俗稱箬下酒。」白居易錢湖州以箬下酒李蘇州以五酘酒相次寄到無因同飲聊詠寄懷詩：「勞將箬下忘憂物，寄與江城愛酒翁。」今浙江長興縣仍有下箬村。　彊村叢書本、全宋詞本「箬」作「若」。

〔六〕金釵當　元稹悲懷其二：「泥他沽酒拔金釵。」杜牧代吴興妓春初寄薛軍事詩：「金釵有幾隻，抽當酒家錢。」

〔七〕使君　謂孫覺。　青娥：指歌妓。韋應物擬古詩：「娟娟雙青娥，微微啓玉齒。」

〔八〕「分明」句　穆天子傳卷三：「乙丑，天子觴西王母於瑤池上，西王母爲天子謠，曰：『白雲在天，山陵自出。道里悠遠，山川間之。將子無死，尚能復來。』」王禹偁拍板謠：「雙成捧立王母前，曾按瑤池白雲曲。」

〔九〕南園　張先家址。周密齊東野語卷一五張氏十詠圖序：「南園故址在今（湖州）南門內，牟存叟端平所居是也。其地尚爲張氏物，先君爲經營得之，存叟大喜，亦嘗賦五絶句，其一云：『買家喜傍水晶宮，正是南園故址中。我欲築堂名六老，追懷慶曆太平風。』蓋紀實也。」

望江南〔一〕　與龍靚

青樓宴〔二〕，靚女薦瑤杯〔三〕。一曲白雲江月滿〔四〕，際天拖練夜潮來〔五〕。人物誤瑤臺〔六〕。　醺醺酒，拂拂上雙腮〔七〕。媚臉已非朱淡粉，香紅全勝雪籠梅。標格外塵埃〔八〕。

【校注】

〔一〕陳師道後山詩話云：「杭妓胡楚、龍靚，皆有詩名。胡云：『不見當年丁令威，年來處處是相思。若將此恨同芳草，却恐青青有盡時。』張子野老於杭，多爲官妓作詞，與胡而不及靚。靚獻詩云：

『天與芳草十樣葩，獨分顔色不堪夸。牡丹芍藥人題遍，自分身如鼓子花。』子野於是爲作詞也。」又蘇軾天際烏雲帖云：「杭州營籍周韶，多蓄奇茗，嘗與君謨鬥，勝之；韶又知作詩。子容過杭，述古飲之，韶泣求落籍。子容曰：『可作一絶？』韶援筆立成曰：『隴上巢空月歲驚，忍看回首自梳翎。開籠若放雲衣女，長念觀音般若經。』韶時有服，衣白。一座嗟嘆，遂落籍。同輩皆有詩送之，二人最善。胡楚云：『淡妝輕素鶴翎衣，移入朱欄便不同。應笑西園桃與李，强匀顔色待秋風。』龍靚云：『桃花流水本無塵，一落人間幾度春。解佩暫酬交甫意，濯纓還作武陵人。』因知杭人多慧也。」熙寧七年，蘇軾作常潤道中有懷錢塘寄述古五首，其二云：「去年柳絮飛時節，記得金籠放雪衣。」所指即周韶落籍從良事。據此，此詞當是熙寧六年（一〇七三）作。

〔二〕青樓　歌妓居處。

〔三〕瑶杯　酒杯之美稱。

〔四〕一曲白雲　見前醉落魄（山圍畫障）校注〔八〕。

〔五〕「際天」句　謂江潮如練，上與天接。白居易宿湖中詩：「浸月冷波千頃練。」權德輿渡江秋怨：「渡秋江兮渺然，望秋月兮嬋娟。色如練，萬里偏。」

〔六〕瑶臺　仙境。舊題王嘉拾遺記卷一〇：「昆侖山有昆陵之地，其高出日月之上，山有九層。……第九層山形漸小狹，下有芝田蕙圃，皆百頃，羣山種耨焉，傍有瑶臺十二，各廣千步，皆五色玉爲臺基。」

〔七〕拂拂　散布貌。白居易紅綫毯詩：「彩絲茸茸香拂拂，綫軟花虛不勝愁。」花草粹編卷五「拂拂上」作「拂上上」。

〔八〕標格　猶言風範、風度。唐李綽尚書故實：「楊敬之愛才公正，嘗知項斯，贈詩曰：『處處見詩詩總好，及觀標格過於詩。』」杜甫贈李八丈詩：「早年見標格，秀氣冲星斗。」

雨中花令〔一〕　贈胡楚草

近鬢彩鈿雲雁細大雲雁、小雲雁〔二〕。好容貌〔三〕、花枝爭媚花枝十二。學雙燕、同栖還並翅雙燕子〔四〕。我合著、你難分離合著〔五〕。

這佛面、前生應布施金浮圖〔六〕。你更看、蛾眉下秋水眉十〔七〕。似賽九底、見他三五二胡草〔八〕。正悶裏、也須歡喜悶子。

【校注】

〔一〕題中「胡楚」，爲杭州營妓。與前望江南與龍靚當同作於熙寧六年（一〇七三）。詞譜卷九謂此詞「每句下皆自注骰子格名。」「骰子格」亦名「葉子格」。歐陽修歸田録卷二：「葉子格者，自唐中世以後有之。説者云，因人有姓葉號葉子青者撰此格，因以爲名。此説非也。唐人藏書，皆作卷軸，其後有葉子，其制似今策子。凡文字有備檢用者，卷軸難數卷舒，故以葉子寫之，如吴彩鸞唐韻、李郃彩選之類是也。骰子格，本備檢用，故亦以葉子寫之，因以爲名爾。唐世士人宴聚，盛行葉子格，五代、國初猶然，後漸廢不傳。今其格世或有之，然無人知者，惟昔楊大年好之。仲待制簡，大年門下客也，故亦能之。大年又取葉子彩名紅鶴、皂鶴者，别演爲鶴格。鄭宣徽戩、章郇公得象，皆大年門下客也，故皆能之。余少年亦有此二格，後失其本，今絶無知者。」新唐書藝文志有李郃骰子選格三卷。宋史藝文志另有劉蒙叟新修採選格一卷，周氏係蒙小葉子格一卷。張先此詞爲投骰勸飲之作，所注「大雲雁、小雲雁」、「花枝十二」、「雙燕子」、「合著」、「金浮圖」、「眉十」、「胡草」、「閦子」皆爲骰子格名。詞凡八句，皆從所仿骰子格生發以贈胡楚。

〔二〕彩鈿　花鈿，以金翠珠玉製成花朵形，婦女首飾。新唐書輿服志：「命婦之服，兩鬢飾以寶鈿。」舊唐書輿服志：「内外命婦服花釵。」注：「施兩博鬢，寶鈿飾也。」雲雁鈿：指彩鈿呈雁行。

〔三〕容貌　原作「客艷」，據詞譜卷九改。

〔四〕「學雙燕」句　謂胡楚喜合難分。

〔五〕合　與下「分」相對而言。詞譜卷九云：「按前段結『我』字、『你』字，後段起句『這』字，第二句『下』字、第三句『底』字、結句『正』字、『也』字，皆襯字，若都減去，亦是此調正格，前後未嘗不整齊也。」

〔六〕「這佛面」句　謂胡楚前生修得顔面如佛。布施，佛教語，爲六波羅密之一，分爲三種，一財施、一法施、一畏施。浮圖，佛塔之别稱，亦作浮屠、佛圖。詞調有金浮圖，見尊前集。此「佛面」與「浮圖」則皆爲骰子格中之貴采。吴曾能改齋漫録卷一八「擲骰默占」條：「章郇公守洪州，嘗因宴客，擲骰賭酒。乃自默占，如異日登臺輔，即成貴彩，一擲得『佛面浮圖』，遂緘秘其骰，至爲宰相猶在。」

〔七〕蛾眉秋水　蛾眉喻眉，秋水喻眼。詩衛風碩人：「齒如瓠犀，螓首蛾眉。」白居易箏詩：「雙眸剪秋水。」

〔八〕「似賽九底」句　三五二相加爲十，賽九逢十，合下文「也須歡喜」。胡草，疑即爲胡蔓草，又名野葛、斷腸草，見唐劉恂嶺表録異卷中。又沈括夢溪筆談藥議：「閩人呼爲吻莽，亦謂之野葛，嶺南人謂之胡蔓，俗謂斷腸草。」

武陵春〔一〕

每見韶娘梳鬢好，釵燕傍雲飛〔二〕。誰掬彤霞露染衣〔三〕。□玉透柔肌〔四〕。　梅花瘦雪梨花雨〔五〕，心眼未芳菲。看著嬌妝聽柳枝〔六〕。人意覺春歸。

【校注】

〔一〕首句所云「韶娘」，即杭州營妓周韶。熙寧六年（一〇七三），周韶泣求落籍，知州陳襄准之。見前望江南與龍靚校注〔一〕。此詞亦作於韶娘落籍之際。

〔二〕釵燕　舊題漢郭憲別國洞冥記卷二：「元鼎元年，起招仙閣於甘泉宫西。……神女留玉釵以贈帝，帝以賜趙婕妤。至昭帝元鳳中，宫人猶見此釵。黄琳欲之，明日示之，既發匣，有白燕飛昇天。後宫人學作此釵，因名玉燕釵，言吉祥也。」　傍雲飛：　謂燕釵插鬢。

〔三〕彤霞　指韶娘身着紅衫。

〔四〕「玉透」句　十名家詞本無「□」。

〔五〕瘦　十名家詞本作「瀉」。

〔六〕柳枝　即楊柳枝，曲調名。王灼碧鷄漫志卷五楊柳枝：「鑒戒録云：柳枝歌，亡隋之曲也。前輩詩云：『萬里長江一旦開，岸邊楊柳幾株栽。錦帆未落干戈起，惆悵龍舟更不回。』又云：『樂苑隋堤事已空，萬條猶舞舊春風。』指汴渠事。而張祜折楊柳枝兩絶句其一云：『莫折宫前楊柳枝，玄宗曾向笛中吹。傷心日暮烟霞起，無限春愁生翠眉。』則知隋有此曲，傳至開元。……而所謂樂天作楊柳枝者，稱其別創詞也。」

玉聯環〔一〕

南園已恨歸來晚〔二〕。芳菲滿眼。春工偏上好花多，疑不向、空枝暖。　惜恐紅雲易散〔三〕。叢叢看遍。當時猶有蕊如梅，問幾日上〔四〕、東風綻。

【校注】

〔一〕張先木蘭花題云：「去春自杭歸湖，憶南園花已開，有『當時猶有蕊如梅』之句。今歲還鄉，南園花正盛，復爲此詞寄意。」「當時猶有蕊如梅」，即指此詞。木蘭花作於熙寧八年。此詞當是熙寧七年（一〇七四）作。

〔二〕南園　在湖州，張維、張先所居之處。見前醉落魄（山圍畫障）校注〔九〕。

〔三〕紅雲易散　猶云紅花易落，春色將歸。安陸集、汪潮生本「惜」作「只」。

〔四〕問　歷代詩餘卷一七作「嚮」。

熙州慢〔一〕　贈述古〔二〕

武林鄉〔三〕，占第一湖山〔四〕，詠畫争巧。鷲石飛來〔五〕，倚翠樓烟靄，清猿啼曉〔六〕。況值禁垣師帥〔七〕，惠政流入歡謡〔八〕。朝暮萬景，寒潮弄月，亂峰回照。　天使尋春不早〔九〕。並行樂，免有花愁花笑。持酒更聽，紅兒肉聲長調〔一〇〕。瀟湘故人未歸〔一一〕，但目送遊雲孤鳥。際天杪，離情盡寄芳草〔一二〕。

【校注】

〔一〕詞譜卷二四注：「此調只有此詞，無別首可校。」案乾道臨安志卷三牧守：「熙寧五年五月乙未，以知陳州尚書刑部郎中知制誥陳襄知杭州，熙寧七年六月己巳，徙知應天府。」題云「贈述古」，當是熙寧五年至七年（一〇七二—一〇七四）陳襄知杭州期間作。

〔二〕述古　陳襄字，福建侯官人。舉進士，調浦城主簿，知河陽縣、常州。入爲開封府推官、鹽鐵判官。神宗即位，奉使契丹，以設席小異於常，不即坐。契丹移檄疆吏，坐出知明州。次年，同修起居注，知諫院，改侍御史知雜事。論青苗法不便，奏請貶斥王安石、吕惠卿以謝天下。出知陳州，徙杭州，以樞密直學士知通進、銀臺司兼侍讀，判尚書都省，卒年六十四。見宋史卷三二一本傳。花草粹編卷九題作「送述古」。

〔三〕武林　杭州又稱武林，因武林山（靈隱山）得名。

〔四〕占第一湖山　宋仁宗賜梅摯知杭州詩：「地有湖山美，東南第一州。」

〔五〕鷲石飛來　謂飛來峰，在西湖西北靈隱寺側。輿地記：「晉咸和中，西僧慧理登此山，嘆曰：『此是中天竺國靈鷲山之小嶺，不知何年飛來。』因號其峰曰飛來，亦名靈鷲峰。」

〔六〕清猿　謂白猿峰。永樂大典卷七六〇二杭州府志：「武林山，又曰靈苑山，又曰仙居山。上有五峰，曰飛來、曰白猿、曰稽留、曰月桂、曰蓮華。山前有洞，即武林泉也。有呼猿洞。」萬曆杭州府志卷二〇山川一：「白猿峰，西僧慧理蓄白猿於此峰。呼猿洞，宋僧智一善嘯，有袁松之韻，嘗養猿於山間，臨洞長嘯，衆猿畢至，人謂之猿父。」

〔七〕禁垣　皇宮。呂温奉和張舍人閣中直夜詩：「凉生子夜後，月照禁垣深。」　師帥：周禮夏官司馬：「二千五百人爲師，師帥皆中大夫。」後郡守、刺史等亦稱師帥。漢書董仲舒傳：「今之郡守、縣令，民之師帥。所使承流而宣化也。」新唐書褚亮傳：「刺史，民之師帥也。」曾布除范純仁知潁昌府制：「偃息藩翰，出則師帥一方。」陳襄以知制誥知杭州，故以「禁垣師帥」稱之。

〔八〕歡謡　花草粹編卷九作「歌謡」。

〔九〕天使　帝王之使者。劉禹錫謝賜冬衣表：「九月授衣，載馳天使。」此謂陳襄。

〔一〇〕紅兒　唐末有名妓杜紅兒，此處指尊前歌妓。羅虬比紅兒詩序：「比紅者，爲雕陰官妓杜紅兒作也。美貌年少，機智慧悟，不與羣輩妓女等。」王定保唐摭言卷一〇：「廣明庚子亂後，（羅虬）去鄜州李孝恭，籍中有紅兒者，善肉聲。」肉聲：不用管弦伴奏的徒歌之聲。楊慎升庵詩話卷一：「晉孟嘉云：『絲不如竹，竹不如肉。』唐人謂徒歌曰肉聲，即説文肉言之義也。」長調：慢曲。

〔一一〕瀟湘故人　南朝梁柳惲江南曲「洞庭有歸客，瀟湘逢故人。故人何不返，春華復應晚。不道新知樂，只言行路遠。」張先用此借指與陳襄共同懷念的故友。

〔一二〕「離情」句　白居易賦得古原草送別詩：「遠芳侵古道，晴翠接荒城。又送王孫去，萋萋滿別情。」又，李煜清平樂：「離恨恰如春草，更行更遠還生。」

虞美人〔一〕　述古移南郡〔二〕

恩如明月家家到。無處無清照。一帆秋色共雲遥。眼力不知人遠、上江橋〔三〕。

願君書札來雙鯉〔四〕。古汴東流水〔五〕。宋王臺畔楚宮西〔六〕。正是節趣歸路〔七〕、近沙堤〔八〕。

【校注】

〔一〕此詞作於熙寧七年（一〇七四）六月陳襄即將離杭赴知應天府時。楊繪時賢本事曲子集：「陳述古守杭，已及瓜代，未交前數日，宴僚佐於有美堂，侵夜月色如練，前望浙江，後望西湖，沙河塘正出其下，陳公慨然，請貳車蘇子瞻賦之，即席而就。」蘇軾有虞美人有美堂贈述古、訴衷情送述古迓元素、菩薩蠻西湖席上代諸妓送述古、同調西湖送述古、江城子孤山竹閣送述古、清平樂送述古赴南都、南鄉子送述古詞七首。張先此詞，當與蘇軾同賦。

〔二〕述古　陳襄字，見前熙州慢贈述古校注〔二〕。　南郡：應天府河南郡，今河南商丘。宋史卷八五地理志一：「應天府河南郡歸德軍節度，本唐宋州，至道中即京東路，景德三年升爲應天府，大中祥符七年建爲南京，熙寧七年分屬西路。」

〔三〕「眼力」句　許顗彦周詩話：「『燕燕於飛，差池其羽。之子於歸，遠送於野。瞻望弗及，泣涕如雨。』此真可泣鬼神矣。張子野長短句云：『眼力不知人遠，上溪橋。』東坡送子由詩：『登高回首坡隴隔，惟見烏帽出復没。』皆遠紹其意。」

〔四〕雙鯉　書信。古樂府飲馬長城窟行：「客從遠方來，遺我雙鯉魚。呼兒烹鯉魚，中有尺素書。」劉禹錫洛中送崔司業使君扶侍赴唐州詩：「相思望淮水，雙鯉不應稀。」

〔五〕古汴　謂汴河。宋史卷九三河渠志三：「汴河自隋大業初，疏通濟渠，引黃河通淮。至唐，改名廣濟，宋都大梁，以孟州河陰縣南爲汴首，受黄河之口，屬於淮、泗。」

〔六〕宋王臺　即平臺。在今河南商丘。元和郡縣圖志卷七：「左傳：『宋皇國父爲宋公所築。』漢梁孝王大治宮室，自宮連屬於平臺三十餘里，與鄒、枚、相如之徒並遊其上，即此也。」漢書梁孝王傳：「梁孝王大治宮室，爲復道，自宮連屬於平臺。」如淳注：「平臺在大梁東北，離宮所在也。」顔師古注：「今其城東二十里所，有古臺基，其處寬博，土俗云平臺也。」楚宮：在今湖北監利縣。文選宋玉高唐賦序：「昔者楚襄王與宋玉遊於雲夢之臺。」李善注：「張揖曰：雲夢，楚澤也。在南郡華容縣，其中有楚館。」

〔七〕趣　歷代詩餘卷三〇作「趨」。

〔八〕沙堤　見前破陣樂（四堂互映）校注〔一八〕。

〔附〕蘇軾虞美人 有美堂贈述古

湖山信是東南美。一望彌千里。使君能得幾回來。便是尊前醉倒、更徘徊。　沙河塘里燈初上。水調誰家唱。夜闌風静欲歸時，惟有一江明月、碧琉璃。

蘇軾清平樂　紀年録：甲寅送述古赴南都

清淮濁汴，更在江西岸。紅旆到時黄葉亂，霜入梁王故苑。　秋原何處携壺。停驂訪古踟躕。雙廟遺風尚在，漆園傲吏應無。

河滿子　陪杭守泛湖夜歸〔一〕

溪女送花隨處，沙鷗避槳分行。遊舸已如圖障里，小屏猶畫瀟湘〔二〕。人面新生酒艷，日痕更欲春長〔三〕。　衣上交枝鬥色，釵頭比翼相雙。片段落霞明水底，風紋時動妝光。賓從夜歸無月，千燈萬火河塘〔四〕。

【校注】

〔一〕杭守　指陳襄。熙寧七年（一〇七四）六月，陳襄離杭移守南都，宴僚佐於有美堂，蘇軾作虞美人贈别，有「沙河塘里燈初上」句。此詞云「千燈萬火河塘」，蓋作於同時。

〔二〕「小屏」句　顧敻浣溪沙詞：「小屏猶掩舊瀟湘。」瀟湘，瀟水和湘水。水源出廣西，瀟水爲湘水支流，二水合於湖南零陵縣西，並稱瀟湘。

〔三〕日痕　日光。杜牧朱坡詩：「日痕絚翠巘，坡影墜曉霓。」

〔四〕河塘　新唐書地理志：「錢塘南五里，有沙河塘，咸通二年刺史崔彥曾開。」蘇軾虞美人有美堂贈述古：「沙河塘里燈初上，水調誰家唱。」傅幹注：「沙河塘，錢塘繁會之地。」蘇軾望海樓晚景五絶其五：「沙河燈火照山紅。」

芳草渡〔一〕

雙門曉鎖響朱扉〔二〕。千騎擁〔三〕、萬人隨。風烏弄影畫船移〔四〕。歌時淚，和别怨，作秋悲〔五〕。　寒潮小，渡淮遲〔六〕。吴越路、漸天涯。宋王臺上爲相思〔七〕。江雲下，日西盡，雁南飛。

【校注】

〔一〕詞云「千騎擁、萬人隨」，又云「吴越路、漸天涯。宋王臺上爲相思」，當是熙寧七年（一〇七四）六月送陳襄離杭赴應天府作。

〔二〕雙門　杭州子城南曰通越門，北曰雙門，五代吴越王錢鏐舊造，北宋至和元年，杭州知州孫沔重建。詳見前破陣樂（四堂互映）校注〔四〕。

〔三〕千騎　謂郡守隨從之多。見前破陣樂（四堂互映）校注〔二〇〕。

〔四〕風烏　即相風烏，檣竿上所置刻爲烏形以測風向者。傅玄相風賦：「栖神烏於竿首，候祥風之來徵。」宋史卷一四九輿服志一：「相風烏輿，上載長竿，竿杪刻木爲烏，垂鵝毛筩，紅綬帶，下承以小盤，周以緋裙，綉烏形。」

〔五〕作秋悲　宋玉九辯：「悲哉秋之爲氣也！蕭瑟兮草木摇落而變衰，憭栗兮若在遠行，登山臨水兮送將歸。」

〔六〕渡淮遲　宋時自杭北上，皆經水路，由運河過江，然後渡淮入汴。

〔七〕宋王臺　在河南，見前虞美人述古移南郡校注〔七〕。詞譜卷一〇「宋王」作「楚王」。

沁園春〔一〕　寄都城趙閲道〔二〕

心膂良臣〔三〕，帷幄元勛〔四〕，左右萬幾〔五〕。暫武林分閫〔六〕，東南外翰，錦衣鄉社〔七〕。未滿瓜時，易鎮梧臺〔八〕，宣條期歲〔九〕，又西指夷橋千騎移〔一〇〕。珠灘上〔一一〕，喜甘棠翠蔭，依舊春暉〔一二〕。　須知。繫國安危。料節召〔一三〕、還趨浴鳳池〔一四〕。且代工施化〔一五〕，持鈞播澤〔一六〕，置盂天下〔一七〕，此外何思。素卷書名〔一八〕，赤松遊道〔一九〕，飆馭雲軿仙可期〔二〇〕。湖山美，有啼猿唳鶴〔二一〕，相望東歸。

【校注】

〔一〕據續資治通鑑長編、乾道臨安志及吴廷燮北宋經撫表，趙抃於熙寧三年四月知杭州；同年十二月徙知青州。熙寧五年七月自青州赴知成都；七年六月自成都徙知越州；十年五月自越州再知杭州，元豐二年二月在杭州以太子少保致仕。此詞上片「暫武林分閫」，叙趙抃先後知杭州、青州、成都，則下片所云「湖山美，有啼猿唳鶴，相望東歸」，指其自成都遷知越州。詞作於熙寧七年（一〇七四）趙抃自成都還京，將赴越州任時。

〔二〕都城　汴京。趙抃（一〇〇八—一〇八四），字閲道，號知非子，浙江衢州西安人，景祐二年進士，除武安軍節度推官。歷知崇安、海陵、江原三縣，通判泗州。至和元年，召爲殿中侍御史。嘉祐元年出知睦州，移梓州路轉運使，旋改益州。召爲右司諫，出知虔州。英宗即位，奉使契丹，還，進河北都轉運使。神宗立，知諫院，擢參知政事。因反對青苗法，出知杭州、青州、成都、越州，復徙杭州。元豐二年以太子少保致仕，退居於衢，七年卒，年七十七，謚清獻。有清獻集。詳蘇軾東坡集卷三八趙清獻公抃愛直之碑、宋史卷三一六本傳。

〔三〕心膂　書君牙：「今命爾予翼，作股肱心膂。」傳：「今命汝爲我輔翼股肱心體之臣。」膂，脊骨。

〔四〕帷幄　史記卷一三〇太史公自序：「運籌帷幄，制勝於無形。」

〔五〕左右萬幾　謂趙抃處理紛繁之政務。書皋陶謨：「兢兢業業，一日二日萬幾。」傳：「幾，微也，言當戒懼萬事之微。」神宗立，趙抃拜參知政事，故云。　十名家詞本「幾」作「機」。

〔六〕暫武林分閫　指趙抃於熙寧三年首次知杭州事，乾道臨安志卷三牧守：「熙寧三年四月，趙抃以資政殿大學士知，十二月徙知青州。」分閫，指出任州郡長官。

〔七〕錦衣　顯貴之服。　鄉社：　家鄉。　趙抃爲浙江衢州人，故云。

〔八〕「未滿瓜時」二句　指趙抃知杭州之日期未滿，便徙知青州。滿瓜，任職期滿。左傳「莊公八年」：「齊侯使連稱、管至父戍葵丘，瓜時而往，曰：『及瓜而代。』」梧臺，臺名，在今山東淄博市東北。酈道元水經注卷二六淄水：「又北逕臨淄城西門北而西流，逕梧宮南，昔楚使聘齊，齊王饗之梧宮，即是宮矣。其地猶名梧臺里，臺基甚秀，東西百餘步，南北如減，即古梧宮之臺。」臨淄爲青州治所，故以梧臺代指青州。宋制：　地方官三年一任。　趙抃於熙寧三年四月知杭，同年十二月移知青州，故云。

〔九〕宣條期歲　謂趙抃知青州一周年。宣條，宣布政令。晉書良吏傳論：「魯芝等建旗剖竹，布政宣條，存樹威恩，没留遺愛。」轉謂從事政務。期歲，一周年。

〔一〇〕「又西指」句　指趙抃於熙寧五年再知成都。李燾續資治通鑑長編卷二三六：「神宗熙寧五年閏七月甲戌，知青州資政殿學士趙抃爲資政殿大學士知成都府。抃在青州逾年，於是，上欲移抃知成都。或曰前執政舊不差知成都，成都今又少有人欲去者。上曰：『今人少欲去，但爲職田不多，抃清苦必不爲職田。蜀人數愛抃，抃必肯去。……』乃詔加職，遣内侍齋賜召見，勞之曰：『前此無自政府復知成都者，卿能爲朕行乎？』抃曰：『陛下宣言，即敕命也，顧豈有例？』上甚悦。」夷橋，即夷里橋，又名筰橋，在今四川成都。太平寰宇記卷七二劍南道益州：「筰橋在州西四里，亦名夷里橋，又名筰橋，以竹索爲之，因名。」又云：「汶江一名筰橋水，一名流江，亦曰外江，西南自温江縣界流入漢。……華陽國志云：成都夷里橋南岸道西有城，故錦宫也，命曰錦里。」此以夷橋代指成都。千騎，隨從，此謂趙抃。

〔一一〕珠灘　不詳。

〔一二〕「喜甘棠」二句　謂趙抃兩次知成都，皆政績顯著，爲蜀民敬愛。宋史趙抃傳謂其「知成都，以寬爲治」。甘棠，詩召南名篇。傳説周武王時，召伯（奭）巡行南國，曾憩甘棠樹下，後人思其德，作甘棠詩。左傳昭公二年：「武子曰：宿敢不殖此樹，以無忘角弓。遂賦甘棠。」序云：「甘棠，美召伯也。召伯之教，明於南國。」後遂以「甘棠」稱美循吏，追懷美政。

〔一三〕節召　謂受詔還朝。

〔一四〕鳳池　晉書卷三九荀勖傳：荀勖原任中書監。「久之，以勖守尚書令。勖久在中書，專管機事。

及失之，甚罔罔悵恨。或有賀之者，勖曰：『奪我鳳凰池，諸君賀我邪？』」杜佑通典卷二一職官三：「魏、晉以來，中書監令掌贊詔令，記會時事，典作文書，以其地在樞近，多承寵任，是以人固其位，謂之『鳳凰池』焉。」

〔一五〕代工　書皋陶謨：「無曠庶官，天工人其代之。」後遂以指輔佐王室。謝瞻張子房詩：「伊人感代工，聿來扶興王。」

〔一六〕持鈞　喻執政。鈞爲衡石，持鈞猶言持衡，謂國輕重，皆出其手。文選干寶晉紀總論：「選者爲人擇官，官者爲身擇利，而秉鈞當軸之士，身兼官以十數。」李善注：「毛詩曰：秉國之鈞，四方是維。」

〔一七〕置盂天下　猶言播澤天下。盂，漢書東方朔傳：「置守宮盂下。」顔師古注：「盂，食器也。」

〔一八〕素卷書名　謂功名著於書卷，傳於後世。素卷，書卷。劉琨答盧諶書：「素卷莫啓，幄無談賓。」書名，書寫功名。裴庭裕東觀奏記：「上校獵至渭水，見父老於村祠設齋，問之。父老曰：『醴泉縣令李君奭有異政，考秩已滿，百姓借留，詣府，兼此祈佛力耳。』上還宮，於御扆書其名。」

〔一九〕赤松遊道　謂功成身退。赤松，即赤松子。趙翼陔餘叢考兩赤松子：「一神農時爲雨師，服水玉，能入火不燒，蓋即張良所欲從遊者，見劉向列仙傳。一即晉之黄初平牧羊時所追道士，叱石成羊者，見葛洪神仙傳。」

〔二〇〕飆馭雲軿　御風而行之仙車。李白古風之四：「羽駕滅去影，飆車絶回輪。」顧況畫花歌詩：「王母欲過劉徹家，飛瓊夜入雲軿車。」

〔二一〕「有啼猿」句　孔稚珪北山移文：「蕙帳空兮夜鵠怨，山人去兮曉猿驚。」後遂以喻隱歸。吳融送弟東歸詩：「此别更無閑事屬，山北高處謝猿啼。」唳鶴，世説新語尤悔：「陸平原河橋敗，爲盧志所讒，被誅。臨刑嘆曰：『欲聞華亭鶴唳，可復得乎？』」劉孝標注引八王故事云：「華亭，吴由拳縣郊外墅也。有清泉茂林。吴平後，陸機兄弟共遊於此十餘年。」

更漏子〔一〕　流杯堂席上作〔二〕

相君家〔三〕，賓宴集。秋葉晚霜紅濕。簾額動，水紋浮〔四〕。纈花相對流〔五〕。　薄霞衣〔六〕，酣酒面。重抱琵琶輕按〔七〕。回畫撥，抹幺弦〔八〕。一聲飛露蟬〔九〕。

【校注】

〔一〕此詞原編卷二，屬林鍾商。熙寧七年（一〇七四）秋與楊繪、蘇軾宴集時作。乾道臨安志卷三牧守：「熙寧七年六月己巳，以知應天府、翰林侍讀學士、尚書禮部侍郎楊繪知杭州。」同年九月，應召還朝。蘇軾南鄉子詞題云：「沈强輔雯上出犀麗玉作胡琴，送元素還朝，同子野各賦一首。」張先所賦，疑即此詞。

〔二〕流杯堂　朱孝臧編年、龍榆生箋東坡樂府箋卷一泛金船：「紀年録：『甲寅和元素。』」王案：『甲寅九月，公（蘇軾）以太常博士知密州軍州事，罷杭州通守任，楊繪餞别於中和堂，和韻作。』案：張子野有流杯堂唱和翰林主人元素自撰腔勸金船詞，當是同作。中和堂在杭州，亭或近其地，非東武之流杯亭也。」案：乾道臨安志卷二有曲水亭，注云：「在舊治，治平中，郡守舍人沈遘建。」據薛映曲水亭詩自注：「一曰流杯亭。」流杯堂即流杯亭。

〔三〕相君　謂楊繪。高承事物紀原卷四：「唐百官志：『開元二十六年，改翰林供奉爲學士，别置學士院，其後選用益重，號爲内相。』又陸贄傳：『贄入翰林，雖外有宰相主大議，而贄常居中參裁可否，時號内相，則是其稱自陸贄始也。』由此，今亦呼翰林學士爲内相，亦曰内翰。」熙寧七年六月，楊繪以翰林侍讀學士、尚書禮部侍郎知杭州，故稱。楊繪，字元素，綿竹人。少而奇警，讀書五行俱下，名聞西州。進士上第，通判荆南。以集賢校理爲開封府推官。神宗即位，召修起居注、知制誥，知諫院，擢翰林學士，爲御史中丞。免役法行，繪陳十害。王安石使曾布疏其説。詔繪分析，固執前議，遂罷爲侍讀學士、知亳州，歷應天府、杭州，再爲翰林學士。元祐初，復天章閣待制，再知杭州。卒，年六十二。見宋史卷三二二本傳。

〔四〕水紋　謂簾。祖詠簾詩：「鈎横門勢曲，節亂水紋斜。」

〔五〕纈花　彩花。玉篇：「纈，彩纈。」高承事物紀原卷八「彩花」條引實録曰：「晉惠帝令宫人插五色通草花。……晉新野君傳：『家以剪花爲業，染絹爲芙蓉，捻蠟爲菱藕，剪梅若生之事。』」歷代詩餘卷一五、十名家詞本「纈花相對流」作「彩花和水流」。

〔六〕衣　歷代詩餘卷一五、十名家詞本作「裳」。

〔七〕輕按　輕彈。

〔八〕撥　彈撥琵琶之用具。白居易琵琶行詩：「沉吟放撥插弦中。」抹：彈奏之手法。幺弦：琵琶四弦，第四弦爲幺弦。

〔九〕「一聲」句　喻琵琶樂聲。韋莊聽彈琴詩：「蟬移高柳送殘聲。」吴融李周彈箏歌詩：「清清切切清露蟬。」知不足齋本、彊村叢書本注：「『露』一作『噪』。」

〔附〕蘇軾南鄉子沈强輔雯上出犀麗玉作胡琴送元素還朝同子野各賦一首

裙帶石榴紅。却水殷勤解贈儂。應許逐鷄鷄莫怕，相逢。一點靈心必暗通。　何處遇良工。琢刻天真半欲空。願作龍香雙鳳撥，輕攏。長在環兒白雪胸。

勸金船〔一〕 流杯堂唱和翰林主人元素自撰腔〔二〕

流泉宛轉雙開竇。帶染輕紗皺。何人暗得金船酒〔三〕。擁羅綺前後。緑定見花影，並照與、艷妝争秀。行盡曲名，休更再歌楊柳〔四〕。光生飛動摇瓊甃〔五〕。隔障笙簫奏〔六〕。須知短景歡無足〔七〕，又還過清晝。翰閣遲歸來〔八〕，傳騎恨、留住難久。異日鳳凰池上〔九〕，爲誰思舊。

【校注】

〔一〕此詞以下十一首原編鮑本補遺上。此與前首更漏子同作於熙寧七年（一〇七四）九月。詞譜卷二一注：「因張先詞有『何人暗得金船酒』句，名勸金船。」又於蘇軾勸金船下注：「此與張先詞同，爲和楊繪作，當時只傳此二詞。」

〔二〕流杯堂　見前首更漏子（相君家）注〔二〕。　主人：指楊繪。熙寧七年九月，蘇軾以太常博士知密州，罷杭州通判任，知州楊繪餞別於中和堂，張先亦預焉，故以「主人」稱之；並以楊繪自度曲勸金船相酬唱。方成培香研居詞麈宮調發揮：「宋時知音者，或先制腔而後實之以詞，如楊元素自制腔，張子野、蘇東坡填詞實之，名勸金船，范石湖制腔，而姜堯章填詞實之，名玉梅令之類是也。」朱孝臧編年、龍榆生箋東坡樂府箋卷一云：「案此闋與東坡作同和元素，而韻既不同，句度又復參差，豈有自撰腔可隨意偷聲減字耶？」

〔三〕金船　葉廷珪海録碎事卷六：「金船，酒器中大者。」庾信北園新齋成應趙王詩：「玉箏調笙管，金船代酒卮。」

〔四〕楊柳　即楊柳枝，曲調名。見前武陵春（每見韶娘梳鬢好）校注〔六〕。

〔五〕瓊甃　指酒杯，即金船。

〔六〕「隔障」句　猶隔簾奏樂。唐宋歌妓以歌樂佐觴，有當筵而佐與隔簾而佐兩種情形，柳永有隔簾聽詞。此指後者。

〔七〕短景　猶言時光短暫。杜甫閣夜詩：「歲暮陰陽催短景。」

〔八〕「翰閣」句　楊繪受詔還朝，再爲翰林學士兼侍讀，故云。歸來，指其奉詔還朝。

〔九〕鳳凰池　指朝廷樞要。詳前沁園春（心膂良臣）注〔一四〕。

〔附〕蘇軾勸金船流杯亭和楊元素

無情流水多情客。勸我如相識。杯行到手休辭却。這公道難得。曲水池上，小字更書年月。還對茂林修竹，以永和節。　纖纖素手如霜雪。笑把秋花插。尊前莫怪歌聲咽。又還是輕別。此去翺翔，遍賞玉堂金闕。欲問再來何歲，應有華髮。

定風波令〔一〕 次韻子瞻送元素内翰〔二〕

浴殿詞臣亦議兵〔三〕。禁中頗牧党羌平〔四〕。詔卷促歸難自緩。溪館。彩花千數酒泉清。　春草未青秋葉暮。□去〔五〕。一家行色萬家情。可恨黄鶯相識晚〔六〕。望斷。湖邊亭下不聞聲。

【校注】

〔一〕歷代詩餘卷四一調無「令」字。題云「次韻子瞻送元素内翰」，亦熙寧七年（一〇七四）九月作。

〔二〕子瞻　蘇軾（一〇三六—一一〇一），字子瞻，眉州眉山人。嘉祐進士，復舉制科，獲三等。熙寧四年，因上書力陳新法之弊，出爲杭州通判。在杭期間，與張先結爲忘年交，往來唱和甚歡。熙寧七年赴密州任時，又與張先、楊繪等六人會於松江垂虹亭。張先作定風波令（亦稱前六客詞），傳於四方。十七年後，蘇軾復作定風波令（即後六客詞），以追懷前事。張先卒後，蘇軾在徐州爲文遥祭，嗣後，又爲張先詩集作跋，表達了對詞壇前輩張先的眷懷之情。　元素内翰：　指楊繪，見前首更漏子（相君家）校注〔三〕。歷代詩餘卷四一題作「贈楊内翰元素」。

〔三〕浴殿　唐大明宮有浴堂殿，常爲召見翰林學士之所。舊唐書柳公權傳：「充翰林書詔學士，每浴堂召對，繼燭見跋，語猶未盡。」元稹酬樂天詩：「未勘銀臺契，先排浴殿關。」自注：「時樂天爲中書舍人，予在翰林學士。」楊繪時爲翰林學士，故稱爲「浴殿詞臣」。

〔四〕「禁中」句　蘇軾南鄉子贈行亦云：「旌旆滿江湖，詔發樓船萬舳艫。投筆將軍因笑我，迂儒，帕首腰刀是丈夫。」朱孝臧編年、龍榆生箋東坡樂府箋卷一：「元素典兵，史無明文，張子野送元素詞云：『浴殿詞臣亦議兵，禁中頗牧党羌平。』或當時有此命，寢而未行。」禁中，謂朝廷。頗牧，戰國趙將廉頗、李牧，皆著戰功，稱名將。後遂以頗牧爲大將之通稱。党羌，即党項羌族，居今甘肅、寧夏、陝北一帶，宋時爲西夏，多次交兵，爲北宋邊患之一。

〔五〕□去　歷代詩餘卷四一作「客去」；安陸集作「歸去」。

〔六〕黄鶯相識　唐戎昱移家别湖上亭詩：「好是春風湖上亭，柳條藤蔓系離情。黄鶯久住渾相識，欲别頻啼四五聲。」

又〔一〕　再次韻送子瞻〔二〕

談辨才疏堂上兵。畫船齊岸暗潮平。萬乘靴袍曾好問〔三〕。須信。文章傳口齒牙清〔四〕。　三百寺應遊未遍〔五〕。□算〔六〕。湖山風物豈無情。不獨渠丘歌叔度〔七〕。行路。吴謡終日有餘聲。

【校注】

〔一〕歷代詩餘卷四一調無「令」字。此詞與前首次韻子瞻送元素内翰同作於熙寧七年（一〇七四）九月。時蘇軾罷杭州通判任，權知密州。

〔二〕歷代詩餘卷四一題作「送子瞻」。

〔三〕「萬乘」句　指熙寧二年神宗召見蘇軾事。續資治通鑑長編拾遺卷四：「熙寧二年五月，羣臣准詔議學校貢舉，多欲變改舊法，獨殿中丞、直史館、判官告院蘇軾云云。上得蘇軾議，喜曰：『吾固疑此，得蘇軾議，釋然矣。』即日召見。問：『何以助朕？』軾對曰：『陛下求治太急，聽言太廣，進人太鋭。願陛下安静以待物來，然後應之。』上悚然聽受，曰：『卿三言，朕當詳思之。』」

〔四〕文章傳口　謂蘇軾文章爲人傳誦。王文誥蘇詩總案卷二：「嘉祐五年八月，公對制策，復入三等。自試制以來，惟吴育與公得列三等。……自是，公父子赫然名動京師，蘇氏文章遂擅天下，一時學者多從講問，以其文爲師法。」

〔五〕「三百寺」句　蘇軾懷西湖寄晁美叔同年詩：「三百六十寺，幽尋遂窮年。」

〔六〕□　歷代詩餘卷四一作「還」；安陸集作「重」。

〔七〕渠丘　通志氏族三以邑爲氏：「渠丘氏，亦作著邱氏，嬴姓，莒國之君，居於渠丘，故謂之渠丘公。今密州莒縣有渠丘城。」此泛指密州民衆。　歌叔度：　後漢書卷三一廉範傳：「廉範，字叔度。建中初，遷蜀郡太守。……成都民物風盛，邑宇逼側，舊制禁民夜作，以防火災，而更相隱蔽，燒者日屬。范乃毁削先令，但嚴使儲水而已。百姓爲便，乃歌之曰：『廉叔度，來何暮。不禁火，民安作。平生無襦今五袴。』」此以叔度喻蘇軾。

〔附〕蘇軾定風波 送元素

千古風流阮步兵。平生遊宦愛東平。千里遠來還不住。歸去。空留風韻照人清。　紅粉尊前深懊惱。休道。怎生留得許多情。記得明年花絮亂。須看。泛西湖是斷腸聲。

又〔一〕

霅溪席上〔二〕，同會者六人：楊元素侍讀〔三〕，劉孝叔吏部〔四〕，蘇子瞻〔五〕、李公擇二學士〔六〕，陳令舉賢良〔七〕。

西閣名臣奉詔行〔八〕。南床吏部錦衣榮〔九〕。中有瀛仙賓與主〔一〇〕。相遇。平津選首更神清〔一一〕。　溪上玉樓同宴喜。歡醉。對堤杯葉惜秋英〔一二〕。盡道賢人聚吴分。

試問。也應旁有老人星〔一三〕。

【校注】

〔一〕此詞作於熙寧七年（一〇七四）九月。王文誥蘇詩總案卷一二云：「熙寧七年九月，公以太常博士、直史館、權知密州軍州事，罷杭州通守任。……公既發，楊繪復遠送之，而陳舜俞、張先皆從，遂同訪李常於湖州。劉述亦在，張先賦六客詞。」六客詞即此首。蘇軾書遊垂虹亭：「吾昔自杭移高密，與楊元素同舟，而陳令舉、張子野，皆從吾過李公擇於湖，遂與劉孝叔俱至松江。夜半月出，置酒垂虹亭上。子野年八十五，以歌詞聞天下，作定風波令，其略云：『見説賢人聚吴分。試問。也應傍有老人星。』坐客歡甚，有醉倒者，此樂未嘗忘也。今七年爾。子野、孝叔、令舉皆爲異物，而松江橋亭，今歲七月九日，海風駕潮，平地丈餘，蕩盡無復孑遺矣。追思曩時，真一夢也。元豐四年十月二十日，黄州臨皋亭夜坐書。」夏承燾先生張子野年譜云：「軾書遊垂虹亭，則謂在松江垂虹亭上所作，疑爲軾事後誤記。軾書此事，在此後七年矣。」案張先與蘇軾等六人霅溪歡宴至夜半，垂虹亭再置酒，詞蓋成於霅溪席上而復歌於松江垂虹亭也。蘇軾並非誤記。蘇軾至濟南李公擇以詩相迎次韻二首其二：「夜擁笙歌霅溪水，回頭樂事總成塵。」即記霅溪席上張先作詞事。垂虹，橋名。范成大吴郡志卷一七橋梁：「利往橋，即吴江長橋也。慶曆八年縣尉王廷堅所建，有亭曰垂虹，而世並以名橋。」花草粹編卷七、歷代詩餘卷四一調無「令」字。歷代詩餘卷四一題作「霅溪席上」。

〔二〕霅溪　見前轉聲虞美人（使君欲醉離亭酒）校注〔六〕。

〔三〕楊元素　見前更漏子（相君家）校注〔三〕。

〔四〕劉孝叔　劉述，字孝叔，湖州人，景祐元年進士。爲御史臺主簿，知温、耀、真三州，提點江西刑獄，改荆湖南北、京西路轉運使。神宗立，召爲侍御史知雜事。坐事貶知江州，逾歲提舉崇禧觀，卒年七十二。見嘉泰吴興志、宋史卷三二一本傳。

〔五〕蘇子瞻　花草粹編無「蘇」字。

〔六〕李公擇　李常（一〇二七—一〇九〇），字公擇，南康軍建昌人。熙寧初，爲秘閣校理。王安石與之善，以爲三司條例檢詳官，改右正言、知諫院。以非諫官體，落校理，通判滑州。歲餘復職，知鄂州，徙湖、齊二州，徙淮南西路提點刑獄。元豐六年，召爲太常少卿，遷禮部侍郎。哲宗立，改吏部，進户部尚書，拜御史中丞，兼侍讀，加龍圖閣直學士。出知鄧州，徙成都，行次陝，暴卒，年六十四。見宋史卷三四四本傳。案此稱蘇軾、李常爲學士，指館職，而非翰林學士。宋承唐制，置史館、昭文館、集賢殿，總稱三館，均在崇文院内，後又增建秘閣，通稱崇文院。三館有直館、直院、修撰、檢討、校勘等官；秘閣有直閣、校理等官。三館、秘閣官和集賢殿修撰、直龍圖閣，通稱館職。錢大昕十駕齋養新録卷七：「（宋）沿唐故事，館職皆得稱學士。」時蘇軾以太常博士充直史館，李常以太常博士充秘閣校理知湖州，皆帶館職，故以學士稱之。　花草粹編卷七、彊村叢書本「公擇」前無「李」字。

〔七〕陳令舉　陳舜俞（?—一〇七五），字令舉，號白牛居士，湖州人，慶曆六年進士。授簽書壽州判官公事。嘉祐四年，由明州觀察推官舉制科，授著作佐郎、簽書忠正軍節度判官公事。熙寧三年，於知山陰縣任上不奉行青苗法，降監南康軍酒稅。熙寧八年，卒。蘇軾爲文哭之，稱其「學術才能，兼百人之器，慨然將以身任天下事，而人之所以周旋委曲、輔成其天者不至。一斥不復，士大夫識與不識，皆深悲之」。有都官集。詳都官集蔣之奇序、陳杞跋，續資治通鑒長編卷一九〇、卷二一二、宋史卷三三一本傳。案至元嘉禾志卷一三人物：「宋陳舜俞，字令舉，嘉興人，仁宗嘉祐四年應材識茂異賢良方正能直言極諫科，爲第一。」陳舜俞曾棄官居秀州（嘉興）白牛村，故嘉禾志稱其爲嘉興人。

〔八〕西閣名臣　指楊繪。西閣即西垣、西掖，爲中書省別稱。宋翰林學士皆加知制誥，與中書舍人相似，掌起草詔令、制誥等。故亦以「西閣」相稱。

〔九〕「南床」句　續資治通鑒長編卷二〇九：英宗治平四年，劉述召爲侍御史知雜事。南床，侍御史之別稱。通典職官典御史臺侍御史：「食坐之南，設橫床，謂之南床，殿中監察不得坐也，唯御史坐焉。凡侍御例，不出累月而遷南省者，故號爲南床。」錦衣，顯貴之服。李白越中覽古詩：「越王勾踐破吴歸，義士還家盡錦衣。」此言劉述官位通顯，榮還家鄉。

〔一〇〕瀛仙　神仙。瀛即瀛洲，傳説爲神仙所居之處。　主：指李常。李常時知湖州。

〔一一〕「平津」句　指陳舜俞與蘇軾。陳舜俞於嘉祐四年獲制科四等，時爲第一；蘇軾於嘉祐六年中制科三等，亦爲當時第一。故云。平津：漢書卷五八公孫弘傳：「元朔中，（公孫弘）代薛澤爲丞相。先是，漢帝以列侯爲丞相，唯弘無爵。上於是下詔曰：『朕嘉先聖之道，開廣門路，宣招四方之士，蓋古有任賢而序位，量能以授官。……其以高成之平津鄉户六百五十封丞相弘爲平津侯。』其後以爲故事。」

〔一二〕對堤杯葉　安陸集本作「繞堤紅葉」。

〔一三〕老人星　南極星。高承事物紀原卷二：「通典曰：周立壽星祠在下杜亳，時奉焉。宋會要曰：景德三年七月，王若欽言禮記月令八月命有司，秋分享壽星於南郊。唐開元二十四年七月，敕所司置壽星臺，祭老人星及角亢七夕。……爾雅云：壽星，角亢也。注云：數起角列宿之長，故云。」杜甫泊松滋江亭詩：「今宵南極外，甘作老人星。」此張先自喻。

〔附一〕蘇軾定風波

余昔與張子野、劉孝叔、李公擇、陳令舉、楊元素會於吴興。時子野作六客詞，其卒章云：「見説賢人聚吴分。試問。也應旁有老人星。」凡十五年，再過吴興，而五人者皆已亡矣。時張仲謀與曹子方、劉景文、蘇伯固、張秉道爲坐客，仲謀請作後六客詞云。

月滿苕溪照夜堂。五星一老鬥光芒。十五年間真夢里。何事。長庚對月獨凄涼。　緑髮蒼顏同一醉。還是。六人吟笑水雲鄉。賓主談鋒誰得似。看取。曹劉今對兩蘇張。

〔附二〕嘉泰吴興志卷一三宫室六客堂

六客堂在湖州府郡圃中。熙寧中，知州事李常作六客詞。元祐中，知州事張詢復爲六客之集，作六客詞序曰：「昔李公擇爲此郡，張先、劉孝叔在焉，而楊元素、蘇子瞻、陳令舉過之，會於碧瀾堂，子野作六客詞，傳於四方。今僕守此郡，子瞻與曹子方、劉景文、蘇伯固、張秉道過，與僕爲六。向之六客，獨子瞻在，復繼前作，子野爲前六客詞，子瞻爲後六客詞，與賡和篇，並刻墨妙亭。」後人歆艷，遂以名堂。

木蘭花〔一〕　席上贈周、邵二生〔二〕

輕牙低掌隨聲聽〔三〕。合調破空雲自凝〔四〕。姝娘翠黛有人描〔五〕，瓊女分鬟待誰並〔六〕。
弄妝俱學閑心性。固向鸞臺同照影〔七〕。雙頭蓮子一時花〔八〕，天碧秋池水如鏡。

【校注】

〔一〕吴聿觀林詩話：「東坡在湖州，甲寅年與楊元素、張子野、陳令舉，由苕溪泛至吴興。東坡家嘗出琵琶，並沈冲宅玉犀，共三面胡琴。又州妓一姓周，一姓邵，呼爲二南。子野賦六客辭。後子野、令舉、孝叔化去，惟東坡與元素、公擇在爾。元素因作詩寄東坡云：『仙舟遊漾霅溪風，三奏琵琶一艦紅。門望喜傳新政異，夢魂猶憶舊歡同。二南籍里知誰在，六客堂中已半空。細問人間爲宰相，争如願住水晶宫。』……吴興有水晶宫之號，故云。」據此，此詞亦係熙寧七年（一〇七四）九月在湖州作。

〔二〕二生　指周、邵二生，湖州州妓。清徐士鑾宋艷卷六：「呼妓爲生，未知始於何時。徐虹亭續本事詩載袁宏道中郎傷周生詩，題下注：『吴人呼妓爲生，蓋亦沿宋舊耳。』」知不足齋本、彊村叢書本、湖州詞徵本、全宋詞本「周」作「同」，今從觀林詩話、歷代詩餘卷三一作「周」。

〔三〕輕牙低掌　猶言輕聲低唱。輕牙，牙板輕拍。低掌，輕輕擊掌，以合歌拍，皆用以伴歌。

〔四〕合調　歌聲絲絲入扣，與樂曲本調諧合。破空雲自凝：李賀李憑箜篌引詩：「吴絲蜀桐張高秋，空山凝雲頽不流。」歷代詩餘卷三一「空」作「宫」。

〔五〕姝娘　指周、邵二妓。歷代詩餘卷三一「姝」作「珠」。

〔六〕待誰並　指分鬟後何人爲之合鬟。挽髮而笄，謂之合鬟。

〔七〕鸞臺　鸞鏡臺。鸞鏡，飾有鸞鳥圖案之妝鏡。秦韜詠手詩：「鸞鏡巧梳匀翠黛，畫樓閑望擘珠簾。」

〔八〕雙頭蓮子　蓮之一種，雙蓮同莖，此喻周、邵二妓。

泛清苕〔一〕　正月十四日與公擇吴興泛舟〔二〕

緑净無痕。過曉霽清苕〔三〕，鏡里遊人。紅柱巧〔四〕，彩船穩〔五〕，當筵主、秘館詞臣〔六〕。吴娃勸飲韓娥唱〔七〕，競艷容、左右皆春〔八〕。學爲行雨，傍畫槳，從教水濺羅裙〔九〕。

溪烟混月黄昏〔一〇〕。漸樓臺上下，火影星分〔一一〕。飛檻倚，斗牛近〔一二〕，響簫鼓、遠破重雲。歸軒未至千家待〔一三〕，掩半妝、翠箔朱門。衣香拂面，扶醉卸簪花〔一四〕，滿袖餘温〔一五〕。

【校注】

〔一〕此調「清」字原作「青」，今據花草粹編卷一二、百家詞諸本改。花草粹編卷一二注：「一名感皇恩。」詞譜卷三五、十名家詞本注：「一名感皇恩慢。」詞譜卷三五注：「調見張先詞，吴興泛舟作，即賦本意也。……此張先自度曲，無別首可校。」案嘉泰吴興志卷一四郡守題名：「李常，太常博士充秘閣校理，熙寧七年三月到任，九年三月移知齊州。」題云「正月十四日與公擇吴興泛舟」，當是熙寧八年（一〇七五）作。

〔二〕公擇 李常。見前定風波令（西閣名臣奉詔行）校注〔六〕。

〔三〕清苕 即苕溪，水名。見前偷聲木蘭花（曾居别乘匡吴俗）校注〔六〕。

〔四〕紅柱 花草粹編卷一二、詞譜卷三五、安陸集作「紅妝」。

〔五〕彩船 詞律拾遺卷五注：「葉本作『畫船』。」

〔六〕「當筵主」二句 謂李常。秘閣，續資治通鑒長編卷一九：「太宗端拱元年五月辛酉，置秘閣於崇文院，分三館之書萬餘卷以實其中，命吏部侍郎李至兼秘書監，右司諫、直史館宋泌兼直秘閣，右贊善大夫、史館檢討杜鎬兼校理。」李常於熙寧初爲秘閣校理，熙寧七年又以秘閣校理知湖州。故以「秘閣詞臣」相稱。

〔七〕吴娃 吴地女子之昵稱。此與韓娥同，皆指筵間歌舞妓。列子湯問：「秦青顧謂其友曰：『昔韓娥東之齊，匱糧，過雍門，鬻歌假食，既去而餘音繞梁欐，三月不絶，左右人以其人弗去。』」崔塗聲詩：「韓娥絶唱唐衢哭，盡是人間第一聲。」

〔八〕皆 花草粹編卷一二作「偕」；安陸集作「生」。

〔九〕「學爲行雨」二句 太平廣記卷二〇〇引抒情詩：「唐丞相李蔚鎮淮南日，有布衣之交孫處士，不遠千里，徑來修謁。蔚洟日留連。一日告發，李敦舊分，遊湖祖送，過於橋下，波浪迅激，舟子回撥，舉篙濺水，近坐飲妓，濕衣尤甚。李大怒，令擒舟子，荷於所司，處士拱而前曰：『因兹寵餞，是某之過，敢請筆硯，略抒荒蕪。』李從之。乃以柳枝詞曰：『半額微黄金縷衣，玉搔頭梟鳳雙飛。從教水濺羅裙濕，還道朝來行雨歸。』李覽之，釋然歡笑，賓從皆贊之，命伶人唱其詞，樂飲至暮，舟子赦罪。」

〔一〇〕溪烟　詞譜卷三五作「烟溪」。

〔一一〕「漸樓臺」二句　謂元宵張燈之多。陳元靚歲時廣記卷一〇上元引國朝會要曰：「乾德五年詔：朝廷無事，區宇咸寧，況年穀之屢豐，宜士民之縱樂，上元（元宵）可更增兩夜，起於十四，止於十八。」

〔一二〕斗牛　二十八星宿中之斗宿和牛宿。

〔一三〕歸軒　謂歸車。左傳閔公二年：「衛懿公好鶴，鶴有乘軒者。」注：「軒，大夫車。」疏：「服虔曰：車有幡曰軒。」唐令狐德棻冬日燕於庶子宅詩：「落景雖已傾，歸軒幸能駐。」

〔一四〕簪　插戴。蘇軾吉祥寺賞牡丹詩：「人老簪花不自羞，花應羞上老人頭。」

〔一五〕温　詞譜卷三五作「氳」。

木蘭花〔一〕　乙卯吴興寒食〔二〕

龍頭舴艋吴兒競〔三〕。筍柱秋千遊女並〔四〕。芳洲拾翠暮忘歸〔五〕，秀野踏青來不定〔六〕。
行雲去後遥山暝〔七〕。已放笙歌池院静。中庭月色正清明，無數楊花過無影〔八〕。

【校注】

〔一〕據題中「乙卯」，可知此詞作於神宗熙寧八年（一〇七五）。

〔二〕寒食　陳元靚歲時廣記卷一五寒食：「荆楚歲時記曰：『去冬至一百五日，能有疾風甚雨，謂之寒食。據日曆合在清明前二日，亦有去冬至一百六日者，禁火三日，今謂之禁烟節是也。又謂之百五節。』洪舍人容齋五筆云：『今人謂寒食爲一百五日，以其自冬至之後至清明，歷節氣五，凡一百七日，而先兩日爲寒食，故云。』」

〔三〕「龍頭」句　宋時湖州風俗，於寒食、清明舉行龍舟競渡，與端午（五月五日）楚地爲紀念屈原舉行龍舟賽會的文化習俗不同。嘉泰吴興志卷一八事物雜志水嬉：「統紀：『清明日，橈彩舟於溪上，爲競渡之戲，謂宜田蠶。』按藝苑雌黄云：『南方競渡，治其舟，使輕利，謂之飛鳧，又曰水車，又曰水馬。相傳於越王勾踐，蓋斷髮文身之俗，習水而好戰，古有其風。』」龍頭舴艋：龍舟之一種。兩頭尖而船首雕龍。藝文類聚卷七一引元嘉起居注：「余姚令何玢之造作平床一，乘船舴艋一艘，精麗過常。」事物異名録舟船舟：「留青日札：蚱蜢尖頭尾蟲，小艇之形似之，故曰舴艋。」

〔四〕「笋柱」句　謂遊女成對玩秋千遊戲。高承事物紀原卷八歲時風俗引古今藝術圖云：「北方戎狄，愛習輕趫之態，每至寒食爲之。後中國女子李芝蘭，乃以彩繩懸樹立架，謂之秋千。或曰本山戎之戲也。自齊桓公北伐山戎，此戲始傳中國。」秋千又作「鞦韆」。笋柱，即竹柱，秋千兩端以竹爲之。明人書之插圖中，尚有畫笋柱秋千者。

〔五〕芳洲　屈原九歌：「採芳洲兮杜若。」王逸章句：「芳洲，香草叢生水中之處。」拾翠：謂遊女春時採集百草。語出曹植洛神賦：「或採明珠，或拾翠羽。」杜甫秋興之八：「佳人拾翠春相問，仙侣同舟晚更移。」

〔六〕秀野　謝靈運入彭蠡湖口詩：「春晚緑秀野。」踏青：遊春。唐孟浩然大堤行寄萬七：「歲歲春草生，踏青二三月。」孟郊濟源寒食之三：「一日踏青一百回，朝朝没脚走芳塵。」唐宋踏青時日，因地而異。歲華紀麗譜：「二月二日踏青節。初郡（成都）人遊賞散在四郊……」歲時廣記卷一八引輦下歲時記：「三月上巳，有賜宴羣臣，即在曲江，傾都人物，於江頭禊飲踏青。」蘇轍記歲首鄉俗寄子瞻之一踏青序：「眉東門十數里有山，日暮頤山，上有亭榭松竹，下臨大江，每正月人日（七日），士女相與遊嬉飲酒其上，謂之踏青。」

〔七〕行雲　見前醉桃源渭州作校注〔五〕。此喻踏青遊戲之女。

〔八〕「無數」句　朱彝尊静志居詩話：「張子野吴興寒日詞：『中庭月色正清明，無數楊花過無影。』余嘗嘆其工絶，在世所傳『三影』之上。」李調元雨村詞話卷一：「『張三影』已勝稱人口矣，尚有一詞云：『無數楊花過無影。』合稱之，名『四影』。」

又〔一〕

去春自湖歸杭，憶南園花已開〔二〕，有「當時猶有蕊如梅」之句〔三〕，今歲還鄉，南園花正盛，復爲此詞以寄意。

去年春入芳菲國〔四〕。青蕊如梅終忍摘。闌邊徒欲説相思，緑蠟密緘朱粉飾〔五〕。歸來故苑重尋覓。花滿舊枝心更惜。鴛鴦從小自相雙，若不多情頭不白〔六〕。

【校注】

〔一〕此詞與前首木蘭花同作於熙寧八年（一〇七五）春。夏承燾先生張子野年譜：「熙寧八年乙卯，八十六歲。春，在吴興，作木蘭花乙卯吴興寒食，同調去春自湖歸杭今歲還鄉。」

〔二〕南園　見前醉落魄山圍畫障校注〔九〕。

〔三〕「當時」句　爲玉聯環（南園已恨歸來晚）中句。

〔四〕芳菲國　指南園。

〔五〕緑蠟密緘　錢翊未展芭蕉詩：「冷燭無烟緑蠟乾，芳心猶卷怯春寒。」

〔六〕「鴛鴦」二句　詩小雅鴛鴦：「鴛鴦於飛。」傳：「鴛鴦，匹鳥。」箋：「匹鳥，言其止則相偶，飛則爲雙，性馴偶也。」李商隱石城詩：「鴛鴦兩頭白。」又代贈詩：「鴛鴦可羡倶頭白。」

天仙子〔一〕　公擇將行〔二〕

坐治吴州成樂土〔三〕。詔卷風飛來聖語〔四〕。親輿乞得便藩歸〔五〕，瑶席主，杯休數，清夜爲君歌白苧〔六〕。　花接舊枝新蕊吐。造化不知人有助。看花歲歲比甘棠〔七〕，嘉月暮〔八〕。東門路〔九〕。只恐帶將春色去。

【校注】

〔一〕題云「公擇將行」、詞云「坐治吴州成樂土，詔卷風飛來聖語」，當是熙寧九年（一〇七六）在湖州送李常離任作。

〔二〕公擇　李常字，見前定風波令（西閣詞臣奉詔行）校注〔六〕。

〔三〕吴州　指湖州。　樂土：詩豳風碩鼠：「樂土樂土，爰得我所。」

〔四〕「詔卷」句　熙寧九年三月，詔李常遷尚書祠部員外郎徙齊州，湖州由章惇接任。

〔五〕「親輿」句　謂侍親歸里。王粲贈士孫文始詩：「四國方阻，俾爾歸蕃。」袁宏後漢紀明帝紀上：「東平王蒼以輔政久，固請歸藩。」

〔六〕白苧　同白紵，曲調名。晉書樂志白紵歌：「夜長未央歌白紵。」舊唐書禮樂志：「清樂三十二曲中有白紵。沈約云：『紵本吳地所出，疑是吳舞也。』梁帝又命約改其詞爲四時白紵歌。約集所載是也。今中原有白紵曲，辭旨與此全殊。」吳競樂府解題：「白紵歌有白紵舞，吳人之歌舞也。吳地出紵，故因所見以寓意。始則田野所作，後則大樂用焉。其音入清商調，故清商七曲有子夜者即白紵也。在吳歌爲白紵，在雅歌爲子夜。」李白白紵舞詩：「長袖拂面爲君起。」

〔七〕甘棠　見前沁園春（心膂良臣）校注〔一二〕。

〔八〕嘉月　三月之別稱。文選謝惠連西陵遇獻康樂詩：「成裝候良辰，漾舟陶嘉月。」李善注：「嘉月，謂季春也。」

〔九〕東門路　謂離別處。淮南子：「齊桓公送客至東門之外，寧戚方飯牛，叩角而高歌。」白居易秦中吟詩：「寂寞東門路，無人繼去塵。」

離亭宴[一]　公擇別吴興[二]

捧黄封詔卷[三]。隨處是、離亭别宴。紅翠成輪歌未遍。已恨野橋風便[四]。此去濟南非久[五]，惟有鳳池鸞殿[六]。　三月花飛幾片[七]。又減却、芳菲過半。千里恩深雲海淺。民愛比、春流不斷。更上玉樓西，歸雁與、征帆共遠[八]。

【校注】

〔一〕題云「公擇别吴興」，亦係熙寧九年（一〇七六）三月送李常離湖州作。詞譜卷一八注：「調始見張先，因詞中有『隨處是、離亭别宴』句，取以爲名。」

〔二〕公擇　李常字，見前定風波令（西閣詞臣奉詔行）校注〔六〕。

〔三〕黄封詔卷　謂朝廷詔書。高承事物紀原卷二「黄敕」條云：「唐高宗上元三年，以制敕施行既爲永式，用白紙多爲蟲蛀，自今以後，尚書省下頒諸州、諸縣，並用黄紙。敕用黄紙，自高宗始。」封，泥封。詔書用紫泥，故又稱紫誥。蘇頌春晚紫微省直寄内詩：「内史通宵承紫誥，中人落晚愛紅妝。」

〔四〕已恨　詞譜卷一八作「早已恨」。

〔五〕濟南　今山東濟南市，北宋爲齊州治所。元豐九域志卷一京東東路：「齊州濟南郡，興德軍節度，治歷城縣。」

〔六〕「惟有」句　謂不久將入主中樞，升入禁省。

〔七〕「三月」句　杜甫曲江二首之一：「一片花飛減却春。」

〔八〕「更上」二句　詞譜卷一八作「更上玉樓西望雁與征帆共遠」。

感皇恩〔一〕　徐鐸狀元〔二〕

延壽蕓香七世孫〔三〕。華軒承大對〔四〕，見經綸。溟魚一息化天津〔五〕。袍如草〔六〕，三百騎，從清塵。　玉樹瑩風神〔七〕。同時棠棣萼〔八〕，一家春。十年身是鳳池人〔九〕。蓬萊閣〔一〇〕，黄閣主〔一一〕，遲談賓〔一二〕。

【校注】

〔一〕題云「徐鐸狀元」，當是熙寧九年（一〇七六）賀徐鐸進士及第作。百家詞本、彊村叢書本、湖州詞徵本作小重山。彊村叢書本朱孝臧校記云：「原本作感皇恩，黄校改。」張先另有感皇恩兩首，亦改爲小重山。案原本作感皇恩不誤。今傳敦煌曲子有感皇恩四首，皆用平韻，首句亦均爲七字。

此詞及另首（廊廟當時共代工）與敦煌曲（四海天下及諸州）一首用韻、句式全同；另首（萬乘靴袍御紫宸）與敦煌曲（四海清平遇有年）一首用韻句式亦全同。蓋張先所用爲古調感皇恩，宋人小重山本屬兩調。黄子鴻、朱孝臧改爲小重山，因皆未見敦煌曲子，故而誤改。

〔二〕徐鐸　宋史卷三二九徐鐸傳：徐鐸，字振文，興化蒲田人，熙寧進士第一，簽書鎮東軍判官。紹聖末，以給事中直學士院。徽宗立，以龍圖閣待制知青州，坐事落職知湖州。崇寧中，拜禮部尚書，進吏部尚書，卒。吴自牧夢粱録卷一七狀元表：「熙寧九年，徐鐸。」李燾續資治通鑑長編卷二七三：「熙寧九年三月甲戌，御集英殿賜進士徐鐸以下並明經諸科及第出身、同出身、同學究出身，總五百七十六人。」同書卷二七四：「熙寧九年四月癸巳，以進士及第徐鐸爲大理評事簽書越州判官。」

〔三〕「延壽」句　謂徐鐸出身於書香世家。延壽，後漢書卷八〇王逸傳：「子延壽，字文考，有俊才。少遊魯國，作靈光殿賦。後蔡邕亦造此賦，及見延壽所爲，甚奇之，遂輟翰而已。曾有異夢，意惡之，乃作夢賦以自勵。後溺水，時年二十餘。」後遂以延壽稱美文才。皎然荅裴集陽伯明二賢各垂贈二十一韻今以一章用酬兩作詩：「詩名比元長，賦體凌延壽。」蕓香，沈括夢溪筆談卷三：「古人藏書闢蠹用蕓。蕓，香草也，今人謂之『七里香』者是也。」説郛卷九七引沈括忘懷録香草：「古人藏書，謂之『蕓香』是也。採置書帙中，即去蠹。置席下，去蚤虱。栽園庭間，香聞數十步，極可愛。葉類豌豆，作小叢生，秋間葉上微白粉汗，南人謂之『七里香』。」

〔四〕「華軒」句　謂廷對。

〔五〕「溟魚」句　祝頌之辭。意謂徐鐸將平步青雲，鵬程萬里。莊子逍遥遊：「北冥有魚，其名爲鯤。鯤之大，不知其幾千里也；化而爲鳥，其名爲鵬。鵬之背，不知幾千里也；怒而飛，其翼若垂天之雲。是鳥也，海運則將徙於南冥。南冥者，天池也。」天津：屈原離騷：「朝發軔於天津兮，夕余至乎西極。」注：「天津，東極箕斗之漢津也。」

〔六〕袍如草　古詩穆穆清風至：「青袍如春草，長條隨風舒。」庾信哀江南賦：「青袍似草，白馬如練。」

〔七〕「玉樹」句　謂徐鐸風姿美好。世説新語言語：「謝太傅問諸子侄：『子弟亦何預人事，而正欲使其佳？』諸人莫有言者，車騎答曰：『譬如芝蘭玉樹，欲使其生於階庭耳。』」杜甫題柏大兄弟山居屋壁之一：「叔父朱門貴，郎君玉樹高。」錢起重贈趙給事詩：「玉樹滿庭家轉貴，雲衢獨步位初高。」

〔八〕「同時」句　謂徐鐸兄弟同榜及第進士。棠棣蕚，兄弟之代稱。詩小雅常棣：「常棣之華，鄂不韡韡，凡之今人，莫如兄弟。」鄭玄箋：「承華者曰鄂，不當作拊，鄂足也。鄂足得華之光明，則韡韡然盛興者，喻弟以敬事兄，兄以榮覆弟，思義之顯亦韡韡然。」常棣，漢書卷八五杜鄴傳引作「棠棣」。徐鐸兄名鋭。福建通志卷三三選舉志一熙寧九年徐鐸榜：「徐鐸以下莆田人方會、徐鋭……」

〔九〕鳳池人　見前沁園春（心膂良臣）注〔一四〕。

〔一〇〕蓬萊閣　文選王融三月三日曲水詩序：「紀言事於仙室。」李善注引華嶠後漢書云：「學者稱東觀爲老氏藏室、道家蓬萊。」後遂以喻指秘書省或集賢院。杜甫秋日寄題鄭監湖上亭三首其三：「暫阻蓬萊閣，終爲江海人。」

〔一一〕黄閣主　祝頌之辭。衛宏漢舊儀卷上謂丞相「聽事閣曰黄閣」。宋史卷一五禮志二：「三公黄閣，前史無其義。史臣按……夫朱門洞啓，當陽之正色。三公與天子，禮秩相亞，故黄其閣，以示謙不敢斥天子，蓋是漢來制也。」

〔一二〕遲　待。　談賓：　相與談論的賓客，指爲宰相延請入閣。

又〔一〕

安車少師訪閲道大資〔二〕，同遊湖山〔三〕。

廊廟當時共代工〔四〕。睢陵千里遠，約過從〔五〕。欲知賓主與誰同。宗枝内〔六〕，黄閣舊，有三公〔七〕。　廣樂起雲中〔八〕，湖山看畫軸〔九〕，兩仙翁。武林嘉語幾時窮〔一〇〕。元豐際。德星聚〔二〕，照江東。

【校注】

〔一〕此詞原編卷一，屬道調宮。詞云「元豐」，爲神宗年號，凡八年（一〇七八—一〇八五），張先卒於元豐元年。此詞當是此年作。詞律卷九以爲此調當作小重山，彊村叢書本、湖州詞徵本皆從之。原本作感皇恩不誤。見前感皇恩（延壽芸香七世孫）校注〔一〕。

〔二〕安車少師　指趙概。禮記曲禮上：「大夫七十而致仕，若不得謝，則必賜之几杖，行役以婦人，適四方乘安車。」注：「安車，小乘，若今小車。」趙概時已以太子少師致仕，故云。趙概（九九六—一〇八三），字叔平，應天虞城人。天聖五年進士。仁宗時累官樞密使、參知政事，以太子少師致仕。元豐六年卒，年八十八，謚康靖。詳見東都事略卷七一、宋史卷三一八本傳及蘇軾趙康靖公神道碑、王珪趙康靖公墓志銘。閲道大資：謂趙抃。葉夢得避暑録話卷上：「本朝觀文、資政殿皆有大學士，觀文稱大觀文，而資政稱大資。」趙抃以資政殿大學士知杭，故云。趙抃（一〇〇八—一〇八四），字閲道，衢州西安人。神宗即位，召知諫院，擢參知政事。王安石用事，抃屢斥其不便，懇乞去位，拜資政殿學士，累知杭州、青州、成都、越州。以太子少保致仕。元豐六年卒，年七十七，贈太子少師，謚清獻，有清獻集。詳見宋史卷三一六本傳。乾道臨安志卷三牧守：「熙寧十年五月，知越州、資政殿大學士、右諫議大夫趙抃知杭。……元豐二年，抃以舊職加太子太保致仕。」趙抃清獻集卷四聞致政趙少師概入境寄獻詩：「我公優暇若神仙，八十高齡（此作虛數，應爲八十三）衆所賢。政府昔同俄一紀，留封今別又三年。及時和氣來吴國，度曲薰風入舜琴。作日清臺應密奏，老人星照浙西天。」所指即趙概來訪趙抃事。

〔三〕同遊湖山　趙抃趙少師遊西湖兼簡坐客詩：「絲管喧喧擁畫船，澄瀾上下照紅蓮。一尊各盡十分酒，四老共成三百年。北闕音書休憶念，西湖風物且留連。杭民夾道焚香看，白髮朱顔長壽仙。」詩中「四老」趙概、趙抃之外，即有張先。另一人疑爲程師孟。宋葉寘愛日齋叢抄卷二：「元豐初，趙清獻（抃）守杭，趙康靖（概）自南都來，年八十一，共遊湖山，爲『二老圖』，清獻時年七十一。程給事師孟守越，又減清獻一歲，嘗同唱和，清獻謝年過之，因增程公爲『三老圖』，盛哉承平典型也。」

〔四〕代工　見前沁園春（心膂良臣）校注〔一五〕。神宗熙寧元年，趙概與趙抃同爲參知政事，備位政府，故云。

〔五〕「睢陵」二句：趙概致仕後，退居睢陽十五年（見東都事略卷七一）。此次從睢陽千里來會。「睢陵千里遠約過從」：花草粹編卷六、十名家詞本、詞律卷九、歷代詩餘卷三七、安陸集作「睢陵千里約遠過從」。

〔六〕宗枝内　意即同宗之中。吴曾能改齋漫録卷一〇：「世以同宗族者爲骨肉。……顔之推家訓曰：『凡宗親世數，有從父，有從祖，有族祖。江南風俗，自兹以往，高秩者通呼爲尊。同昭穆者，雖百世猶稱兄弟。若對他人稱之，皆云族人。』」

〔七〕黃閣　見前感皇恩（延壽芸香七世孫）校注〔一一〕。三公：太尉、司徒、司空或太師、太傅、太保之總稱。趙抃次韻前人懷西湖之遊詩：「昔時唐殿預英雄，今猶湖山幸會逢。謫官青錢曾萬選（自注：謂林希），承恩白首是三公（自注：謂趙概）。」

〔八〕廣樂　穆天子傳卷一：「天子乃奏廣樂。」史記卷四三趙世家：「趙簡子疾，五日不知人，……居二日半，簡子寤，語大夫曰：『我之帝所甚樂，與百神遊於鈞天，廣樂九奏萬舞，不類三代之樂，其聲動人心。』」

〔九〕畫軸　謂趙概與趙抃。語本「畫麒麟」，稱有功於國而得到殊譽之人。漢書卷五四蘇武傳：「甘露三年，單于始入朝。上思股肱之美，乃圖畫其人於麒麟閣，法其形貌，署其官爵姓名。……次曰典屬國蘇武。皆有功德，知名當世，是以表而揚之，明著中興輔佐，列於方叔、召虎、仲山甫焉。凡十一人，皆有傳。」杜甫惜别行送向卿進奉端午御衣之上都詩：「麒麟圖畫鴻雁行，紫極出入黃金印。」李端麟詩：「畫像臨仙閣，藏書入帝臺。」謂「畫麒麟」爲登仙閣。「兩仙翁」語亦於此化出。

〔一〇〕武林　原爲杭州西湖西部之靈隱山。漢書地理志上會稽郡：「錢唐西部，都尉治。武林山，武林水所出。」即此。後爲杭州之代稱。　全宋詞「嘉語」作「佳話」。

〔一二〕德星聚　世説新語德行：「陳太丘詣荀朗陵，貧儉無僕役。乃使元方將車，季方持仗後從，長文尚小，載著車中。既至，荀使叔慈應門、慈明行酒，餘六龍下食，文若尚小，坐著膝前。於是太史奏：『真人東行。』」劉孝標注引檀道鸞續晉陽秋云：「陳仲弓從諸子侄造荀父子，於時德星聚，太史奏：『五百里賢人聚。』」

不編年詞

醉垂鞭〔一〕

雙蝶綉羅裙〔二〕。東池宴。初相見。朱粉不深勻〔三〕。閑花淡淡春〔四〕。　細看諸處好。人人道〔五〕。柳腰身〔六〕。昨日亂山昏。來時衣上雲〔七〕。

【校注】

〔一〕此詞以下二首原編卷一，屬正宮。知不足齋本調下題曰「東池」。

〔二〕「雙蝶」句　裙上綉有雙蝶。魏承班生查子詞：「蝶舞雙雙影，羞看綉羅衣。」

〔三〕朱粉　胭脂與鉛粉。白居易題令狐家木蘭花詩：「膩如玉指塗朱粉，光似鉛刀剪紫霞。」

〔四〕「閑花」句　謂淡妝閑雅，風韻天然。

〔五〕人人道　周濟宋四家詞選作「人道是」。

〔六〕柳腰身　温庭筠南歌子詞：「轉眄如波眼，娉婷似柳腰。」

〔七〕「昨日」二句　李白清平調詞：「雲想衣裳花想容。」此處暗用其意，以亂山之雲襯托女子衣裙；

又兼用宋玉高唐賦「巫山之陽，高丘之阻；旦爲朝雲，暮爲行雨」之意，以示女子身份。陳廷焯詞則別調集卷二：「蓄勢在一結，風流壯麗。」

又

贈琵琶娘，年十二〔一〕。

朱粉不須施。花枝小〔二〕。春偏好。嬌妙近勝衣〔三〕。輕羅紅霧垂。琵琶金畫鳳〔四〕。雙絛重〔五〕。倦眉低。啄木細聲遲〔六〕。黄蜂花上飛〔七〕。

【校注】

〔一〕蘇軾有減字木蘭花贈小鬟琵琶，年皆十二，似與張先此詞同賦。詞云：「琵琶絶藝。年紀都來纔十二。試抹幺弦。未解將心指下傳。主人嗔小。擬嚮樽前拚醉倒。已屬君家。且更從容等待些。」

〔二〕花枝　十名家詞作「瓊枝」。

〔三〕近勝衣　狀少女體態嬌小。荀子非相：「葉公子高微小短瘠，行若將不勝其衣。」

〔四〕金畫鳳　琵琶之畫飾。鄭處誨明皇雜録：「中官白旁貞自蜀使回，得琵琶以獻。其槽以邏逤檀爲之，温潤如玉，光輝可見，有金縷紅文蹙成雙鳳。貴妃每抱是琵琶奏於梨園，音律凄清，飄如雲外。」牛嶠西溪子詞：「捍撥雙盤金鳳，蟬鬢玉釵摇動。」

〔五〕雙絛　蘇軾宋叔達家聽琵琶詩：「夢回只記歸舟字，賦罷雙垂紫錦絛。」

〔六〕「啄木」句　喻琵琶樂聲。歐陽修於劉功曹家見楊直講褒女奴彈琵琶戲作呈聖俞詩：「大弦聲遲小弦促，十歲嬌兒彈啄木。啄木不啄新生枝，唯啄槎牙枯樹腹。花繁蔽日鎖空園，樹老參天杳深谷。不見啄木鳥，但聞啄木聲。春風和暖百鳥語，山路磽确行人行。啄木飛從何處來，花間葉底時丁丁。林空山静啄愈響，行人舉頭飛鳥驚。」梅堯臣依韻和永叔戲作詩：「琵琶轉撥聲繁促，學作饑禽啄寒木。木蠹生蟲細穴空，長啄敲鏗未充腹。」劉敞奉得永叔於劉功曹家聽楊直講女奴彈啄木見寄詩：「空林多風霜霰零，啄木朝饑悲長鳴。口雖能呼心不平，誰彈琵琶象其聲。雌雄切直相丁寧，欲飛未飛皆有情。琵琶八十有四調，此曲獨得傳玄妙。」

〔七〕「黄蜂」句　以蜂聲喻琵琶。韋莊聽彈琴詩：「蜂簇野花聽細韻，蟬移高柳送殘聲。」

菩薩蠻〔一〕

憶郎還上層樓曲〔二〕。樓前芳草年年緑。緑似去時袍。回頭風袖飄〔三〕。　郎袍應已舊。顏色非長久。惜恐鏡中春〔四〕。不如花草新。

【校注】

〔一〕此詞以下十四首原編卷一，屬中呂宮。知不足齋本調下有題曰「怨別」。張先詞多以民歌風味入調。此詞猶然。夏敬觀吷庵詞評云此首純用「古樂府作法」。

〔二〕「憶郎」句　西洲曲：「憶郎郎不至，仰首望飛鴻。鴻飛滿西洲，望郎上青樓。樓高望不見，盡日欄杆頭。」

〔三〕「緑似」二句　古詩五首其四：「穆穆清風至，吹我羅衣裾。青袍似春草，長條隨風舒。」

〔四〕鏡中春　謂青春容貌。「鏡」：一作「鑒」。

又〔一〕

聞人語著仙卿字〔二〕。瞋情恨意還須喜〔三〕。何況草長時〔四〕。酒前頻共伊〔五〕。　嬌香堆寶帳。月到梨花上。心事兩人知。掩燈羅幕垂〔六〕。

【校注】

〔一〕知不足齋本調下有題曰「頻見」。

〔二〕仙卿　同仙郎。任昉述異記卷上載有晉時樵者王質上山遇仙境，歸時斧柯盡爛之傳説。唐人則視入尚書諸曹郎爲入仙境，而稱仙郎。白孔六帖：「諸曹郎稱仙郎。」劉禹錫成一篇用答佳貺詩：「爛柯山下舊仙郎，列宿來添婺女光。」花草粹編卷三「語」作「話」。

〔三〕還須　花草粹編卷三、百家詞本、十名家詞本作「相須」。

〔四〕草長時　丘遲與陳伯之書：「暮春三月，江南草長，雜花生樹，羣鶯亂飛。」

〔五〕共　花草粹編卷三、百家詞本、十名家詞本作「見」。

〔六〕幕　花草粹編卷三、百家詞本、十名家詞本作「幔」。

又〔一〕

夜深不至春蟾見〔二〕。令人更更情飛亂〔三〕。翠幕動風亭〔四〕。時疑響屧聲〔五〕。　花香聞水榭。幾誤飄衣麝〔六〕。不忍下朱扉〔七〕。繞廊重待伊。

【校注】

〔一〕知不足齋本調下有題曰「不至」。

〔二〕春蟾　謂春月。蟾即蟾蜍，月之代稱。太平御覽卷九四九引張衡靈憲：「羿請不死之藥西王母，姮娥竊之以奔月。遂托身於月，是爲蟾蜍。」花草粹編卷三、十名家詞本「夜深不至春蟾見」作

「香韃不至春蟾午」。

〔三〕更更　一更又一更，指春夜。花草粹編卷三、十名家詞本「更更情飛亂」作「轉更猜飛語」。

〔四〕風亭　宋書徐湛之傳：「廣陵城舊有高樓，……湛之更起風亭、月觀、吹臺、琴室，果竹繁盛，花藥成行，招集文士，盡遊玩之適，一時之盛也。」此用以代指宴遊之處。

〔五〕響屧聲　春秋時吴王館娃宫有響屧廊。范成大吴船録卷八：「響屧廊在靈巖山寺。相傳吴王令西施輩步屧，廊虚而響，故名。」皮日休館娃宫懷古五絶之五：「響屧廊中金玉步，來蘭山上綺羅身。」

〔六〕衣麝　梁簡文帝南湖詩：「荷香亂衣麝。」劉遵繁華應令詩：「腕動飄香麝，衣輕任好風。」此謂聞水榭花香而疑衣麝人至。

〔七〕下朱扉　謂關門入睡，不再等待。

又

簟紋衫色嬌黄淺〔一〕。釵頭秋葉玲瓏剪。輕怯瘦腰身。紗窗病起人。　相思魂欲絶。莫話新秋別。何處斷離腸。西風昨夜凉。

【校注】

〔一〕「簟紋」句　謂女子衣衫，色彩淡黄，布紋密緻。簟，竹席。

踏莎行〔一〕

衾鳳猶温〔二〕，籠鸚尚睡。宿妝稀淡眉成字〔三〕。映花避月上行廊，珠裙褶褶輕垂地〔四〕。翠幕成波，新荷貼水。紛紛烟柳低還起。重墻繞院更重門，春風無路通深意。

【校注】

〔一〕歷代詩餘卷三六調下注云：「又名柳長春。」

〔二〕衾鳳猶温　指睡起未久。

〔三〕宿妝　殘妝，其粉黛稀淡。温庭筠菩薩蠻詞：「蕊黄無限當山額，宿妝隱笑紗窗隔。」眉成字：女子眉式有八字眉，又名鴛鴦眉。韋應物送宫人入道詩：「寶鏡休匀八字眉。」李商隱蝶詩：「八字宫眉捧黄額。」

〔四〕「映花」二句　許昂霄詞綜偶評云：「是一幅美人曉起圖。」百家詞本、詞綜卷五、歷代詩餘卷三六、十名家詞本、安陸集「行」作「回」。

又

波湛横眸〔一〕，霞分膩臉〔二〕。盈盈笑動籠香靨。有情未結鳳樓歡〔三〕，無憀愛把歌眉斂。密意欲傳，嬌羞未敢〔四〕。斜偎象板還偷瞰〔五〕。輕輕試問借人麽〔六〕，佯佯不覷雲鬟點〔七〕。

【校注】

〔一〕波湛横眸　謂雙眸流動，猶如横波。盧思道日出東南隅行詩：「深情出艷語，密意滿横眸。」

〔二〕霞分膩臉　謂臉上胭脂如霞，紅分兩頰。閻選河傳詞：「膩臉懸雙玉。」

〔三〕鳳樓　列仙傳卷上：「簫史者，秦穆公時人也，善吹簫，能致孔雀白鶴於庭。穆公有女字弄玉，好之。公遂以女妻焉。日教弄玉作鳳鳴，居數年，吹似鳳聲，鳳凰來止其屋。夫婦止其上，不下數年，一旦皆偕鳳凰飛去。」江總簫史曲：「弄玉秦家女，簫史仙處童，來時兔月照，去後鳳樓空。」

〔四〕「密意」句　徐陵洛陽道詩：「相看不得語，密意眼中來。」

〔五〕「斜偎」句　意猶劉禹錫觀柘枝舞詩：「曲盡回身去，層波猶注人。」象板，象牙拍板，歌時以拍爲節。偷瞰，偷看。瞰，瞰字从目，有覷視意。

〔六〕借人　未詳。疑當作「者人」，意即試問欲傳密意還偷瞰者是否此人。

〔七〕佯佯　假裝。柳永木蘭花令詞：「問著洋洋回却面。」雲鬟點，猶云點頭、首肯。

感皇恩〔一〕

萬乘靴袍御紫宸〔二〕。揮毫敷麗藻〔三〕，盡經綸〔四〕。第名天陛首平津〔五〕。東堂桂，重占一枝春〔六〕。　殊觀聳簪紳〔七〕。蓬山仙話重〔八〕，霈恩新。暫時趨府冠談賓。十年外，身是鳳池人〔九〕。

【校注】

〔一〕彊村叢書本、湖州詞徵本調作小重山。朱孝臧校記云：「原作感皇恩，黄校曰：『此小重山之又一體，惟兩結少一字。』」案原本不誤，諸校改爲小重山，皆因未見敦煌曲感皇恩，故有此誤。詳見前感皇恩（延壽芸香七世孫）校注〔一〕。此詞賀人登第，所賀何人，不詳。

〔二〕「萬乘」句　謂殿試。宋時禮部奏合格進士，再由御殿復試，方賜及第。紫宸，殿名。宋史卷一一六禮志一九：「常朝之儀。唐以宣政爲前殿，謂之正衙，即古之内朝也。以紫宸爲便殿，謂之入閤，即古之燕朝也。……宋因其制。」

〔三〕麗藻　陸機文賦：「遊文章之府，嘉麗藻之彬彬。」

〔四〕經綸　經世之論。易屯：「雲雷屯，君子以經綸。」

〔五〕「第名」句　謂獲首選。第名，唱第。殿試後由皇帝主持，宣唱及第進士名次；並按等第釋褐授官。天陛，猶云殿前。平津，見前編年詞定風波令（西閣詞臣奉詔行）校注〔一一〕。

〔六〕「東堂」二句　晉書卷五四郤詵傳：「武帝於東堂會送，問詵曰：『卿自以爲何如？』詵對曰：『臣舉賢良對策，爲天下第一，猶桂林之一枝，崑山之片玉。』」後遂以東堂折桂喻科舉及第。案此詞所賀似於進士及第後復中制科，故云「重占一枝春」。

〔七〕簪紳　冠簪和紳帶，古代官員服飾。此指朝中百官。顔師古奉和正日臨朝詩：「肅肅皆鵷鷺，濟濟盛簪紳。」

〔八〕蓬山　蓬萊仙山。史記卷二八封禪書：「自威、宣、燕昭使人入海求蓬萊、方丈、瀛洲。此三神山者，其傳在勃海中，去人不遠；患且至，則船風引而去。蓋嘗有至者，諸仙人及不死之藥皆在焉。」後遂以喻科舉中第。杜荀鶴依韻次同年張署先輩見寄之什詩：「九華山叟驚凡骨，同到蓬萊豈偶然。」王禹偁小畜集卷七即席送許製之曹南省兄衮詩：「待看春榜來江外，名占蓬萊第幾仙。」

〔九〕「十年」句　謂十年後當官至樞要。鳳池，見前編年詞沁園春（心膂良臣）校注〔一四〕。

西江月

體態看來隱約,梳妝好是家常〔一〕。檀槽初抱更安詳〔二〕。立向尊前一行。小打登鈎怕重〔三〕,盡纏綉帶由長。嬌春鶯舌巧如簧〔四〕。飛在四條弦上〔五〕。

【校注】

〔一〕「體態」二句　謂家常裝束,反見出風姿綽約。好是,有「豈是」與「真是」兩義。張祜題程氏齋詩:「緣君尋小院,好是更題詩。」羅鄴謁寧祠詩:「好是精靈偏有感,能於鄉里不爲災。」皆豈是義;元結欸乃曲:「停橈静聽曲中意,好是雲山韶濩曲。」則真是義。此云「好是家常」,義猶真是家常。王建宫詞詩:「家常愛著舊衣裳,空插紅梳不作妝。」

〔二〕檀槽　謂琵琶。琵琶上架弦之槽格爲檀木製成,故云。李商隱定子詩:「檀槽一抹廣陵春,定子初開睡臉新。」

〔三〕小打登鈎　未詳。當爲宋時演奏琵琶所用之術語。

〔四〕「嬌春」句　喻琵琶聲。韋莊菩薩蠻詞:「琵琶金翠羽,弦上黄鶯語。」

〔五〕四條弦　琵琶凡四弦。王建宫詞詩:「用力獨彈金殿響,鳳凰飛出四條弦。」

慶金枝〔一〕

青螺添遠山〔二〕。兩嬌靨、笑時圓。抱雲勾雪近燈看〔三〕。妍處不堪憐〔四〕。　今生但願無離別，花月下、綉屏前。雙蠶成繭共纏綿。更結後生緣〔五〕。

【校注】

〔一〕知不足齋本、湖州詞徵本調下有題曰「合歡曲」。

〔二〕「青螺」句　謂畫眉。青螺，即螺子黛。隋遺録：「殿脚女人争效爲長蛾眉，司官吏日給螺子黛五斛，號爲蛾緑。螺子黛出波斯國。」歐陽修阮郎歸詞：「青螺深畫眉。」遠山，葛洪西京雜記卷二：「文君姣好，眉色如望遠山。」楊慎丹鉛録十眉圖：「唐明皇令畫工畫十眉圖。一曰鴛鴦眉，又名八字眉；二曰小山眉，又名遠山眉。」温庭筠菩薩蠻詞：「眉黛遠山緑。」

〔三〕「抱雲」句　猥語。雲、雪喻詞中女子。

〔四〕「妍處」句　百家詞本、十名家詞本、歷代詩餘卷二三、詞譜卷七作「算何處不堪憐」。

〔五〕「更結」句　百家詞本、十名家詞本、歷代詩餘卷二三、詞譜卷七作「更重結後生緣」。

浣溪沙

輕屧來時不破塵〔一〕。石榴花映石榴裙〔二〕。有情應得撞腮春〔三〕。　夜短更難留遠夢，日高何計學行雲〔四〕。樹深鶯過静無人。

【校注】

〔一〕不破塵　謂步履輕盈。

〔二〕石榴裙　紅裙。梁元帝烏栖曲詩：「芙蓉爲帶石榴裙。」

〔三〕應得撞腮春　未詳。樂府雅詞卷上、花草粹編卷二作「應解憶青春」；百家詞本、十名家詞本作「應解惜青春」。

〔四〕行雲　宋玉高唐賦：「妾在巫山之陽，高丘之阻，旦爲朝雲，暮爲行雨。」何計學行雲，即無計入此夢境。花草粹編卷二「計」作「許」。

相思兒令〔一〕

春去幾時還。問桃李無言〔二〕。燕子歸栖風緊，梨雪亂西園〔三〕。　猶有月嬋娟〔四〕。似人人〔五〕、難近如天。願教清影長相見，更乞取長圓。

【校注】

〔一〕知不足齋本調下有題曰「惜月」。

〔二〕桃李無言　史記卷一〇九李將軍傳贊引諺語：「桃李不言，下自成蹊。」

〔三〕梨雪　謂梨花。蕭子顯燕歌行：「洛陽梨花落如雪。」西園：參天仙子（别渝州）詞注〔六〕。

〔四〕月嬋娟　孟郊嬋娟篇：「妓嬋娟，不長妍。月嬋娟，真可憐。」

〔五〕人人　柳永浪淘沙令詞：「有個人人，飛燕精神。」張相詩詞曲語辭匯釋卷六：「人人，對於所昵者之稱，多指彼美而言。」

師師令〔一〕

香鈿寶珥〔二〕。拂菱花如水〔三〕。學妝皆道稱時宜，粉色有、天然春意。蜀彩衣長勝未起〔四〕。縱亂雲垂地〔五〕。都城池苑夸桃李〔六〕。問東風何似。不須回扇障清歌，唇一點、小於珠子〔七〕。正是殘英和月墜〔八〕。寄此情千里。

【校注】

〔一〕詞綜卷五、安陸集題作「贈美人」；知不足齋本題作「春興」。楊慎詞品拾遺：「李師師，汴京名妓。張子野爲製新詞，名師師令。……秦少游亦贈之詞云：『看遍潁川花，不似師師好。』後徽宗微行幸之，見宣和遺事。」案張邦基墨莊漫録、徐夢莘三朝北盟會編諸籍載，靖康元年，李師師被抄家；南渡初，「士大夫猶邀之以聽歌」，嗣後流落湖湘。吳衡照蓮子居詞話卷一：「張子野師師令，相傳爲贈李師師作。按子野天聖八年進士，見齊東野語。至熙寧六年，年八十五，見東坡集。熙寧十年（應爲元豐元年），年八十九卒，見吳興志。自子野之卒，距政和、重和、宣和年間，又三十餘年（應爲四十餘年），是子野已不及見師師，何由而爲是言乎？調名師師令，非因李師師也。好事者率意附會，並忘子野年幾何矣，豈不疏歟！」丁紹儀聽秋聲館詞話卷一七：「劉屏山汴都紀事詩云：『輦轂繁華事可傷，師師垂老過湖湘。縷衣檀板無顔色，一曲當時動帝王。』是其末路仳離，與唐時泰娘絶相類。較明之王嬙、卞玉京所遇尤不如。惟子野係仁宗時人，少游於哲宗初貶死藤州，均去徽宗時甚遠，豈宋有兩師師耶？」夏承燾先生張子野年譜：「唐人孫棨爲北里志，記平康妓亦有李師師。師師蓋不僅一人也。友人任銘善云：『汴俗，凡生男女，父母愛之，必捨身佛寺，節爲佛弟子者，俗呼爲師，故名之曰師師。』據此，詞調中之師師令，殆與女冠子同類。」惟羅忼烈先生談李師師（見兩小齋論文集）仍從楊慎之説，謂張先熙州慢送述古詞有「況值禁垣師師，惠政流入歌謡」之句，亦寫及師師，此詞作於熙寧七年，故師師令與熙州慢之作年相近，所詠爲同一人，必爲宣和間汴京名妓李師師無疑。案今傳各本子野詞，熙州慢中之「師師」均作「師帥」，指知杭州之陳襄，詳前熙州慢（武林鄉）校注〔七〕。「惠政流入歌謡」，則係歌頌陳襄在杭多政績，與徽宗時名妓李師師一無關涉。「師帥」二字決不能作「師師」。熙州慢一詞亦不能作爲師師令作年之佐證。羅説無據。

〔二〕鈿　花朵形首飾，以金翠珠寶製成。白居易長恨歌：「花鈿委地無人收，翠翹金雀玉搔頭。」寶珥：耳璫、耳飾。

〔三〕菱花　鏡之代稱。古銅鏡凡六角形或鏡背鐫有菱花圖案者，稱菱花鏡。李白代美人愁鏡詩：「狂風吹却妾心斷，玉箸並墜菱花前。」宋祁筆次詩：「菱花照鬢感流年，始覺空名盡偶然。」

〔四〕蜀彩　蜀錦。杜工部草堂詩箋卷七白絲行：「越羅蜀錦金粟尺。」注云：「越羅蜀錦，天下奇錦。」歷代詩餘卷四七「蜀彩」作「蜀錦」。安陸集注：「長」，「一作『裳』。」

〔五〕亂雲　狀女子衣裳。詞綜卷五、歷代詩餘卷四七、十名家詞本、詞譜卷一七、安陸集「雲」作「霞」。

〔六〕都城　謂汴京。桃李：喻美色。詩召南何彼襛矣：「何彼襛矣，華如桃李。」曹植雜詩：「南國有佳人，容華若桃李。」

〔七〕「脣一點」句　猶云珠脣小口。岑參醉戲竇子美人詩：「朱脣一點桃花殷。」花草粹編卷七、百家詞本、詞綜卷五、歷代詩餘卷四七、十名家詞本、詞譜卷一七「子」作「蕊」。

〔八〕是　花草粹編卷七、百家詞本、詞綜卷五、歷代詩餘卷四七、十名家詞本、詞譜卷一七、安陸集作「值」。

謝池春慢〔一〕　玉仙觀道中逢謝媚卿〔二〕

繚墻重院〔三〕，時聞有〔四〕、啼鶯到。綉被掩餘寒〔五〕，畫幕明新曉〔六〕。朱檻連空闊〔七〕，飛絮無多少〔八〕，徑莎平〔九〕，池水渺。日長風静，花影閑相照。塵香拂馬，逢謝女、城南道〔一〇〕。秀艷過施粉〔一一〕，多媚生輕笑。鬥色鮮衣薄〔一二〕，碾玉雙蟬小〔一三〕。歡難偶〔一四〕，春過了。琵琶流怨，都入相思調〔一五〕。

【校注】

〔一〕草堂詩餘別集卷三題作「春興」。

〔二〕玉仙觀　吴曾能改齋漫録卷一二：「玉仙觀在京城東南宣化門外七八里陳州門是也。仁宗時有陳道士修葺亭臺，栽花木甚盛，四時遊客不絶。」皇都風月主人緑窗新話卷上「張子野逢謝媚卿」條引古今詞話：「張子野往玉仙觀，中途逢謝眉卿，初未相識，但兩相聞名。子野才韻既高，謝亦秀色出世，一見慕悦，目色相授。張領其意，緩轡久之而去，因作謝池春慢以叙一時之遇。」李調元樂府侍兒小名「謝媚卿」條記張先減字木蘭花（垂螺近額）詞云：「題但云『贖（贈）妓』，不知何人題，亦詠媚卿也。」

〔三〕墻　古今詞話作「繞」。

〔四〕聞　歷代詩餘卷五、安陸集、汪潮生本作「間」。

〔五〕掩　古今詞話、花草粹編卷八作「堆」。

〔六〕幕　花草粹編卷八、詞綜卷五、安陸集、詞譜卷二二、汪潮生本作「閣」。

〔七〕「朱檻」句　白居易百花亭詩：「朱檻在空虚。」

〔八〕無　古今詞話、花草粹編卷八作「知」。

〔九〕涉　十名家詞本作「沙」。

〔一〇〕「逢謝女」句　晉書卷九六王凝之妻謝氏傳記晉謝道韞聰明有才辯。後遂以「謝女」稱才女。李賀牡丹種曲：「檀郎謝女眠何處？樓臺月明燕夜語。」吴正子注：「檀奴，潘安小字，後人因目爲檀郎。謝女，舊注以爲謝道韞，蓋以才子才女並稱耳。然唐詩中有稱妓女爲謝女者。大抵因謝安石蓄妓而起，始稱謝妓，繼則改稱謝女，以爲新異耳。」温庭筠贈知音詩：「窗前謝女青蛾斂，門外蕭郎白馬嘶。」城南道，玉仙觀在汴京城南。

〔一一〕艷　花草粹編卷八作「秀」。

〔一二〕鬥色鮮衣　謂多色相間的明麗之衣。鮮衣，見前山亭宴慢（宴亭永晝喧簫鼓）注〔七〕。

〔一三〕碾玉雙蟬　唐孟簡詩：「危鬟如玉蟬，纖手自整理。」王建宫詞：「玉蟬金雀三層插，翠髻高叢緑鬢虚。」

〔一四〕偶　花草粹編卷八作「遇」。

〔一五〕「琵琶」二句　陶穀風光好詞：「琵琶撥盡相思調。」花草粹編卷八、詞譜卷二二「怨」作「韻」。

惜雙雙　溪橋寄意

城上層樓天邊路，殘照裏、平蕪緑樹。傷遠更惜春暮，有人還在高高處。　斷夢歸雲經日去〔二〕，無計使、哀弦寄語。相望恨不相遇。倚橋臨水誰家住。

【校注】

〔二〕斷夢歸雲　宋玉高唐賦：「斷夢歸雲。」

江南柳〔一〕

隋堤遠〔二〕，波急路塵輕。今古柳橋多送別〔三〕，見人分袂亦愁生〔四〕。何況自關情。

斜照後，新月上西城〔五〕。城上樓高重倚望，願身能似月亭亭〔六〕。千里伴君行〔七〕。

【校注】

〔一〕此詞以下三首原編卷一，屬南呂宮。十名家詞本調作望江南。知不足齋本調下有題曰「隋堤」。

〔二〕隋堤　揚州府志卷八古跡：「隋開邗溝入江，傍築御河，樹以楊柳，今謂之隋堤。在今江蘇北運道上。宋張綸因其舊而築，南起江都，北連寶應，爲十閘以泄横流，即今運河堤也。蓋自開封迄江都，沿汴、淮運河，皆隋堤所經也。」劉禹錫楊柳枝詩：「煬帝行宮汴水濱，數枝楊柳不勝春。」杜牧隋堤柳詩：「夾岸垂楊三百里，只應圖畫最相宜。」

〔三〕柳橋　三輔黄圖卷六：「霸橋在長安東，跨水作橋，漢人送客至此橋，折柳贈別。」唐時又有稱「情盡橋」或「折柳橋」。唐詩紀事卷五六「雍陶」條：「陶典陽安，送客至盡情橋，問其故，左右曰：『送迎之地止此，故橋名盡情。』陶命筆題其柱曰：『折柳橋』。自後送別，必吟其詩曰：『從來只有情難盡，何事名爲情盡橋？自此改名爲折柳，任他離恨一條條。』」

〔四〕「分袂」句　何遜贈從兄與甯真南詩：「當憐此分袂，脉脉淚沾衣。」

〔五〕月　十名家詞作「圭」。

〔六〕似月亭亭　沈約麗人賦：「亭亭如月。」　十名家詞本「亭亭」作「華明」。

〔七〕「千里」句　張若虛春江花月夜：「此時相望不相聞，願逐月華流照君。」

八寶裝

錦屏羅幌初睡起。花陰轉、重門閉。正不寒不暖，和風細雨。困人天氣〔一〕。　此時無限傷春意。憑誰訴、厭厭地〔二〕。這淺情薄倖〔三〕，千山萬水，也須來裏〔四〕。

【校注】

〔一〕困人天氣　張先南歌子詞：「困人天氣近清明。」

〔二〕厭厭地　精神不振，情思綿綿。陶潛和郭主簿詩：「檢素不獲展，厭厭竟良月。」韓偓春盡日詩：

「把酒送春惆悵在，年年三月病厭厭。」

〔三〕薄倖　薄情。杜牧遣懷詩：「十年一覺揚州夢，贏得青樓薄倖名。」

〔四〕也須來裏　猶云亦須來哩。裏，語助詞，同「哩」。

一叢花令〔一〕

傷高懷遠幾時窮〔二〕。無物似情濃。離愁正引千絲亂〔三〕，更東陌〔四〕、飛絮濛濛〔五〕。嘶騎漸遠，征塵不斷，何處認郎蹤。雙鴛池沼水溶溶。南北小橈通〔六〕。梯橫畫閣黃昏後〔七〕，又還是、斜月簾櫳〔八〕。沉思細恨〔九〕，不如桃杏〔一〇〕，猶解嫁東風〔一一〕。

【校注】

〔一〕皇都風月主人綠窗新話卷上「張子野潛登池閣」引古今詞話：「張先，字子野，嘗與一尼私約，其老尼性嚴，每臥於池島中一小閣上。俟夜深人靜，其尼潛下梯，俾子野登閣相遇。臨別，子野不勝惓惓，作一叢花詞以道其懷。」此首又載歐陽修近體樂府卷三，羅泌校曰：「此篇世傳張先子野詞。」十名家詞本、安陸集調無「令」字。

〔二〕「傷高」句　楚辭招魂：「極目千里兮傷春心。」宋玉高唐賦：「登高遠望，使人心醉。」花草粹編卷八「高」作「春」。

〔三〕愁　十名家詞本作「心」。花草粹編卷八、安陸集「引千」作「恁牽」。

〔四〕東陌　緑窗新話卷上作「南北」，花草粹編卷八、百家詞本、十名家詞本、安陸集作「南陌」。

〔五〕濛濛　緑窗新話卷上作「蒙茸」。

〔六〕「雙鴛」二句　嘉泰吴興志卷九郵驛武康縣：「餘英館在縣西南餘英溪上，即沈約宗族所居之地，館南有雙鴛池。」注引舊編云：「舊尼寺基地。張子野樂府之『雙鴛池沼水溶溶，南北小橈通』，即此處。」緑窗新話卷上、花草粹編卷八「橈」作「橋」。

〔七〕梯横　緑窗新話卷上作「横看」。

〔八〕斜　緑草新話卷上、花草粹編卷八作「新」。「簾櫳」：緑草新話卷上作「朦朧」；安陸集注：「一作『濛濛』。」

〔九〕沉思細恨　緑窗新話卷上、花草粹編卷八、百家詞本、十名家詞本作「沉恨細思」，彊村叢書本校記云：「原本作『沉思細恨』，黄校依注改。」安陸集作「況恨細思」，並注：「一作『況思思量』。」

〔一〇〕杏　緑窗新話卷上作「李」。

〔一一〕猶解　張相詩詞曲語辭匯釋卷一：「猶解，猶得也。」花草粹編卷八、安陸集「猶」作「還」。花草粹編卷八、十名家詞本、安陸集「東」作「春」。

〔附〕蕭滌非張先一叢花本事辨證

這要算張先集中壓卷之作了。朱祖謀宋詞三百首也以之入選。一般詞選，也都選了。可是，從張宗橚詞林紀事起，一直到現在的一些選本爲止，都把它的本事遺漏了。誰知這首傳誦千古的詞，却原來是作者寫他和一個比丘尼的一段私會呢？這事載於楊湜的古今詞話（從略）。看了這段記載，我們纔徹底明了詞中「南北小橋」、「梯横畫閣」是説的什麽。可以這樣説，五代、北宋許多作家有名的詞，很多都是在類似這種情節之下寫成的。詞在當時，本是供歌筵舞席的「淺斟低唱」之用的，因而這類作品也就最受歡迎，最易享盛名。楊湜的古今詞話，本來不完全可信，胡仔漁隱叢話就有很多指斥他的地方。像上面這種事看來尤覺荒唐，近於好事者流的杜撰。詞林紀事雖選録此詞，却未載此事，不知是緣偶未及見，抑不相信而故遺之？所以最初我看到這段記載，也不免將信將疑，不敢據實。後來在程垓的書舟詞裏，發現一首孤雁兒，全詞是：「雙鬟乍綰横波溜。記當日，香心透。誰教容易隨鷄飛，輸却春風先手。天公元也，管人憔悴，放出花枝瘦。　幾宵和月來相就。問何處、春山鬥。祇應深鎖嬋娟，枉却嬌花時候。何時爲我，小梯横閣，試約黄昏後。」在這首詞的調名下，程垓注云：「有老尼從而復出者，戲用張子野事賦此。」按詞末「小梯横閣」兩句，顯係化用子野原詞「梯横畫閣黄昏後」者，即自注所謂「張子野之事」，亦即古今詞話所載之事。自有此一發現，我不覺心喜，因爲程垓是南宋初期的有名詞人，和楊湜時代不甚相後，而他也同樣有此一説，自足充分證明古今詞話那段記載的確實可信。而我們讀者在知道他這一段「方外姻緣」之後，再來玩味他的詞，也自然倍覺親切了。尤其對於末數句：「沉恨細思，不如桃杏，猶解嫁東風。」更能得到進一步的領會。因爲作者用「桃杏凡花」來比喻世間兒女，這就微妙地反襯出詞中人物原是一個出家持戒的比丘尼的身份，而不是普通的女子。關於這首詞，當時如珠玉詞的作者晏殊，似乎就很賞識。畫墁録説：「晏丞相領京兆，辟張先都官通判。一日，張議事府内，再三未答，晏公作色，操楚語：本爲賢會道『無物似情濃』，今日却來此事公事！」六一詞的作者歐陽修，也同樣愛好。過庭録説：「子野郎中一叢花詞云：『沉恨細思，不如桃杏，猶解嫁東風。』一時盛傳，永叔尤愛之，恨未識其人。子野家南地，以故至都，謁永叔，閽者以通，永叔倒屣迎之，曰：『此乃桃杏嫁東風郎中！』東坡守杭，子野尚在，嘗預宴席，蓋年八十餘矣。」歐、晏都是子野的朋友，此詞的本事他們自然知道。

西江月〔一〕

泛泛春船載樂，溶溶湖水平橋。高鬟照影翠烟搖〔二〕。白紵一聲雲杪〔三〕。　倦醉天然玉軟〔四〕，弄妝人惜花嬌〔五〕。風情遺恨幾時消。不見盧郎年少〔六〕。

【校注】

〔一〕此詞原編卷一，屬道調宮。

〔二〕高鬟　高綰的髮髻。李商隱燕臺詩：「高鬟立共桃鬟齊。」

〔三〕白紵　曲調名，見前編年詞天仙子（坐治吳州成樂土）校注〔六〕。

〔四〕玉軟　人軟。施肩吾夜飲詩：「被郎嗔罰琉璃盞，酒入四肢紅玉軟。」

〔五〕弄妝　花草粹編卷四、安陸集作「卸妝」。

〔六〕「不見」句　南部新書丁集：「盧家有子弟，年已暮而猶爲校書郎，晚娶崔氏子，崔有詞翰，結縭之後，微有慊色。盧因請詩以述懷爲戲，崔立成詩曰：『不怨盧郎年紀大，不怨盧郎官職卑。自恨妾身生較晚，不見盧郎年少時。』」

宴春臺慢〔一〕　東都春日李閤使席上〔二〕

麗日千門〔三〕，紫烟雙闕〔四〕，瓊林又報春回〔五〕。殿閣風微〔六〕，當時去燕還來。五侯池館頻開〔七〕。探芳菲、走馬天街〔八〕。重簾人語，轔轔綉軒，遠近輕雷〔九〕。雕觴霞灔，翠幕雲飛。楚腰舞柳〔一〇〕，宮面妝梅〔一一〕。金猊夜暖〔一二〕，羅衣暗裛香煤〔一三〕。洞府人歸〔一四〕，放笙歌、燈火下樓臺〔一五〕。蓬萊〔一六〕。猶有花上月，清影徘徊〔一七〕。

【校注】

〔一〕此詞原編卷一，屬仙呂宮。詞譜卷一五注：「此調始自張先，蓋宴春也。」樂府雅詞卷上、草堂詩餘前集卷上、花草粹編卷一〇、百家詞本、十名家詞本、詞律卷一五、歷代詩餘卷六四、安陸集、汪潮生本調無「慢」字。

〔二〕東都　宋時稱汴京爲東京，洛陽爲西京。　閤使：　乃閤門使。宋史卷一六六職官六：「東上閤門、西上閤門使，各三人，副使各二人，宣贊舍人十人，祗候十有二人，掌朝會、宴幸、供奉、贊相、禮儀之事。」李閤使，疑爲李珣，宋史卷四六四有傳。珣字公粹，以蔭閤門使祗候，遷閤門副使，累遷均州防御使知相州，賜御制詩飛白字寵其行。胡宿文恭集卷一七有李珣可東上閤門使加上騎都尉制，王珪王華陽集卷三〇有東上閤門使李珣可德州刺史制。

〔三〕麗日千門　沈約三月三日率而成篇詩：「麗日屬元巳，年芳俱在此。」三輔黄圖卷二漢宮：「武帝太初元年，柏梁殿災。粵巫勇之曰：『粵俗有火災，即復起大屋以厭勝之。』帝於是作建章宮，度爲千門萬户。宮在未央宮西，長安城外。」杜甫哀江頭詩：「江頭宮殿鎖千門。」此處借指汴京皇宮。

〔四〕紫烟　杜甫洗兵馬詩：「紫禁正耐烟花繞。」　雙闕：　宮門兩側之望樓。張正見御幸樂遊苑侍宴詩：「兩宮明合壁，雙闕帶飛烟。」

〔五〕瓊林　瓊林苑，宋時爲新進士宴遊之地。宋文鑒卷三楊侃皇畿賦：「彼池（金明池）之南，有苑何大，既瓊林而名，亦玉輦而是待。其或折桂天庭，花開鳳城，則必有聞喜之新宴，掩杏園之舊名。於是連鑣上苑，列席廣庭。蓋我朝之盛事，爲士流之殊榮。」葉夢得石林燕語卷一：「瓊林苑，乾德中置。太平興國中，復鑿金明池於苑上。……歲以二月開，命士庶縱觀，謂之開池，至上巳，車駕臨幸畢，即閉。歲賜二府從官燕及進士聞喜燕，皆在其間。」孟元老東京夢華録卷七：「三月一日，州西順天門外開金明池、瓊林苑。……至四月八日閉池。」百家詞本、十名家詞本「林」作「樓」，非。

〔六〕殿閣風微　杜甫奉和賈至舍人早期大明宫詩：「旌旗日暖龍蛇動，宫殿風微燕雀高。」詞律卷一五、歷代詩餘卷四六、安陸集、汪潮生本「閣」作「角」。

〔七〕「五侯」句　漢書卷九八元后傳：「河平二年，上悉封舅譚爲平阿侯，商城都侯，立紅陽侯，根曲陽侯，逢時高平侯。五人同日封，故世謂之『五侯』。」後漢書卷七八單超傳：「封超新豐侯，二萬户，璜武康侯，瑗東武侯，……悺上蔡侯，衡汝陽侯，各三千户，賜錢各三百萬。五人同封，故世謂之『五侯』。」後因以泛稱朝中權貴。歐陽詹曲江池記：「千門麗帳，同五侯而偕至。」樂府雅詞卷上、草堂詩餘前集卷上、花草粹編卷一〇、十名家詞本、詞律卷一五、歷代詩餘卷六四、詞譜卷二六、安陸集、汪潮生本「頻」作「屏」。

〔八〕「探芳菲」句　指京城百官士庶春遊宴樂景象。孟元老東京夢華録卷七云：自三月一日至四月八日，開金明池、瓊林苑，「每日教習車駕上池儀範，雖禁從士庶許縱賞，御史臺有榜不得彈劾」。「駕先幸池之臨水殿，錫燕羣臣。」復駕幸瓊林苑及寶津樓宴殿，「遊人往往以竹竿挑挂終日關撲所得之物而歸，仍有貴家士女，小轎插花，不垂簾幕，自三月一日至四月八日閉池，雖風雨亦有遊人，略無虚日矣。是月季春，萬花爛熳，牡丹、芍藥、棣棠、木香種種上市，賣花者以馬頭竹籃鋪排，歌叫之聲，清奇可聽。」蔡絛鐵圍山叢談卷一：「幸金明池、瓊林苑，從臣皆扈蹕而隨車駕，有小燕謂之對御。凡對御則用滴金花，極其珍藿也。又賜臣僚燕花，率從班品高下，莫不多寡有數。」王鞏聞見近録：「故事春季上池，賜生花，而自上至從臣，皆簪花而歸。」天街，京城中之街道。高適酬裴員外以詩代書詩：「自從拜郎官，列宿焕天街。」草堂詩餘前集卷上、安陸集、汪潮生本「走馬」下無「天街」二字。

〔九〕「轔轔」二句　王粲曲江池賦：「是何玉勒金策，雕軒綉輪；合合沓沓，殷殷轔轔。」「綉軒」：樂府雅詞卷上、草堂詩餘前集卷上、花草粹編卷一〇、十名家詞本、詞律卷一五、歷代詩餘卷四六、詞譜卷二六、安陸集作「車轞」；詞律拾遺卷八注：「葉本作『綉轞』。」綉轞，宋史卷一四九輿服志：「厭翟車，賓緋綉轞。」蘇軾和蘇州太守王規父侍太夫人觀燈之什余時以劉道原見訪滯留京口不赴此會二首之一：「不覺朱轓輾後塵，争看綉轞錦纏輪。」

〔一〇〕楚腰舞柳　韓非子卷二二柄：「楚靈王好細腰，而國中多餓色。」後遂以「楚腰」稱女子腰身細美。楊炎贈元載歌妓詩：「玉山翹翠步無塵，楚腰如柳不勝春。」

〔一一〕宫面妝梅　太平御覽卷九七〇引宋書云：「武帝女壽陽公主人日卧於含章檐下，梅花落公主額上，成五出之花，拂之不去，皇后留之。自後有梅花妝，後人多效之。」

〔一二〕金猊　洪芻香譜卷下：「香獸，塗金爲狻猊、麒麟、鳧鴨之狀，空中以燃香，使烟自口出，以爲玩好，夏有雕木埏土爲之者。」

〔一三〕香煤　焚香的烟氣。

〔一四〕洞府　猶云仙府。隋煬帝步虚詞：「洞府疑玄液，靈仙體自然。」孟元老東京夢華録卷七謂三月汴京城「彩棚夾路，綺羅珠翠，户户神仙，畫閣紅樓，家家洞府，遊人士庶，車馬萬數」。

〔一五〕「放笙歌」句　白居易宴散詩：「笙歌歸院落，燈火下樓臺。」樂府雅詞卷上、百家詞本、十名家詞本、汪潮生本作「放笙歌燈火樓臺下蓬萊」；詞律卷一五、安陸集作「笙歌院落燈火樓臺下蓬萊」；草堂詩餘前集卷上、花草粹編卷一〇作「笙歌燈火樓臺下蓬萊」；詞譜卷二六作「擁笙歌燈火樓臺下蓬萊。」

〔一六〕蓬萊　仙境。見前感皇恩（萬乘靴袍御紫宸）校注〔八〕。

〔一七〕「猶有」二句　沈際飛草堂詩餘正集卷三評云：「清貴説得住。」

清平樂〔一〕

屏山斜展〔二〕。帳卷紅綃半。泥淺曲池飛海燕。風度楊花滿院。雲情雨意空深〔三〕。覺來一枕春陰。隴上梅花落盡。江南消息沉沉〔四〕。

【校注】

〔一〕此首以下六首原編卷一，屬大石調。

〔二〕屏山　陳設在室内的屏風。

〔三〕雲情雨意　指夢中男女歡會。花草粹編卷三、十名家詞本、安陸集「情」作「愁」，「意」作「恨」。

〔四〕「隴上」二句　化用陸凱寄范曄梅花詩：「折梅逢驛使，寄與隴頭人。江南無所有，聊贈一枝春。」

又〔一〕　李閣使席〔二〕

清歌逐酒〔三〕。膩臉生紅透〔四〕。櫻小杏青寒食後〔五〕。衣換縷金輕綉〔六〕。畫堂新月朱扉。嚴城夜鼓聲遲〔七〕。細看玉人嬌面，春光不在花枝〔八〕。

【校注】

〔一〕此首永樂大典卷二〇三五三「席」字韻誤作丘崈詞。安陸集題作「美人」。

〔二〕李閣使　見前燕春臺慢（麗日千門）校注〔一〕。

〔三〕逐酒　唐宋諸賢絶妙詞選卷五作「送酒」。

〔四〕膩臉生紅透　樂府雅詞卷上、唐宋諸賢絶妙詞選卷五、花草粹編卷三、百家詞本、十名家詞本、歷代詩餘卷一二、安陸集作「醉臉鮮霞透」。

〔五〕寒食　吕居仁歲時雜記：「清明節在寒食第三日，故節物樂事皆爲寒食所包。國朝故事，唯有清明開集禧、太一三日，宫殿池沼，園林花卉，諸事備具。繁臺在正東，登樓下瞰，尤爲殊觀。石曼卿詩云：『臺高地迥出天半，瞭見皇都十里春。』」

〔六〕縷金輕綉　謂以金色絲綫綉成之衣。

〔七〕嚴城夜鼓　正字通：「嚴又戒也，昏鼓曰夜嚴，槌一鼓爲一嚴，二鼓爲二嚴，三鼓爲三嚴。」文選卷二張衡西京賦：「嚴鼓更署。」薛綜注：「嚴更，督行夜鼓。」樂府雅詞卷上、唐宋諸賢絶妙詞選卷五、花草粹編卷三、十名家詞本、歷代詩餘卷一三、安陸集「聲遲」作「聲歸」。

〔八〕「細看」二句　晁端禮木蘭花：「嬌癡。最尤殢處，被羅襟、印了宿妝眉。瀟灑春工鬥巧，算來不在花枝。」即本張先此詞。樂府雅詞卷上、唐宋諸賢絶妙詞選卷五、花草粹編卷三、草堂詩餘別集卷一、百家詞本、十名家詞本、歷代詩餘卷一三、安陸集「嬌」作「妝」。樂府雅詞卷上、唐宋諸賢絶妙詞選卷五、花草粹編卷三、百家詞本、十名家詞本、歷代詩餘卷一三、安陸集「光」作「工」。黄昇評曰：「末二句最工。」

醉桃源〔一〕

落花浮水樹臨池。年前心眼期〔二〕。見來無事去還思。如今花又飛〔三〕。淺螺黛〔四〕，淡胭脂。開花取次宜〔五〕。隔簾燈影閉門時〔六〕。此情風月知〔七〕。

【校注】

〔一〕此首又見歐陽修近體樂府卷一，調作阮郎歸。

〔二〕心眼期　心願，心意。心眼，即心。

〔三〕如今　花草粹編卷四、百家詞本、十名家詞本作「而今」。

〔四〕淺螺黛　以螺子黛所畫眉色。見前慶金枝（青螺添遠山）校注〔二〕。

〔五〕「開花」：花草粹編卷四作「閑妝」；百家詞本、十名家詞本作「開妝」。取次　張相詩詞曲語辭匯釋卷四：「猶云隨便或草草也。」杜甫送元二適江左詩：「經過自愛惜，取次莫論兵。」

〔六〕燈影　花草粹編卷四作「風雨」。

〔七〕風　花草粹編卷四、百家詞本、十名家詞本作「江」。

又〔一〕

歌停鶯語舞停鸞〔二〕。高陽人更閑〔三〕。獸噴烟爐玉壺乾〔四〕。茶分小龍團〔五〕。　雲浪淺，露珠丸〔六〕。嬌聲春笋寒〔七〕。絳紗籠下據金鞍〔八〕。歸時人未眠。〔九〕

【校注】

〔一〕此首全芳備祖後集卷二八茶門、全宋詞作蘇軾詞；又見黄庭堅豫章黄先生詞，調作阮郎歸。

〔二〕鶯語　豫章黄先生詞作「檀板」。

〔三〕高陽人　史記卷七九酈生陸賈列傳：「酈生食其者，陳留高陽人也。好讀書，家貧落魄，無以爲衣食業，爲里監門吏，然縣中賢豪不敢役，縣中皆謂之狂生。……初，沛公引兵過陳留，酈生踵軍門上謁，……使者出謝曰：『沛公敬謝先生，方以天下爲事，未暇見儒人也。』酈生瞋目按劍叱使者曰：『走復入言沛公，吾高陽酒徒也，非儒人也。』……沛公遽雪足杖矛曰：『延客入。』」杜牧張好好詩：「爾來未幾歲，散盡高陽徒。」　豫章黄先生詞「人更閑」作「飲興闌」。

〔四〕獸噴　晉書羊秀傳：「以屑炭作獸形，以温酒。洛下豪貴，咸競效之。」玉壺：馬戴贈北客詩：「飲盡玉壺酒」。豫章黄先生詞「獸噴烟燼」作「獸烟噴盡」。

〔五〕小龍團　茶名。歐陽修歸田録卷二：「茶之品，莫貴於龍鳳，謂之團茶。凡八餅重一斤。慶曆中，蔡君謨爲福建路轉運使，始造小片龍茶以進。其品絶精，謂之『小龍』，凡二十餅重一斤，其價值金二兩。然金可有，而茶不可得，每因南郊致齋，中書、樞密院各賜一餅，四人分之。宫人往往鏤金花其上，蓋其貴重如此。」豫章黄先生詞「茶分小龍團」作「香分小鳳團」。

〔六〕「雲浪」二句　謂煎茶。陸羽茶經：「江水取去人遠者，井水取汲多者。其沸如魚目，微有聲。爲一沸，緣邊如涌泉連珠；爲二沸，騰波鼓浪；爲三沸已上，水老不可食也。」皮日休煮茶詩：「香泉一合乳，煎作連珠沸。」豫章黄先生詞「露珠丸」作「露花團」。

〔七〕嬌聲　豫章黄先生詞作「捧甌」。春笋：喻女子手指。

〔八〕絳紗籠　絳色紗製成之燈籠。于鄴揚州夢記：「每重城向夕，倡樓之上，常有絳紗燈萬數。」豫章黄先生詞「據」作「躍」。

〔九〕未眠　豫章黄先生詞作「倚欄」。

恨春遲〔一〕

好夢纔成又斷〔二〕。日晚起〔三〕、雲鬟梳鬟〔四〕。秀臉拂新紅〔五〕，酒入嬌眉眼〔六〕。薄衣減春寒。紅柱溪橋波平岸。畫閣外、落日西山。不分閑花並蒂〔七〕，秋藕連根，何時重得雙眠〔八〕。

【校注】

〔一〕詞譜卷一三：「此體祇此一詞，無别首宋元詞可校。」知不足齋本調下有題曰「雙蓮」。

〔二〕「成」下　詞譜卷一三另有「成」字。

〔三〕日晚　十名家詞本、詞譜卷一三作「因晚」；知不足齋本注：「一無『日』字，一作『日曉』。」

〔四〕雲鬟　髮垂貌。柳永定風波詞：「暖酥消，膩雲鬟。」花草粹編卷六、十名家詞本、詞譜卷一三「鬟」作「朵」。

〔五〕新　詞譜卷一三作「輕」。

〔六〕酒　花草粹編卷六、詞譜卷一三作「滴」。

〔七〕不分　張相詩詞曲語辭匯釋卷四：「分，甘服之辭，讀去聲。……張先恨春遲詞：『不分閑花並蒂蓮，秋藕連根，何時重得雙眠。』『分』一作『忿』，爲不服氣或妬忌意，言花得並蒂，藕得連根，人不得雙眠也。」花草粹編卷六、詞譜卷一三「分」作「忿」。

〔八〕眠　百家詞本、花草粹編卷六、十名家詞本、詞譜卷一三作「蓮」。

又〔一〕

欲借紅梅薦飲。望隴驛、音信沉沉〔二〕。住在柳洲東岸，彼此相思，夢去難尋〔三〕。乳燕來時花期寢〔四〕。淡月墜、將曉還陰。争奈多情易感〔五〕，音信無憑。如何消遣得初心〔六〕。

【校注】

〔一〕此首又見歐陽修醉翁琴趣外編卷五。

〔二〕「欲借」二句　用陸凱寄范曄梅花詩（見前清平樂「屏山斜展」校注〔四〕），盼望能得到對方消息，但遥隔千里，寄情難達，音信不通。故下云：「彼此相思，夢去難尋。」醉翁琴趣外編「紅」作「江」。

〔三〕夢去難尋　醉翁琴趣外編作「夢回雲去難尋」。

〔四〕「乳燕」句　謂花期已過，春事將盡。

〔五〕争奈　怎奈。

〔六〕消遣　消解、排遣。王禹偁黄州新建小竹樓記：「焚香默坐，消遣世慮。」初心：指舊時戀情。醉翁琴趣外編「消遣」下無「得」字。

慶佳節〔一〕

莫風流。莫風流。風流後、有閑愁。花滿南園月滿樓〔二〕。偏使我、憶歡遊。　我憶歡遊無計奈，除却且醉金甌〔三〕。醉了醒來春復秋。我心事、幾時休。

【校注】

〔一〕此詞以下十三首原編卷一，屬雙調。

〔二〕南園　見前編年詞玉聯環（南園已恨歸來晚）校注〔二〕。

〔三〕金甌　謂酒杯。

又

芳菲節。芳菲節。天意應不虛設。對酒高歌玉壺闕〔一〕。慎莫負、狂風月。　人間萬事何時歇。空贏得、鬢成雪。我有閑愁與君説。且莫用、輕離别。

【校注】

〔一〕玉壺闕　世説新語豪爽：「王處仲每酒後，輒詠『老驥伏櫪，志在千里。烈士暮年，壯心不已』。以如意打唾壺，壺口盡缺。」

采桑子〔一〕

水雲薄薄天同色，竟日清輝。風影輕飛。花發瑶林春未知〔二〕。　剡溪不辨沙頭路〔三〕，粉水平堤〔四〕。姑射人歸〔五〕。記得歌聲與舞時。

【校注】

〔一〕知不足齋本調下有題曰「雪意」。

〔二〕瑶林　傳説崑崙山中有碧樹瑶林，見淮南子墬形訓。此指雪中樹林。

〔三〕剡溪　元豐九域志卷五兩浙路越州：「州東南一百八十里，二十七鄉，有天姥山、剡溪。」在今浙江嵊州曹娥江上游。

〔四〕粉水　花草粹編卷二作「湖水」。

〔五〕姑射人　莊子逍遥遊：「藐姑射之山，有神人居焉。肌膚若冰雪，綽約若處子；不食五穀，吸風飲露；乘雲氣，禦飛龍，而遊四海之外。」

御街行　送蜀客

畫船横倚烟溪半。春入吴山遍〔一〕。主人憑客且遲留〔二〕，程入花溪遠遠〔三〕。數聲蘆葉〔四〕，兩行霓袖〔五〕，幾處成離宴。　紛紛歸騎亭皋晚〔六〕。風順檣烏轉〔七〕。古今爲別最消魂〔八〕，因別有情須怨。更獨自、盡上高臺望，望盡飛雲斷〔九〕。

【校注】

〔一〕吴山　在浙江杭州西湖東南，春秋時爲吴國南界，故名。山上有祠，祀伍子胥，故又名胥山。

〔二〕憑客　猶言請客。張相詩詞曲語辭匯釋：「憑，猶仗也；猶煩也；猶請也。」

〔三〕遠遠　花草粹編卷八作「還遠」。

〔四〕蘆葉　即蘆笳、蘆管。文獻通考卷一三八樂考蘆管：「蘆笳，胡人捲蘆葉爲笳，吹之以作樂。」岑參蘆管歌詩：「夜半高堂客未歸，只將蘆管送君杯。」

〔五〕霓袖　虹霓色彩的舞袖。

〔六〕亭皋　水邊平地。史記卷一一七司馬相如傳載上林賦云：「亭皋千里，靡不被築。」集解引郭璞注：「爲亭候於皋隰，皆築地令平。」

〔七〕檣烏　即相風烏。見前芳草渡（雙門曉鎖響朱扉）校注〔四〕。

〔八〕「古今」句　江淹別賦：「黯然銷魂者，惟別而已矣。」歷代詩餘卷四八「爲」作「惟」。

〔九〕「更獨自」二句　花草粹編卷八、百家詞本、十名家詞本、歷代詩餘卷四八作「高臺獨上不堪凝望目與飛雲斷」。

武陵春

秋染青溪天外水〔一〕，風棹採蓮還〔二〕。波上逢郎密意傳。語近隔叢蓮。　　相看忘却歸來路〔三〕，遮日小荷圓〔四〕。菱蔓雖多不上船。心眼在郎邊〔五〕。

【校注】

〔一〕青溪　唐書地理志謂睦州有青溪；太平寰宇記與明一統志謂南京玄武湖南有青溪；水經注記湖北遠安有青溪。此處疑泛指。「天外水」：百家詞本作「在水□」；十名家詞本作「在水」。

〔二〕蓮　全宋詞作「菱」。

〔三〕歸來　百家詞本、十名家詞本作「來時」。

〔四〕「遮日」句　百家詞本、十名家詞本作「家在柳城前」。

〔五〕心眼　心意。

定風波〔一〕

素藕抽條未放蓮。晚蠶將繭不成眠〔二〕。若比相思如亂絮〔三〕。何異。兩心俱被暗絲牽〔四〕。

暫見欲歸還是恨〔五〕。莫問。有情誰信道無緣。有似中秋雲外月〔六〕。皎潔。不團圓待幾時圓。

【校注】

〔一〕百家詞本、十名家詞本調作定風波令。知不足齋本調下有題曰：「有情」。

〔二〕「晚蠶」句：本草原蠶：「晚蠶：魏蠶、夏蠶、熱蠶。……東南州郡多養之，此是重養者，俗呼爲晚蠶。」將繭，將吐絲成繭。不成眠，謂大眠已過。蠶脱皮時，不食不動，其狀如眠，謂之蠶眠。秦觀時食：「（蠶生）九日，不食一日一夜，謂之初眠，又七日再眠如初，……又七日三眠如再，又七日若五日，不食二日，謂之大眠。」

〔三〕絮　知不足齋本注：「一作『緒』。」

〔四〕暗絲　以藕絲、繭絲喻情思。

〔五〕還　百家詞本、十名家詞本、歷代詩餘卷四一作「皆」。

〔六〕有　百家詞本、十名家詞本、歷代詩餘卷四一作「正」。

百媚娘〔一〕

珠闕五雲仙子〔二〕。未省有誰能似〔三〕。百媚算應天乞與〔四〕，净飾艷妝俱美〔五〕。若取次芳華皆可意〔六〕。何處比桃李〔七〕。蜀被錦紋鋪水〔八〕。不放彩鴛雙戲。樂事也知存後會，争奈眼前心裏〔九〕。緑皺小池紅疊砌。花外東風起。

【校注】

〔一〕知不足齋本調下有題曰「眼前」。

〔二〕珠闕　飾以珠玉之宮闕，猶云仙宮。　五雲：　五色瑞雲。白居易長恨歌詩：「樓閣玲瓏五雲起，其中綽約多仙子。」　花草粹編卷八、十名家詞本、詞律卷一一、詞譜卷一七、安陸集「闕」作「閣」。

〔三〕能似　詞律拾遺卷八注：「葉本作『得似』。」

〔四〕百媚　形容極其嫵媚。樂府詩集横吹曲辭五淳于王歌：「百媚在城中，千媚在中央。」白居易長恨歌：「回頭一笑百媚生。」　天乞與：　猶天付與、天給與。　詞律卷一一、詞譜卷一七「算應」作「等算」。詞律拾遺卷八注：「乞與」，「葉本作『付與』」。

〔五〕净飾艷妝　猶云淡妝濃抹。

〔六〕取次　見前醉桃源（落花浮水樹臨池）校注〔四〕。　可意：　稱心如意。　花草粹編卷八、百家詞本、十名家詞本、詞律卷一一、詞譜卷一七、安陸集、湖州詞徵本「取次」前無「若」字。　花草粹編卷八、十名家詞本「皆」作「俱」。

〔七〕比　花草粹編卷八、百家詞本、十名家詞本、詞律卷一一、詞譜卷一七、安陸集作「無」。

〔八〕「蜀被」句　喻錦被名貴。宋呂大防錦官樓記：「蜀居中國之南，……織文錦綉，窮工極巧。其寫物也，如欲生；其渥朱也，若可掇。」

〔九〕争奈　怎奈。

夢仙鄉〔一〕

江東蘇小。夭斜窈窕〔二〕。都不勝、彩鸞嬌妙〔三〕。春艷上新妝。肌肉過人香〔四〕。
佳樹陰陰池院。華燈繡幔。花月好、可能長見〔五〕。離聚此生緣。無計問天天〔六〕。

【校注】

〔一〕花草粹編卷五、百家詞本、十名家詞本、詞譜卷九調作夢仙郎。花草粹編卷五調下有題曰「寄越」；知不足齋本題作「寄遠」。

〔二〕「江東」二句　白居易和深春之二十：「杭州蘇小小，人道最夭斜。」蘇小，即蘇小小。郭茂倩樂府詩集卷八蘇小小歌引樂府廣題：「蘇小小，錢塘名倡也，蓋南齊時人。」輿地紀勝卷三兩浙路嘉興府古蹟「蘇小小墓」條云：「晉歌姬也。」夭斜，裊娜多姿貌。

〔三〕彩鸞　五彩之鸞鳳。李商隱寓懷詩：「彩鸞餐顥氣，威鳳入卿雲。」

〔四〕「肌肉」句　歷代詩餘卷二三作「風過著人香」。

〔五〕可能　義同豈能。陳師道九日寄秦覯詩：「淮海少年天下士，可能無地落烏紗。」花草粹編卷

五、百家詞本、十名家詞本、歷代詩餘卷一一三、詞譜卷九「可能」作「豈能」。

〔六〕天天　張相詩詞曲語辭匯釋卷六：「即天也，重言以呼之則曰天天。張先夢仙鄉詞：『離聚此生緣，無計問天天。』問天，怨天時用之。」「無計問天天」：百家詞本、十名家詞本作「何計問高天」；花草粹編卷五、歷代詩餘卷一一三、詞譜卷九作「無計問高天」。

歸朝歡〔一〕

聲轉轆轤聞露井〔二〕。曉引銀瓶牽素綆〔三〕。西園人語夜來風，叢英飄墜紅成徑。寶猊烟未冷〔四〕。蓮臺香蠟殘痕凝〔五〕。等身金〔六〕，誰能得意，買此好光景〔七〕。粉落輕妝紅玉瑩〔八〕。月枕橫釵雲墜領〔九〕。有情無物不雙棲，文禽只合常交頸〔一〇〕。晝長歡豈定〔一一〕。爭如翻作春宵永〔一二〕。日曈曨〔一三〕，嬌柔懶起，簾押殘花影〔一四〕。

【校注】

〔一〕花草粹編卷一一調下有題曰「春閨」。新刻注釋草堂詩餘評林卷三李延機云：「此詞洞徹閨怨，瞭然在目。」萬樹詞律卷一八稱此首「用字繁密，自在蘇、辛之上」。

〔二〕轆轤　井上汲水之起重裝置。賈思勰齊民要術卷三種葵：「井，别作桔槔、轆轤。」注：「井深用轆轤，井淺用桔槔。」

〔三〕「曉引」句　謂晨起汲井水。白居易井底引銀瓶詩：「井底引銀瓶，銀瓶欲上絲繩絶。」銀瓶，汲水器。素綆，縛於汲水器之繩索。安陸集、汪潮生本注：「曉引」，「一作『曉汲』。」十名家詞本「素綆」作「素梗」，誤。

〔四〕寶猊　即金猊。見前燕春臺慢（麗日千門）校注〔一三〕。

〔五〕蓮臺　謂金蓮燭。燭臺狀如蓮花瓣，故云。裴延裕東觀奏記卷上：「上將命令狐綯爲相，夜半，幸含奏殿召對，盡蠟燭一炬，方許歸學士院，乃賜金蓮花燭送之。」宋史卷三三八蘇軾傳：「召入對便殿，……已而命賜茶，徹御前金蓮燭送歸院。」

〔六〕等身金　謂與人體重量相等之金。舊唐書卷一五二郝玭傳：「贊普下令國人曰：『有生得郝玭者，賞之以等身金。』」又，楊慎詞品卷一：「宋賈黄中幼日聰明過人。父取書與其身相等，令誦之，謂之等身書。張子野歸朝歡詞云（從略）。此詞極工，全録之。不觀賈黄中傳，知等身金爲何語乎？」

〔七〕光景　詞律卷一八作「風景」。

〔八〕紅玉瑩　肌膚紅膩晶瑩。皮日休夜會詩：「蓮花獨亭亭，嫩蕊生紅玉。」十名家詞本「紅玉瑩」作「温玉瑩」。

〔九〕「月枕」句：孟昶木蘭花詞：「綉簾一點月窺人，欹枕釵横雲鬢亂。」

〔一〇〕「有情」二句　草堂詩餘正集卷五沈際飛云：「桂英詩：『靈沼文禽皆有匹，仙園美木盡交枝。無情微物猶如此，何事風流言别離。』可以釋此。」

〔一一〕長　詞律卷一八作「夜」；安陸集注：「『長』字，草堂詩餘作『夜』，詞律從之，注曰：『可平。』然下有『春宵永』句，則非夜可知。今據吴興藝文補改。」

〔一二〕争如　怎如。

〔一三〕曈曨　太陽初出時由暗而明之光景。楊億禁直詩：「初日曈曨艷屋梁。」

〔一四〕「簾押」句　詞律卷一八、汪潮生本作「簾壓捲花影」。簾押，鎮簾之具。李商隱燈詩：「影隨簾押轉，光信簟紋流。」陳師道後山詩話、歷代詩餘卷一八「簾押」作「簾幕」。花草粹編卷一一、百家詞本「殘」作「卷」。

相思令〔一〕

蘋滿溪。柳繞堤。相送行人溪水西。回時隴月低〔二〕。　烟霏霏。風凄凄〔三〕。重倚朱門聽馬嘶。寒鷗相對飛〔四〕。

【校注】

〔一〕此首又見歐陽修近體樂府卷一；草堂詩餘前集卷下又誤作黄庭堅詞。十名家詞本、安陸集、近體樂府調作長相思。

〔二〕時　十名家詞本、安陸集作「歸」。

〔三〕風　十名家詞本、安陸集作「雨」。

〔四〕「寒鷗」句　十名家詞本、安陸集作「寒鴉相對啼」。

少年遊

紅葉黄花秋又老，疏雨更西風。山重水遠，雲閑天淡，遊子斷腸中。　青樓薄倖何時見〔一〕，細説與、這忡忡〔二〕。念遠離情，感時愁緒，應解與人同。

【校注】

〔一〕青樓薄倖　杜牧遣懷詩：「贏得青樓薄倖名。」青樓，梁劉邈山見採桑人詩：「倡妾不勝愁，結束下青樓。」薄倖，舊時女子對所歡的昵稱，猶冤家。周紫芝謁金門詞：「薄倖更無書一紙，畫樓難獨倚。」

〔二〕忡忡　憂愁貌。詩召南草蟲：「未見君子，憂心忡忡。」

賀聖朝

淡黄衫子濃妝了〔一〕。步縷金鞋小〔二〕。愛來書幌緑窗前〔三〕，半和嬌笑。謝家姊妹，詩名空杳〔四〕。何曾機巧。争如奴道，春來情思，亂如芳草〔五〕。

【校注】

〔一〕淡黄衫子　和凝麥秀兩歧：「淡黄衫子裁春縠，異香芳馥。」

〔二〕步縷金鞋：金縷鞋，指鞋面以金綫綉成的鞋。

〔三〕書幌　書齋之帷幕。北户録：「梁簡文帝答徐摛書曰：『特設書幌，乍置筆床。』」孟浩然宴王道士房詩：「書幌神仙籙，畫屏山海圖。」

〔四〕「謝家」二句　世説新語言語：「謝太傅寒日内集，與兒女講論文義。俄而雪聚。公欣然曰：『白雪紛紛何所似？』兄子胡兒曰：『撒鹽空中差可擬。』兄女曰：『未若柳絮因風起。』公大笑樂。即公大兄無奕女（道韞，一作「道藴」），左將軍王凝之妻也。」

〔五〕亂如芳草　李煜清平樂詞：「離恨恰如芳草，更行更遠還生。」

生查子

當初相見時，彼此心蕭灑〔一〕。近日見人來，却恁相謾誂〔二〕。　休休休便休〔三〕，美底教他且〔四〕。匹似没伊時〔五〕，更不思量也。

【校注】

〔一〕蕭灑　坦然無礙貌。

〔二〕恁　如此。　謾誂：　同義連文，猶云欺誑。新方言釋言：「今人謂欺隱爲謾，俗以瞞爲之。」漢書宣帝紀：「務爲欺謾。」注：「師古曰：『謾，誑言也。』」集韻：「誂，誑也。」

〔三〕「休休」句　意猶「算了」、「罷了」。黄庭堅西江月詞：「萬事休休休莫莫。」

〔四〕「美底」句　實當作「教他且美底」，爲押韻而倒裝，句中省略了謂語部分，意謂「姑且讓他美美地和別人相好吧。」

〔五〕匹似　好似，比如。

夜厭厭〔一〕

昨夜小筵歡縱。燭房深、舞鸞歌鳳〔二〕。酒迷花困共厭厭〔三〕，倚朱弦〔四〕、未成歸弄〔五〕。

峽雨忽收尋斷夢〔六〕。依前是、畫樓鐘動。争拂雕鞍匆匆去，萬千恨、不能相送。

【校注】

〔一〕此詞以下四首原編卷一，屬小石調。

〔二〕舞鸞歌鳳　張説觀妓詩：「鏡前鸞對舞，琴裏鳳傳歌。」

〔三〕厭厭　見前八寶裝（錦屏羅幌初睡起）校注〔二〕。

〔四〕朱弦　白居易五弦彈詩：「朱弦疏越清廟歌。」

〔五〕弄　曲。白居易昭晦叔詩：「高調秦筝一兩弄。」又琴曲有思歸引。

〔六〕「峽雨」句　化用宋玉高唐賦意。見前清平樂（屏山斜展）校注〔三〕。

又〔一〕

昨夜佳期初共。鬢雲低、翠翹金鳳〔二〕。尊前含笑不成歌，意偷期〔三〕、眼波微送。　峽雨豈容成楚夢〔四〕。夜寒深、翠簾霜重。相看還到斷腸時，月西斜、畫樓鐘動。

【校注】

〔一〕此首唐宋諸賢絶妙詞卷二作謝絳詞。謝詞調下有題曰「別緒」。

〔二〕翠翹　山堂肆考：「翡翠鳥尾上長毛曰翹，美人飾如之，因名翠翹。」　金鳳：　金鳳釵。羅虬比紅兒詩：「妝成渾欲認前期，金鳳釵雙逐步摇。」

〔三〕偷期　男女私約幽會。柳永集賢賓詞：「縱然偷期暗會，長是匆匆。」

〔四〕「峽雨」句　見前清平樂（屏山斜展）校注〔三〕。

迎春樂

城頭畫角催夕宴。憶前時、小樓晚。殘紅數尺雲中斷。愁送目、天涯遠。　枕清風、停畫扇。逗蠻簟、碧紗零亂〔一〕。怎生得伊來〔二〕，今夜裏、銀蟾滿。

【校注】

〔一〕「逗蠻簟」句　張相詩詞曲語辭匯釋卷二：「逗，猶透也。……張先迎春樂詞：『枕前清風，停畫扇，逗蠻簟碧紗零亂。怎生得伊來，今夜裏、銀蟾滿。』此詞文法倒裝，意言今夜月光滿照，透澈於簟席紗窗間，如此良宵，奈伊人之不來也。」蠻簟：西南少數民族地區生產之竹席。

〔二〕怎生　怎樣、如何。柳永滿江紅詞：「盡思量，休又怎生休得？」

鳳棲梧〔一〕

密宴厭厭池館暮〔二〕。天漢沉沉〔三〕，借得春光住。紅翠斗爲長袖舞〔四〕。香檀拍過驚鴻翥〔五〕。　明日不知花在否。今夜圓蟾〔六〕，後夜憂風雨。可惜歌雲容易去〔七〕。東城楊柳東城路〔八〕。

【校注】

〔一〕歷代詩餘卷三九、十名家詞本調作蝶戀花。知不足齋本調下有題曰「夜飲」。

〔二〕厭厭　安靜貌。詩小雅湛露：「厭厭夜飲。」傳：「厭厭，安也。」歷代詩餘卷三七、十名家詞本

「厭厭」作「未休」；湖州詞徵本作「懨懨」。

〔三〕天漢　詩小雅大東：「維天有漢，藍亦有光。」傳：「漢，天河也。有光而無所明。」

〔四〕紅翠　紅腰翠黛，指歌舞妓。白居易三日祓禊洛濱詩：「舞急紅腰軟，歌遲翠黛低。」斗：張相詩詞曲語辭匯釋卷二：「與陡同，猶頓也……蘇軾四時詞：『黄昏陡覺羅衾薄。』陡一作斗。趙長卿醇落魄詞：『不應斗頓音書絶……』斗頓聯用，同義之童言也。言陡然而舞也。與『驚鴻』語意相應。」

〔五〕香檀　拍板。韓維洛城雜詩：「香檀亂拍朱弦急。」詳見前醉桃源（雙花連袂近香猊）校注〔四〕。

〔六〕圓蟾　圓月。

〔七〕歌雲　列子湯問：「薛譚學謳於秦青，未窮青之技，自謂盡之矣。遂辭歸，秦青弗止，餞於郊衢，撫節悲歌，聲振林木，響遏行雲，薛譚乃謝，求反（返），終身不敢言歸。」

〔八〕東城路　謂相別於東城。謝瞻王撫軍庾西陽集別作詩：「分手東城闉。」歷代詩餘卷三〇、十名家詞本「東城路」作「來時路」。

雙燕兒〔一〕

榴花簾外飄紅。藕絲罩〔二〕、小屏風。東山別後〔三〕，高唐夢短〔四〕，猶喜相逢。幾時再與眠香翠，悔舊歡、何事匆匆。苦心念我，也應那裏，蹙破眉峰〔五〕。

【校注】

〔一〕此詞以下二首原編卷二，屬歇指調。

〔二〕藕絲　白色絲。温庭筠菩薩蠻詞：「藕絲秋色淺。」

〔三〕東山　世説新語識鑒：「謝公（安）在東山蓄妓，簡文曰：『安必出，既與人同樂，亦不得不與人同憂。』」劉孝標注引宋明帝文章志云：「安縱心事外，疏略常節，每蓄女妓，携持遊肆也。」劉禹錫竇夔州見寄寒食日憶故姬小紅吹笙因和之詩：「聞道今年寒食日，東山舊路獨行遲。」

〔四〕高唐夢　見前清平樂（屏山斜展）校注〔三〕。

〔五〕蹙破眉峰　王明清玉照新志卷二：「『蹙破眉峰碧，纖手還重執。鎮日相看未足時，便忍使、鴛鴦只。薄暮投村驛，風雨愁通夕。窗外芭蕉窗裏人，分明葉上心頭滴。』祐陵視書其後云：『此詞甚佳，不知何人作，奏來。』蓋以詢曹組者，今宸翰尚藏其家。」沈雄古今詞話詞辨卷上：「宋無名氏眉峰碧詞云（從略）。宋徽宗手書此詞以問曹組，組亦未詳。徽宗曰：『朕粘於屏以悟作法。』真州柳永少讀書時，遂以此詞題壁，後悟作詞章法。一妓向人道之，永曰：『某亦願變化多方也。』然遂成屯田蹊徑。」

卜算子慢〔一〕

溪山别意，烟樹去程，日落採蘋春晚〔二〕。欲上征鞍〔三〕，更掩翠簾相眄〔四〕。惜彎彎淺黛長長眼。奈畫閣歡遊，也學狂花亂絮輕散〔五〕。　水影横池館。對静夜無人，月高雲遠。一餉凝思〔六〕，兩袖淚痕還滿〔七〕。恨私書〔八〕、又逐東風斷。縱西北層樓萬尺〔九〕，望重城那見〔一〇〕。

【校注】

〔一〕萬樹詞律卷三稱此首「諸仄聲，皆宜玩，而『去』、『翠』、『淚』等去聲，妙！妙！」

〔二〕採蘋　柳惲江南曲詩：「汀洲採白蘋，日暖江南春。洞庭有歸客，瀟湘逢故人。故人何不返，春華復應晚。」

〔三〕征鞍　詞綜卷五、安陸集、汪潮生本作「征鞅」。

〔四〕「翠簾」下　花草粹編卷八、百家詞本、詞綜卷五、十名家詞本、詞律卷三、詞譜卷二一、安陸集、汪潮生本另有「回面」二字。

〔五〕狂花亂絮　詞律卷三作「狂風飛絮」。

〔六〕一餉　一會兒。柳永鶴冲天詞：「青春都一餉，忍把浮名，換了淺斟低唱。」歐陽修漁家傲詞：「醉倚緑陰眠一餉，驚望起、船頭擱在沙灘上。」

〔七〕袖　詞綜卷五、十名家詞本、歷代詩餘卷五四、詞律卷三、詞譜卷二一、安陸集作「眼」。花草粹編卷八「兩」下無「袖」字。花草粹編卷八、百家詞本、詞綜卷五、十名家詞本、歷代詩餘卷五四、詞律卷三、安陸集、汪潮生本「還滿」下另有「難遣」二字。

〔八〕私書　漢書宣元六王傳：「丞相御史復劾欽前與博相遺私書指意。」

〔九〕西北層樓　古詩十九首：「西北有高樓，上與浮雲齊。」花草粹編卷八、詞綜卷五、十名家詞本、歷代詩餘卷五四、詞律卷三、詞譜卷二一、安陸集、汪潮生本「西北」作「夢澤」。百家詞本「西北」下另有「夢澤」二字，誤。花草粹編卷八、詞綜卷五、十名家詞本、歷代詩餘卷五四、詞譜卷二一「尺」作「丈」。

〔一〇〕重城那見　唐歐陽詹初發太原途中寄太原所思詩：「驅馬覺漸遠，回頭長落塵。高城已不見，況復城中人。」花草粹編卷八、百家詞本、詞綜卷五、十名家詞本、歷代詩餘卷五四、詞律卷三、詞譜卷二一、汪潮生本「重」作「湖」。

更漏子〔一〕

錦筵紅，羅幕翠。侍宴美人姝麗。十五六，解憐才〔二〕。勸人深酒杯〔三〕。　黛眉長，檀口小〔四〕。耳畔向人輕道。柳陰曲，是兒家。門前紅杏花〔五〕。

【校注】

〔一〕此詞以下十三首原編卷二，屬林鍾商。

〔二〕解憐　猶云能愛。白居易憑李睦州訪徐山人詩：「解憐徐處士，惟有李郎中。」

〔三〕深酒杯　薛昭蘊浣溪沙詞：「情深還似酒杯深。」

〔四〕檀口　猶云香脣、紅脣。韓偓余作探花使以繚綾手帛子寄賀因而有詩：「黛眉印在微微緑，檀口消來薄薄紅。」

〔五〕「柳陰曲」二句　白居易楊柳枝詩：「若解多情尋小小，緑楊深處是蘇家。」

南歌子

醉後和衣倒，愁來殢酒醺〔一〕。困人天氣近清明。盡日厭厭□臉〔二〕、淺含顰。睡覺□□恨，依然月映門。楚天何處覓行雲〔三〕。唯有暗燈殘漏、伴消魂。

【校注】

〔一〕殢酒　病酒。韓偓有憶詩：「愁腸殢酒人千里，淚眼倚樓天四垂。」

〔二〕厭厭　見前八寶裝（錦屏羅幌初睡起）校注〔二〕。

〔三〕「楚天」句　化用宋玉高唐賦。見清平樂（屏山斜展）校注〔二〕。

又

蟬抱高高柳，蓮開淺淺波。倚風疏葉下庭柯〔一〕。況是不寒不暖、正清和〔二〕。浮世歡會少〔三〕，勞生怨別多〔四〕。相逢休惜醉顏酡〔五〕。賴有西園明月、照笙歌〔六〕。

【校注】

〔一〕庭柯　庭中樹枝。陶淵明歸去來兮辭：「眄庭柯以怡顏。」

〔二〕清和　俗以四月爲清和月，蓋初夏氣候。藝文類聚卷八八引曹丕槐賦云：「伊暮春之既替，即首夏之初期。……天清和而温潤，氣恬淡以安治。」謝靈運遊赤石進帆海詩：「首夏猶清和，芳草亦未息。」

〔三〕浮世：人世。阮籍大人先生傳：「夫大人者，乃與造物同體，天地並生，逍遥浮世，與道俱成。」

〔四〕勞生　莊子大宗師：「夫大塊載我以形，勞我以生，佚我以老，息我以死。」駱賓王海曲書情詩：「薄遊倦千里，勞生負百年。」

〔五〕醉顏酡　謂醉容。醉後面容微紅。宋玉招魂：「美人既醉，朱顏酡些。」白居易與客空腹飲詩：「促膝纔飛白，酡顏已渥丹。」

〔六〕西園　見前天仙子（醉笑相逢能幾度）校注〔六〕。

蝶戀花

臨水人家深宅院。階下殘花，門外斜陽岸。柳舞麴塵千萬綫〔一〕。青樓百尺臨天半〔二〕。樓上東風春不淺。十二闌干〔三〕，盡日珠簾捲。有個離人凝淚眼。淡烟芳草連雲遠。

【校注】

〔一〕曲塵　曲上所生之菌，色淡黃如塵。因以稱淡黃色。亦作「鞠塵」。周禮天官內司服「鞠衣」，鄭玄注：「黃桑服也，色如鞠塵，象桑始生。」此謂柳色。司空圖楊柳枝詩：「饒君滿把曲塵絲。」

〔二〕青樓百尺　曹植美女篇詩：「青樓臨大道，高門結重關。」

〔三〕十二闌干　西洲曲：「欄干十二曲，垂手如明玉。」

又

緑水波平花爛漫。照影紅妝，步轉垂楊岸〔一〕。別後深情將爲斷。相逢添得人留戀。絮軟絲輕無繫絆。烟惹風迎，並入春心亂。和淚語嬌聲又顫〔二〕。行行盡遠猶回面〔三〕。

【校注】

〔一〕垂楊岸　李商隱無題詩：「斑騅祇繫垂楊岸，何處西南待好風。」

〔二〕語嬌聲又顫　温庭筠舞衣曲：「管含蘭氣嬌語悲。」李鷹品令詞：「唱歌須是玉人，檀口皓齒冰膚。意傳心事，語嬌聲顫，字如貫珠。」

〔三〕「行行」句　古詩十九首：「行行重行行，與君生離別。」

又〔一〕

移得緑楊栽後院。學舞宮腰〔二〕，二月青猶短。不比灞陵多送遠〔三〕。殘絲亂絮東西岸〔四〕。　幾葉小眉寒不展〔五〕。莫唱陽關〔六〕，真個腸先斷〔七〕。分付與春休細看〔八〕，條條盡是離人怨。

【校注】

〔一〕花草粹編卷七調下有題曰「緑楊」。湖録經籍考卷五引古今詞話云：「子野晚年，風韻未已，嘗寵一姬，頗艷麗。但姬亦士族，不肯立名，子野以六娘呼之。而子野閨中性嚴，堅使立名，子野不得已，以緑楊呼之。蓋取其聲音與六娘相近也。既而不相容，將欲逐去之，子野乃作蝶戀花一曲（即此詞），以寫惓惓之意。緑楊將行，子野更作浪淘沙令以送别。」趙萬里所輯楊湜古今詞話未載此條。

〔二〕學舞宮腰　見前宴春臺慢（麗日千門）校注〔一〇〕。花草粹編卷七「學舞」作「漸學」。

〔三〕灞陵　見前江南柳（隋堤遠）校注〔三〕。　花草粹編卷七「比」作「似」、「多」作「作」。

〔四〕殘絲亂絮　花草粹編卷七作「千絲萬縷」。

〔五〕幾葉小眉　謂柳葉如眉。李紳柳其二：「千條垂柳拂金絲，日暖牽風葉學眉。」　花草粹編卷七「幾葉」作「幾度」，「寒」作「愁」。

〔六〕「莫唱」句　見前編年詞玉聯環（來時露裛衣香潤）校注〔五〕。　花草粹編卷七「莫」作「休」。

〔七〕腸先斷　花草粹編卷七、十名家詞本、歷代詩餘卷三九作「無腸斷」。

〔八〕分付　蘇軾洞仙歌詞：「江南臘盡，早梅花開後，分付新春與垂柳。」張相詩詞曲語辭匯釋卷五：「分付，有交付義；有委托義；有發落義；有表示義。」　花草粹編卷七「休細看」作「春不管」，十名家詞本、歷代詩餘卷三九「休」作「春」。

訴衷情

花前月下暫相逢。苦恨阻從容。何況酒醒夢斷，花謝月朦朧。　花不盡，月無窮。兩心同。此時願作，楊柳千絲，絆惹春風。

又〔一〕

數枝金菊對芙蓉。零落意忡忡〔二〕。不知多少幽怨，和淚泣東風〔三〕。　人散後，月明中。夜寒濃。謝娘愁臥〔四〕，潘令閑眠〔五〕，往事何窮。

【校注】

〔一〕此首又見晏殊珠玉詞。

〔二〕忡忡　參少年遊（紅葉黄花秋又老）校注〔二〕。珠玉詞「零落」句作「摇落意重重」。

〔三〕淚　珠玉詞作「露」。

〔四〕謝娘　同謝女。見前謝池春慢（繚墻重院）校注〔一〇〕。

〔五〕潘令閑眠　晉書卷五五潘岳傳：「（岳）既仕宦不達，乃作閑居賦。」潘岳閑居賦序云：「爲河陽、懷令，……除長安令，……親疾，輒去官免。……孝乎惟孝，友於兄弟，此亦拙者爲之政也。乃作閑居賦，以歌事遂情焉。」韋應物贈蕭河南詩：「鄭侯方繼世，潘令且閑居。」

木蘭花

樓下雪飛樓上宴。歌咽笙簧聲韻顫〔一〕。尊前有個好人人〔二〕，十二闌干同倚遍。簾重不知金屋晚〔三〕。信馬歸來腸欲斷。多情無奈苦相思，醉眼開時猶似見。

【校注】

〔一〕「歌咽」句　見前蝶戀花（綠水波平花爛漫）校注〔二〕。

〔二〕人人　昵稱。見相思兒令（春去幾時還）校注〔五〕。

〔三〕金屋　舊題班固漢武故事：「膠東王（武帝）數歲，長主抱着其膝上，問曰：『兒欲得婦不？』膠東王曰：『欲得婦。』長主指左右長御百餘人，皆云『不用』。末指其女，問曰：『阿嬌好不？』於是乃笑對曰：『好！若得阿嬌作婦，當作金屋藏之也。』長主大悅，乃苦要上，遂定婚焉。」白居易長恨歌詩：「金屋妝成嬌侍夜，玉樓宴罷醉和春。」韓偓無題詩：「綉屏金作屋，絲幰玉爲輪。」

減字木蘭花〔一〕

垂螺近額〔二〕，走上紅裀初趁拍〔三〕。衹恐輕飛〔四〕。擬倩遊絲惹住伊〔五〕。文鴛綉履〔六〕。去似楊花塵不起〔七〕。舞徹伊州〔八〕。頭上宫花顫未休〔九〕。

【校注】

〔一〕詞綜卷五、安陸集、汪潮生本調下有題曰「贈妓」；知不足齋本題作「詠舞」。陳廷焯詞則閑情集卷一以此首爲例云：「子野詞最爲近古，耆卿而後，聲色大開，古調不復彈矣。」李調元認爲此詞「亦詠（謝）媚卿也」。參謝池春慢（繚墻重院）校注〔一〕。

〔二〕垂螺　楊慎升庵詩話卷四：「張子野詞『垂螺近額，走上紅裀初趁拍』，晏小山詞『雙螺專學同心綰，已占歌名，月白風清，長倚昭華笛裏聲』，又云『紅窗碧玉新名舊，猶綰雙螺，一寸秋波，千斛明珠覺專多』。『垂螺』、『雙螺』，蓋當時角妓未破瓜時額飾，今搬演旦色，猶有此制。」

〔三〕趁拍　跟上舞曲節奏。

〔四〕輕飛　詞綜卷五、安陸集、汪潮生本、閑情集卷一作「驚飛」。

〔五〕惹住伊　樂府雅詞卷上、十名家詞本、汪潮生本作「惹住衣」。

〔六〕文鴛綉履　綉着鴛鴦的絲鞋。

〔七〕楊花　樂府雅詞卷上、百家詞本、詞綜卷五、十名家詞本、安陸集、汪潮生本作「流風」。

〔八〕伊州　唐大曲名。傳自伊州（今新疆哈密地區）之歌舞曲。新唐書五行志：「天寶後各曲，多以邊地爲名，如伊州、甘州、涼州等。」洪邁容齋隨筆卷一四：「今樂府所傳大曲，皆出於唐，而以州名者五：伊、涼、熙、石、渭也。」伊州曲出於龜茲樂，曲遍甚繁。此云「舞徹」，是以整套大曲進舞也。詞綜卷五、安陸集、汪潮生本「伊州」作「梁州」。

〔九〕宮花　宮廷特製之花，用以簪髮。樂府雅詞卷上、百家詞本、十名家詞本「宮花」作「花枝」。

少年遊　井桃〔一〕

碎霞浮動曉朦朧〔二〕。春意與花濃〔三〕。銀瓶素綆〔四〕，玉泉金甃〔五〕，真色浸朝紅〔六〕。

花枝人面難常見〔七〕，青子小叢叢〔八〕。韶華長在，明年依舊，相與笑春風。

【校注】

〔一〕井桃　井側之桃樹。

〔二〕「碎霞」句　南唐江爲詩：「桂香浮動月黄昏。」林逋山園小梅詩：「暗香浮動月黄昏。」此處狀桃花。十名家詞本「朧」作「朦」。

〔三〕濃　花草粹編卷五、十名家詞本作「通」。

〔四〕銀瓶素綆　見前歸朝歡（聲轉轆轤聞露井）校注〔三〕。

〔五〕金甃　羅隱江令公宅詩：「還有往年金甃井。」

〔六〕真色　謂井水中之桃花倒影。

〔七〕花枝人面　唐孟棨本事詩情感：「博陵崔護……清明日獨遊於都城南，得居人莊。有女子自門隙窺之，酒渴求飲，女子以杯水至，開門設牀命坐，獨倚小桃斜柯佇立，而意屬殊厚，妖姿媚態，綽有餘妍。崔辭去，送至門，如不勝情而入。及來歲清明，徑往尋之，門墻如故，而已鎖扃之，因題（都城南莊）詩於左扉曰：『去年今日此門中，人面桃花相映紅。人面祇今何處去，桃花依舊笑春風。』」

〔八〕「青子」句　唐于鄴揚州夢記：「太和末，杜牧自宣州遊覽湖州風物奇色，「於叢人中有里姥引鴉女年十餘歲，牧熟視曰：『此真國色……』因使語其母，將接至舟中，母女皆懼。牧曰：『且不即納，當爲後期。』姥曰：『他年失信，復當何如？』牧曰：『吾不十年，必守此郡。十年不來，乃從爾所適可也。』母許諾，因以重幣結之，爲盟而別。」大中三年，杜牧始授湖州刺史，「比至郡，則已十四年矣。所約已從人三載，而生三子。……（牧）因賦詩以自傷曰：『自是尋春去較遲，不須惆悵怨芳時。狂風落盡深紅色，綠葉成陰子滿枝。』」

又

帽檐風細馬蹄輕。常記探花人〔一〕。露英千樣，粉香無盡，驀地酒初醒〔二〕。

探花人向花前老〔三〕，花上舊時春。行歌聲外〔四〕，靚妝叢裏〔五〕，須貴年少身〔六〕。

【校注】

〔一〕探花人　唐李綽秦中歲時記：「進士杏園初宴，謂之探花宴，差少俊二人爲探花使，遍遊名園，若他人先折花，二使皆被罰。」宋魏泰東軒筆録卷六：「進士及第後，例期集一月，共醵罰錢奏宴局，什物皆請同年分掌。又選最年少者二人爲探花使，賦詩，世謂之探花郎。」此詞似用於探花宴上。

〔二〕「驀地」句　十名家詞本作「秦地酒初醇」。

〔三〕向　十名家詞本作「漸」。

〔四〕外　十名家詞本作「裏」。

〔五〕靚妝叢　指盛妝的女子羣。靚妝，亦作「靚糚」。司馬相如上林賦：「靚糚刻飭，便嬛綽約。」裴駰集解：「靚糚，粉白黛眉也。」

〔六〕「須貴」句　新進士中最年少者作探花人，故云。元好問探花詞之三：「六十人中數少年，風流誰占探花筵。」十名家詞本「身」作「春」。

醉落魄〔一〕

雲輕柳弱〔二〕。内家髻要新梳掠〔三〕。生香真色人難學〔四〕。横管孤吹〔五〕，月淡天垂幕。朱唇淺破桃花萼〔六〕。倚樓誰在闌干角〔七〕。夜寒手冷羅衣薄〔八〕。聲入霜林，簌簌驚梅落〔九〕。

【校注】

〔一〕歷代詩餘卷三四調作一斛珠。花草粹編卷六調下有題曰「佳人吹笛」。十名家詞本題作「詠佳人吹笛」；詞綜卷五、歷代詩餘卷三四、汪潮生本題作「美人吹笛」；草堂詩餘後集卷下題作「詠美人吹笛」。草堂詩餘卷二楊慎云：「古人詩詞詠笛者多用梅花落事，如此用法便新警。」陳廷焯閑情集卷一謂此首「情詞並茂，姿態横生，李端叔謂子野詞才短情長，豈其然歟？」

〔二〕雲輕柳弱　黄蘇蓼園詞選云：「『雲輕柳弱』，寫佳人神韻清遠。」

〔三〕内家　唐崔令欽教坊記：「妓女入宜春院，謂之『内人』，亦曰『前頭人』，常在上前頭也。其家猶在教坊，謂之『内人家』。」趙令畤侯鯖録卷一：「唐梨園弟子以置院近於禁苑之梨園也。女妓入宜春院，謂之『内人』，……骨肉居教坊，謂之『内人家』，有請俸。」敦煌曲有内家嬌詞專狀内人裝束：「絲碧羅冠，搔頭墜鬢，寶妝玉鳳金蟬，輕輕傅粉。」李珣浣溪沙詞：「晚出閑庭看海棠，風流學得内家妝。」樂府雅詞卷上、花草粹編卷六、草堂詩餘後集卷下、草堂詩餘正集卷二、詞綜卷五、十名家詞本、歷代詩餘卷三四、安陸集「要」作「子」。

〔四〕生香真色　薛能杏花詩：「活色生香第一流，手中移得近青樓。」古今詞統卷八徐士俊曰：「人羨湯若士『丹青女易描，真色人難學』之句，不知爲子野所創。」

〔五〕横管　謂笛。太平御覽卷五八〇引樂纂：「梁胡歌云：『快馬不須鞭，拗折楊柳枝。下馬吹横笛，愁殺路旁兒。』此歌辭原出北國，知横笛是北國名。」沈括夢溪筆談樂律：「或云漢武帝時，丘仲始作笛；又云起於羌人。後漢馬融所賦長笛，空洞無底，剡其上孔。李善爲之注云：七孔，長一尺四寸。此乃今之横笛耳。太常鼓吹部中謂之横吹，非融之所賦者。」

〔六〕「朱唇」句　韓偓裊娜詩：「著詞暫見櫻桃破。」「桃花」：草堂詩餘後集卷下、詞綜卷五、汪潮生本作「櫻桃」；花草粹編卷六、安陸集作「櫻花」。

〔七〕「倚樓」句　唐趙嘏長安秋望詩：「殘星幾點雁横塞，長笛一聲人倚樓。」草堂詩餘後集卷下、花草粹編卷六、詞綜卷五、安陸集、汪潮生本「誰在」作「人在」。

〔八〕手　樂府雅詞卷上、草堂詩餘後集卷下、花草粹編卷六、詞綜卷五、安陸集、汪潮生本作「指」。百家詞本、歷代詩餘卷三四、十名家詞本「羅」作「春」。

〔九〕「聲入」二句　謂笛聲使梅花驚落。吴曾能改齋漫録卷三：「樂府雜録載：『笛者，羌樂也。』古曲有落梅花、折楊柳，非謂吹之則梅落耳。故陳賀徹長笛詩云：『柳折城邊樹，梅舒嶺外林。』張正見柳詩亦云：『不分梅花落，還同横笛吹。』李嶠笛詩云：『逐吹梅花落，含春柳色驚。』意謂笛有梅、柳二曲也。然後世皆以吹笛則梅花落，如戎昱聞笛詩云：『平明獨惆悵，飛盡一庭梅。』崔櫓梅詩云：『初聞已入雕梁畫，未落先愁玉笛吹。』……皆不悟其失耳。」草堂詩餘正集卷二沈際飛語云：「摭言載梅花詩：『南枝向暖北枝寒，一種春風有兩般。憑仗高樓莫吹笛，大家留取倚欄杆。』又李白胡人吹笛詩：『胡人吹玉笛，一半是秦聲。十月吴山曉，梅花落敬亭。』又崔櫓梅詩：『初聞已入雕梁畫，未盡先愁玉吹笛。』笛者，羌樂也。古曲有折楊柳、落梅花。少陵詩：『故園楊柳今摇落，何得愁中曲盡生。』指楊柳曲也。復齋漫録（即能改齋漫録）言曲中有梅花落，非吹笛落梅，詩人用事之失。余觀笛聲中有大、小梅花笛，初不言落。秦太虚和黄法曹詩乃云：『月落參横畫角哀，暗落香清盡梅花。』若吹笛落梅，古今詩詞用者甚衆。子野之外，晁次膺『高樓一聲羌笛』、孫濟師『一聲羌笛吹嗚咽，玉溪半夜梅翻雪』，皆是。況落梅花曲，何爲笛中獨有之耶？復齋妄辨。」樂府雅詞卷上、十名家詞本「驚」作「飛」。

菊花新〔一〕

墜髻慵妝來日暮〔二〕。家在畫橋堤下住〔三〕。衣緩絳綃垂〔四〕，瓊樹裊〔五〕、一枝紅霧〔六〕。

院深池静嬌相妬〔七〕。粉墻低、樂聲時度。長恐舞筵空，輕化作、彩雲飛去〔八〕。

【校注】

〔一〕此詞以下六首原編卷二，屬中吕調。

〔二〕墜髻　即墜馬髻，女子髮髻名。後漢書卷三四梁冀傳：「（冀妻孫壽）色美而善爲妖態，作愁眉、啼妝、墜馬髻。」注引風俗通云：「墜馬髻者，側者一邊。」一説髮髻鬆垂，似垂落貌。慵妝：即慵來妝。趙飛燕外傳：「合德新沐，膏九曲沉水香，爲卷髮，號新髻；爲薄眉，號遠山眉；施小朱，號慵來妝。」羅虬比紅兒詩：「輕梳小髻號慵來，巧中君心不用媒。可得紅兒抛醉眼，漢皇恩澤一時回。」

〔三〕畫橋　花草粹編卷五、百家詞本、十名家詞本、歷代詩餘卷三三、詞譜卷五作「柳橋」。

〔四〕垂　詞律拾遺卷二注：「葉本作『單』。」

〔五〕瓊樹裊　謂姿色美好。世説新語賞譽：「王戎云：『太尉（王衍）神姿高徹，如瑶林瓊樹，自然是風塵外物。」江淹古離别詩：「願見一顔色，不異瓊樹枝。」蔣防霍小玉傳：「即令小玉自堂東閣子而出，生即拜迎，但覺一室之中，若瓊林玉樹，互相照耀，轉盼精彩射人。」

〔六〕紅霧　謂身着紅色服裝翩翩起舞。

〔七〕嬌　花草粹編卷五、百家詞本、十名家詞本、歷代詩餘卷三三、詞譜卷九作「花」。

〔八〕「長恐」二句　李白宫中行樂詞：「祗恐歌舞散，化作彩雲飛。」

虞美人〔一〕

畫堂新霽情蕭索。深夜垂珠箔〔二〕。洞房人睡月嬋娟〔三〕。梧桐雙影上珠軒。立階前。　高樓何處連宵夜。塞管聲幽怨〔四〕。一聲已斷别離心。舊歡拋棄杳難尋。恨沉沉。

【校注】

〔一〕此首又見馮延巳陽春集。

〔二〕珠箔　珠簾。劉孝威奉和晚日詩：「虬檐挂珠箔，虹梁卷霜綃。」

〔三〕月嬋娟　孟郊嬋娟篇：「月嬋娟，真可憐。」

〔四〕塞管聲　謂笛聲。歐陽修清商怨詞：「梅花聞塞管。」

又〔一〕

碧波簾幕垂朱户。簾下鶯鶯語。薄羅依舊泣青春。野花芳草逐年新。事難論。

鳳笙何處高樓月〔二〕。幽怨憑誰説。亭亭殘照上梧桐〔三〕。一時彈淚與東風。恨重重。

【校注】

〔一〕此首又見馮延巳陽春集。

〔二〕鳳笙　舊題劉向列仙傳卷上「王子喬」：「王子喬者，周靈王太子晉也。好吹笙作鳳凰鳴。遊伊、洛之間。道人浮丘公接以上嵩山。三十餘年後，求之於山上，見桓良曰：『告我家，七月七日待我於緱氏山巔。』至時，果乘白鶴駐山頭。望之不得到。舉手謝時人，數日而去。」李白鳳笙篇詩：「玉京迢迢幾千里，鳳笙去去無窮已。」

〔三〕亭亭　文選曹丕雜詩：「西北有浮雲，亭亭如車蓋。」李善注：「迴遠無依之貌。」

又

苕花飛盡汀風定〔一〕。苕水天摇影〔二〕。畫船羅綺滿溪春。一曲石城清響〔三〕、入高雲。壺觴昔歲同歌舞〔四〕。今日無歡侶〔五〕。南園花少故人稀〔六〕。月照玉樓依舊〔七〕、似當時。

【校注】

〔一〕苕花　蘇軾宿餘杭法善寺寺後緑野堂望吴興諸山懷孫莘老學士詩：「北望苕溪轉。」施注引杭州圖經云：「苕水出天目山，古老相傳，夾岸多苕草。秋風吹花，浮如飛雪，因以名溪。」花草粹編卷五、百家詞本、十名家詞本、歷代詩餘卷三〇、安陸集「飛」作「落」。

〔二〕苕水　即苕溪。見前偷聲木蘭花（曾居别乘匡吴俗）校注〔六〕。

〔三〕石城　即石城樂，亦名莫愁樂。樂府詩集卷四八西曲歌無名氏莫愁樂：「莫愁在何處，莫愁石城曲；艇子打兩槳，催送莫愁來。」舊唐書音樂志：「莫愁樂，出於石城樂。石城有女子名莫愁，善歌謡，石城樂和中復有『莫愁』聲，故歌云。」洪邁容齋三筆卷一一：「莫愁者，郢州石城人，今郢有莫愁村，畫工傳其貌，好事者多寫寄四遠。」曾三異同（一作因）話録：「周美成金陵懷古，用『愁』

字。金陵石頭城非莫愁所在，前輩指其誤。予嘗守郢，郡治西偏臨漢江上，石崖峭壁可長數十丈，兩端以繩續之，流傳此爲石頭城。莫愁名見古樂府，意者是神仙。漢江之西岸，至今有莫愁村，故謂艇子往來是也。莫愁像有石本，衣冠甚古，不知何時流傳郢中。郢中倡女嘗擇一人名以莫愁，示存古意，亦僭濆也。」金陵石城與江陵石城同名，故亦有莫愁之傳説。莫愁湖亦因之得名。知不足齋本「響」下有「亮」字，並注：「一無『亮』字。」

〔四〕舞　花草粹編卷五、百家詞本、十名家詞本、歷代詩餘卷三〇、安陸集作「笑」。

〔五〕歡侶　花草粹編卷五、百家詞本、十名家詞本、歷代詩餘卷三〇、安陸集作「年少」。

〔六〕南園　張先家址，見前編年詞醉落魄（山圍畫障）校注〔九〕。

〔七〕「舊」下　知不足齋本另有「有」字，並注：「一無『有』字。」

醉紅妝〔一〕

瓊枝玉樹不相饒〔二〕。薄雲衣、細柳腰〔三〕。一般妝樣百般嬌。眉眼細〔四〕、好如描〔五〕。

東風摇草百花飄〔六〕。恨無計〔七〕、上青條。更起雙歌郎且飲〔八〕，郎未醉、有金貂〔九〕。

【校注】

〔一〕歷代詩餘卷二三注：「一名醉紅樓，一名雙燕兒。」安陸集注：「又名雙雁兒。」詞譜卷九云：「調見張先詞集。因詞中有『一般妝樣百般嬌』及『郎未醉、有金貂』句，取以爲名。」又云：「宋詞無別首可校。」

〔二〕瓊枝玉樹　見前菊花新（墜髻慵妝來日暮）校注〔五〕。　不相饒：猶云不相讓。鮑照擬行路難之十八：「日月流邁不相饒。」　花草粹編卷五、歷代詩餘卷二三、詞譜卷九、安陸集「枝」作「林」。

〔三〕柳腰　見前醉垂鞭（雙蝶綉羅裙）校注〔六〕。

〔四〕眼細　詞譜卷九、安陸集作「兒秀」；　花草粹編卷五、百家詞本、十名家詞本、歷代詩餘卷二三、汪潮生本「細」作「秀」。

〔五〕好　花草粹編卷五、十名家詞本、歷代詩餘卷二三、詞譜卷九、安陸集、汪潮生本作「總」。

〔六〕東風摇草　古詩十九首：「四顧何茫茫，東風摇百草。」　花草粹編卷五、百家詞本、十名家詞本、歷代詩餘卷二三、詞譜卷九、安陸集、汪潮生本「百」作「雜」。

〔七〕「無計」前　花草粹編卷五無「恨」字。

〔八〕雙歌　兩人同歌。　花草粹編卷五、歷代詩餘卷二三「起」作「送」。

〔九〕金貂　冠飾。晉書卷四九阮孚傳：「遷黄門侍郎、散騎常侍。嘗以金貂换酒，爲所司彈劾。」盧照鄰行路難詩：「金貂有時須换酒，玉麈恒摇莫計錢。」

菩薩蠻

玉人又是匆匆去〔一〕。馬蹄何處垂楊路。殘月倚樓時。斷魂郎未知。　闌干移倚遍。薄倖教人怨〔二〕。明月却多情。隨人處處行〔三〕。

【校注】

〔一〕玉人　世説新語容止：「裴令公有俊容儀，脱冠冕，粗頭亂服皆好，時人以爲玉人。見者曰：『見裴叔則如玉山上行，光映照人。』」後遂以「玉人」稱美男子。

〔二〕薄倖　女子對所歡的昵稱。　教：張相詩詞曲語辭匯釋卷一：「猶使也。」

〔三〕「明月」二句　李白月下獨酌四首之一：「月既不解飲，影徒隨我身。……我歌月徘徊，我舞影零亂。」

怨春風〔一〕

無由且住。綿綿恨似春蠶緒。見來時餉還須去〔二〕。月淺燈收〔三〕，多在偷期處〔四〕。今夜掩妝花下語。明朝芳草東西路。願身不學相思樹〔五〕。但願羅衣，化作雙飛羽〔六〕。

【校注】

〔一〕此詞以下十二首原編卷二，屬高平調。

〔二〕餉　一會兒。

〔三〕月淺　月光淺淡。晏幾道清平樂詞：「猶恨那回庭院，依前是月淺燈深。」燈收：宋時正月十五日爲元宵節，京師放燈，至十九日收燈，見孟元老東京夢華録卷六「元宵」及「收燈都人出城探春」諸條。

〔四〕偷期　謂男女私約幽會。

〔五〕相思樹　干寶搜神記卷一一：戰國時，韓憑妻爲宋康王所奪，憑自殺，妻亦投臺下而死，遺書於帶，希望與憑合葬。「王怒，弗聽，使里人埋之，冢相望也。王曰：『爾夫妻相愛不已，若能使冢合，則吾弗阻也。』宿昔之間，便有大梓生於二家之端，旬日而有大盈抱。……又有鴛鴦雌雄各一，恒棲樹上，晨夕不去，交頸悲鳴，音聲感人。宋人哀之，遂號其木曰相思樹。」

〔六〕「但願」二句　阮籍詠懷詩：「願爲雙飛鳥，比翼共翱翔。」

于飛樂令〔一〕

寶奩開，菱鑒静〔二〕，一掬清蟾〔三〕。新妝臉、旋學花添〔四〕。蜀紅衫〔五〕，雙綉蝶，裙縷鶼鶼〔六〕。尋思前事，小屏風、巧畫江南〔七〕。

怎空教〔八〕、草解宜男〔九〕。柔桑暗〔一〇〕，又過春蠶。正陰晴天氣，更暝色相兼。幽期消息，曲房西〔一一〕、碎月篩簾〔一二〕。

【校注】

〔一〕此首又見歐陽修醉翁琴趣外篇卷一。百家詞本、歷代詩餘卷四七、詞綜卷五、十名家詞本、詞律卷一一、詞譜卷一六、安陸集、汪潮生本調無「令」字。

〔二〕菱鑒　謂鏡。百家詞本、詞綜卷五、十名家詞本、歷代詩餘卷四七、詞律卷一一、詞譜卷一六、安陸集「静」作「浄」。

〔三〕清蟾　謂月。見前菩薩蠻（夜深不至春蟾見）校注〔一二〕。

〔四〕學花添　猶云學畫梅花妝。見前宴春臺慢（麗日千門）校注〔一一〕。

〔五〕蜀紅衫　蜀錦製成的紅色衣衫。一説蜀紅謂海棠。海棠一名蜀客，花色紅，故云。

〔六〕裙縷鶼鶼　裙上綉有鶼鶼圖案。爾雅釋地：「南方有比翼鳥焉。不比不飛，其名謂之鶼鶼。」注云：「似鳧，青赤色，一目一翼，相得乃飛。」

〔七〕巧　百家詞本、詞綜卷五、十名家詞本、歷代詩餘卷四七、詞律卷一一、詞譜卷一六、安陸集、汪潮生本作「仍」。

〔八〕「怎空教」　詞律拾遺卷八注：「詞本七十六字，後起『怎空教』下脱『花解語』三字句。」詞律卷一一杜文瀾按：「詞律拾遺云：後半起句『怎空教』下有『花解語』三字。與下三字相偶，語氣亦足。宜從。」知不足齋本「教」作「交」。

〔九〕宜男　萱草之異名。太平御覽卷九九六引本草經：「萱一名忘憂，一名宜男，一名歧女。」藝文類聚卷八一引晉周處風土記：「宜男，草也。高六七尺，花如蓮，宜懷妊婦人佩之，必生男。」

〔一〇〕柔桑暗　桑葉柔嫩而濃密。

〔一一〕曲房　内室，密室。枚乘七發：「往來遊宴，縱恣於曲房隱間之中。」岑參敦煌太守後庭歌：「城頭月出星滿天，曲房置酒張錦筵。」

〔一二〕碎月篩簾　穿過簾子的月光。王建玉蕊花詩：「女冠夜覓香來處，惟有階前碎月明。」

臨江仙

自古傷心惟遠別，登山臨水遲留〔一〕。暮塵衰草一番秋。尋常景物，到此盡成愁。況與佳人分鳳侶，盈盈粉淚難收。高城深處是青樓。紅塵遠道，明月忍回頭。

【校注】

〔一〕登山臨水　楚辭九辯：「登山臨水兮送將歸。」

江城子

鏤牙歌板齒如犀〔一〕。串珠齊〔二〕。畫橋西。雜花池院，風幕卷金泥〔三〕。酒入四肢波入鬢，嬌不盡、翠眉低〔四〕。

【校注】

〔一〕鏤牙歌板　以象牙鏤成的拍板，見前醉桃源（雙花連袂近香猊）校注〔四〕。　齒如犀：詩衛風碩人：「齒如瓠犀。」

〔三〕串珠　白居易寄明州于駙馬使君三絶句詩：「何郎小妓歌喉好，嚴老呼爲一串珠。」自注：「嚴尚書與于駙馬詩云：『莫損歌喉一串珠。』」

〔三〕金泥　以金粉所飾之物。孟浩然宴張記室宅詩：「玉指調箏柱，金泥飾舞羅。」

〔四〕「翠眉低」下　知不足齋本注：「疑佚下闋。」案：張先詞每不嫌語復，此詞與醉桃源（雙花連袂近香猊）即情辭相近，可以參看。

燕歸梁

去歲中秋玩桂輪〔一〕。河漢浄無雲。今年江上共瑶尊〔二〕。都不是、去年人。　水晶宫殿〔三〕，琉璃臺閣，紅翠兩行分〔四〕。點唇機動秀眉顰〔五〕。清影外，見微塵〔六〕。

【校注】

〔一〕玩桂輪　謂中秋賞月。桂輪，月之别稱。方干月詩：「桂輪秋半出東方。」

〔二〕瑶尊　玉杯。

〔三〕水晶宫殿　吴曾能改齋漫録卷九地理蓬萊何似水晶宫：「楊漢公守湖州，賦詩云：『溪上玉樓樓上月，清光合作水晶宫。』其後遂以湖州爲水晶宫，古今皆因之。」歐陽修送胡學士知湖州詩：

「吳興水晶宮，樓閣在寒鑒。」程大昌水調歌頭序：「水晶宮之名，天下知之，而此邦圖志，原不能主名其所。某嘗思之，苕、霅水清可鑒，邑屋之影入焉，而甍棟丹堊，悉能透視本象，有如水玉，故善爲言者，得以哀撮其美，而曰此其宮蓋水晶爲之，如騷人之謂寶闕珠宮，正其類也。」

〔四〕紅翠　指歌妓。　兩行：分兩隊進行歌舞。

〔五〕機動　十名家詞本、歷代詩餘卷二三、安陸集作「微破」。

〔六〕微塵　唐崔珏和人聽歌詩：「巫山唱罷行雲過，猶自微塵舞畫梁。」十名家詞本、歷代詩餘卷二三、安陸集「微塵」作「歌塵」。

又

夜月啼烏促亂弦〔一〕。江樹遠無烟。缺多圓少奈何天〔二〕。愁只恐、下關山。　粉香生潤，衣珠弄彩，人月兩嬋娟〔三〕。留連殘夜惜餘歡〔四〕。人月在、又明年。

【校注】

〔一〕「夜月」句　郭茂倩樂府詩集卷四七吳聲歌曲：南朝宋臨川王劉義慶被廢，其「伎妾夜聞烏夜啼，扣齋閣云：『明日應有赦。』其年更爲南兖刺史。」因作烏夜啼曲。梁簡文帝烏夜啼詩云：「綠草庭中望明月，碧玉堂里對金鋪。鳴弦撥捩初發異，挑琴欲吹衆曲殊。不疑三足朝含影，直言九子夜相呼。羞言獨眠枕下淚，托道單棲城上烏。」百家詞本、十名家詞本「夜月」作「夜夜」。

〔三〕奈何天 猶言無可排遣。晏幾道鷓鴣天詞：「歡盡夜，别經年，别多歡少奈何天。」

〔三〕嬋娟 美好貌。

〔四〕殘夜 杜甫月詩：「四更山吐月，殘夜水明樓。」 餘歡：司馬遷報任安書：「未嘗銜杯酒，接殷勤之餘歡。」

酒泉子〔一〕

亭下花飛。月照妝樓春欲曉。珠簾風，蘭燭燼，怨空閨。 苕苕何處寄相思。玉箸零零腸斷〔二〕。屏幃深，更漏永，夢魂迷。

【校注】

〔一〕此詞以下五首，又見馮延巳陽春集。此首又别入杜世安壽域詞。全宋詞、曾昭岷温韋馮詞新校斷爲馮作。新校云：「此五首諸家選本無作張先詞者，張子野詞顯係誤收。」案鮑廷博張子野詞跋云：「頃得緑斐軒鈔本二卷，凡百有六闋，區分宮調，尤屬宋時編次，喜付汗青。」此五首編於高平調，乃宋時編列，非出後人掇拾。五代宋初人詞常多相混。馮延巳陽春集中，此類情況尤爲突出，如互見於花間集者有十二首，别入歐陽文忠公近體樂府者有十六首，再見於珠玉詞、張子野詞、小山詞者，亦不在少數。可見陽春集所收更爲舛亂。馮延巳詞集本已散佚不存，今本陽春集有嘉祐三年（一〇五八）陳世修序，謂其始輯馮延巳詞一一九首，名之曰陽春集。然前人於此每多疑問。夏承燾先生唐宋詞人年譜馮正中年譜云：「正中詞名陽春録，見直齋書録解題。今傳本名陽春集，陳世修編於宋嘉祐戊戌，其時距正中之卒已九十餘年。詞共百二十闋，頗雜入温、韋、歐公、李主之作。王鵬運又輯得補遺七闋，即四印齋所刊是。或謂世修序稱正中爲外舍祖，然以年代推之，不能連爲祖孫。疑陳編出於僞托。案外舍祖謂外家之遠祖，不能以此疑陳編，然陳編亦實有可疑處。考李昪天祐九年爲昇州刺史，時正中纔十歲，武義元年參知政事，正中十七歲。而世修序稱正中『與李江南有布衣舊』，語殊失實。北宋崇寧間，馬令作南唐書，稱正中『著樂府百餘闋』。陳編殆據此數而雜摭歐、李詞實之。其書出於汲古閣舊鈔，或非書録解題著録之本。」近日施蟄存先生於詞學第七輯曾昭岷馮延巳詞考辨後附記云：「我近來對陳世修本又有新的懷疑。直齋書録解題每提到一部書，必記録其序跋作者及部分内容。他見到的陽春集，只有崔公度的跋（崔跋作於元豐中），而没有陳世修的序。羅泌校注歐陽文忠公近體樂府，他衹提到崔公度，而不及陳世修。可見北宋尚無陳世修本。我懷疑長沙坊本即陳世修本，陳世修序是長沙書賈僞造的，以表示這個集本在崔公度本之前。」因此，此五首詞仍從知不足齋本作張先詞。

〔三〕玉箸　謂眼淚。劉孝威獨不見詩：「誰憐雙玉箸，流面復流襟。」

又

人散更深。堂上孤燈階下月。早梅愁，殘雪白，夜沉沉。　闌前偷唱繫瓊簪〔一〕。前事總堪惆悵。寒風生，羅衣薄，萬般心。

【校注】

〔一〕繫瓊簪　曲調名。

又

春色融融。飛燕未來鶯未語。露桃寒〔一〕，風柳曉，玉樓空。　天長烟遠恨重重。消息燕鴻歸去。枕前燈，窗外雨，閉簾櫳。

【校注】

〔一〕露桃　宋書樂志：「桃生露井上。」杜牧題桃花夫人廟詩：「細腰宮裏露桃新，脉脉無言度幾春。」

又

亭柳霜凋。一夜愁人窗下睡，綉幃風，蘭燭焰，夢遥遥。　金籠鸚䳇怨長宵。籠畔玉箏弦斷，隴頭雲〔一〕，桃源路〔二〕，兩魂消。

【校注】

〔一〕隴頭雲　喻遠行者如隴頭之雲，行蹤飄忽不定。隴頭，隴山。在陜西隴縣西北。爲關中西面之險塞。行人登此而顧瞻，莫不悲思。唐令狐楚長相思詩：「君行在隴上，妾夢在閨中。」

〔二〕桃源路　太平御覽卷四〇引劉義慶幽明録：剡縣劉晨、阮肇共入天臺山採藥，於溪邊遇二女子，被邀至其家。家中羣女各持三五桃子，笑而曰：「賀汝婿來。」遂留半年而歸。劉長卿過白鶴觀尋岑秀才不遇詩：「應向桃源裏，教他喚阮郎。」此指詞中女子。

又

芳草長川。柳映危橋堤下路。歸鴻飛，行人去，碧山連。　風微烟淡雨蕭然。隔岸馬嘶何處。九回腸〔一〕，雙臉淚，夕陽天。

【校注】

〔一〕九回腸　謂憂思之甚而腸爲之回轉。司馬遷報任安書：「腸一日而九回。」白居易酬鄭侍御多雨春空過三十韻詩：「暗遮千里目，悶結九回腸。」

定西番

年少登瀛詞客〔一〕，飄逸氣，拂晴霓〔二〕。盡帶江南春色，過長淮〔三〕。　一曲艷歌留別，翠蟬摇寶釵〔四〕。此後吳姬難見〔五〕，且徘徊。

【校注】

〔一〕登瀛詞客　指新進士。新唐書卷一〇二褚亮傳：「唐太宗爲天策上將軍時，開文學館，選杜如晦、房玄齡等十八人爲學士，並給珍膳，分爲三番，便值宿於閣下，又「命閻立本圖像，使亮爲之贊，題名字爵里」，藏之書府，預入館者，時所傾慕，謂之登瀛州。後遂以登瀛州喻登科。

〔二〕拂晴霓　猶云逸氣冲天。

〔三〕過長淮　指由江南沿運河渡淮北上。長淮，淮水。

〔四〕翠蟬　髮式。中華古今注中：「魏文帝宮人莫瓊樹始制蟬鬢，縹緲如蟬。」

〔五〕吳姬　吳地女子的泛稱。羅隱秋日泊平望寄太常裴郎中詩：「聞説江南舊歌曲，至今猶是唱吳姬。」百家詞本、十名家詞本「姬」作「娃」。

河傳〔一〕

花暮。春去。都門東路〔二〕。嘶馬將行。江南江北，十里五里郵亭〔三〕。幾程程。

高城望遠看回睇。烟細〔四〕。晚碧空無際〔五〕。今夜何處〔六〕，冷落衾幃。欲眠時。

【校注】

〔一〕此詞以下四首原編卷二，屬仙呂調。花草粹編卷五調作月照梨花，注：「一作怨王孫。」十名家詞本、歷代詩餘卷二五、安陸集調作怨王孫。

〔二〕都門東路　漢書卷七一疏廣傳："即日父子俱移病。滿三日賜告，廣遂稱篤，上疏乞骸骨。上以其年篤老，皆許之。……公卿大夫、故人邑子設祖道，供帳東門都外，送者車數百兩，辭決而去。"據孟元老東京夢華録卷一"東都城外"，東城一邊，凡有四門，即東水門、新宋門、新曹門、東北水門。東水門爲汴河下流水門，其門跨河，兩岸各有門通人行路。自都門經汴入淮而至江南，都從東水門出城。

〔三〕"十里"句　庾信哀江南賦："十里五里，長亭短亭。"白孔六帖卷九"驛館"："十里一長亭，五里一短亭。"

〔四〕"高城"二句　唐歐陽詹初發太原途中寄太原所思詩："高城已不見，況復城中人。"花草粹編卷五、百家詞本、歷代詩餘卷二五、安陸集此句作"高城漸遠重凝睇烟容細"。

〔五〕晚　花草粹編卷五無"晚"字。

〔六〕"今夜"前　花草粹編卷五、百家詞本、十名家詞本、歷代詩餘卷二五、安陸集有"不知"二字。

偷聲木蘭花〔一〕

雪籠瓊苑梅花瘦。外院重扉聯寶獸〔二〕。海月新生〔三〕。上得高樓無奈情〔四〕。　簾波不動凝釭小〔五〕。今夜夜長争得曉〔六〕。欲夢高唐〔七〕。衹恐覺來添斷腸〔八〕。

【校注】

〔一〕歷代詩餘卷二一調作上行杯，注：「即偷聲木蘭花也。」

〔二〕寶獸　同金猊，香爐。見前宴春臺慢（麗日千門）校注〔一二〕。

〔三〕海月新生　張九齡望月懷遠詩：「海上生明月，天涯共此時。情人怨遥夜，竟夕起相思。」

〔四〕無　花草粹編卷四、百家詞本、十名家詞本、歷代詩餘卷二一、詞律卷七、安陸集、汪潮生本作「没」。

〔五〕凝釭　指燈。蕭繹早名詩：「銀釭影梳頭。」花草粹編卷四、十名家詞本、歷代詩餘卷二一、詞律卷七、安陸集、汪潮生本「凝」作「銀」。

〔六〕争　怎。

〔七〕高唐　見前浣溪沙（輕屧來時不破塵）校注〔四〕。詞律卷七「高唐」作「荒唐」，誤。

〔八〕祗恐覺來　歷代詩餘卷二一作「恐覺來時」。

又

畫橋淺映横塘路〔一〕。流水滔滔春共去。目送殘暉〔二〕。燕子雙高蝶對飛。　風花將盡持杯送。往事祇成清夜夢。莫更登樓。坐想行思已是愁。

【校注】

〔一〕橫塘　内河之塘堤。唐宋詩詞所詠橫塘，有建業長干者，如崔顥長干行：「君家在何處？妾住在橫塘。」有在姑蘇盤門南者，如賀鑄青玉案：「凌波不過橫塘路。」張先傾杯吴興：「橫塘水静，花窺影，孤城轉。」所詠則爲吴興橫塘。此詞「畫橋淺映橫塘路」，疑與傾杯所詠之「橫塘」相同。

〔三〕殘暉　花草粹編卷四、歷代詩餘卷二作「斜暉」。

千秋歲〔一〕

數聲鶗鴂。又報芳菲歇〔二〕。惜春更把殘紅折〔三〕。雨輕風色暴，梅子青時節。永豐柳〔四〕，無人盡日飛花雪〔五〕。　莫把幺弦撥〔六〕。怨極弦能説。天不老，情難絶。心似雙絲網，中有千千結。夜過也，東窗未白凝殘月〔七〕。

【校注】

〔一〕此首又見歐陽修近體樂府卷三，羅泌校曰：「蘭畹作張子野詞。」蘭畹曲集爲北宋元祐間孔夷所輯，其作張先詞必有所據。

〔二〕「數聲」二句　屈原離騷：「恐鶗鴂之先鳴兮，使百草爲之不芳。」皎然顧渚行寄裴方舟詩：「鶗鴂啼時芳草死。」鶗鴂，鳥名，一作「鵜鴂」。文選注張衡玄思賦：「鶗鴂一名杜鵑，至三月鳴，晝夜不止，夏末乃止。服虔曰：『鶗鴂一名鵙，伯勞。』」樂府雅詞卷上、十名家詞「數」作「幾」。

〔三〕「惜春」下　知不足齋本另有「去」字。

〔四〕永豐柳　永豐，坊名，在洛陽長夏門之東第一街，見徐松兩京城坊考卷五。孟棨本事詩情感：「白尚書（居易）姬人樊素善歌，妓小蠻善舞，嘗爲詩曰：『櫻桃樊素口，楊柳小蠻腰。』年既高邁，而小蠻方豐艷，因爲楊枝之詞以托意曰：『一枝春風萬萬枝，嫩於金色軟於絲。永豐東角荒園裏，盡日無人屬阿誰。』及宣宗朝，國樂唱此詞。上問：『誰詞？永豐在何處？』左右具對之。遂因東使，命取永豐柳兩枝（株），植於禁中。」

〔五〕飛花　樂府雅詞卷上作「花飛」。

〔六〕幺弦　琵琶之第四弦，因其最細，故稱。劉禹錫澈上人文集序：「世之言詩僧，多出於江左。……如幺弦孤韻，瞥入人耳，非大樂之音。」

〔七〕凝殘月　樂府雅詞卷上、百家詞本、十名家詞本作「孤燈滅」。

天仙子〔一〕　觀舞

十歲手如芽子笋〔二〕。固愛弄妝偷傅粉〔三〕。金蕉並爲舞時空〔四〕，紅臉嫩。輕衣褪〔五〕。春重日濃花覺困。　斜雁軋弦隨步趁〔六〕。小鳳累珠光繞鬢〔七〕。密教持履恐仙飛〔八〕，催拍緊〔九〕。驚鴻奔〔一〇〕。風袂飄飖無定準。

【校注】

〔一〕此詞以下三十五首原編鮑本補遺上。

〔二〕手如芽子笋　韓偓詠手詩：「暖白膚紅玉笋芽。」

〔三〕傅粉　以粉傅面。顔氏家訓勉學：「燻衣剃面，傅粉施朱。」歷代詩餘卷四五「固」作「因」。

〔四〕金蕉　謂酒杯。觥記注：「李適之七品曰：『蓬萊盞、海山螺、舞仙螺、匏子卮、慢卷荷、金蕉葉、玉蟾兒，皆因緣爲名。』」

〔五〕褪　猶言寬松。秦觀點絳唇詞：「美人愁悶，不管羅衣褪。」

〔六〕斜雁軋弦　謂箏。箏柱斜列如雁行，故云。李商隱昨日詩：「二八月輪蟾影破，十三弦柱雁行斜。」　趁：趁拍，隨音樂節拍而舞。

〔七〕小鳳累珠　謂鳳釵。馬縞中華古今注中：「釵子，蓋古笄之遺像也。……始皇又（以）金銀作鳳頭，以玳瑁爲脚，號曰鳳釵。」

〔八〕「密教」句　後漢書方術傳王喬：「喬有神術，每月朔望，常自縣詣臺朝。帝怪其來數，而不見車騎，密令太史伺望之。言其臨至，輒有雙凫從東南飛來。於是候凫至，舉羅張之，但得一隻舄焉。乃詔尚書方詠視，則四年中所賜尚書官屬履也。」唐姚月華制履贈楊達詩：「金刀剪紫絨，與郎作輕履。願化雙仙凫，飛來入閨裏。」

〔九〕催拍緊　謂舞拍趨急。黄庚夜飲詩：「艷曲喜聽催拍近，狂歌自覺入腔難。」

〔一〇〕驚鴻奔　曹植洛神賦：「翩若驚鴻，宛如遊龍。」此喻舞態。

南鄉子　送客過餘溪〔一〕，聽天隱二玉鼓胡琴〔二〕

相並細腰身。時樣宫妝一樣新〔三〕。曲項胡琴魚尾撥〔四〕，離人。入塞弦聲水上聞〔五〕。天碧染衣巾〔六〕。血色輕羅碎摺裙〔七〕。百卉已隨霜女妒〔八〕，東君〔九〕。暗折雙花借小春〔一〇〕。

【校注】

〔一〕餘溪　湖州霅溪四水之一，見前編年詞偷聲木蘭花（曾居別乘厓吳俗）校注〔六〕。

〔二〕天隱　天隱樓，吳興沈沔所建。文同寄湖州秀才天隱樓詩：「地名水晶宫，家有天隱樓。」沈遘沈沔天隱樓詩：「吳會富山水，吳興盛人物。風流自南朝，德譽世不没。吾宗州之望，譜序遠且藩。煌煌全盛時，冠蓋光里門。吾廬兩溪傍，足跡遠城市。宛如仙居者，胡然人間世。自我登羣玉，十年未得歸。秋風東南望，悵息欲下飛。軒王吾宗子，自少慕奇偉。仕意一不如，去之若泥滓。起樓臨孤墅，自以天隱名。超焉謝朋友，於兹寄平生。……」　二玉：　二琵琶妓，二人名字中皆有玉字。　胡琴：　琵琶。段安節樂府雜録琵琶：「文宗朝，有内人鄭中丞善胡琴。」

〔三〕時樣　入時之梳妝。唐朱慶餘閨意詩：「妝罷低聲問夫婿，畫眉深淺入時無？」　宫妝：　宫中之妝扮。歐陽修好兒女令詞：「眼細眉長，宫樣梳妝。」

〔四〕曲項胡琴　即曲項琵琶。段安節樂府雜録琵琶：「始自烏孫公主造，馬上彈之，有直項者、曲項者。曲項，蓋使於急關也。」　魚尾撥：　用於彈奏琵琶之撥片，其狀如魚尾，故云。

〔五〕入塞　曲調名。漢武帝時，李延年因胡曲造新聲二十八解，内有出塞、入塞曲。見晉書樂志下。葛洪西京雜記卷一：「戚夫人善歌出塞、入塞、望歸之曲。」

〔六〕天碧染　宋史卷四七八李煜世家：「煜之妓妾嘗染碧紗，經夕未收，會露下，其色愈鮮明，煜愛之。

自是宫中競收露水，染碧以衣之，謂之『天水碧』。」

〔七〕血色　深紅色。白居易琵琶引：「血色羅裙翻酒污。」

〔八〕霜女　青女。神話中主霜雪之神。淮南子天文訓：「至秋三月，地氣不藏，及收其殺，百蟲蟄伏，静居閉户。青女乃出，以降霜雪。」高誘注：「青女，天神，青霄玉女，主霜雪也。」後用以指秋寒降霜。此謂百卉霜後衰謝。

〔九〕東君　春神。唐成彦雄柳枝詞：「東君愛惜與先春，草澤無人處也新。」

〔一〇〕雙花　喻彈琵琶之二女，即題中所云「二玉」。小春：十月亦稱小陽春。十月不寒，有如初春，故云。歐陽修漁家傲詞：「十月小春梅初綻。」

定風波令〔一〕

碧玉篦扶墜髻雲。鶯黄衫子退紅裙〔二〕。妝樣巧將花草競。相並。要教人意勝於春。　酒眼茸茸香拂面〔三〕。□見〔四〕。丹青寧似鏡中真。自是有情偏小小〔五〕。向道。江東誰信更無人。

【校注】

〔一〕歷代詩餘卷四一調無「令」字。

〔二〕退紅　猶言淡紅。歷代詩餘卷四一「鶯」作「杏」。

〔三〕茸茸　睫毛濃密柔細貌。

〔四〕□見　百家詞本作「□再」；歷代詩餘卷四一作「乍見」。

〔五〕小小　幼小。李白宮中行樂詞之一：「小小生金屋，盈盈在紫微。」

木蘭花〔一〕

人意共憐花月滿。花好月圓人又散。歡情去逐遠雲空，往事過時幽夢斷〔二〕。草樹争春紅影亂。一唱鷄聲千萬怨〔三〕。任教遲日更添長〔四〕，能得幾時抬眼看。

【校注】

〔一〕歷代詩餘卷三一調作玉樓春。

〔二〕「歡情」二句　化用宋玉高唐賦意。見前浣溪沙（輕屧來時不破塵）校注〔四〕。

〔三〕「一唱」句　王仁裕開元天寶遺事卷下「鷄聲斷愛」條：「長安名妓劉國容，有姿色，能吟詩，與進士郭昭述相愛，他人莫敢窺也。後昭述釋褐，授天長簿，遂與國容相別。詰旦赴任，行至咸陽，國容使一女僕馳矮駒賫短書云：『歡寢方濃，恨鷄聲之斷愛；恩憐未洽，嘆馬足之無情。使我勞心，因君減食，再期後會，以結齊眉。』長安子弟多誦諷焉。」

〔四〕遲日　猶言日行舒緩，春日長也。詩豳風七月：「春日遲遲。」杜甫絕句二首之一：「遲日江山麗。」

又

送張中行〔一〕

插花勸酒鹽橋館〔二〕。召節促行龍闕遠〔三〕。吳船漸起晚潮生〔四〕，蠻榼未空寒日短〔五〕。慶門奕世隆宸睠〔六〕。歸到月陂梅已綻〔七〕。有情願寄向南枝〔八〕，圖得洛陽春色看〔九〕。

【校注】

〔一〕張中行　宋史無傳。宋祁景文集卷七有常山楊氏有二怪石奇險百狀田曹張中行家洛陽遍見都中諸家所得異石皆出此下予他日思之，恐常人忽而不珍作詩以詫其處並邀中行、伯逢同賦一詩；卷一七有送屯田張中行罷成德軍通判還朝詩云：「假節共辭金馬闥，滿更先入玉關門。」自注：

「壬辰(仁宗皇祐四年)秋與中行同赴常山，不半年，予改守中山，故中行先得罷。」卷四九有上中行張屯田書云：「足下雖少僕，然亦偃蹇，仕路得無與僕同哉！」知張中行家洛陽，曾爲田曹、成德軍通判，與宋祁交。詞云「插花勸酒鹽橋館」，又云「圖得洛陽春色看」，當在杭州送張中行歸洛陽作。

〔二〕插花　何遜照水聯句詩：「插花行理發。」　鹽橋：在杭州，其北有御舟亭，自杭舟行入京，於此啓程。淳祐臨安志卷六城府：「御舟亭，在鹽橋之北。」

〔三〕召節　召人回朝之節符。　龍闕：帝闕。許敬宗奉和詠雨應詔詩：「激溜分龍闕，斜飛瀛鳳閣。」

〔四〕起　歷代詩餘卷三〇作「近」。

〔五〕鸞榼　酒瓶。白居易昭晦叔詩：「高調秦筝一兩弄，小花鸞榼二三升。」王安石寄張先郎中詩：「胡牀月下知誰對，鸞榼花前想自隨。」

〔六〕「慶門」句　指張中行累世仕宦。慶門，吉慶之家。舊唐書楊嗣復傳：初，於陵十九登進士第，二十再登博學宏詞科，調補潤州句容尉。浙西觀察使韓滉有愛女，方擇佳婿，謂妻柳氏曰：「吾閱人多矣，無如楊生貴而壽，生子必爲宰相。」於陵生嗣復，滉見之，撫其首曰：「名位果逾於父，楊門之慶也。」因字曰慶門。　奕世，累代。後漢書楊秉傳：「臣奕世受恩。」注：「奕，猶重也。」宸睠，帝王之恩寵。湛賁日五色賦：「宸睠屢回，聖心方契。恒旰食以爲盧，豈浮雲之能蔽。」

〔七〕月陂　在河南洛陽。太平御覽七三引河南圖津：「洛水自苑内上陽宫南瀰浸東注。當宇文愷版築之時，因築斜堤，令東北流。水衡作偃九所，形如偃月，謂之月陂。」

〔八〕南枝　白孔六帖：「大庾嶺上梅，南枝落，北枝開。」皇甫冉送從弟貶遠州詩：「獨結南枝恨，應思北雁行。」

〔九〕洛陽春色　歐陽修洛陽牡丹記：「牡丹……出洛陽者，今爲天下第一。」又云：「洛陽之俗，大抵好花。春時城中無貴賤皆插花，雖負擔者亦然。花卉開時，士庶競爲遊遨。」

傾杯〔一〕　吴興

横塘水静〔二〕，花窺影、孤城轉〔三〕。浮玉無塵〔四〕，五亭争景〔五〕，畫橋對起，垂虹不斷〔六〕。愛溪上瓊樓〔七〕，憑雕闌、久□飛雲遠〔八〕。人在虚空，月生溟海，寒漁夜泛，遊鱗可辨。　正是草長蘋老，江南地暖。汀洲日晚。更茶山〔九〕、已過清明，風雨暴千巖，啼鳥怨。芳菲故苑。深紅盡、緑葉陰濃，青子枝頭滿〔一〇〕。使君莫放尋春緩。

【校注】

〔一〕歷代詩餘卷八五、安陸集調作傾杯樂。

〔二〕水静　安陸集作「静水」。

〔三〕孤城　指湖州城。嘉泰吴興志卷五河瀆：「府以湖名，近五湖，中有霅溪合四水也，衆水羣凑而太湖虚受坎流而不盈，習險而無泛，此郡所以立也。」郡城四面多水，故云。

〔四〕浮玉　山名。太平寰宇記：苕溪水出自浮玉山。輿地志：「苕溪一源自天目，一源自獨松嶺，合浮玉山水，至吴興入太湖。」

〔五〕五亭　唐楊漢公在白蘋洲所建之山光亭、白蘋亭、集芳亭、朝霞亭、碧波亭。白居易白蘋洲五亭記：「湖州城東南二百步，抵霅溪，連汀洲。洲一名白蘋。梁吴興守柳惲於此賦詩云：『汀洲採白蘋。』因以爲名也。前不知幾十萬年，後又數百年，有名無亭，鞠爲荒澤。至大歷十一年，顔魯公真卿爲刺史，始剪榛導流，作八角亭以遊息焉。旋屬災潦薦至，沼湮臺圮。後又數十載，委無隙地。至開成三年，弘農楊君爲刺史，乃疏四渠，濬二池，樹三園，構五亭，卉木荷竹，舟橋廊室，洎遊宴息宿之具，靡不備焉。觀其架大溪，跨長汀者，謂之白蘋亭。介二園，閲百卉者，謂之集芳亭。面廣池，目列岫者，謂之山光亭。玩晨曦者，謂之朝霞亭。狎清漣者，謂之碧波亭。五亭間開，萬象迭入，向背俯仰，勝無遁形。每至汀風春，溪月秋，花繁鳥啼之旦，蓮開水香之夕，賓友集，歌吹作，舟棹徐動，觴詠半酣，飄然怳然，遊者相顧，咸曰：此不知方外也，人間也，又不知蓬、瀛、崑、閬，復何如哉？」

〔六〕「畫橋」二句　指湖州三橋：駱駝橋、甘棠橋、儀鳳橋。永樂大典卷二二七六湖州府志：「駱駝橋，在子城東，唐初建，以其形穹崇若駱駝背也。」又云：「跨餘不水有甘棠橋，跨苕水有儀鳳橋，而駱駝則跨合流之霅水也。是謂三巨橋，東有運河自迎春門至駱駝橋，南與霅水合。」

〔七〕瓊樓　指明月樓。唐楊漢公明月樓詩：「吴興城闕水雲中，畫舫青簾處處通。溪上玉樓樓上月，清光合作水晶宫。」又吴興有消暑樓，下臨東、西苕溪，亦甚著名。楊漢公登郡中消暑樓寄東川汝大詩：「岧嶤下瞰霅溪流，極目烟波望梓州。」杜牧題吴興消暑樓十二韻詩：「晴日登攀好，危樓物象饒。一溪通四境，萬岫繞層霄。」晁補之惜分飛詞：「消暑樓前雙溪，盡住水晶宫裏。人共荷花麗，更無一點塵埃氣。」

〔八〕「憑雕闌」句　詞譜卷三二作「憑闌坐久飛雲遠」；歷代詩餘卷八五「憑闌」作「憑雕闌」。安陸集「□」作「久」。

〔九〕茶山　指顧渚山，亦稱顧山，爲名茶産地。杜牧題茶山詩云：「山實東吴秀，茶稱瑞草魁。」馮集梧注：「茶經：浙西以湖州上，常州次。湖州生長城（興）縣顧渚山中。常州生義（宜）興縣君山懸脚嶺下。西清詩話：唐茶品雖多，惟湖州紫笋入貢。紫笋生顧渚，在湖、常二郡之間。當採茶時，兩郡守畢至，最爲盛會。」元和郡縣圖志卷二五江南道一湖州長城縣：「顧山，縣西北四十二里，貞元已後，每歲以進奉顧山紫笋茶，役工三萬人，累月方畢。」

〔一〇〕「深紅」三句　暗用杜牧太和末遊湖時約納婭女，後因逾期，女從人生三子事，故下曰「使君莫放尋春緩」。詳前少年遊（碎霞浮動曉朦朧）校注〔八〕。

又　碧瀾堂席上有感〔一〕

飛雲過盡，明河淺、天無畔。草色棲螢，霜華清暑〔二〕，輕颸弄袂〔三〕，澄瀾拍岸。宴玉麈談賓〔四〕，倚瓊枝、秀挹雕觴滿〔五〕。午夜中秋，十分圓月，香檀撥鳳〔六〕，朱弦軋雁〔七〕。正是欲醒還醉，臨空悵遠。壺更疊換。對東西、數里回塘〔八〕，恨零落芙蓉、春不管。籠燈待散。誰知道、座有離人，目斷雙歌伴。烟江艇子歸來晚〔九〕。

【校注】

〔一〕碧瀾堂　嘉泰吳興志卷一三宫室：「碧瀾堂在子城南一百步霅溪之西岸，唐大中四年刺史杜牧建。中和四年刺史孫儲記云：『杜牧去後，郡人望所建碧瀾堂，視若甘棠。』本朝漕使陳堯佐、張逸俱有詩及他篇詠，刻石墨妙亭。」又吳興掌故云：「碧瀾，霅溪館中堂名。杜牧之佐宣城時，來遊吳興，作霅溪館詩。吳興自郡齋外，凡治中別駕之廳，俱名爲館，惟霅溪館以待過從之客，今館廢而碧瀾之名獨存，重牧之也。」杜牧八月十二日得替後移居霅溪館因題長句四韻詩：「萬家相慶喜秋成，處處樓臺歌板聲。千載鶴歸猶有恨，一年人往豈無情。夜凉溪館留僧話，風定蘇潭看月生。景物登臨閑始見，願爲閑客此閑行。」陳堯佐湖州碧瀾堂詩：「苕溪清淺霅溪斜，碧玉光寒照萬家。誰向明月終夜聽，洞庭漁笛隔蘆花。」蘇軾贈孫莘老之二：「天目山前緑浸裙，碧瀾堂上看銜艫。作堤捍水非吾事，閑送苕溪入太湖。」

〔二〕清　詞譜卷三二作「侵」。

〔三〕輕颸　微風。謝偃高松賦：「凝暉遠而淡景，纖羅挂而輕颸。」

〔四〕玉麈　世説新語容止：「王夷甫容貌整，妙於談玄，恒捉白玉柄麈尾，與手都無分別。」趙翼廿二史札記：「六朝人清談必用麈尾，蓋初以談玄用之，相習成俗，遂爲名流雅器，雖不談亦常執持耳。」

〔五〕雕觴　雕花酒杯。　詞律拾遺卷五「秀」作「香」。

〔六〕香槽撥鳳　謂琵琶之鳳尾槽。蘇軾宋叔達家聽琵琶詩：「數弦已品龍香撥，半面猶遮鳳尾槽。」

〔七〕朱弦軋雁　謂筝。見前天仙子（十歲手如芽子笋）校注〔六〕。

〔八〕回塘　文選張衡南都賦：「分背回塘。」李善注：「廣雅曰：塘，堤也。」。

〔九〕「烟江」句　樂府詩西洲歌無名氏莫愁樂：「艇子打兩槳，催送莫愁來。」

憶秦娥〔一〕

參差竹〔二〕。吹斷相思曲。情不足。西北有樓窮遠目〔三〕。　憶苕溪〔四〕、寒影透清玉。秋雁南飛速〔五〕。菰草緑〔六〕。應下溪頭沙上宿。

【校注】

〔一〕唐詩箋要後集卷八誤作張仲素詞。

〔二〕參差竹　謂笙。沈約詠笙詩：「彼美實枯枝，孤篠定參差。」蘇軾菩薩蠻贈徐君猷笙妓詞：「碧紗微露纖摻玉，朱脣漸暖參差竹。」葉廷珪海録碎事音樂笙簫引䏶説：「笙象翌，亦名參差竹。」

〔三〕「西北」句　古詩十九首其五：「西北有高樓，上與浮雲齊。交疏結綺窗，阿閣三重階。上有歌絲聲，音響一何悲。」詞律卷四、詞譜卷五「有」作「高」。

〔四〕苕溪　水名，在湖州。見前編年詞偷聲木蘭花（曾居别乘匡吴俗）校注〔六〕。

〔五〕秋雁南飛　雁於每年秋分後飛往南方，次年春分後北返。庾信蓮花賦：「秋雁度兮芳草殘，琴柱急兮江上寒。」

〔六〕菰草　植物名，俗稱茭白，生於河邊、陂澤。

繫裙腰

惜霜蟾照夜雲天〔一〕。朦朧影、畫勾闌〔二〕。人情縱似長情月，算一年年。又能得、幾番圓。　欲寄西江題葉字〔三〕，流不到、五亭前〔四〕。東池始有荷新緑，尚小如錢。問何日藕、幾時蓮〔五〕。

【校注】

〔一〕蟾　月之代稱。　花草粹編卷七、歷代詩餘卷四一、詞譜卷一三「惜」作「清」；詞律卷九、安陸集、汪潮生本「惜」作「濃」；安陸集、汪潮生本注云：「草堂詩餘及詞綜皆作『惜』，今從吴興藝文補改。」詞綜卷五、詞律卷九、安陸集「蟾」作「淡」。

〔二〕勾闌　亦作鉤欄、鉤欄。胡應麟唐音癸籤卷一詁箋四勾欄：「韻書：木爲之，在階除。古今注：漢顧成廟槐樹設扶老鉤欄，其始也。王建宫詞、李長吉宫娃歌，俱用爲宫中華飾。自晚唐李商隱輩用之倡家情詞，如『簾輕幕重金鉤欄』之類。宋人相沿，遂專以名教坊，不復他用。」

〔三〕「欲寄」句　用紅葉題詩故事。龐元英談藪：「唐小説記紅葉事凡四。一、本事詩：顧況在洛，乘間一二詩友遊苑中，流水上得大梧葉題詩云：『一入深宫裏，年年不見春。聊題一片葉，寄與有情人。』況明日於上流亦題云：『愁見鶯啼柳絮飛，上陽宮女斷腸詩。君恩不禁東流水，葉上題詩寄與誰？』後十餘日，客來苑中，又於葉上得詩以示況，曰：『一葉題詩出禁城，誰人酬和獨含情？自嗟不及波中葉，蕩漾乘春取次行。』又明皇代，以楊妃、虢國寵盛，宮娥皆衰悴，不願備掖庭，嘗書落葉隨御溝流出，云：『舊寵悲秋扇，新恩寄早春。聊題一片葉，將寄接流人。』顧況聞而和之，既達聖聽，遣出内人不少，或有五使之號。況所和即前四句也。其二，雲溪友議：盧渥舍人應舉之歲，偶臨御溝，見紅葉上有詩云：『流水何太急，深宮盡日寒。殷勤謝紅葉，好去到人間。』其三，北夢瑣言：進士李茵嘗遊苑中，見紅葉自御溝流出，上題詩曰：『流水何太急，深宮盡日寒。殷勤謝紅葉，好去到人間。』其四，玉溪編事：侯繼圖秋日於大慈恩寺倚欄樓上，忽木葉飄墜，上有詩曰：『拭翠斂愁蛾，爲鬱心中事。搦筆下庭除，書作相思字。此字不書名，此字不書紙。書向秋葉上，願逐秋風起。天下有情人，盡解相思死。』余意前三則本一事，而傳記者各異耳。劉斧青瑣有流紅記，最爲鄙妄，蓋竊取前説，而易名於祐云。」

〔四〕五亭　指湖州白蘋洲之五亭。見前傾杯（橫塘水静）校注〔五〕。

〔五〕「問何日」二句　猶言何時能團圓。藕諧偶，蓮諧憐。吳聲歌曲子夜歌：「寢食不相忘，同坐復俱起。玉藕金芙蓉，無稱我憐子。」先著詞潔卷二：「以『憐』、『偶』字隱語入詞，亦清便可人。」

清平樂

青袍如草〔一〕。得意還年少。馬躍緑螭金絡腦〔二〕。寒食乍臨新曉。曲池斜度鸞橋〔三〕。西園一片笙簫〔四〕。自欲剩留春住〔五〕，風花無奈飄飄〔六〕。

【校注】

〔一〕青袍如草　見前編年詞感皇恩（延壽蕓香七世孫）校注〔六〕。

〔二〕緑螭　馬名。葛洪西京雜記：「文帝自代還，有良馬一名緑螭驄。」金絡腦：用飾馬首。古詩日出東南行：「青絲繫馬尾，黄金絡馬頭。」梁元帝後園看騎馬詩：「遥望黄金絡，懸望幽并兒。」

〔三〕鸞橋　橋之美稱。韓偓柳詩：「一籠金絲拂鸞橋。」

〔四〕西園　指宴遊處，見前編年詞天仙子（醉笑相逢能幾度）校注〔六〕。

〔五〕剩　張相詩詞曲語辭匯釋卷二：「賸，甚辭，猶真也；儘也；頗也；多也。字亦作剩。」

〔六〕花　歷代詩餘卷一三作「光」。

菩薩蠻

佳人學得平陽曲〔一〕。纖纖玉筍橫孤竹〔二〕。一弄入雲聲。海門江月清〔三〕。　髻摇金鈿落〔四〕。惜恐櫻唇薄。聽罷已依依。莫吹楊柳枝〔五〕。

【校注】

〔一〕平陽曲　史記卷一一一衛將軍驃騎列傳：「大將軍衛青者，平陽人也。……而姊衛子夫自平陽公主家得幸天子。」又卷四九外戚世家衛皇后世家：「子夫爲平陽主謳者。……平陽主求諸良家子女十餘人，飾置家。武帝祓霸上還，因過平陽主。主見所侍美人，上弗説。既飲，謳者進，上望見，獨説衛子夫。……主因奏子夫奉送入宫。……（武帝）立衛子夫爲皇后。」後遂以「平陽」喻藝妓聲樂之美。孟浩然觀妓詩：「長袖平陽曲，新聲子夜歌。」

〔二〕纖纖玉筍　女子手指。韓偓詠手詩：「暖白膚紅玉筍芽，調琴抽綫露尖斜。」張祜聽箏詩：「十指纖纖玉筍紅，雁行輕過翠弦中。」　孤竹：　橫笛。文選張協七命詩：「吹孤竹，拊雲和。」注：「翰曰：　孤竹，管也。」

〔三〕「一弄」二句　白居易琵琶行詩：「曲終收撥當心畫，四弦一聲如裂帛。東船西舫悄無言，唯見江心秋月白。」一弄，一曲。文選王褒洞簫賦：「時奏狡弄。」李善注：「弄，小曲也。」海門，在杭州。咸淳臨安志卷三一山川：「海門，在仁和縣東北六十五里，有山曰赭山，與龕山對勢，潮水出其間。郭璞地記所謂『海門一點巽山小』，又『海門筆架峰巒起』，指此也。」

〔四〕金鈿　金花鈿，婦女首飾。玉臺新詠十南朝梁劉孝儀詠織女詩：「金鈿已照曜，白日未蹉跎。」

〔五〕楊柳枝　曲調名。見前編年詞勸金船（流泉宛轉雙竇開）校注〔三〕。

又

藕絲衫剪猩紅窄〔一〕。衫輕不礙瓊膚白〔二〕。縵鬢小橫波〔三〕。花樓東是家。　上湖閑蕩槳。粉艷芙蓉樣。湖水亦多情。照妝天底清〔四〕。

【校注】

〔一〕藕絲衫　白色衫。白居易白衣裳詩：「藕絲衫子柳花裙。」猩紅：指紅色裙子。

〔二〕瓊膚　喻女子肌膚既白且美。

〔三〕縵鬢　長鬢。縵，縵縵，延長貌。　橫波：眼波。傅毅舞賦：「目流涕而橫波。」李白長相思詩：「昔時橫波目，今作流淚泉。」韓偓席上有贈詩：「媚霞橫接眼波來。」

〔四〕天底清　水底清，天色映於湖水，清澈見底。

又〔一〕

牛星織女年年別〔二〕。分明不及人間物。匹鳥少孤飛〔三〕。斷沙猶並棲。　洗車昏雨過。缺月雲中墜〔四〕。斜漢曉依依〔五〕。暗蛩還促機〔六〕。

【校注】

〔一〕花草粹編卷三、百家詞本、十名家詞本、知不足齋本調下有題曰「七夕」。

〔二〕牛星織女　二星名。傳説織女爲天帝孫女，長年織造雲錦，自嫁牽牛後，織乃中斷。天帝怒，責令其與牽牛分離，祇准每年七月七日相會一次。陳元靚歲時廣記卷二六七夕：「焦林天斗記：天河之西，有星煌煌，與參俱出，謂之牽牛。天河之東，有星微微，在氐之下，是曰織女。杜甫詩云：『牽牛出河西，織女出河東。』」

〔三〕匹鳥　謂鴛鴦。見前編年詞天仙子（水調數聲持酒聽）校注〔六〕。

〔四〕「洗車」二句　陳元靚歲時廣記卷二六灑淚雨：「歲時雜記：七月六日有雨，謂之洗車雨，七日雨則云灑淚雨。張子野七夕詞云：『洗車昏雨過，缺月雲中墜。』仲殊詞云：『疏雨洗雲軺，望極銀河影裏。』杜牧之七夕戲作云：『雲階月地一相過，未抵經年别恨多。最恨明朝洗車雨，不教回脚渡天河。』張天覺歌云：『空將淚作雨滂沱，淚痕有盡愁無竭。』詹克愛詞云：『空將别淚，灑作人間雨。』」

〔五〕斜漢　同斜河、銀河。謝朓離夜詩：「玉繩隱高樹，斜漢耿層臺。」竇常七夕詩：「斜漢没時人不寐。」

〔六〕「暗蛩」句　唐鄭愔秋閨詩：「機杼夜蛩催。」温庭筠秋日旅舍寄義山李侍御詩：「寒蛩乍響催機杼。」毛詩草木鳥獸蟲疏卷下：「蟋蟀，似蝗而小，正黑，有光澤如漆，角翅，一名蛩。……幽州人謂之『趣織』，督促之言也，里語謂之『趣織鳴，懶婦驚』是也。」

又〔一〕

雙針競引雙絲縷〔二〕。家家盡道迎牛女〔三〕。不見渡河時。空聞烏鵲飛〔四〕。　西南低片月。應恐雲梳髮〔五〕。寄語問星津〔六〕。誰爲得巧人〔七〕。

【校注】

〔一〕百家詞本、十名家詞本、知不足齋本調下題曰「七夕」。

〔二〕「雙針」句　陳元靚歲時廣記卷二六雙眼針：「提要録：梁朝汴京風俗，七夕乞巧有雙眼針。劉孝威七夕穿針詩云：『縷亂恐風來，衫輕羞指現。故穿雙眼針，時逢合歡扇。』又有雙針故事。劉遵七夕詩云：『步月如有意，情來不自禁。向光抽一縷，舉袖弄雙針。』」

〔三〕牛女　即牽牛、織女。

〔四〕「不見」二句　陳元靚歲時廣記卷二六填河烏：「淮南子：烏鵲填河成橋而渡織女。庾肩吾七夕詩云：『寄語雕陵鵲，填河未可飛。』」同卷架鵲橋云：「海録碎事云：鵲一名神女，七夕填河成橋。李白七夕詩：『寂然香滅後，鵲散渡橋空。』」

〔五〕「西南」二句　毛熙震浣溪沙詞：「象梳欹鬢月生雲。」蓋以月喻梳，此則以梳喻月。

〔六〕星津　陳後主七夕宴玄圃各賦六韻詩：「星津雖可望，詎得似人情。」

〔七〕「誰爲」句　祖詠七夕詩：「不知誰得巧。」得巧，王仁裕開元天寶遺事卷下蛛絲補巧：「帝與貴妃至七月七日夜，在華清宫遊宴。時宫女輩陳瓜華酒饌列於庭中，求恩於牽牛、織女星也。又各捉蜘蛛於小合中，至曉開視蛛網稀密。以爲得巧之候，密者言巧多，稀者言巧少。民間亦效之。」孟元老東京夢華録卷八七夕：「貴家多結彩樓於庭，謂之乞巧樓，鋪陳磨喝樂、花、瓜、酒、炙、筆、硯、針綫，或兒童裁詩，女郎呈巧，焚香列拜，謂之乞巧。婦女望月穿針，或以小蜘蛛安盒子内，次日看之，若網圓正，謂之得巧。」

慶春澤

飛閣危橋相倚。人獨立東風，滿衣輕絮〔一〕。還記憶江南，如今天氣。正白蘋花〔二〕，繞堤流水。寒梅落盡誰寄〔三〕。方春意無窮，青空千里。愁草樹依依，關城初閉。對月黄昏，角聲傍烟起。

【校注】

〔一〕絮　詞律卷一〇：「『絮』字非韻，乃三影借叶也。」詞譜卷一四：「『絮』在六御韻，屬角音。通首所用，乃四紙韻，屬徵音，本不相通，詞律注：『借叶。』無據。或曰吴越間方言『絮』讀『枲』，轉入八薺，便可與四紙通。」杜文瀾云：「『絮』讀作『枲』，轉入八薺，便可與四紙通。然終是出韻，不可爲法。」宋翔鳳樂府餘論：「張子野慶春澤『飛閣危橋相倚。人獨立東風，滿衣輕絮』，以『絮』字叶『倚』，用方音也。後姜堯章齊天樂以『此』字叶『絮』字，亦此例。」

〔二〕白蘋花　湖州有白蘋洲，因白蘋花而名。見前傾杯（横塘水静）校注〔五〕。

〔三〕「寒梅」句　見前清平樂（屏山斜展）校注〔四〕。

又 與善歌者

艷色不須妝樣。風韻好天真，畫毫難上。花影灩金尊，酒泉生浪〔一〕。鎮欲留春〔二〕，傍花爲春唱。銀塘玉宇空曠。冰齒映輕唇〔三〕。蕊紅新放〔四〕。聲宛轉，疑隨烟香悠颺。對暮林静，寥寥振清響〔五〕。

【校注】

〔一〕酒泉生浪　謂酒面波紋。薛能泛觴池詩：「净看籌見影，輕動酒生紋。」

〔二〕鎮　張相詩詞曲語辭匯釋卷一：「鎮，猶常也；長也；儘也。」

〔三〕冰齒　喻齒之潔白晶瑩。

〔四〕蕊紅　同紅蕊，曲調名。

〔五〕「對暮林」二句　謂歌聲嘹亮悦耳。列子湯問：「薛譚學謳於秦青，未窮青之技，自謂盡之，遂歸去。秦弗止，餞於郊衢，撫節悲歌，聲振林木，響遏行云。薛譚乃謝求反，終身不敢言歸。」晉張湛注：「二人（秦青、薛譚），秦國之善歌者。」

玉樹後庭花〔一〕　上元〔二〕

華燈火樹紅相鬥〔三〕。往來如晝。橋河水白天青，訝别生星斗〔四〕。　落梅穠李還依舊〔五〕。寶釵沽酒〔六〕。曉蟾殘漏心情〔七〕，恨雕鞍歸後。

【校注】

〔一〕詞譜卷五調作後庭花。

〔二〕上元　元宵。宋史禮志：「三元觀燈，本起於方外之説，自唐以後，常於正月望夜開坊市行燃燈，宋因之，上元前後各一日，城中張燈。」

〔三〕「華燈」句　唐蘇味道正月十五日夜詩：「火樹銀花合，星橋鐵鎖開。」

〔四〕「訝别」句　謂上元張燈，多似星斗。孟元老東京夢華録卷六謂上元京城坊巷「各以竹竿出燈球以半空，遠近高低，若飛星然」。

〔五〕「落梅」句　蘇味道正月十五夜詩：「遊妓皆穠李，行歌盡落梅。」陳元靚歲時廣記卷一〇三夜燈引郭正利詩：「更聞清管發，處處落梅花。」

〔六〕寶釵沽酒　張泌酒泉子詞：「咸陽沽酒寶釵空。」

〔七〕曉蟾　謂已近曉月。　殘漏：漏聲將盡。戎昱桂州臘夜詩：「曉角分殘漏，孤燈落碎花。」

又

寶牀香重春眠覺。魫窗難曉〔一〕。新聲麗色千人，歌後庭清妙〔二〕。　青驄一騎來飛鳥〔三〕。靚妝難好。至今落日寒蟾〔四〕，照臺城秋草〔五〕。

【校注】

〔一〕魫窗　以魚腦骨所飾之窗。　百家詞本「魫」作「魷」。

〔二〕後庭　即後庭花，亦稱玉樹後庭花，曲調名。王灼碧鷄漫志卷五：「南史云：『陳後主每引賓客對張貴妃等遊宴，使諸貴人及女學士與狎客共賦新詩相贈答，採其尤麗者爲曲調。其曲有玉樹後庭花。』通典云：『玉樹後庭花、堂堂黄鸝留、金釵兩臂垂，並陳後主造，恒與宫女、學士及朝臣相唱和爲詩。太樂令何胥採其尤輕艷者爲此曲。』」

〔三〕青驄　古詩爲焦仲卿妻作：「躑躅青驄馬。」杜甫高都護驄馬行詩：「西安都護胡青驄，聲價欻然向東來。」

〔四〕寒蟾　寒月。

〔五〕臺城　在今南京市江寧縣南。宋張敦頤六朝事蹟類編：「建康實録：『晉成帝咸和七年，新宫成，名建康宫。』注：『即今之所謂臺城也。在縣東北五里，周回八里。』又按輿地志云：『同泰寺，南與臺城隔路，今法寶寺及圓寂寺，即古同泰寺基，故法寶亦名臺城院。』以此攷之，法寶、圓寂寺之南，蓋古臺城也，今之基址尚存。」洪邁容齋續筆卷五：「晉宋間，謂朝廷禁省爲臺城，故稱禁城爲臺城。」

卜算子〔一〕

夢短寒夜長，坐待清霜曉。臨鏡無人爲整妝，但自學、孤鸞照〔二〕。　樓臺紅樹杪。風月依前好。江水東流郎在西〔三〕，問尺素〔四〕、何由到。

【校注】

〔一〕陳廷焯白雨齋詞話卷八謂「張子野詞，最見古致」，此首「情詞凄怨，猶存古意。後之爲詞者，更不究心於此」。

〔二〕孤鸞照　見前編年詞碧牡丹（步帳摇紅綺）校注〔七〕。

〔三〕「江水」句　謂音信終不可達。

〔四〕尺素　謂書信。古樂府飲馬長城窟行：「客從遠方來，遺我雙鯉魚。呼兒烹鯉魚，中有尺素書。長跪讀素書，書中竟何如。上言加餐飯，下言長相憶。」

雙韻子〔一〕

鳴鞘電過曉闈静〔二〕。斂龍旗風定〔三〕。鳳樓遠出霏烟〔四〕，聞笑語、中天迥。　清光近〔五〕。歡聲競〔六〕、鴛鴦集〔七〕、仙花鬭影。更聞度曲瑶山〔八〕，升瑞日，春宫永。

【校注】

〔一〕詞譜卷七注：「此調僅見此詞，無别首可校。」

〔二〕「鳴鞘」句　謂皇帝儀仗振鞘發聲，使人肅静。鳴鞘同鳴鞭。高承事物紀原卷三鳴鞭：「唐及五代有之，周官條狼氏執鞭趨辟之遺法也。然則鳴鞭始於唐，亦本周事也。」宋史儀衛志二「鳴鞭」條：「内侍二人執之，鞭鞘用紅絲而漬以蠟。行幸，則前騎而鳴之，大祀禮畢還宫，亦用焉；視朝，宴會，則用於殿庭。」電過，謝靈運電贊：「倏爍驚電過，可見不可逐。」闈，宫室。

〔三〕龍旗　禮記樂記：「龍旗九旒，天子之旌也。」詞譜卷七「鳴鞘電過曉闈静。斂龍旗風定」作四、四、四句法，今從詞律拾遺卷一。

〔四〕鳳樓　指宫中樓閣。鮑照陳思王京洛篇：「鳳樓十二重，四户八綺窗。」許敬宗奉和詠雨應詔詩：「激溜分龍闕，斜飛灑鳳樓。」

〔五〕清光　漢書卷四九晁錯傳載對策云：「今執事之臣皆天下之選已，然莫能望陛下清光，譬之猶五帝之佐也。」此喻宋帝。

〔六〕競　原作「竟」，今從詞譜卷七改。

〔七〕鴛鴦　詞譜卷七作「鴛鷺」。

〔八〕度曲瑶山　喻宫中樂曲，見前醉落魄（山圍畫障）校注〔八〕。

鵲橋仙

星橋火樹〔一〕，長安一夜〔二〕，開遍紅蓮萬蕊〔三〕。綺羅能借月中春〔四〕。風露細、天清似水。

重城閉月，青樓夸樂〔五〕，人在銀潢影裏〔六〕。畫屏期約近收燈〔七〕，歸步急、雙鴛欲起。

【校注】

〔一〕星橋火樹　見前玉樹後庭花（華燈火樹紅相鬥）校注〔三〕。

〔二〕長安　本漢唐帝都，此謂汴京。

〔三〕紅蓮　蓮花燈。陳元靚歲時廣記卷一〇竹槊燈引歲時雜記云：「上元燈槊之制，以竹一本，其上破之爲十二條，或十六條，每二條以麻合繫其稍，而彎曲其中，以紙糊之，則成蓮花一葉；每二葉相壓，則成蓮花盛開之狀。」歐陽修驀溪山元夕詞：「纖手染香羅，剪紅蓮，滿城開遍。」

〔四〕月中春　歷代詩餘卷二九、十名家詞本、知不足齋本「月」作「日」；知不足齋本注：「鈔本『月』與後段『重城閉月』相犯，今從刻本。細案詞意，似宜作『月』」。

〔五〕青樓　曹植美女篇：「青樓臨大道，高門結重關。」王昌齡青樓曲之二：「馳道楊花滿御溝，紅妝縵縵上青樓。」

〔六〕銀潢　銀河。蘇軾天漢臺詩：「漢水東流舊見徑，銀潢左界上通靈。」

〔七〕收燈　陳元靚歲時廣記卷一〇上元引歲時雜記：「正月十八日晚，謂之收燈。」晏殊正月十九日詩：「樓臺寂寞收燈夜，里巷蕭條掃雪天。」

定西番

秀眼謾生千媚〔一〕，釵玉重，髻雲低。寂寂挹妝羞淚，怨分携。　鴛帳願從今夜，夢長連曉鷄〔二〕。小逐畫船風月〔三〕，渡江西。

【校注】

〔一〕謾　通漫。百家詞本、知不足齋本、彊村叢書本、湖州詞徵本作「縵」。

〔二〕「夢長」句　孟浩然寒夜張明府日安宅詩：「醉來方欲卧，不覺曉鷄鳴。」

〔三〕小　百家詞本、十名家詞本作「水」。

又〔一〕　執胡琴者九人〔二〕　三十六

銲撥紫槽金襯〔三〕，雙秀萼〔四〕，兩回鸞〔五〕，齊學漢宮妝樣〔六〕，競嬋娟〔七〕。

弦蟬鬧〔八〕，小弦蜂作團〔九〕。聽盡昭君幽怨〔一〇〕，莫重彈。

【校注】

〔一〕詞律拾遺卷一此首誤作唐温庭筠詞。

〔二〕胡琴　指琵琶。見前南鄉子（相並細腰身）校注〔四〕。

〔三〕銲撥　葉廷珪海録碎事卷一六琵琶門：「金捍撥在琵琶弦上當弦，或以金涂爲飾，所以捍擁其撥也。」紫槽：即紫檀槽，以檀木製成之琵琶槽。潘若冲郡圖雅談：「高從晦好彈胡琴。天成中，王仁裕使荆南，從晦出十妓彈胡琴，仁裕有詩曰：『紅妝齊抱紫檀槽，一抹朱弦四十條。』」詞譜卷二二「銲撥紫槽」作「捍撥紫檀」。

〔四〕雙秀蕚　喻雙眉。庾信鏡賦：「無復脣朱，纔餘眉蕚。」

〔五〕兩回鸞　喻雙鬟。李賀美人梳頭歌：「雙鸞鏡開秋水光，解鬟臨鏡立象牀。」

〔六〕漢宫妝　韓偓梅花詩：「燕釵初試漢宫妝。」漢宫妝即梅花妝。見前宴春臺慢（麗日千門）校注〔一一〕。

〔七〕嬋娟　美好貌。

〔八〕三十六弦　琵琶凡四弦；題云「執胡琴者九人」，適成三十六。蟬鬧：喻琵琶聲。唐張佖碧户詩：「莫教琴上意，翻作蟬聲哀。」

〔九〕小弦　劉禹錫曹剛詩：「大弦嘈嘈小弦清，噴雪含風意思生。」蜂作團：韋莊聽彈琴詩：「蜂擁野花聽細韻。」

〔一〇〕昭君　即昭君怨，曲調名。郭茂倩樂府詩集卷五九琴曲歌辭昭君怨引樂府解題：「王嬙，字昭君。琴操載，昭君，齊國王穰女，端正閑雅，未嘗窺門户，穰以其有異於人，求之者皆不與。年十七，獻之元帝，以地遠不之幸，以備後宫，積五六年。帝每遊後宫，常怨不出。後單于遣使朝貢，帝宴之，盡召後宫，昭君盛飾而至。帝問：欲以一女賜單于，能者往。昭君越席請行。時單于使在傍，驚恨不及。昭君至匈奴，單于大悦。……昭君恨帝始不及遇，乃作怨思之歌。」詞調有昭君怨，見蘇軾東坡詞。

少年遊慢〔一〕

春城三二月。禁柳飄綿未歇〔二〕。仙籞生香〔三〕，輕雲凝紫，臨層闕。歌掌明珠滑。酒臉紅霞髮。華省名高〔四〕，少年得意時節〔五〕。　畫刻三題徹〔六〕。梯漢同登蟾窟〔七〕。玉殿初宣〔八〕，銀袍齊脱，生仙骨。花探都門曉，馬躍芳衢闊〔九〕。宴罷東風，鞭梢一行飛雪。

【校注】

〔一〕詞譜卷二一注：「調見張先詞，因詞有『少年得意時節』句，取以爲名，與少年遊令不同。」又云：「此調僅見此詞，無别首宋詞可校。」

〔二〕禁柳　禁中所植之柳，即宫柳。

〔三〕仙籞　禁苑。白敏中至日上公獻壽酒詩：「日色臨仙籞，龍顔對昊宫。」

〔四〕華省名高　猶言名列榜首者，將爲朝廷貴官。華省，職務親貴之官署。潘岳秋興賦：「宵耿介而不寐兮，猶展轉於華省。」其序云：「時以太尉掾兼虎賁中郎軍，寓直於散騎省。」孫逖授韋濟户部侍郎制：「自升華省，迨佐神州，皆有令名，咸歸雅望。」

〔五〕「少年」句　謂探花郎。宋戴埴鼠璞卷上：「（唐）杏園探花之會，使少年者探之，本非貴之稱，今以稱鼎魁。」翁承贊探花郎其一：「洪崖差遣探花使，檢點芳叢飲數杯。深紫濃香三百朵，明朝爲我一時開。」孟郊登科後詩：「春風得意馬蹄疾，一日看遍長安花。」

〔六〕「畫刻」句　宋時禮部貢舉，凡進士試詩、賦、論各一首，即此「三題」。每試皆按時交卷。畫刻，古時計時器漏壺，底穿一孔，壺中立箭，上刻度數；壺中水以漏漸減，箭上所刻，亦以次顯露，即可知時。

〔七〕「梯漢」句　登上霄漢，喻科舉登第。蘇軾八月七日天竺山送桂花分贈元素詩：「蟾窟枝空記昔年。」王注：「言元素中甲科時也。」

〔八〕玉殿初宣　謂禮部放榜唱名。宋史卷一五五選舉志一：「知貢院宋白等定貢院故事：先期三日進士具都榜引試。……及試中格，録進士之文奏御，諸科惟籍名而上。俟制下，姓名散報之。翌日，放榜唱名，既謝恩，詣國學謁先聖先師，進士過堂閣下告名，聞宴分兩日，宴進士。」

〔九〕「花探」二句　即指探花情景。

剪牡丹〔一〕 舟中聞雙琵琶

野緑連空，天青垂水，素色溶漾都净〔二〕。柔柳摇摇，墜輕絮無影〔三〕。汀洲日落人歸〔四〕，修巾薄袂，擷香拾翠相競。如解凌波〔五〕，泊烟渚春暝〔六〕。彩縧朱索新整〔七〕，宿綉屏〔八〕、畫船風定。金鳳響雙槽〔九〕，彈出今古幽思誰省。玉盤大小亂珠迸〔一〇〕。酒上妝面，花艷媚相並。重聽。盡漢妃一曲〔一一〕，江空月静〔一二〕。

【校注】

〔一〕詞譜卷二九注：「宋史樂志：『女弟子舞隊，第四曰佳人剪牡丹隊。』調名本此。」

〔二〕溶漾　水波蕩漾貌。杜牧漢江詩：「溶溶漾漾白鷺飛，緑净春深好染衣。」

〔三〕「柔柳」二句　知不足齋本、彊村叢書本注：「一作『柳徑無人墜飛絮無影』。」詞律卷一六注：「愚嘗細玩此詞，通篇俱有訛錯。如『宿綉屏』、『花艷媚』等，及『彈出』句，必非全語。古今詩話云：『有客謂子野曰：人皆謂公張三中。公曰：何不云三影。』蓋平生警句『雲破月來花弄影』、『嬌柔懶起，簾壓卷花影』、『柳徑無人，墜飛絮無影』也。『飛絮無影』句，正此篇，則上句宜作『柳徑無人』，今作『柔柳摇摇』，定係訛錯矣。推此通篇訛錯何疑。可惜如此好詞，而千古傳訛也。」

〔四〕「汀洲」句　柳惲江南曲詩：「汀洲採白蘋，日暖江南春。」詞律卷一六「汀」作「江」。

〔五〕「擷香」二句　曹植洛神賦：「或採明珠，或拾翠羽。……體迅飛鳧，飄忽如神，凌波微步，羅襪生塵。」

〔六〕烟渚　詞綜卷五、詞律卷一六作「渚烟」。

〔七〕彩絛朱索　謂彩色絲帶。

〔八〕綉屏　夏敬觀吷庵詞評：「必指山言。」

〔九〕金鳳　見前醉垂鞭（朱粉不須施）校注〔四〕。　雙槽：即雙琵琶。

〔一〇〕「玉盤」句　白居易琵琶行詩：「大珠小珠落玉盤。」

〔一一〕漢妃一曲　謂昭君怨。見前定西番（銲撥紫槽金襯）校注〔一〇〕。

〔一二〕江空月静　白居易琵琶行詩：「東舟西舫悄無言，唯見江心秋月白。」

畫堂春

外湖蓮子長參差〔一〕。霽山青處鷗飛。水天溶漾畫橈遲〔二〕。人影鑑中移〔三〕。桃葉淺聲雙唱〔四〕，杏紅深色輕衣。小荷障面避斜暉。分得翠陰歸。

【校注】

〔一〕湖　歷代詩餘卷一九、知不足齋本、彊村叢書本作「潮」。朱孝臧校云：「按『潮』疑『湖』誤。」今從改。

〔二〕橈　歷代詩餘卷一九作「船」。

〔三〕「人影」句　李賀月漉漉篇：「乘船鏡中遊。」

〔四〕桃葉　郭茂倩樂府詩集卷四五桃葉歌解題引釋智匠古今樂録：「桃葉歌者，晉王子敬之所作也。桃葉，子敬妾名，緣于篤愛，所以歌之。」玉臺新詠卷一〇王獻之情人桃葉歌二首其一：「桃葉復桃葉，渡江不用楫。但渡無所苦，我自迎接汝。」其二：「桃葉復桃葉，桃葉連桃根。相憐兩樂事，獨使我殷勤。」後遂以「桃葉」稱歌者。皇甫松江上送別詩：「隔筵桃葉泣，吹管杏花飄。」方干侯郎中新置西湖詩：「雖云桃葉歌還休，却被荷花笑不言。」

芳草渡

主人宴客玉樓西。風飄雪、忽雰霏〔一〕。唐昌花蕊漸平枝〔二〕。浮光裏，寒聲聚，隊禽棲。　驚曉日，喜春遲。野橋時伴梅飛。山明日遠霽雲披。溪上月，堂下水，並春暉。

【校注】

〔二〕「風飄雪」二句　花草粹編卷五、歷代詩餘卷五、詞譜卷一一、十名家詞本作「風飄忽雪雰霏。」

〔三〕唐昌花蕊　康駢劇談録卷一〇：「長安安業坊唐昌觀舊有玉蕊花，乃明皇唐昌公主所植，每花發，若瓊林玉樹。」白居易唐昌觀玉蕊花詩：「唐昌玉蕊會，崇敬牡丹期。」

御街行〔一〕

夭非花艷輕非霧。來夜半、天明去。來如春夢不多時，去似朝雲何處〔二〕。遠雞棲燕〔三〕，落星沉月〔四〕，紞紞城頭鼓〔五〕。　參差漸辨西池樹。珠閣斜開户〔六〕。緑苔深徑少人行，苔上屐痕無數〔七〕。餘香遺粉，剩衾閑枕〔八〕，天把多情付〔九〕。

【校注】

〔一〕此首又見歐陽文忠公近體樂府卷三。楊慎詞品卷一：「白樂天之辭，予獨愛花非花一首，蓋其自度曲，因情生文也。……雖高唐、洛神，奇麗不及也。張子野衍之爲御街行，亦有出藍之色。」

〔二〕「夭非花艷」四句　白居易花非花：「花非花，霧非霧，夜半來，天明去。來去春夢幾多時，去似朝雲無覓處。」夭，同「妖」，指艷麗。

〔三〕遠　花草粹編卷八、詞譜卷一八作「乳」。

〔四〕落星沉月　花草粹編卷八作「落月沉星」。

〔五〕紞紞　擊鼓聲。晉書鄧攸傳載吴人歌：「紞如打五更，鷄鳴天欲曙。」

〔六〕珠閣　花草粹編卷八作「朱閣」。

〔七〕「苔上」句　姚合盆池詩：「客繞千遭屐齒痕。」

〔八〕「餘香」二句　李白寄遠之十一：「牀中綉被卷不寢，至今三載聞餘香。」「餘香遺粉」：詞譜卷一八作「遺香餘粉」；花草粹編卷八作「殘香遺粉」。花草粹編卷八「剩衾閑枕」作「閑衾剩枕」。

〔九〕付　詞譜卷一八作「賦」。

長相思　潮溝在金陵上元之西〔一〕

粉艷明。秋水盈〔二〕。柳樣纖柔花樣輕〔三〕。笑前雙靨生。　寒江平。江櫓鳴。誰道潮溝非遠行。回頭千里情。

【校注】

〔一〕潮溝　在今江蘇南京市西。祝穆方輿勝覽卷一四潮溝引金陵覽古：「吳大帝以引潮抵於秦淮。」金陵上元：今南京市。

〔二〕秋水　喻美目清澈。白居易箏詩：「雙眸剪秋水，十指剝青葱。」

〔三〕柳樣纖柔　喻女子腰身細美。見前醉垂鞭（雙蝶綉羅裙）校注〔六〕。

浣溪沙〔一〕

樓倚春江百尺高〔二〕。烟中還未見歸橈〔三〕。幾時期信如江潮〔四〕。　花片片飛風弄蝶〔五〕，柳陰陰下水平橋。日長纔過又今宵〔六〕。

【校注】

〔一〕此詞又見歐陽修醉翁琴趣外篇卷五。

〔二〕春江　歷代詩餘卷六、安陸集作「江邊」。

〔三〕烟中還未　歷代詩餘卷六、安陸集作「暮烟收處」。

〔四〕「幾時」句　謂何時能像江潮有信如期歸來。江潮，見前南鄉子（何處可魂消）校注〔三〕。

〔五〕蝶　歷代詩餘卷六、安陸集作「葉」。

〔六〕「日長」句　草堂詩餘正集卷一引沈際飛語曰：「『今宵』應『暮烟』句曰日長，又味愈深。」歷代詩餘卷六、安陸集「纔過」作「人去」。歷代詩餘卷六「今」作「經」。

醉桃源〔一〕

仙郎何日是來期〔二〕。無心雲勝伊〔三〕。行雲猶解傍山飛〔四〕。郎行去不歸。　强匀畫〔五〕，又芳菲。春深輕薄衣。桃花無語伴相思〔六〕。陰陰月上時。

【校注】

〔一〕此詞又見歐陽文忠公近體樂府卷一，調作阮郎歸。

〔二〕仙郎　女子對情郎之昵稱。

〔三〕伊　第二人稱他。此指仙郎。

〔四〕行雲　見前浣溪紗（輕屧來時不破塵）校注〔四〕。

〔五〕匀　花草粹編卷三作「自」。

〔六〕桃花無語　見前相思兒令（春去幾時還）校注〔一一〕。

行香子〔一〕

舞雪歌雲。閑淡妝勻。藍溪水〔二〕、深染輕裙。酒香醺臉，粉色生春。更巧談話，美性情，好精神。　江空無畔〔三〕，凌波何處〔四〕。月橋邊、青柳朱門。斷鐘殘角，又送黄昏。奈心中事，眼中淚，意中人。

【校注】

〔一〕此詞又見歐陽文忠公近體樂府卷三。唐宋諸賢絶妙詞選卷五調下有題曰「美人」。胡仔苕溪漁隱叢話前集卷三七引古今詩話云：「有客謂子野曰：人皆謂公『張三中』，即『心中事，眼中淚，意中人』也。」「張三中」之稱，即緣此詞。

〔二〕藍溪　在陝西藍田縣東南，上有藍橋，爲唐裴航遇仙女雲英處。見前編年詞碧牡丹（步帳摇紅綺）校注〔九〕。

〔三〕江空無畔　唐宋諸賢絶妙詞選卷五作「空江無伴」。

〔四〕凌波　曹植洛神賦：「凌波微步。」此與上片「藍溪水」句同指「舞雪歌雲」之女，美如仙子。

惜瓊花〔一〕

汀蘋白〔二〕，苕水碧〔三〕。每逢花駐樂，隨處歡席。别時攜手看春色。螢火而今〔四〕，飛破秋夕。汴河流〔五〕，如帶窄。任輕舟似葉〔六〕，何計歸得〔七〕。斷雲孤鶩青山極〔八〕，樓上徘徊，無盡相憶〔九〕。

【校注】

〔一〕詞譜卷一三：「調見張先詞集，爲吴興守所賦也。」案此在汴思鄉之詞，並非作於吴興。

〔二〕汀　謂白蘋洲，在吴興。見前傾杯吴興校注〔五〕。

〔三〕苕水　見前編年詞偷聲木蘭花（曾居别乘匡吴俗）校注〔六〕。

〔四〕螢火　崔豹古今注中：「螢火，一名耀夜，一名景天，一名熠耀，一名丹良，一名燐，一名丹鳥，一名夜光，一名宵燭。腐草爲之，食蚊蚋。」杜牧七夕詩：「紅燭秋光冷畫屏，輕羅小扇撲流螢。」

〔五〕汴河　水道。一由河南鄭州、汴京、歸德北境，流經江蘇徐州合泗水入淮河，此爲古道，即水經注所載汴、獲二水之河道。二由前故道至河南商丘縣南，改東南流經安徽宿縣、靈璧、泗縣入淮河。唐宋漕運東南各省糧粟入京，皆由此道。「汴」原作「旱」，詞譜卷一三作「汴」，又花草粹編卷

六、詞綜卷五、詞律卷八、歷代詩餘卷三〇、汪潮生本「汴河流」作「河流」。杜文瀾憩園詞話卷三：「惜瓊花調，詞律收張子野詞，下闋起句脱一『汴』字。太史集中，有越溪秋思詞譜此闋，已證其誤。詞云：『越溪碧，越女白。問苧蘿村裏，花隱仙宅。鷺鷥飛破青山色。收釣人來，蓑衣猶濕。畫船烟，没六尺。轉前灘漸失。秋晚歸得。蘋花菱葉曾相識。欲採年年，愁思無力。』又於此詞下闋，彙糾詞律之誤，注云：『依張子野體，原詞下闋「汴河流，如帶窄。任輕舟如葉」，詞綜脱「汴」字。萬氏詞律知「輕」下落一字，不知「河」上亦有脱誤。』」

〔六〕任輕舟似葉　花草粹編卷六無「舟」字。詞綜卷五、詞譜卷一三、知不足齋本、彊村叢書本「輕舟」作「身輕」；歷代詩餘卷三七「似」作「如」；詞律卷八云：「夫上曰『河流如帶窄』矣，則以葉者是何物，非舟而何？豈一『輕』字可代『舟』乎？況此正對前『每逢花駐樂』五字，無足疑也。故以『□』補之。」

〔七〕何　花草粹編卷六無「何」字。

〔八〕「斷雲孤鶩」句　王勃秋日登洪府滕王閣餞別序：「落霞與孤鶩齊飛，秋水共長天一色。」

〔九〕盡　歷代詩餘卷三七作「限」。

慶同天〔一〕

海宇，稱慶。復生元聖〔二〕。風入南薰〔三〕，拜恩遥闕，衣上曉色猶春。望堯雲〔四〕。遊釣廣樂人疑夢〔五〕。仙聲共。日轉旗光動。無疆帝算〔六〕，何獨待祝華封〔七〕。與天同。

【校注】

〔一〕詞譜卷一一調作河傳，注：「張先詞有『海寓稱慶』、『與天同』句，更名慶同天。」知不足齋本注：「即怨王孫，又名河傳。」案此詞賀仁宗趙禎（一〇一〇—一〇六三）壽誕。趙禎在位時間爲一〇二三年至一〇六三年，其生日爲四月十四日乾元節。故有「風入南薰」語。

〔二〕元聖　書湯誥：「力求元聖，與之戮力。」白居易叙德書情十四韻上宣歙崔中丞詩：「元聖生乘運，忠貞出應期。」此指仁宗趙禎。　歷代詩餘卷二三、詞律拾遺卷二「復」作「誕」。

〔三〕南薰　史記卷二四樂志：「以歌南風。」裴駰集解引王肅語曰：「南風，育養民之詩也。其詞曰：『南風之薰兮，可以解吾民之愠兮。』」

〔四〕堯雲　莊子天地篇：「封人（對堯）曰：『千歲厭世去而上仙；乘彼白雲，在於帝鄉。』」駱賓王上司列太常伯啓：「從龍潤礎，霈甘澤於堯雲。」

〔五〕遊鈞廣樂　見前編年詞感皇恩（廊廟當時共代工）校注〔八〕。

〔六〕無疆帝算　猶言萬壽無疆。算，壽命。顔延之赭白馬賦：「齒算延長，聲價隆振。」歷代詩餘卷二二三、詞譜卷一一「帝」作「聖」。

〔七〕祝華封　即華封三祝。莊子天地篇：「堯觀乎華，華封人曰：『嘻，聖人！請祝聖人。使聖人壽。』堯曰：『辭。』『使聖人富。』堯曰：『辭。』『使聖人多男子。』堯曰：『辭。』封人曰：『壽、富、多男子，人之所欲也。女獨不欲，何耶？』堯曰：『多男子則多懼；富則多事；壽則多辱。是三者，非所以養德也，故辭。』」

江城子

小圓珠串静慵拈。夜厭厭。下重簾。曲屏斜燭，心事入眉尖。金字半開香穗小〔一〕。愁不寐、恨西蟾〔二〕。

【校注】

〔一〕金字　金字經，佛教經文。元稹清都夜境詩：「閑開蕊珠殿，暗閲金字經。」錢起獻川雪後送僧粲還京時避世卧疾詩：「齋到盂空餐雪麥，經傳金字坐雪松。」香穗：香烟裊裊貌。

〔三〕西蟾　西邊之月，喻天色將曉。

青門引〔一〕

乍暖還輕冷。風雨晚來方定。庭軒寂寞近清明〔二〕，殘花中酒〔三〕，又是去年病。

樓頭畫角風吹醒。入夜重門静。那堪更被明月，隔墻送過秋千影。

【校注】

〔一〕此詞以下七首原編鮑本補遺下。詞譜卷九注：「調見樂府雅詞及天機餘錦詞，張先本集不載。」詞律拾遺卷七注：「此調與梁州令全同。」唐宋諸賢絶妙詞選卷五、草堂詩餘前集卷上、汪潮生本調下題曰「懷舊」。知不足齋本題作「春思」。許寶善自怡軒詞選卷一：「古今詩話，有人謂子野曰：人皆謂公『張三中』，『心中事，眼中淚，意中人』也。公曰：何不曰爲『張三影』，『雲破月來花弄影』、『嬌柔懶起，簾押卷花影』、『柳徑無人，墜飛絮無影』，此余平生所得意也。似此則加上『隔墻送過秋千影』，應目爲『張四影』矣。」

〔二〕軒　草堂詩餘前集卷上作「前」。

〔三〕中酒　醉酒。杜牧睦州四韻詩：「殘春杜陵客，中酒落花前。」

滿江紅〔一〕

飄盡寒梅，笑粉蝶、遊蜂未覺〔二〕。漸迤邐、水明山秀，暖生簾幕。過雨小桃紅未透，舞烟新柳青猶弱。記畫橋、深處水邊亭，曾偷約。　多少恨，今猶昨。愁和悶，都忘却。拚從前爛醉，被花迷著。晴鴿試鈴風力軟，雛鶯弄舌春寒薄〔三〕。但只恐、錦綉鬧妝時〔四〕，東風惡。

【校注】

〔一〕唐宋諸賢絶妙詞選卷五、安陸集、知不足齋本調下題曰「初春」。

〔二〕「笑粉蝶」二句　杜甫敝廬遣興奉寄嚴公詩：「風輕粉蝶喜，花暖蜜蜂喧。」林逋山園小梅之一：「霜禽欲下先偷眼，粉蝶如知合斷魂。」

〔三〕「晴鴿」二句　楊慎詞品卷三：「張子野滿江紅『晴鴿試鈴風力軟，雛鶯弄舌春寒薄』，清新自來無人道。」知不足齋本注：「『鈴』一作『羽』。」

〔四〕鬧　唐宋諸賢絶妙詞選卷五、花草粹編卷九、歷代詩餘卷五五、安陸集作「鬥」。

漢宮春〔一〕 蠟梅〔二〕

紅粉苔墻〔三〕。透新春消息，梅粉先芳。奇葩異卉，漢家宮額塗黄〔四〕。何人鬥巧，運紫檀、剪出蜂房〔五〕。應爲是、中央正色〔六〕，東君别與清香〔七〕。　仙姿自稱霓裳〔八〕。更孤標俊格，霏雪凌霜〔九〕。黄昏院落，爲誰密解羅囊。銀瓶注水，浸數枝、小閣幽窗。春睡起，纖條在手，厭厭宿酒殘妝〔一〇〕。

【校注】

〔一〕此詞據梅苑卷一補録。歷代詩餘卷六一注：「一名慶千秋。」

〔二〕蠟梅　梅之一種。落葉灌木，與梅不同科。范成大梅譜：「蠟梅，本非梅類，以其與梅同時，香又相近，色酷似密脾，故名蠟梅。」黄庭堅戲詠蠟梅二首，任淵注：「山谷書此詩後云：『京洛有一種花，香氣似梅花，亦五出而不能晶明，類女功撚蠟所成，京洛人謂之蠟梅。』」

〔三〕苔墻　長有苔蘚之墻。鄭谷宗人作尉唐昌官署幽勝而又博學精富得以言談將欲他之留書屋壁詩：「公堂瀟灑有林泉，只隔苔墻是渚田。」

〔四〕「漢家」句　謂梅花妝。見前宴春臺慢（麗日千門）校注〔一一〕。

〔五〕「運紫檀」二句　謂蠟梅花蕊微張，露出花房。蘇軾蠟梅一首贈趙景貺詩：「君不見萬松嶺上黄千葉，玉蕊檀心兩奇絶。」本草綱目蠟梅：「臘月開花密而香濃，色深如檀色者，名檀香梅，最佳。」剪出蜂房，黄庭堅蠟梅詩「天工戲剪百花房」，任淵注：「剪花房，謂其作蠟。樂天詩：『點綴花房小樹頭。』」

〔六〕中央正色　謂黄色。古代有五行觀念，即所謂金、木、水、火、土五種物質相生相克，由此推動宇宙萬物不斷生衍變化。五行説又派生出諸如「五聲」、「五常」、「五服」之觀念，「五色」亦由此生發而來。五色與五行相配，即金爲白，木爲青，水爲黑，火爲赤，土爲黄。其中以土最爲尊貴，故列於中央顯要之所。蠟梅之色黄，故云。王詵花心動蠟梅詞：「氣韻楚江，顔色中央。」

〔七〕東君　謂春神。

〔八〕霓裳　喻蠟梅花瓣。蠟梅花色如蠟黄，晶瑩潤澤，故云。

〔九〕霏　知不足齋本、彊村叢書本作「非」；今從歷代詩餘卷六一、詞譜卷二〇改。

〔一〇〕厭厭　病態貌。宿酒：隔夜猶存之餘醉。

生查子〔一〕

含羞整翠鬟〔二〕，得意頻相顧。雁柱十三弦〔三〕，一一春鶯語〔四〕。　嬌雲容易飛，夢斷知何處〔五〕。深院鎖黃昏，陣陣芭蕉雨。

【校注】

〔一〕此詞又見歐陽文忠公近體樂府卷一。草堂詩餘、知不足齋本調下題曰「詠箏」；花草粹編卷一、詞綜卷五、安陸集題作「彈箏」；許昂霄詞綜偶評云：「玩後四句，乃是憶彈箏之人而作，非詠彈箏也。」黃蘇蓼園詞選：「前一闋，寫得意時情懷，無限旖旎。次一闋，寫別後情懷，無限凄苦。胥於箏寓之。」

〔二〕「含羞」句　杜牧八六子詞：「翠鬟羞整。」花草粹編卷一作「含愁整翠鈿。」

〔三〕「雁柱」句　謂箏，見前天仙子（十歲手如芽子笋）校注〔六〕。

〔四〕春鶯語　喻箏聲。韋莊菩薩蠻詞：「弦上黃鶯語。」

〔五〕「嬌雲」二句　化用宋玉高唐賦事。見前浣溪紗（輕屧來時不破塵）校注〔四〕。

浪淘沙〔一〕

腸斷送韶華〔二〕。爲惜楊花。雪球搖曳逐風斜。容易著人容易去，飛過誰家。

聚散苦咨嗟。無計留他。行人灑淚滴流霞。今日畫堂歌舞地〔三〕，明日天涯。

【校注】

〔一〕安陸集調下題曰「楊花」。

〔二〕韶華　謂春光。戴叔倫暮春感懷詩：「東皇去後韶華盡，老圃寒香別有秋。」

〔三〕歌舞地　杜甫秋興之一：「回首可憐歌舞地，秦中自古帝王州。」

望江南〔一〕

香閨內，空自想佳期〔二〕。獨步花陰情緒亂，謾將珠淚兩行垂。勝會在何時〔三〕。

厭厭病，此夕最難持。一點芳心無托處，荼蘼架上月遲遲〔四〕。惆悵有誰知。

【校注】

〔一〕花草粹編卷五調下題曰「閨情」。

〔二〕空　彊村叢書本作「衹」。

〔三〕勝會　猶言佳會。

〔四〕荼蘼　亦作「酴醾」。草花譜：「荼蘼花，大朵色白，千瓣而香。詩云：『開到荼蘼花事了。』爲當春盡時開了。」蘇軾杜沂遊武昌以酴醾花菩薩泉見餉詩：「酴醾不争春，寂寞開最晚。」

山亭宴〔一〕　湖亭宴别〔二〕

碧波落日寒烟聚，望遥山、迷離紅樹。小艇載人來〔三〕，約尊酒、商量歧路。衰柳斷橋西〔四〕，共携手、攀條無語。水際見鷺鳧〔五〕，一對對、眠沙溆〔六〕。西陵松柏青如故〔七〕，剪烟花、幽蘭啼露。油壁間花驄，那禁得、風吹細雨〔八〕。饒他此後思量〔九〕，總莫似、當筵情緒。鏡面緑波平，照幾度，人來去。

【校注】

〔一〕此詞據西湖志卷四〇補録。

〔二〕湖亭　即湖堂，在杭州。周密武林舊事卷五：「湖堂，舊在聳翠樓側，又有集賢亭，今並不存。」聳翠樓舊爲衆樂亭，政和中，改名豐樂樓。

〔三〕「小艇」句　用莫愁艇子來故事。見前虞美人（茗花飛盡汀風定）校注〔三〕。

〔四〕斷橋　橋名。在西湖孤山東，以孤山路至此而斷，故名。周密武林舊事卷五孤山路：「斷橋，又名段家橋，萬柳如雲，望如裙帶，白樂天詩云：『誰開湖寺西南路，草緑裙腰一帶斜。』」

〔五〕鷖鳧　水鳥。鷖，鷗鳥。鳧，野鴨。詩大雅有鳧鷖篇云：「鳧鷖在涇，公尸來燕來寧。」序：「鳧鷖，守成也。」疏：「作鳧鷖詩者，言保守成功，不使失墜也。」

〔六〕沙溆　沙洲近水處。何遜贈江長史別詩：「長飆落江樹，秋月照沙溆。」

〔七〕西陵　橋名，在西湖孤山下。南朝名妓蘇小小墓在此橋附近。徐陵玉臺新詠卷一〇載古樂府錢塘蘇小小歌云：「何處同心結，西陵松柏下。」周密武林舊事卷五孤山路：「西陵橋，又名西林橋，又名西泠橋，又名西村。」

〔八〕「剪烟花」二句　李賀蘇小小歌：「幽蘭露，如啼眼。無物結同心，烟花不堪剪。草如茵，松如蓋。風爲裳，水爲佩。油壁車，夕相待。冷翠燭，勞光影。西陵下，風吹雨。」

〔九〕饒　張相詩詞曲語辭匯釋卷一：「猶讓也。」

西江月〔一〕

憶昔錢塘話別〔二〕，十年社燕秋鴻〔三〕。今朝忽遇暮雲東。對坐旗亭説夢〔四〕。　破帽手遮西日〔五〕，練衣袖卷寒風〔六〕。蘆花江上兩衰翁。消得幾番相送〔七〕。

【校注】

〔一〕此詞花草粹編卷三依翰墨全書作無名氏。安陸集、知不足齋本調下題曰「贈別」。

〔二〕錢塘　謂杭州。

〔三〕社燕秋鴻　古稱祭社神（土地神）之日爲社日，有春、秋兩社日。春社在立春後第五戊日，秋社在立秋後第一戊日。陳元靚格物鏡原卷七八鳥類引格物總論云：「燕，玄鳥也，齊曰燕，梁曰乙，大似雀而長，布翅歧尾，巢於屋梁間。燕春社來，秋社去，故謂之社燕。」秋鴻，鴻雁秋來南飛，春至北往，與燕同爲候鳥。

〔四〕旗亭　酒樓。見前編年詞蘇幕遮（柳飛綿）注〔八〕。知不足齋本、彊村叢書本「對坐」作「坐對」。

〔五〕西　花草粹編作「紅」；知不足齋本、彊村叢書本注：「一作『斜日』。」

〔六〕練　粗絲。陳書姚察傳：「吾所衣著，止是麻布蒲練。」范成大桂海虞衡志：「練子，出兩江州峒，大略似苧布。有花紋者，謂之花練。」

〔七〕消得　猶言禁得。張相詩詞曲語辭匯釋卷二：「消，猶禁也，猶云禁當也。」

又〔一〕　贈寄

肅肅秺侯清慎〔二〕，温温契苾知詩〔三〕。能推惻隱救民饑〔四〕。況乃義方教子〔五〕。

憲府兩飛鶚薦〔六〕，士林競賦懷辭。天門正美可前知〔七〕。入侍鈞天從此〔八〕。

【校注】

〔一〕此詞諸本未收，趙萬里校輯宋金元人詞宋金元名家詞補遺據永樂大典卷一四三八一「寄」字韻引張子野詞補録。所寄何人，不詳。

〔二〕肅肅　嚴正貌。詩小雅黍苗：「肅肅謝功，召伯營之。」秺侯：漢書功臣表：「秺侯商丘成」，王先謙補注：「秺，濟陰縣。」又金日磾傳：「以討莽何羅功，封日磾爲秺侯。」此借謂「救民饑」、「義方教子」之人。

〔三〕温温　柔和貌。詩小雅賓之初筵：「賓之初筵，温温其恭。」契苾：新唐書回鶻傳：「契苾，亦名契苾羽，在焉耆西北鷹娑川，多覽葛之南，其酋哥楞，自號易勿直莫賀可汗，弟莫賀咄特勒，皆有勇。莫賀死，可何力尚紐率其部來歸，時貞觀六年也。詔處之甘涼間，以其地爲榆溪州。」

〔四〕惻隱　孟子公孫丑上：「今人乍見孺子將入井，皆有怵惕惻隱之心。」

〔五〕義方教子　左傳隱公三年：「石碏諫言：『臣聞愛子教之以義方，弗納於邪。』」

〔六〕「憲府」句　謂御史兩上薦書。憲府，御史之別稱。鶚薦，後漢書孔融傳載孔融薦禰衡書：「鷙鳥累百，不如一鶚；使衡立朝，必有可觀。」後遂稱薦舉人才爲鶚薦，薦書爲鶚書。蘇軾次韻王定國謝韓子華過飲詩：「親嫌妨鶚薦，相對發微泚。」陳造次韻丁判院詩：「會看鶚書薦，領此錦雲簫。」

〔七〕天門　宮殿之門。杜甫宣政殿退朝晚上左掖詩：「天門日射黄金榜，春殿晴曛赤羽旗。」

〔八〕鈞天　吕氏春秋有始：「中央曰鈞天，其星角、亢、氐；東方曰蒼天，其星房、心、尾。」注：「鈞，平也，爲四方主，故曰鈞天。」後因以稱帝王之宫。蘇軾潮州韓文公廟碑：「鈞天無人帝悲傷。」

詩文

編年詩

贈妓兜娘〔一〕

往歲吴興守滕子京席上〔二〕，見小妓兜娘，子京賞其佳色。後十年再見於京口〔三〕，絶非頃時之容態，感之作。

十載芳洲採白蘋〔四〕，移舟弄水賞青春〔五〕。當時自倚青春力，不信東風解誤人。

【校注】

〔一〕此詩録自兩宋名賢小集張都官集。趙令畤侯鯖録卷二：「張子野云：『往歲吴興守滕子京席上，見小妓兜娘，子京賞其佳色。後十年再見於京口，絶非頃時之容態，感之作。』」全宋詩卷一七〇、一七四誤讀侯鯖録此則，以此詩爲滕宗諒作。案嘉泰吴興志卷一四郡守題名，滕宗諒於寶元二年（一〇三九）知湖州，康定元年（一〇四〇）十月離任。張先所云「後十年」，當爲皇祐元年（一〇四九），時滕宗諒已於二年前（慶曆七年，一〇四七）去世。此詩非滕宗諒作明甚。宋詩紀事卷一二以張先所云爲題，今改作題下小序，詩題則從兩宋名賢小集。此詩與南鄉子（何處可魂消）詞同作於皇祐元年。

〔二〕子京　滕宗諒（九九一—一〇四七），字子京，河南人，大中祥符八年進士，歷濰、連、泰三州從事，改大理寺丞，宰當涂、邵武，遷殿中丞，拜左正言，遷左司諫。以言事獲罪，出知信州，降監鄱陽郡榷酤，起判江寧府，知湖州、涇州，拜天章閣待制，環慶路經略安撫使，兼知慶州，謫守岳州，遷知蘇州，卒。詳見范仲淹范文正公集卷一三滕子京墓志、宋史卷三〇三本傳。

〔三〕京口　今江蘇鎮江。

〔四〕芳洲採白蘋　吳興有白蘋洲。南朝梁吳興守柳惲江南曲云：「汀洲採白蘋，日暖江南春。」

〔五〕「移舟」句　見前編年詞泛清苕（緑净無痕）校注〔九〕。

潤州甘露寺〔一〕

丞相高齋半草萊〔二〕，舊時風月滿亭臺。地從日月生時見，眼到江山盡處回。三國是非春夢斷，六朝城闕野花開。心隨潮水漫漫去，流遍烟村半日來。

【校注】

〔一〕此首録自兩宋名賢小集張都官集。潤州：今江蘇鎮江。甘露寺：在北固山，唐寶曆中李德裕建。李德裕祭言禪師文：「因甘露之降瑞，立仁祠於高標。」此首與前贈妓兜娘作於同時。

〔三〕丞相　指李德裕。

西溪無相院〔一〕

積水涵虚上下清，幾家門静岸痕平。浮萍破處見山影〔二〕，小艇歸時聞棹聲〔三〕。入郭僧尋塵裏去，過橋人似鑒中行。已憑暫雨添秋色，莫放修林礙月生〔四〕。

【校注】

〔一〕此詩録自兩宋名賢小集張都官集，題作西溪無相院。瀛奎律髓卷四七同。安陸集、宋詩紀事卷一二引合璧事類前集，作題西溪無相院。苕溪漁隱叢話前集卷三七作湖州西溪。宋文鑒卷二五作題華下無相院西溪。　西溪：續修陝西通志稿卷五古跡「華州」條：「西溪，州之名勝，在故鄭縣東北。唐書昭宗光化元年六月己亥，帝在華州，幸西溪，觀競渡。初受諸山谷，分流溉田，至故縣沙草澗諸村，則萬壑深烟，土人名爲小曲江。」華州，今陝西華縣。宋祁景文集卷一〇華州西溪（自注：在路左百步）詩：「山近重嵐逼，溪長匹練分。霽波平撼日，寒崦側藏雲（自注：溪側有松崦，中隱佛祠）。弄荇魚差尾，投汀鷺宿羣。如何去尋丈，塵路已紛紛。」無相院：又名西溪寺。

文彦博宿西溪寺詩：「地占蓮華麓，溪環鷲嶺巔。密林含細籟，巍刹照清漣。獨賞寧妨醉，幽吟定廢眠。支郎諳雅尚，掃榻就潺湲。」嘉靖略陽縣志卷四寺觀：「西溪寺，在城東八十里。」略陽爲宋時華州治所。張先於皇祐二年至五年（一〇五〇—一〇五三）爲永興軍通判，詩當作於此時。

〔二〕破　苕溪漁隱叢話前集卷三七作「斷」。

〔三〕小　苕溪漁隱叢話前集卷三七作「野」。棹：苕溪漁隱叢話前集卷三七、安陸集、宋詩紀事卷一一作「草」。

〔四〕林　安陸集、宋詩紀事卷一一作「蘆」。

吴江〔一〕

春後銀魚霜後鱸〔二〕，遠人曾到合思吴。欲圖江色不上筆，静覓鳥聲瀑在蘆。落日未昏聞市散，青天都净見山孤〔三〕。橋南水漲虹垂影〔四〕，清夜澄光照太湖〔五〕。

【校注】

〔一〕此詩録自兩宋名賢小集張都官集。安陸集此首題下注云：「吴興藝文補題曰：『遊松江。』」松江，吴淞江之簡稱，爲太湖最大之支流。龔明之中吴紀聞卷三「蔡君謨題壁間」條云：「張子野宰吴江，因如歸舊亭，撤而新之，蔡君謨題壁間云：『蘇州吴江之濱，有亭曰如歸者，隘壞不可居。康定元年冬十月，知縣事秘書丞張先治而大之，以稱其名。既定，記工作之始，以示於後。』」又卷一「張子野吴江詩」條云：「張子野宰吴江日，嘗賦詩云（引詩從略），爲當時絶唱。」夏承燾先生張子野年譜據以定此詩爲康定元年（一〇四〇）知吴江縣時之作。案此詩結句云「橋南水漲虹垂影」，當指垂虹橋。垂虹橋始建於慶曆八年（一〇四八）。朱長文吴郡圖經續記卷中橋梁：「吴江利往橋，慶曆八年縣尉王廷堅所建也，東西千餘尺，用木萬計，縈以修闌，甃以静甓，前臨縣區，横絶松陵，湖光海氣，蕩漾一色，乃三吴之絶景也，橋有亭曰『垂虹』，蘇子美嘗有詩云：『長橋跨空古未有，大亭壓浪勢亦豪。』非虚語也。」故利往橋亦稱垂虹橋或長橋。范成大吴郡志卷一七橋梁：「利往橋即吴江長橋也，慶曆八年縣尉王廷堅所建，有亭曰『垂虹』，而世並以名橋。」據此，張先此詩似非作於宰吴江時。北宋時吴江爲南北交通必經之地。慶曆八年以後，張先多次北上，道出吴江。熙寧七年九月，蘇軾自杭移知密州，張先諸人送至吴江垂虹亭。蘇軾書遊垂虹亭云：「吾昔自杭移高密，與楊元素同舟，而陳令舉、張子野皆從吾過李公擇於湖，遂與劉孝叔俱至松江。夜半，月出，置酒垂虹亭上。」詩題一作「遊松江」，疑爲張先慶曆八年後道經松江時作。

〔三〕銀魚　亦名白魚，吴江名産。朱長文吴郡圖經續記卷下雜録：「（隋）大業中，吴郡送太湖白魚種子，敕苑内海中以草把别，遷著水邊，十餘日，即生小魚。其取魚子，以夏至前三五日。白魚之大者，日晚集湖邊淺水中有菰蔣處産子，綴著草上。是時漁人以網罟取魚。然至二更，則産竟散歸深水，乃刈取菰蔣草有魚子者，曝乾爲把，運送東都，至唐時，東都猶有白魚。」杜甫白小詩：「白小羣分命，天然二寸魚。」即此。鱸：鱸魚。范成大吴郡志卷二九土物：「鱸魚生松江，尤宜鱠，潔白松軟，又不腥，在諸魚之上。江與太湖相接，湖中亦有鱸，俗傳江魚四鰓，湖魚止二鰓，味輒不及。秋初，魚生湖中，好事者競買之，或有遊松江就鱠之者。」晉書卷九二張翰傳：張翰字季鷹，吴郡吴人，齊王冏辟爲大司馬東曹掾。冏時執政，因見秋風起，乃思吴中鱸膾與蒓羹，遂命駕而歸。故後遂以鱸膾爲思鄉之辭。下句「遠人曾到合思吴」，亦兼涉此意。安陸集「後」作「下」。

〔三〕净　安陸集作「盡」。

〔四〕「橋南」句：謂垂虹橋。蘇舜欽中秋松江新橋對月和柳令之作：「月晃長江上下同，畫橋横絶冷光中。雲頭艷艷開金餅，水面沉沉卧彩虹。佛氏解爲銀色界，仙界多往玉華宫。地雄景勝言不盡，但欲追隨乘曉風。」張都官集「橋」作「墻」，誤，今從中吴紀聞。

〔五〕「清夜」句　范成大吴郡志卷一七橋梁：垂虹橋「東西四千餘尺，前臨太湖洞庭三山，横跨松江。」故云。安陸集「照」作「合」。

飛石巖〔一〕

石破重巖萬客疑，不堪攻玉不支機〔二〕。長江風雨來無定，時學零陵燕子飛〔三〕。風雨即巖石飛墜。

【校注】

〔一〕此首録自永樂大典卷九七六四「巖」字韻引張子野詩集。飛石巖在興州（今陝西略陽）長舉縣西，上有飛石閣，爲自陝入蜀必經之地。皇祐五年（一〇五三）十月，張先自長安入蜀，此詩即是入蜀途中所作。

〔二〕攻玉　詩小雅鶴鳴：「它山之石，可以攻玉。」　支機：太平御覽卷八引集林：「昔有一人尋河源，見婦人浣紗，以問之，曰：『此天河也。』乃與一石。而歸問嚴君平，云：『此織女支機石也。』」宗懔荆楚歲時記：「張騫尋河源，得一石，示東方朔。朔曰：『此是天上織女支機石。』」

〔三〕零陵燕子　酈道元水經注卷三八湘水：「東南流，徑石燕山東，其山有石，紺而狀燕，因以名山。其石或大或小，若母子焉。及其雷風相薄，則石燕羣飛，頡頏如真燕矣。」初學記卷二引湘州記：「零陵山有石燕，遇風雨即飛，止還爲石。」

飛仙嶺〔一〕

路接曉天人近月，真仙去後只雲歸〔二〕。嶺頭舊曰上升日，空有山禽自在飛。

【校注】

〔一〕此首録自永樂大典卷一一九八一。永樂大典本卷「飛仙嶺」條下注云：「元一統志：在舊興州東二十餘里，有閣道百餘間，横之半空，即入蜀大路也。此路舊從西縣過，經由沮水，宋太平興國五年，移改於是嶺。杜少陵有題飛仙閣詩云：『土門山行窄，微徑緣秋毫。棧雲闌干峻，梯石結築牢。』又武興集載徐佐卿化鶴跧泊之地，故曰飛仙嶺。宋趙清獻公集和六弟過飛仙嶺：『雲嶺觀遊詎肯勞，飛仙嶺過穩翔翱。道風仙骨朝真去，未必不緣功行高。』徂徠集：『入蜀牽吟景象濃，雲山萬疊興千重。痴巖頑壑無奇觀，不似飛仙數朵峰。』」北宋時，嶺上有閣。張方平飛仙嶺閣詩：「蒼崖老樹雲蘿合，絶澗驚湍閣路高。羽駕飆輪殊惚恍，依程緩轡未爲勞。」張先此詩亦繫皇祐五年（一〇五三）赴蜀道中作。

〔二〕真仙　指徐佐卿，唐時蜀人，自稱青城山道士，傳説於此化鶴仙去，因名「飛仙嶺」。嘗於益州城西道觀中謂人曰：「吾出遊爲飛矢所中。」乃挂箭於壁，並記歲月，曰「後年箭主至此，即付還之」。

後玄宗幸蜀遊觀，識其箭，乃天寶十三載重九於沙苑親射一鶴帶箭而飛者也。

漫天嶺〔一〕

不獨高明不可謾，仍知不似泰山安。五丁破道秦通蜀〔二〕，却被行人脚下看。

【校注】

〔一〕此詩録自永樂大典卷一一九八〇「嶺」字韻引張子野詩。永樂大典本卷於「漫天嶺」下注云：「圖志：在廣元州東北十五里，宋乾德間伐蜀，兵由此入。輿地紀勝：在利州。長編卷二五云：乾德二年王師伐蜀。蜀主燒絶棧道，退保葭萌，遂擊金山寨，蜀人退保大漫天寨。拔其寨，追奔至利州北。蜀將王昭遠等退保劍門，王全斌等入利州。」利州，北宋咸平四年置路，治所在興元府（今陝西漢中）。曹學佺蜀中名勝記卷二四廣元縣：「又北三十里，有大、小漫天，嶺極高峻。」羅隱漫天嶺詩：「西去休言蜀道難，此中危峻已多端。到頭未會蒼蒼色，争得禁他兩度漫。」張先此詩亦是皇祐五年（一〇五三）自長安入蜀道中作。

〔二〕五丁　水經注卷二七沔水：「秦惠王欲伐蜀而不知道，作五石牛，以金置尾下，言能屎金。蜀王負力，令五丁引之成道。」常璩華陽國志蜀志：「九世有開明帝，……帝稱王時，蜀有五丁力士，能移山舉萬鈞。」

將赴南平宿龍門洞〔一〕

此心常欲老林丘，去意徘徊夜更留。萬客只貪門外過，少人知有洞中遊。春來猶見龍孫出〔二〕，静夜微聞石乳流。澗水送花通閣底，寺鐘催月落岩頭。暫時清夢生危枕，明日濃塵擁敝鞲。南是符陽北長舉〔三〕，所嗟不屬古江州。

【校注】

〔一〕此首録自永樂大典卷一三〇七四「洞」字韻引張子野詩。永樂大典本卷「龍門洞」條下注云：「保寧志：『龍門洞在四川保寧府綿谷縣北，有三洞，自朝天程入谷十五里有石洞，及第二、第三洞有水，自第三洞發源貫通二洞，流水出，下合嘉陵江。』」王象之輿地紀勝利州：「龍洞閣，在綿谷縣。杜詩云：『清江下龍門，絶壁無尺土。』馮鈐幹田曰：『其他閣道雖險，然在此腰，亦微有徑，可以增治閣道。獨惟此閣，石壁斗立，虚鑿石竅，而架木其上，比之他處極險。老杜詩「絶壁無尺土」，謂此也。』」南平：重慶，舊唐書地理志「渝州，南平郡，本巴郡，天寶元年更名。」北宋時爲夔州路南平軍。張先此詩亦至和元年（一〇五四）春將至渝州時作。

〔二〕龍孫　笋譜：「俗呼笋爲龍孫。」

〔三〕符陽　巴符關，在四川合江縣南。讀史方輿紀要四川瀘州合江縣：「符縣，在縣南，漢置縣於北。水經注：漢建元六年，以唐蒙爲中郎將，從萬人出巴符關，即此，元鼎三年，始建符縣。」長舉：在陝西略陽西北，爲陝西與巴蜀間之交通要道。

冬日郡齋書事〔一〕

鈴索聲閑按牒稀〔二〕，怯寒肌骨望春暉。凝雲垂地雪欲下，高樹無風葉自飛。水落淺沙魚隊聚〔三〕，草枯幽隴鹿羣歸〔四〕。安人不信彤幨貴〔五〕，上相還家是錦衣〔六〕。

【校注】

〔一〕此詩録自永樂大典卷二一五三八「齋」字韻引張子野詩。此詩結句云「安人不信」，當作於安州任上，時爲嘉祐三年（一〇五八）。

〔二〕「鈴索」句　謂安陸郡事稀閑。范雍安陸詩：「安陸號方鎮，江邊無事州。民淳訟詞少，務簡官政優。」又王得臣麈史卷下云：「安陸雖號節鎮，當南北一統，實僻左無事之地。」鈴索，晉書卷三四羊祜傳：「以祜爲郡督荆州諸軍事、假節，散騎常侍、衛將軍如故。祜率營兵出鎮南夏。……在軍常輕裘緩帶，身不被甲，鈐閣之下，侍衛不過十數人。」蘇軾聚星堂雪詩：「歸來向喜更鼓永，晨起不待鈴索掣。」王注次公曰：「鈴索掣，太守有鈴閣也。」

〔三〕魚隊聚　袁凱蓼灘詩：「縱横覆魚隊，閑寂來鷗侶。」

〔四〕鹿羣歸　祖無擇齋中即書南事詩：「軍壘無多事，朝晡且放衙。吏人如野鹿，公署似僧家。」

〔五〕彤幨　赤色車帷。皇甫冉送崔使君赴壽州詩：「列郡專城分國憂，彤幨皂蓋古諸侯。」崔湜拜襄州刺史途中言志詩：「彤幨荷新寵，朱紱蒙舊榮。」

〔六〕「上相」句　指安陸人入朝爲相者。如宋庠，安陸人，天聖二年進士，皇祐五年拜相。

吊二姬温卿宜哥〔一〕

好物難留古亦嗟，人生無物不塵沙。何時宰樹連雙冢〔二〕，結作人間並蒂花。

【校注】

〔一〕此首録自吴曾能改齋漫録卷一七。安陸集題作營妓張温卿黄子思愛姬宜哥皆葬宿州城東過而題詩，宋詩紀事卷一二同。漫録卷一七「吊二姬温卿宜哥詩」條：「宿州營妓張玉姐，字温卿，本蘄澤人。色技冠一時，見者皆屬意。沈子山爲獄掾，最所鍾愛。既罷，途次南京，念之不忘，爲剔銀燈二闋（二詞從略）。其後明道中，張子野先、黃子思孝先相繼爲掾，尤賞之。偶陳師之求古以光禄丞來掌榷酤，温卿遂托其家，僅二年而亡，纔十九歲。子思以詩吊之：『人生第一莫多情，眼看仙花結不成。爲報兩京才子道，好將詩句哭温卿。』先是，子思有愛姬宜哥，客死舟中，遺言葬堤下，冀他日過此得一見，以慰孤魂。子思從之，作詩納柩中。其斷章云：『恩同花上露，留得不多時。』二人皆葬於宿州（今安徽宿縣）柳市之東，子野嘉祐中過而題詩云（詩從略）。」案：沈遘，字子山，見前塞垣春（野樹秋聲滿）詞校注〔二〕。黃孝先，字子思，浦城人。天聖二年進士。爲宿州司理，以薦遷大理丞，知咸陽縣，終太常博士。見宋詩紀事卷一一。宋祁景文集卷三一有奏舉人試秘省校書郎前宿州司理參軍黃孝先可大理寺丞制，蔡襄端明集卷二六有送黃子思寺丞知咸陽詩。蘇軾文集卷六七書黃子思詩集云：「閩人黃子思，慶曆、皇祐號能文者。予嘗聞前輩誦其詩，每得佳句妙語，反覆數四，乃識其所謂『信乎表聖之言，美在鹹酸之外，可以一唱而三嘆』也。予既與其子入道、其孫師是遊，得窺其家集，而子思篤行高志，爲吏有異材，見於墓志詳矣。」張先此詩約作於嘉祐四年（一〇五九）。

〔三〕宰樹連雙冢　化用干寶搜神記韓憑妻中故事，見前怨春風（無由且住）校注〔五〕。

酬發運馬子山少卿惠酥與詩〔一〕

貢餘應惜點爲山〔二〕，絶唱兼遺致政官〔三〕。嵰地雪甜多不識〔四〕，吴山未食齒先寒〔五〕。

【校注】

〔一〕此首録自永樂大典卷二二六四「蘇」字韻引張子野詩集。發運：宋初置京畿東路水陸發運使，後專掌淮、浙、江、湖六路漕運，或兼茶鹽錢政，先後於開封、真州、泗州等地置司。馬子山：即馬仲甫，字子山，廬江人，進士。知登豐縣，爲夔路轉運使，徙使淮南，遂由户部判官爲發運使，繼拜天章閣待制，知瀛、秦二州。熙寧初，守亳、許、揚三州，知通進、銀臺司，復爲揚州，提舉崇禧觀，卒。見宋史卷三三一本傳。據吴廷燮北宋經撫年表卷二，馬仲甫知真州爲治平元年（一〇六四），張先此詩云：「絶唱兼遺致政官」、「吴山未食齒先寒」，時已致仕居杭州。二人酬唱當在嘉祐五年（一〇六〇）。

〔二〕「貢餘」句　指馬仲甫惠酥，爲貢餘之物。

〔三〕絶唱　指馬仲甫贈詩。　致政官：致仕官，張先自謂。

〔四〕嵰地雪甜　嵰爲傳説中之仙山，此喻所惠之酥，其味甜如仙山所産。晉王嘉拾遺記周穆王：「又進洞淵紅藕，嵰州甜雪。」齊治平校注：「御覽十二有『嵰州甜雪』。嵰州去玉門三十萬里，地多雪，霜露著木石之上，皆融而甘，可以爲果也。」

〔五〕吴山　在杭州西湖東南。

子山再惠詩見和因又續成子山不以予不才兩發章薦〔一〕

清卿恩德重鰲山，詩寄閑栖白首官〔二〕。須信夜光誰可得〔三〕，玉龍沉睡玉淵寒〔四〕。

【校注】

〔一〕此首録自永樂大典卷二四〇五「蘇」字韻引張子野詩集。子山，馬仲甫字。兩發章薦：謂馬仲甫曾兩度向朝廷舉薦張先。此詩與酬發運馬子山少卿惠酥與詩作於同時。

〔二〕白首官　張先自指。

〔三〕夜光　夜光珠。劉琨答盧諶詩附書：「和氏之璧，焉獨曜於郢握；夜光之珠，何得專玩於隨掌。」

〔四〕「玉龍」句　文選左思吴都賦：「翫其磧礫而不窺玉淵者，未知驪龍之所蟠也。」劉淵林注：「磧礫，淺水見石之貌。玉淵，水深之處，美玉所出也。尸子曰：『龍淵生玉英。』莊子曰：『千金之珠，在九重之淵，驪龍頷下。』故曰『不窺玉淵者，不知驪龍之蟠也』。」

次韻蔡君謨侍郎寒食西湖〔一〕

飛飛畫楫繞花洲，霽雨浮花出岸流。誰廣金明爲水戰〔二〕，自來銀漢有霓舟〔三〕。行從使節春尤盛，住買吴山老未由。人遲歸軒香接路，一分新月管弦樓。

【校注】

〔一〕此首録自永樂大典卷二二二六四「湖」字韻引張子野集。蔡襄寒食西湖詩見端明集卷七。詩云：「山前雨氣曉纔收，水際風光翠欲流。盡日旌旗停曲岸，滿潭鉦鼓競飛舟。浮來烟島疑相就，引去山禽好自由。歸騎不令歌吹歇，萬枝燈燭度花樓。」蔡襄字君謨，治平二年（一〇六五）二月知杭州，次年三月徙知應天府，詳見喜朝天（曉雲開）詞校注〔一〕、〔二〕。此首作於治平二年三月。

〔二〕金明　汴京有金明池。北宋時每於此舉行水上閱兵活動。孟元老東京夢華録卷七：「三月一日，州西順天門外，開金明池、瓊林苑，每日教習車駕上池儀範。」李濂汴京遺跡志卷八：「金明池在城西鄭門外西北。周回九里餘。周世宗顯德四年欲伐南唐始鑿，内習水戰。宋太平興國七年，太宗嘗幸其池，閱習水戰。」袁褧楓窗小牘卷下：「余少從家大夫觀金明池水戰，見畫舫回旋，戈甲照耀，爲之目動心駭。」此指西湖寒食競渡。

〔三〕「自來」句　張先自注：「紫極真人乘霓舟，吹簫於銀河之上。」

次韻清明日西湖〔一〕

新火飛烟上柳梢〔二〕，天供好景助詩豪。江湖一處逢嘉月，溟海同時得巨鰲。白水更隨春雨長，青雲不及畫樓高。千橈插羽鼙聲動，十里驚雷奪暮濤〔三〕。

【校注】

〔一〕此詩録自永樂大典卷二二六四「湖」字韻引張子野集。亦和蔡襄之作。蔡襄端明集卷七清明西湖：「千頃平湖緑一遭，空城遊樂自奢豪。畫船争勝飛江鶻，翠巘都浮載海鰲。芳草堤邊裙帶短，柔桑陌上髻鬟高。樓前盡日聞歌笑，不啻秋風卷怒濤。」吴自牧夢粱録卷二：「清明交三月節，前二日謂之寒食。京師人從冬至後數起，至一百五日（亦有至百三日、百四日），便是此日，家家柳條插於門前，名曰明眼。」張先此詩作於次韻蔡君謨侍郎寒食西湖之後二日。

〔二〕新火飛烟　古時寒食禁火，之後則改新火。陳元靚歲時廣記卷一七：「論語：『鑽燧改火。』蓋周官爟氏季春出火。然則出火爲改新火也。杜甫清明詩云：『朝來斷火起新烟。』賈島詩云：

『晴風吹柳絮，新火起厨烟。』東坡分新火詩云：『三月清明改新火。』」

〔三〕「千橈」二句　謂龍舟競渡。陳元靚歲時廣記卷二一引越地傳云：「競渡起於越王勾踐，蓋斷髮文身之俗，習水而好戰也。」高承事物紀原卷八寒食「教池」條：習水戰，「亦競渡之遺意也」。

九月望日同君謨侍郎泛西湖夜飲〔一〕

清歌曲曲酒巡巡，一舉金蕉五十分〔二〕。山影與天都在水，風光爲月不留雲。節回路口千門待，樂過湖心四岸聞。莫笑閑官奉歡席〔三〕，自來蒿艾隨蘭薰〔四〕。

【校注】

〔一〕此詩録自永樂大典卷二二六四「湖」字韻引張子野集。作於治平二年（一〇六五）九月十五日。

〔二〕「一舉」句下　張先自注：「奉府坐者四人。」金蕉，蕉葉形酒杯。蔡襄清暑堂中秋夜飲詩：「蕉葉傾金酒味新。」五十分，指夜飲時蔡襄外陪坐四人，共五人，每人酒杯都斟滿十分。

〔三〕閑官　白居易贈吴丹詩：「終當乞閑官，退與夫子遊。」此張先自謂。時張先已以都官郎中致仕。

〔四〕蒿艾　野草，此張先自指。　蘭薰：香草，借指蔡襄。

和元居中風水洞上祖龍圖韻〔一〕

水色風光近使君〔二〕，浥塵輕雨逐車輪。暫來不宿疑無恨，多少行春不到人。

【校注】

〔一〕此詩録自咸淳臨安志卷二九。　元居中：錢塘人。曾爲歸安縣令，知台州、宿州，官至太常少卿。　風水洞：咸淳臨安志卷二九山川八：「在楊村慈岩院，院舊名恩德，有洞極大，流水不竭，頂上又有一洞，立夏清風自生，立秋則止，故名。」　祖龍圖：即祖無擇，治平四年十月，以龍圖閣學士知杭州，熙寧二年（一〇六九）罷，詳見前醉垂鞭（酒面灔金魚）校注〔二〕。兩浙金石志卷六定山慈嚴院題名：「祖無擇、沈振、元居中、張先，熙寧己酉（二年，一〇六九）孟秋晦日偕遊。」張先此詩即諸人遊山時作。

〔二〕使君　元居中風水洞詩：「洞蔽深雲遠俗塵，山中未曾識朱輪。自從白傅來遊後，三百年間又一人。」見咸淳臨安志卷二九。「又一人」與張先詩中「使君」，均指祖無擇。案元居中詩本用白居易遊恩德寺韻。白詩作於長慶年間守杭時，有序云：「予到郡周歲，方來入寺，半日復去，俯視朱綬，仰睇白雲，有愧於心，遂留絶句。」詩云：「雲水埋藏恩德洞，簪裙束縛使君身。暫來不宿歸州去，應被山呼作俗人。」張先和韻即化用白詩之意。元居中另有風水洞五言八韻一首，亦見咸淳臨安志卷二九。

屬疾聞知府龍圖與公闢大卿學士八月十五遊山泛湖夜歸〔一〕

此會隔年應有期，湖光分入六瑶卮〔二〕。誰知素魄當中夜〔三〕，正是迷魂未㾜時〔四〕。天竺好風吹桂子〔五〕，雲潢清露濕槎枝〔六〕。人看使節忘看月〔七〕，燈燭千門閉户遲。

【校注】

〔一〕此詩録自永樂大典卷八八四四「遊」字韻引張子野詩。知府龍圖：即祖無擇。公闢大卿：指程師孟。據吴廷燮北宋經撫年表卷四，熙寧元年（一〇六八），程師孟以直昭文館知福州，其與祖無擇共遊西湖，繫赴福州途經杭州時事。詩即作於此時。

〔二〕六瑶卮　指祖無擇、程師孟等六人遊湖宴飲。瑶卮，酒杯。

〔三〕素魄　月之别稱。鮑照煌煌京洛行詩：「夜輪懸素魄，朝天蕩碧空。」盧仝月蝕詩：「即吐天漢中，良久素魄微。」

〔四〕迷魂未㾜　張先自謂，時正屬疾卧病。

〔五〕「天竺」句　咸淳臨安志：「靈隱有月桂峰，相傳月中桂嘗墜此峰，生成大樹，其花白，其實丹。一説，天聖中，天降靈實於此山，狀如珠璣，識者曰：『此月中桂子也。』」

〔六〕槎枝　用木枝組成之筏。張華博物志卷一〇：「舊説云天河與海通。近世有人居海渚者，年年八月有浮槎去來，不失期，人有奇志，立飛閣於槎上，多齎糧，乘槎而去。十餘日中猶觀星月日辰，自後茫茫忽忽亦不覺晝夜。去十餘日，奄至一處，有城廓狀，屋舍甚嚴。遥望宫中多織女，見一丈夫牽牛渚次飲之。牽牛人乃驚問曰：『何由至此？』此人見説來意，並問此是何處。答曰：『君還至蜀郡訪嚴君平則知之。』因還如期。後至蜀，問君平，曰：『某年某月，有客星犯牽牛宿。』計年月，正是此人到天河時也。」

〔七〕使節　指祖無擇、程師孟，二人皆膺郡守之任。

殘句〔一〕

愁似鰥魚知夜永〔二〕，懶同蝴蝶爲春忙。

【校注】

〔一〕此詩全篇已佚，僅存此二殘句。葉夢得石林詩話卷下：「張先郎中能爲詩及樂府，至老不衰。居錢塘，蘇子瞻作倅時，先年已八十餘，視聽尚精强。家犹蓄聲妓。子瞻曾以詩云：『詩人老去鶯鶯在，公子歸來燕燕忙。』蓋全用張氏故事戲之。先和云：『愁似鰥魚知夜永，懶同蝴蝶爲春忙。』極爲子瞻所賞。」蘇軾書張子野詩集後云：「張子野詩筆老妙，歌詞乃其餘技耳。華州西溪云：『浮萍破處見山影，小艇歸時聞草聲。』與余和詩云：『愁似鰥魚知夜永，懶同蝴蝶爲春忙。』若此之類，皆可以追配古人。」蘇軾張子野年八十五尚聞買妾述古令作詩，作於熙寧七年（一〇七四）。張先作此酬答。

〔三〕鰥魚　謂愁悒而張目不寐似鰥魚。釋名釋親屬：「鰥，昆也；昆，明也。愁悒不寐，目恒鰥鰥然明也。其字從魚，魚目恒不閉者也。」陸游晚登望樓詩：「愁似鰥魚夜不寐。」

醉眠亭〔一〕

醉翁家有醉眠亭〔二〕，爲愛江堤亂草青〔三〕。不聽耳邊啼鳥唤〔四〕，任教風外雜花零。飲酣未必過此舍〔五〕，樂甚應宜〔六〕造大庭〔七〕。五柳北窗知此趣〔八〕，三閭南楚漫孤醒〔九〕。

【校注】

〔一〕此詩録自南宋名賢小集張都官集。安陸集於此詩有注云：「董遐周吴興藝文補作張先詩，至元嘉禾誌作王觀詩。」案徐碩至元嘉禾誌作張先詩，另有五、七言古詩醉眠亭作王觀詩，安陸集不審而誤認。此詩熙寧七年（一〇七四）九月作於湖州。時蘇軾、劉述、李常、陳令舉及李行中均在湖州，諸人各有醉眠亭詩。

〔二〕「醉翁」句　至元嘉禾志卷二九載李行中醉眠亭詩云：「檜低檻曲莫嫌陋，地避草深宜盡眠。伐枕莫憑溪畔石，當簾時借屋頭烟。倦遊拂壁畫山徑，貪醉解衣還酒錢。一水近通西浦路，客來猶可棹漁船。」注云：「行中，字無悔，筑亭青龍江上東城，名之曰『醉眠』，諸公皆有詩。」案蕭統陶淵明傳：「淵明若先醉，便語客：『我醉欲眠，卿可去。』」醉眠之義本此。龔明之中吴紀聞卷四：「李無悔，名行中。本霅川人，徙居松江。高尚不仕，獨以詩酒自娱。晚治園亭，號『醉眠』。東坡先生與之遊從，嘗以詩贈之。無悔有讀顔魯公碑詩云：『平生肝膽衛長城，至死圖回色不驚。世俗不知忠義大，百年空有好詩名。』又賦佳人嗅梅圖云：『蠶眉鴉鬢縷金衣，折得梅花第幾枝。嗅盡餘香不回面，思量何事立多時。』其詩意尚深遠，大率類此。」蘇軾有李行中秀才醉眠亭三首，其一曰：「已向閑中作地仙，更於酒里得天全。從教世路風波惡，賀監偏工水底眠。」

〔三〕亂　安陸集作「□」，下注：「吴興藝文補此字缺，至元嘉禾志作『亂』。」

〔四〕唤　張都官集、安陸集作「亂」，兹據至元嘉禾志改。

〔五〕未　至元嘉禾志作「何」。

〔六〕宜　至元嘉禾誌、安陸集作「疑」。

〔七〕大庭　大庭氏，傳説古帝名。莊子胠篋：「昔者容成氏、大庭氏……當是時也，民結繩而用之。」大庭，猶言羲皇上人。

〔八〕五柳　指陶淵明。陶淵明五柳先生傳：「先生不知何許人，不詳姓名，宅邊有五柳樹，因以爲號焉。」北窗：陶淵明與子儼等疏：「常言五六月中，北窗下卧，遇凉風暫至，自謂是羲皇上人。」

〔九〕三閭　指屈原，曾爲三閭大夫。後被流放至沅湘等南楚之地。孤醒：獨醒。楚辭漁父：「屈原曰：舉世皆濁我獨清，衆人皆醉我獨醒，是以見放。」「楚」本作「儗」，據至元嘉禾志、安陸集改。

酬周開祖示長調見索詩集〔一〕

辨玉當看破石詩〔二〕，泥沙有寶即山輝。都壥往往無真璞〔三〕，誤使人評鼠臘歸〔四〕。

【校注】

〔一〕此首録自永樂大典卷八九九「詩」字韻引張子野詩。周邠，字開祖，錢塘人，周邦彦之叔父。嘉祐八年進士，熙寧中，任錢塘令，元豐中，爲溧水令，曾通判壽春，仕至朝請大夫、輕車都尉。傳見咸淳臨安志卷六六。熙寧中，蘇軾倅杭，多與唱酬。張先暮年在杭頗久，多與周邠交遊唱和。此詩當作於熙寧（一〇六八—一〇七七）年間。又據題意，時張先似有詩集刊行。

〔二〕辨玉　周禮天官冢宰：「玉府，賈八人。」疏：「有賈者，使辨玉之善惡貴賤故也。」破石：王充論衡：「採玉者，破石拔玉，選士者，棄惡取善。」「詩」疑當作「時」。

〔三〕都廛　都邑。真璞韞於山中，不在都廛。

〔四〕鼠臘　鼠乾。尹文子大道下：「鄭人謂玉未理者爲璞，周人謂鼠未臘者爲璞。周人懷璞謂鄭賈曰：『欲買璞乎？』鄭賈曰：『欲之。』出其璞視之，乃鼠也。因謝不取。」

佚題〔一〕

池上飛橋亭外山，野禽偷静上鉤欄。晚花露重香偏細，春女衣輕體尚寒。曲水略殊今日事〔二〕，南湖曾奉昔人歡〔三〕。郡圖可許增新致，幾處模傳畫樣看。此地舊□南湖□，是越王弟曾分主兹土，南湖即王弟賞□，尚有當時亭觀□材存焉〔四〕。

【校注】

〔一〕此首録自岳珂寶真齋法書贊卷一一。寶真齋法書贊載有張先詩帖二首。稱張子野詩稿帖，此首前有「韻和上，先頓首」六字，注云「行書稿本，第一帖六行，第二帖七行，前題一行，紙損不存」。末載關演、關注兩跋。關演跋云：「張子野在熙寧間致政，來往杭、霅兩郡，是時東坡先生、楊元素、李公擇爲守、倅，陳令舉、柳子玉皆在，蓋一時文章之巨公也。子野年八十餘，視諸公爲丈人行。東坡次韻春晝一篇，推仰之意至矣。此卷有『池上飛橋亭外山，野禽偷静上勾欄』。又射弓詩云：『弦聲應手裂竹響，旗影翻風戲鳥飛。』絶類張文昌也。每展卷，想見其多材潦倒，良可秘護爾。庚戌（一一三〇）十二月吉，霅溪老人關演子長。」關注跋云：「東坡祭張郎中文云：『微詞宛轉，蓋詩之裔。』謂其精於詩詞也。此書風流藴藉，又詩詞之餘波云。建炎四年十二月七日，會稽關注書。」又岳珂跋云：「帖以粉箋，字跡已半磨落，二關子長、子東跋語具焉。紹定戊子（一二二八）三月，得之高平范氏。」關跋距張先之卒纔五十二年，紙尚未損，至岳珂於紹定戊子重得，又九十八年，故字跡脱落，詩題遂損而不存。張先此二詩皆和韻，然不知何人首唱。據關注跋，似皆熙寧間來往杭、霅兩郡時與人酬唱之作。

〔二〕曲水　王羲之蘭亭集序：「永和九年，歲在癸丑，暮春之初，會於會稽山陰之蘭亭，修禊事也。羣賢畢至，少長咸集。此地有崇山峻嶺，茂林修竹，又有清流激湍，映帶左右，引以爲流觴曲水，列坐其次。」此以「曲水」代指修禊。修禊，古代習俗，於三月上旬巳日（三日）到水邊嬉遊，以除不祥。

〔三〕南湖　在杭州東城，南宋張鎡於此建南湖園。見張鎡桂隱百果序。

〔四〕「此地」四句　舊注：「『舊』字、『湖』字、『賞』字、『亭』字下，俱有闕文。」難以卒讀，所録亦疑有誤訛，玆姑仍其舊。越王弟，不詳。

射弓〔一〕

射藝功多暮未疲〔二〕，欲將庭火繼西暉。弦聲應手裂竹響，旗影翻風戲鳥飛。竟日中支矜互勝，傍人如睹見方稀。不知雙燭沙河上〔三〕，誰得牛心一割歸。師望有「雙燭沙河引騎歸」之句〔四〕，昔王凱有牛名八百里駮，與王濟對射賭之，一發中的，遂探牛心，一割而去〔五〕。

【校注】

〔一〕此首録自岳珂寶真齋法書贊卷一一，注云：「前題紙損，惟存一『射』字。」案：關演張子野詩稿帖跋題作射弓，今從之。此首與前佚題當作於同時。

〔二〕射藝　射爲儒家六藝之一。宋時朝廷與地方郡守每行射弓之禮。此詩詠杭郡射弓，由郡守主其事。蔡襄有城西射弓挺之以病不至……詩：「雪後西郊物外清，官閑乘興此閑行。出門疏樹無塵色，入内流渠帶野聲。近臘酒醪香更釅，得風弓箭力還生。知君病起心猶壯，獨背船窗唱渭城。」可與此參看。

〔三〕沙河　在杭州，見河滿子（溪女送花隨處）詞校注〔四〕。

〔四〕師望　不詳。

〔五〕「昔王凱」五句　世説新語汰侈：「王君夫（愷）有牛，名『八百里駮』，常瑩其蹄角，王武子（濟）語君夫：『我射不如卿，今指賭卿牛，以千萬對之。』君夫既恃手快，且謂駿物無有殺理，便相然可，令武子先射。武子一起便破的，卻據胡牀，叱左右：『速探牛心來！』須臾炙至，一臠便去。」駮，駿馬之稱。八百里，狀其善於奔馳。

鱸香亭〔一〕

霓舟忽艤鱸魚鄉，槎閣却凌雲漢域〔二〕。
但怪鱸鄉一旦成〔三〕，分却松江半秋色〔四〕。

【校注】

〔一〕此詩録自吴曾能改齋漫録卷五，全篇已佚，僅存此四斷句。漫録卷五「鱸魚鄉」條云：「陳文惠有題松江詩，落句云：『西風斜日鱸魚鄉。』言惟松江有鱸魚耳。當用此『鄉』字，而數處見皆作『香』字。魚末爲羹胾，雖嘉魚，直腥耳，安得香哉！以上張右史耒説。然仁宗朝，治平丙午（丙午爲英宗治平三年，非仁宗朝）所編松江集，有鱸魚亭等詩。其亭，尚書屯田郎中林肇所立也。其叙云：『肇頃過松陵，讀陳丞相留題，有「秋風斜日鱸魚鄉」之句，嘗諷味之。去年秋，作亭江上，差有雅致，因取其句中「鱸鄉」二字，爲亭名焉。詩云：「膾鱸珍琢是吴鄉，丞相嘗留刻琰章。」』張先子野詩云：『霓舟忽艤鱸魚鄉，槎閣欲凌雲漢城。』又云：『但怪鱸鄉一旦成，分却松江半秋色。』乃知標亭以鱸鄉，久矣。以『鄉』爲『香』，其誤甚明。」案林肇建鱸鄉亭，爲熙寧（一〇六八——一〇七七）中事，見本書附録三張先事跡補正。此四斷句，當是鱸鄉亭建成後作。

〔二〕「槎閣」句　見前屬疾聞知府龍圖與公闢大卿學士八月十五日遊山泛湖夜歸詩校注〔六〕。

〔三〕「但怪」句　謂建成鱸鄉亭。

〔四〕松江　見前吴江詩校注〔一〕。

不編年詩

吴興元夕〔一〕

朱屋雕屏展，紅筵綉箔遮。傍雲燈作斗〔二〕，近樹彩成花。風月勝千夜，笙歌如一家〔三〕。人叢妨過馬，天色誤啼鵶。銅漏春聲换，銀潢曉影斜。樓前山未卸〔四〕，火氣烘朝霞。

【校注】

〔一〕此首録自永樂大典卷二〇三五四「夕」字韻引張子野詩集。元夕：上元，即正月十五日。

〔二〕「傍雲」句 謂元夕張燈。宋俗於正月十五日張燈，十七日收燈，謂之三夜燈，亦有延至十八日者，謂四夜燈。汴京以外，温、杭、湖、蘇、益諸州張燈尤奢。見陳元靚歲時廣記卷一〇上元。斗，星斗。

〔三〕「笙歌」句下 張先自注：「予嘗夢作吴興上元詩，獨記此句。因思謝靈運夢作『園柳變鳴禽』而成『池塘生春草』之篇，當時靈運自謂神助。予今所得亦不由採抉，誠出於自然，惜其不録，因補成六韻焉。」

〔四〕「樓前」句　元夕張燈結彩，謂之結山樓；收燈拆彩，謂之拆山樓，見陳元靚歲時廣記卷一〇。

巢烏〔一〕

烏啼東南枝〔二〕，危巢雛五六。心在安巢枝，一日千往復。脱網得羣食，入口不入腹。窮生俾反哺，豈能報成育〔三〕。

【校注】

〔一〕此詩録自兩宋名賢小集張都官集。永樂大典卷二三四六「烏」字韻，此首緊承鮑溶詩下，題作巢烏行。

〔二〕南枝　安陸集作「南林」。

〔三〕「窮生」二句　傳説烏能反哺其母，以報養育之恩。故稱慈烏。元稹大觜烏詩：「陽烏有二類，觜白者名慈。求食哺慈母，因以此名之。……得食先返哺，一身長苦羸。」白居易慈烏夜啼詩：「慈烏失其母，啞啞吐哀音。晝夜不飛去，經年守故林。夜夜夜半啼，聞者爲沾襟。聲中如告訴，未盡反哺心。」

落花〔一〕

花落春禽啼晚枝，有時香蒂點人衣。多情盡不如蝴蝶，欲起遺紅貼地飛。

【校注】

〔一〕此首録自永樂大典卷五八三九「花」字韻引張子野詩集。原詩失題，然其前潘閬詩題曰「落花」，蓋蒙上而省，故以據補。

李少卿宅除夜催妝〔一〕 納裴婿虞部

裴李門頭車馬盛〔二〕，斗杓臨曉欲東回〔三〕。天真都説妝前好，春色偷從夜半來。園裏花枝燈樹合，月中人影鑒奩開。詩家無自矜吟筆，不惜鉛華不用催。

【校注】

〔一〕此首録自永樂大典卷六五二三「妝」字韻引張子野詩集。李少卿、裴虞部，不詳。宋各寺長官稱大卿，副長官稱少卿。虞部：官署名，屬工部。設判部事一人，以無職事朝官充任，無職掌。催妝：舊俗新婦出嫁，必多次催促，始梳妝啓行。唐段成式酉陽雜俎禮異謂北朝婚禮，夫家領人扶車至女家，高呼「新婦子，催出來」，至新婦上車始止。孟元老東京夢華録卷五娶婦條謂凡娶婦「先一日或是日早，下催妝冠帔花粉，女家回公裳花幞頭之類」。張先此作爲催妝詞，於成婚前夕以詞催新媳婦梳妝。宋吕渭老好事近詞：「彩幅自題新詞，作催妝佳闋。」除夜催妝，則定於元日成婚。第四句「春色偷從半夜來」，語意雙關。

〔二〕裴李　唐元和間裴度、李夷簡同時爲相，門庭甚盛。此處用以喻李、裴二家聯姻。

〔三〕斗杓　即北斗柄。北斗七星，四星像斗，三星像杓。鶡冠子環流：「斗柄東指，天下皆春。」

過和靖隱居〔一〕

湖山隱後家空在，烟雨詞亡草自青。

【校注】

〔一〕此詩録自嚴有翼藝苑雌黄，僅存一聯。胡仔苕溪漁隱叢話後集卷二一「西湖處士」條引藝苑雌黄云：「張子野過和靖隱居詩一聯云：『湖山隱後家空在，烟雲詞亡草自青。』注云：『先生嘗著春草曲，有「滿地和烟雨」之句，今亡其全篇。』予按楊元素本事曲有點絳唇一闋，乃和靖草詞，云：『金谷年年，亂生春色誰爲主。餘花落處。滿地和烟雨。又是離歌，一闋長亭暮。王孫去。萋萋無數。南北東西路。』此詞甚工，子野乃不見其全篇，何也？」

文

歸安縣令戴公生祠記〔一〕

……（戴顒）天聖四年七月，以太常博士知縣事。臨民未期〔二〕，治具大舉。先是，邑人以物産久虚，而茶賦不除〔三〕，土敝無出，齊民大困〔四〕。公乃籍數之羸少〔五〕，第户之豐乏，審地置而均其課〔六〕，由是鄉亭絶追捕之苦〔七〕。縣有崇禮、萬歲二鄉，人多澤居，罕務力穡，資橘山之鹽以冒禁〔八〕。公喻以理法，民遂革業務農，私室漸實，圜扉薦空。戊辰召還〔九〕，而二鄉之民立祠於射村永興寺〔一〇〕。鄉貢進士張先記。

【校注】

〔一〕此文録自宋談鑰嘉泰吴興志卷一五歸安縣縣令題名記。夏承燾先生張子野年譜謂是天聖六年（一〇二八）三十九歲時作：「此志當是節録子野之戴公生祠記，故文内兩『公』字皆未改易。子野遺文盡佚，此爲吉光片羽矣。」

〔二〕未期　未期月，即未到一年。論語子路：「苟有用我者，期月而已可也，三年有成。」疏：「期月，周月也，謂周一年之十二月也。」

〔三〕茶賦　茶税。宋史王禹偁傳：「只如茶法從古無税，唐元和中，以用兵齊、蔡，始茶税。唐史稱是歲得錢四十萬貫，今則數百萬矣，民何以堪？」

〔四〕齊民　漢書食貨志：「世家子弟富人，或鬥鷄走狗，馬弋博戲，亂齊民。」如淳注：「齊，等也。無有貴賤，謂之齊民，若今平民也。」

〔五〕贏少　多少。

〔六〕課　課役，課納財賦與分派勞役。

〔七〕鄉亭　鄉間吏目的公用亭舍。王充論衡詰術：「民間之宅，與鄉亭比屋相屬，接界相連。」此處指代官府收税的鄉亭吏目。

〔八〕「資橘山」句　謂販賣私鹽。橘山之鹽，不詳。

〔九〕戊辰　仁宗天聖六年（一〇二八）。

〔一〇〕永興寺　又名鹿苑寺。嘉泰吴興志卷一九碑碣：「歸安縣令戴公生祠記在鹿苑寺，鄉貢進士張先述。」又卷一三祠廟：「鹿苑寺在射村，梁大同元年，處士夏份捨宅建寺，後廢。唐大曆三年，沙門明哲募緣請重建，詔賜名『永興寺』。元和五年，鄉貢進士吴行周撰記，有『鹿苑神辟，龍宫化來』之言，其莊嚴可知。又云郡守工部尚書顔公篆額，即顔真卿也。本朝治平三年改今額。」

附録

附録一　酬唱之作

梅堯臣

送張子野知虢州先歸湖州

未赴虢太守，暫歸吴興家。吴興近洞庭，橘林正吹花。君當橘柚時，摘包帶霜華。清甘不楚齒，若酒傾殘霞。溪山小女兒，姹姹兩發丫。梟梟上氍毹，嘈嘈弄琵琶。是時馬之醉，何似走塵沙。

送簽判張祕丞赴秀州

江燕歸時君亦歸，燕巢未暖君還去。去去溪邊楊柳多，正值清明欲飛絮。競折贈行何所益，時當長養傷嘉樹。不如舉酒對青山，酒罢移舟須薄暮。嘉禾主人余久知，跡冗不擬彊攀附。儻或無忘問姓名，為言懶拙皆如故。

送張子野屯田知渝州

舊居苕溪上，久客咸陽東。歸來得虎符，馳馬向巴中。歌將聽巴人，舞欲教渝童。況嘗善秦聲，樂彼渝人風。忠州白使君，竹枝辭頗工。行當繼其美，貢葛勿忽忽。

蘇舜欽

中秋夜吴江亭上對月懷前宰張子野寄君謨蔡大

獨坐對月心悠悠，故人不見使我愁。古今共傳惜今夕，況在松江亭上頭。可憐節物會人意，十日陰雨此夜收。不惟人間重此月，天亦有意於中秋。長空無瑕露表裏，拂拂漸漸寒光流。江平萬頃正碧色，上下清澈雙璧浮。自視直欲見筋脉，無所逃遁魚龍憂。不疑身世在地上，只恐槎去觸斗牛。景情境勝返不足，嘆息此際無交遊。心魂冷烈曉不寢，勉爲筆此傳中州。

王安石

次韻張子野竹林寺詩二首

澗水横斜石路深，水源窮處有叢林。青鴛幾世開蘭若，黄鶴當年瑞卯金。敗壁數峰連粉墨，凉烟一穗起檀沉。十年親友半零落，回首舊遊成古今。

京峴城南隱映深，兩牛眠地得禪林。風泉隔屋撞哀玉，竹月緣階貼碎金。藻井仰窺塵漠漠，青燈對宿夜沉沉。扁舟過客十年事，一夢北山愁至今。

夏承燾先生張子野年譜「皇祐元年己丑（一〇四九）」條云：「王安石有次韻張子野竹林寺二首云：『京峴城南隱映深，兩牛眠地得禪林。』張原唱已佚。當同客京口時作。」

陳舜俞

寄張先郎中

留連山水住多時，年比馮唐未覺衰。篝火尚能書細字，郵筒還有寄新詩。胡牀月下知誰對，蠻榼花前想自隨。投老主恩聊欲報，每瞻高躅恨歸遲。

餞張郎中

莫愛卞山色，莫羨苕水清。山高天早寒，水深潛浪生。維此賢丈人，宇韻和且平。冷清脅無威，妍辭吐春英。衆人翫其華，君子挹中情。愷悌神所勞，假樂眉壽並。安車省家園，華艾立兒甥。邦君示尊禮，宴衎既豐盈。言還湖上居，載酒餞東城。賓醉可復訴，貴老事非輕。

此詩載都官集卷一二。同卷又有雙溪行詩序云：「熙寧七年九月，予遊吴興，遇致仕張郎中子野，日有文酒之樂。時學士李公擇爲使君，幕客陳殿丞正臣，皆予故人。一日，正臣語予云：『昨日張子野過我，吾家有侍婢何氏，故范恪太尉之家妓也。窺子野於牖，識子野嘗陪范宴會，因感舊泣數行下。』予聞之惻然，交語公擇。公擇益爲之凄愴，即乃載酒選客，陪子野訪之。酒行，正臣不肯出何氏侑諸客飲，獨使在屏障中歌，及作笛與胡琴數弄而罷，其聲調無不清妙。惟子野以舊恩，得附屏障間，問范之廢興及所由來。子野曰：『此范當年最所愛者。』於是諸客人人憐之，又嘉其藝之精，而恨其不得見也。予因作雙溪行。雙溪，吴興之水苕霅云也。」據此，題中之「張郎中」，當爲張先；與雙溪行同作於熙寧七年九月。案范恪字許國，開封人，少隸軍籍，驍勇善射，臨難敢前，數有戰功，累遷至坊州刺史、解州防御、宣州觀察使、保信軍節度，觀察留後，以疾出爲永興軍路副都總管，數月卒。見宋史卷三二三本傳。張先陪范恪宴會，蓋皇祐二年、三年通判永興軍時。至熙寧七年，已二十餘年矣。

蘇軾

和致仕張郎中春晝

投紱歸來萬事輕，消磨未盡只風情。舊因蒓菜求長假，新爲楊枝作短行。不禱自安緣壽骨，深藏難没是詩名。淺斟杯酒紅生頰，細琢歌詞穩稱聲。蝸殼卜居心自放，蠅頭寫字眼能明。盛衰閲過君應笑，寵辱年來我亦平。跪履數從圯下老，逸書閑問濟南生。東風屈指無多日，只恐先春鶗鴂鳴。

蘇軾此詩作於熙寧五年通判杭州時，張先原唱已佚。

元日次韻張先子野見和七夕寄孫莘老之作

得句牛女夕，轉頭參尾中。青春先入睡，白髮不遺窮。酒社我爲敵，詩壇子有功。縮頭先夏鱉，實腹鄙秋蟲。莫唱裙垂緑，無人臉斷紅。舊交懷賀老，新進謝終童。袍鵠雙雙瑞，腰犀一一通。小蠻知在否，試問囁嚅翁。

蘇軾此詩作於熙寧六年，張先和詩已佚。莘老，孫覺字，時知湖州。

張子野年八十五尚聞買妾述古令作詩

錦里先生自笑狂，莫欺九尺鬢眉蒼。詩人老去鶯鶯在，公子歸來燕燕忙。柱下相君猶有齒，江南刺史已無腸。平生謬作安昌客，略遣彭宣到後堂。

贈張刁二老

兩邦山水未淒涼，二老風流總健强。共成一百七十歲，各飲三萬六千觴。藏春塢里鶯花鬧，仁壽橋邊日月長。惟有詩人被折磨，金釵零落不成行。

蘇軾此詩作於熙寧七年五月，題中所云「張刁」，即張先與刁約。仁壽橋：張先居地。

和張子野見寄三絶句

過舊遊

前生我已到杭州，到處長如到舊遊。更欲洞霄爲隱吏，一庵閑地且相留。

見壁題

狂吟跌宕無風雅，醉墨淋漓不整齊。應爲詩人一回顧，山僧未曾掃黄泥。

竹閣見意

柏堂南畔竹如雲，此閣何人是主人。但遣先生披鶴氅，不須更畫樂天真。

蘇軾三絶句係熙寧八年知密州任上作。張先原作已佚。

附録二

張子野詞中誤入他人之詞

唐五代及北宋詞集，作品互見乃爲常事。張子野詞中，與馮延巳、晏殊和歐陽修三家互見者尤多，有些經學者們考證，已可確定歸屬，有些則不妨兩存，録以待考。兹將顯繫誤入者，附録如次；各選本誤作張先者，亦一併附録。

醉桃源

湘天風雨破寒初，深沉庭院虚。麗譙吹罷小單于，迢迢清夜徂。　鄉夢斷，旅魂孤，峥嶸歲又除。衡陽猶有雁傳書，郴陽和雁無。

知不足齋本、彊村叢書本卷一録此詞，誤。當爲秦觀作，見淮海居士長短句卷上。

菩薩蠻

牡丹含露真珠顆。美人折向簾前過。含笑問檀郎。花强妾貌强？　檀郎故相惱，剛道花枝好。花若勝如奴。花還解語無？

知不足齋本，彊村叢書本卷一録此詞。宋章淵槁齋贅筆作唐無名氏詞；説郛卷四四、明楊慎詞品卷二均謂此詞在花間集之先。槁齋贅筆録末二句作「齣發嬌嗔，碎挼花打人」。此詞則云「花若勝如奴。花還解語無」。或爲張先改筆。

蝶戀花

檻菊愁烟蘭泣露。羅幕輕寒，燕子飛來去。明月不諳離恨苦，斜月到曉穿朱户。　昨夜西風凋碧樹。獨上高樓，望盡天涯路。欲寄彩箋兼尺素，山長水闊知何處。

知不足齋本、彊村叢書本卷二録此詞，誤。當作晏殊作，見珠玉詞，調作鵲踏枝。

更漏子

星斗稀，鐘鼓歇，簾外曉鶯殘月。蘭露重，柳風斜，滿庭堆落花。　虚閣上，倚欄望，還似去年惆悵。春欲暮，思無窮，舊歡如夢中。

按此首知不足齋本、彊村叢書本卷二作張先詞，誤。當爲温庭筠作。見花間集卷一。

三字令

春欲盡，日遲遲，牡丹時。羅幌掩，綃簾垂。彩箋書，紅粉淚，兩心知。　人不見，燕空歸，負佳期。香燼冷，枕閑欹。月方明，花淡薄，若相思。

按此首知不足齋本、彊村叢書本卷二作張先詞，誤。當爲歐陽炯作。見花間集卷五。

浣溪沙

錦帳重重卷暮霞。屏風曲曲鬥紅牙。恨人何事苦離家。　枕上夢魂飛不去，覺來紅日又西斜。滿庭芳草襯殘花。

按此首草堂詩餘卷一、草堂詩餘正集卷一、新刻注釋草堂詩餘評林卷二、精選古今詩餘醉卷六、安陸集作張先詞。知不足齋本，彊村叢書本補遺下從之，注云：「此闋又見淮海詞。」此繫秦觀作，見淮海居士長短句卷中。

浣溪沙

水滿池塘花滿枝，亂香深裏語黃鸝。東風吹軟弄簾幃。　日正長時春夢短，燕交飛處柳烟低。玉窗紅子鬥棋時。

按此首草堂詩餘卷一、草堂詩餘正集卷一、知不足齋本、彊村叢書補遺下作張先詞。誤。樂府雅詞卷中作趙令時詞，當從。

滿庭芳

紅蓼花繁，黄蘆葉亂，夜深玉露初零。霽天空闊，雲淡楚江清。獨棹孤篷小艇，悠悠過烟渚沙汀。金鈎細，絲綸慢卷，牽動一潭星。　時時橫短笛，清風皓月，相與忘形。任人笑生涯，泛梗飄萍。飲罷不妨醉卧，塵勞事，有耳誰聽。江風静，日高未起，枕上酒微醒。

按此首草堂詩餘後集卷下、安陸集、知不足齋本與彊村叢書本補遺下作張先詞，誤。當爲秦觀作。見淮海居士長短句卷上。

菩薩蠻

哀箏一弄湘江曲。聲聲寫盡江波緑。纖指十三弦，細將幽恨傳。　當筵秋水慢，玉柱斜飛雁。彈到斷腸時，春山眉黛低。

按此首草堂詩餘後集卷下、草堂詩餘卷一、草堂詩餘正集卷一、安陸集、知不足齋本與彊村叢書本補遺下作張先詞，誤。當爲晏幾道作。見小山詞。

菩薩蠻

五雲深處蓬山杳。寒輕霧重銀蟾小，枕上挹餘香。春風歸路長。　雁來書不到。人静重門悄，一陣落花風。雲山千萬重。

按此首花草粹編卷三、知不足齋本與彊村叢書本補遺下作張先詞，誤。當爲李之儀作。見姑溪居士文集卷五〇。

菩薩蠻

青梅又是花時節。粉墻閑把青梅折。玉鐙偶逢君，春情如亂雲。　藕絲牽不斷。誰信朱顔换。莫厭十分斟，酒深情更深。

按此首花草粹編卷三、知不足齋本與彊村叢書本補遺下作張先詞，誤。當爲李之儀作。見姑溪居士文集卷五〇。

漢宮春

玉減香消，被嬋娟誤我，臨鏡妝慵。無聊强開强解，蹙破眉峰。憑高望遠，但斷腸、殘月初鍾。須信道，承恩不在貌，如何教妾爲容。　風暖鳥聲和碎，更日高院静，花影重重。愁來只待殢酒，酒薄愁濃。長門怨感，恨無金、買賦臨邛。翻動念，年年伴女，越溪共採芙蓉。

按此首知不足齋本補遺下據花草粹編作張先詞，誤。當爲無名氏作，見樂府雅詞拾遺卷下。

落梅風

宫煙如水濕芳晨。梅似雪相親，數枝春。惹香塵。　壽陽嬌面偏憐惜。妝成一片花，新鏡中。重把玉纖匀，酒初醺。

按此首歷代詩餘卷四、湖州詞徵卷二作張先詞，誤。當爲無名氏作，見梅苑卷下。

夜半樂

凍雲黯淡天氣。扁舟一葉，乘興離江渚。渡萬壑千巖，越溪深處。怒濤漸息，樵風乍起。更聞商旅相呼，片帆高舉。泛畫鷁翩翩南浦。望中酒旆閃閃，一簇烟村，數行霜樹。殘月下、漁人鳴榔歸去。敗荷零落，衰楊掩映，岸邊兩兩三三，浣紗遊女。避行客，含羞相笑語。到此。因念綉閣輕抛，浪萍難駐。歎後約、丁寧竟何處。慘離懷，空恨歲晚歸期阻。凝淚收，杳杳神京路。斷鴻聲遠長天暮。

按此首填詞圖譜續集卷下作張先詞，誤。當爲柳永作。見樂章集卷中。

長相思

一重山。兩重山。山遠天高烟水寒。相思楓葉丹。菊花開，菊花殘。雁已西飛人未還。一簾風月閑。

按此首增正詩餘圖譜卷一作張先詞，誤。當爲鄧肅作。見栟櫚先生文集卷一一。

醉落魄

紅牙板歇。韶聲斷、六幺初徹。小槽酒滴真珠竭。紫玉甌圓，淺浪泛春雪。　香牙嫩蕊清心骨。醉中襟量與天闊。夜闌似覺歸仙闕。走馬章臺，踏碎滿街月。

按此首草堂詩餘後集卷下作張先詞，誤。當爲無名氏作。見草堂詩餘後集卷下。

滿江紅

斗帳高眠，寒窗静、瀟瀟雨意。南樓近，更移三鼓，漏傳一水。點點不離楊柳外，聲聲只在芭蕉裏。也不管，滴破故鄉心，愁人目。　無似有，遊絲細。聚復散，真珠碎。天應分付與，别離滋味。破我一牀蝴蝶夢，輸他雙枕鴛鴦睡。嚮此際，别後好思量，人千里。

按此首花草新編卷四作張先詞，誤。當爲無名氏作。見草堂詩餘後集卷上。

如夢令　寄東坡

爲向東坡傳語。人在雪堂深處。别後有誰來，雪壓小橋無路。歸去。歸去。江上一犁春雨。

永樂大典卷一四三八一「寄」字韻引張子野詞，趙萬里據以録入校輯宋金元人詞宋金元名家詞補遺。案：蘇軾於元豐三年貶黄州，四年始營東坡雪堂，皆張先卒後事。此詞又見東坡樂府卷下，「雪堂」作「玉堂」，傅幹注本題作「寄黄州楊使君二首」，乃元祐二三年間蘇軾官翰林學士時作。永樂大典誤收。

附録三

張先事跡補正

張先，正史無傳，其安陸集亦已早佚。夏承燾先生有張子野年譜（原刊於一九三二年詞學季刊，後收入唐宋詞人年譜），鈎稽羣籍，考訂頗詳。然亦有數處疑而待決。兹就文獻可據者數事，略作補正。

一、知吴江、爲秀州判官年代

夏譜「仁宗康定元年庚辰（一〇四〇）」條云：

五十一歲。以秘書丞知吴江縣。中吴紀聞三「蔡君謨題壁」條：「張子野宰吴江，因吴江（原作「如歸」）舊亭，撤而新之。蔡君謨題壁間云：『蘇州吴江之濱，有亭曰如歸（者），隘壞不可居。康定元年冬十月，知縣事秘書丞張先治而大之。』節。」……能改齋漫録卷四載子野鱸鄉亭詩云：「霓舟忽艤鱸魚鄉，槎閣却凌雲漢域。」又云：「但怪鱸鄉一旦成，分却松江半秋色。」案朱長文吴郡圖經續志下云：「吴江舊有如歸亭……慶曆中，縣令張先益修飾之。蔡君謨爲紀其事。熙寧中，林郎中肇出宰，又於如歸亭之側作鱸鄉亭，以陳文惠有「秋風斜日鱸魚鄉」之句也。是鱸鄉亭作於熙寧中。後首當子野熙寧後重到吴江作，非此時詩也。續志謂子野修亭在「慶曆中」，誤。

又「仁宗慶曆元年辛巳（一〇四一）」條云：

五十二歲。爲嘉禾判官，約在此年春。詞集二天仙子題云：「時爲嘉禾小倅，以病眠不赴府會。」詞無甲子。案梅堯臣宛陵集卷九送簽判張秘丞赴秀州詩云：「江燕歸時君亦歸，燕巢未暖君還去。去去溪邊楊柳多，正值清明欲飛絮。競折贈行何所益，時當長養傷嘉樹。不如舉酒對青山，酒罷移舟須薄暮。嘉禾主人余久知，跡冗不擬强攀附。儻或無忘問姓名，爲言懶拙皆如故。」宛陵集此詩編在卷八吊石曼卿後，曼卿卒於康定元年，是子野倅嘉禾當在康定元年知吴江之後也。

據朱東潤先生梅堯臣集編年校注，康定元年，梅堯臣在襄城縣任，慶曆元年，受命監湖州酒税，秋後自汴京南下，在潤州度歲，慶曆二年三月間抵湖州，四年春，離湖州。因此，梅堯臣在湖州爲張先送行，不可能在慶曆元年。宛陵集卷九送簽判張秘丞赴秀州之前諸詩，皆自慶曆二年春迄本年冬作。送簽判張秘丞赴秀州一詩，實慶曆三年之作。張先赴嘉禾爲判官，時在慶曆三年三月間。慶曆六年，張先因父張維去世，歸家居喪。

二、知渝州與離渝任年代

夏譜「皇祐四年壬辰（一〇五二）」條云：

六十三歲。以屯田員外郎知渝州。梅堯臣送張子野屯田知渝州詩云：「舊居苕溪上，久客咸陽東。歸來得虎符，馳馬向巴中。歌將聽巴人，舞欲教渝童。況嘗美秦聲，樂彼渝人風。忠州白使君，竹枝詞頗工。行當繼其美，貢葛勿匆匆。」此詩在宛陵集卷三十九。宛陵集卷三十八讀月石屏詩自注云：「自此起皇祐三年五月至京後。」卷四十第一首寧陵阻風雨寄都下親舊云：「予生五十二，再解官居憂。」堯臣生咸平四年；皇祐四年正五十二歲；則卷三十九各詩，當皆皇祐三年作。茲據之定子野知渝州在此年。梅詩云「歸來得虎符」，是先自秦歸，後乃入蜀也。集中天仙子別渝州云「三月柳枝柔似縷」，漁家傲和程公闢贈別云「巴子城頭春草暮」，又有少年遊渝州席上和韻，皆春間去渝贈別之作，不知在何年。……察本年冬即離蜀，子野當不久於任，故皇祐五年即返永興軍晏幕。

案夏譜少誤。一、梅堯臣生於咸平五年，非咸平四年。夏譜謂皇祐四年梅堯臣五十二歲，出於誤推。二、朱東潤梅堯臣集編年校注：「皇祐三年辛卯，堯臣五十歲，此年服除，二月自宣城出發，五月始抵汴京，召試學士院，九月賜同進士出身。……皇祐五年秋，嫡母仙游縣太君束氏卒於汴京，堯臣解官居憂。」梅堯臣於皇祐三年五月至皇祐五年秋，「再解官居憂」，歷時二年餘，宛陵先生文集卷三十八讀月石屏詩至卷四十寧陵阻風雨寄都下親舊諸詩，即此二年間作，皆在皇祐三年之後。三、送張子野屯田知渝州之前諸詩，已可考其作於皇祐五年。如送淮南轉運使李學士君錫，續資治通鑑長編卷一七五：「皇祐五年閏七月，祠部員外郎、集賢校理李中師（中師字君錫）爲淮南轉運使。」又送邵不疑(必)謫邵武詩，續資治通鑑長編卷一七五：「皇祐五年八月乙丑，前知常州祠部員外郎、集賢校理邵必落職，監邵武軍酒，坐在任日誤斷犯事鹽人高慶。」故朱東潤定本卷爲皇祐五年作。梅堯臣在京爲張先作詩送行，即皇祐五年秋事。玉聯環送臨淄相公一詞，則繫張先入蜀途中在長安送晏殊離任而作，張先至渝州，已爲至和元年(一〇五四)初。

張先何時離渝，從漁家傲和程公闢贈别一詞可知。公闢，程師孟字，宋史卷三三一程師孟傳云：

程師孟字公闢，吴人，甲科進士。累知南康軍、楚州，提點夔路刑獄。瀘戎數犯渝州，邊使者治所在萬州，相去遠，有警率浹日乃至，師孟奏徙於渝州。夔部無常平粟，建請置倉，適凶歲，振民不足，即矯發他儲，不俟報。吏懼，白不可，師孟曰：「必俟報，餓者盡死矣。」竟發之。

宋史仁宗紀四：

嘉祐三年秋七月癸丑，以夔州路旱，遣使安撫。

張先離渝州時，程師孟正受命安撫，提點夔路刑獄。此後程師孟徙河東路，入爲度支判官。嘉祐七年出知洪州，王安石有送程公闢之豫章詩：「怪君三年滯瞿塘，又驅傳馬登太行。纓旄脱盡歸大梁，翻然出走天南疆。」李壁注云：「公闢先爲夔路提點刑獄，夷數犯渝州邊，公闢自夔路乞徙治渝州，大賑民饑，旋徙節河東路，入爲三司判官、刑部郎中，出知洪州，時嘉祐七年五月。」王詩所謂「三年滯瞿塘」，即程師孟在夔路期限。

因此，程師孟離蜀當在嘉祐三年末或嘉祐四年初，而張先離渝，師孟以詞贈別，則在嘉祐初年。自皇祐五年至此，張先知渝已歷三年。集中渝州諸詞，即作於此三年間。

三、張先知安陸考

張先爲吴興人，然時人稱之爲「張安陸」。劉攽中山詩話：

> 歐陽文忠公見張安陸，迎謂曰：「好，『雲破月來花弄影』。」

又張先詩集北宋有汴京刻本，名安陸集。周密齊東野語卷一五張氏十詠圖序：

> 余家又偶藏子野詩一帙，名安陸集，舊京本也。

張安陸、安陸集之名因何而起，前人於此似皆無説。夏先生張子野年譜云：「舊京本名安陸集，不得其義。子野有木蘭花和孫公素别安陸詞，殆嘗宦遊其地耶？」惜未得確證，無從指實。

唐宋時，習以所官之地相稱，並據以名集。如柳宗元官柳州，人稱「柳柳州」，集名柳柳州集；劉長卿官隨州，人稱「劉隨州」，集名劉隨州集，張方平知益州，蘇洵作張益州畫像記；王禹偁晚知黄州，林逋有讀王黄州詩集。張先稱「張安陸」、集名安陸集，若非其曾官於安陸，不致有此稱謂。

張先何時宦遊安陸，任何職守？永樂大典卷二五三八「齋」字韻引張先冬日郡齋書事詩云：「鈴索聲閑按牒稀，怯寒肌骨望春暉。凝雲垂地雪欲下，高樹無風葉自飛。水落淺沙魚隊聚，草枯幽隴鹿羣歸。安人不信彤幨貴，上相還家是錦衣。」據尾聯所云，詩作於安州無疑。道光二十三年重修安陸縣志卷三十二名宦載：

張先，字子野，以職方郎中知安州，集諸生，鼓篋而升堂，講明六經。著安陸集。

下注云：「見詞林紀事。」張宗橚詞林紀事刊於乾隆四十三年（一七七八）。今傳詞林紀事並無此條。安陸縣志所引，實本之鄭獬安州重修學記，見鄖溪集卷一五：

慶曆初，仁宗皇帝欲以人文陶一世，乃下書俾郡邑立學。藩守之臣，震慄奔走，以經以度，罔敢不虔；督工伐材，斲之削之，其聲肱肱，繇京師而薄四海。于是天下蓋多學矣。而安陸瀕大湖之北，去京師纔千里而遠，當時守臣獨恬安而不立學。長老先生抱經而嘆息，里巷之童不聞弦誦之聲，邦人耻焉。於後六年，得秘閣校理孫君甫，且將作之，下隨漢之材，匠者執繩以待奮，未及程功，而孫君去環，梁桀棟散，而爲粟廩馬厩吏胥之舍，不復有遺札矣。嘉祐初，司農少卿魏君琰，慨然圖之，乃於州城之南門外東偏，作夫子殿及東西二堂八齋室，安陸之民始適然相與環聚而觀之，而喜我邦之有學也，而猶未覩教育之盛。及職方郎中張君先，始集諸生，鼓篋而升堂，講明六經之奥。今虞部郎中司馬君旦，又絶壕爲梁，通朔望廳入於學，徹其舊講堂而新之，挾以兩廊門之右，爲藏書之室，其左爲泉轂之府，庖厨沐浴皆具焉，凡增七十五楹。昕鼓作，先生登座，抗首而談經，學者侁侁恂恂，相與揖讓乎丈席之間，發疑解難，虚來而實歸，安陸之學於此大備。……某里人也，嘗得告南歸，謁諸生於學，顧不能倡率諸生，朝夕從事於其間，而猶得爲文，托名於巨石之末，竊有喜焉。蓋學之盛，在仁宗下書之後二十六年，歷四刺史乃克大備，其難也如此。來者幸無以廢之爲易，則吾鄉之學，雖與鄖溪、夢澤並存可也。熙寧元年七月十五日記。

據鄭獬此記，可知張先爲當時安陸興學的四知州之一。張先出知安州，在魏琰之後，司馬旦之前。司馬旦爲司馬池之子、司馬光之兄，宋史卷二九八有傳，謂其歷知梁山、安州。治郡有大體，所施設取於適理便事。再監鳳翔太平宫，以熙寧八年致仕。魏琰，字子浩，徽州婺源人，宋史卷三〇二有傳，謂其歷知壽州、潤州、滁州、安州，累官司農卿、知福州，徙廣州。據吴廷燮北宋經撫年表卷四卷五，嘉祐四年，「安州魏琰知福州，改廣」。「福州魏琰知廣州，六年二月二十四日，改江寧，代馮京」。嘉祐六年四月九日，「（馮）京還廣州，魏琰知江寧，召判刑部」。魏琰於嘉祐四年自安州抵福州任，旋改知廣州。其離安州，則在嘉祐三、四年之交。張先知安州即承魏琰之後，時爲嘉祐三年末或嘉祐四年初。

張先知安州爲時不長。夏先生張子野年譜云：嘉祐四年，「秋，暫還吴興，出知虢州。」嘉祐五年「春，離虢州任」。案嘉祐四年，張先年已七十，合當致仕。北宋仁宗後期，朝廷對官員七十致仕的制度日益重視，有人甚至提出，年届七十若不自請致仕，御史臺應予糾劾。宋史卷一七〇職官十：「侍御史知雜事司馬池言：『文武官七十以上不自請致仕者，許御史臺糾劾以聞。』……皇祐中，知諫院包拯、吴奎亦言：『願令御史臺檢察年七十已上，移文趣其老不即自陳者，直除致仕。』……於是詔：『少卿監以下年七十不任釐務者，外任令監司、在京委御史臺所屬以狀聞。嘗任館閣、臺諫官及提點刑獄者，令中書裁處。待制已上能自引年，則優加恩禮。』」張先於嘉祐三、四年間出知安州，不久便離任，按照北宋官制，已届致仕年齡。故張先仕歷終於安州，當時人以「張安陸」稱之，即指其最後官職而言。

據梅堯臣送張子野知虢州先歸湖州詩，嘉祐四年，張先尚有知虢州之命。秦觀淮海集卷三九曹虢州詩序云：

虢爲州在關陝之間，其地不當孔道，無稱使過客之勞。刺史之宅，有水池竹林，其樂可以養老。故自唐以來，號爲佳郡，朝之士大夫樂静退者，多願往焉。元和中，劉使君作三堂新題二十一章，昌黎韓文公爲屬和。於是亭臺島渚之勝，天下稱之。

張先再知虢州，「無稱使過客之勞，其樂可以養老」，正是静退致仕之過渡，適合張先此時身份。但梅堯臣送張子野知虢州先歸湖州詩作於湖州，張先尚未起任。梅詩有「君當橘柚時，摘包帶霜華」，其時已届四年初冬。宛陵集卷二十六復有送雷太簡知虢詩，編在嘉祐五年二月所作次韻永叔二月雪之前，自四年初冬至五年二月，其間不過二月餘，而虢州遠在關陝，自湖州至虢州，道路數千，行程頗費時日，豈有初到任，又由雷太簡取而代之之理，揆之情理，似張先奉命赴虢後，即自請致仕。所謂「改知虢州」，其實並未成行。張先一生出任州縣，始於宿州、吴江，而終於安陸，故人稱「張安陸」，而不稱「張虢州」。

附録四

張先年表

宋太宗淳化元年庚寅（九九〇）

張先生。

父維三十五歲。

淳化二年辛卯（九九一）

二歲。

晏殊生。

淳化三年壬辰（九九二）

三歲。

博州張先生。北宋同時有二張先，皆字子野。

太宗至道二年丙申（九九六）

七歲。

趙概生。

真宗咸平元年戊戌（九九八）

九歲。

宋祁生。

咸平五年壬寅（一〇〇二）

十三歲。

梅堯臣生。

真宗景德三年丙午（一〇〇六）

十七歲。

祖無擇生。

景德四年丁未（一〇〇七）

十八歲。

歐陽修生。

真宗大中祥符元年戊甲（一〇〇八）

十九歲。

趙抃生。

大中祥符二年己酉（一〇〇九）

二十歲。

程師孟生。

大中祥符五年壬子（一〇一二）

二十三歲。

蔡襄生。

天禧五年辛酉（一〇二一）

三十二歲。

王安石生。

仁宗天聖二年甲子（一〇二四）

三十五歲。

博州張先進士及第。

天聖六年戊辰（一〇二八）

三十九歲。作歸安縣令戴公生祠記。

林逋卒，年六十一。張先晚年作過和靖隱居詩，現僅存一聯。

天聖七年己巳（一〇二九）

四十歲。

王皦以司封員外郎知湖州。張先作偷聲木蘭花（曾居別乘匡吴俗）詞以贈。

天聖八年庚午（一〇三〇）

四十一歲。

進士及第。是年，晏殊知禮部貢舉，爲張先座主。

仁宗明道元年壬申（一〇三二）

四十三歲。

任宿州掾。

仁宗景祐三年丙子（一〇三六）

四十七歲。

蘇軾生。

仁宗寶元二年己卯（一〇三九）

五十歲。

二月，博州張先卒，年四十八。

四月，沈邈以都官員外郎知真州。張先作塞垣春寄子山。

六月，滕宗諒以祠部員外郎知湖州。張先會滕宗諒於湖州席上。

仁宗康定元年庚辰（一〇四〇）

五十一歲。

以秘書丞知吴江縣。

十月，擴建如歸亭。蔡襄爲之題壁。

仁宗慶曆元年辛巳（一〇四一）

五十二歲。

在吴江任上。

慶曆二年壬午（一〇四二）

五十三歲。

在吴江任上。

慶曆三年癸未（一〇四三）

五十四歲。

以秘書丞簽判秀州。作天仙子（水調數聲持酒聽）。

慶曆六年丙戌（一〇四六）

五十七歲。

吴興郡守馬尋宴張先父張維等六老於南園。父張維卒，年九十一。張先以父喪居家行服。子張文剛（字常勝）生。後爲王安石妹夫。

慶曆七年丁亥（一〇四七）

五十八歲。

在家居喪。

慶曆八年戊子（一〇四八）

五十九歲。

在家居喪。

仁宗皇祐元年己丑（一〇四九）

六十歲。

服闋。

四月，唐詢罷湖州守。作轉聲虞美人（使君欲醉離亭酒）送行。

客京口。有潤州甘露寺詩、南鄉子詩（何處可魂消）、（潮上水清渾）二詞，又作贈妓兜娘詩。

時王安石亦客京口，作次韻張子野竹林寺詩二首，張先原唱已佚。

皇祐二年庚寅（一〇五〇）

六十一歲。

受晏殊辟，爲永興軍通判。碧牡丹晏同叔出姬、木蘭花晏觀文畫堂席上、更漏子杜陵春、玉聯環南郊夜飲、木蘭花邠州作、醉桃源渭州作諸詞及華州西溪詩作於永興軍任上。

皇祐三年辛卯（一〇五一）

六十二歲。

在永興軍通判任上。

皇祐四年壬辰（一〇五二）

六十三歲。

在永興軍通判任上。

皇祐五年癸巳（一〇五三）

六十四歲。

至汴京受命，以屯田員外郎出知渝州，梅堯臣在京作送張子野屯田知渝州詩。

十月，途經長安。晏殊罷知永興軍，徙知河南。作玉聯環送臨淄相公詞。

赴渝途中，有飛石巖、飛仙嶺、漫天嶺、將赴南平宿龍門洞諸詩。

仁宗至和元年甲午（一〇五四）

六十五歲。

至渝州。有南歌子殘照催行棹、少年遊渝州席上和韻諸詞。

孫張有生。

至和二年乙未（一〇五五）

六十六歲。

在渝州任上。

晏殊卒，年六十五。張先爲其珠玉詞作序。見朱熹五朝名臣録卷七、唐宋諸賢絶妙詞選卷二。

仁宗嘉祐元年丙申（一〇五六）

六十七歲。

春離渝州。有天仙子別渝州、漁家傲和程公闢贈別諸詞。

周邦彦生。

嘉祐三年戊戌（一〇五八）

六十九歲。

知安州。有木蘭花和孫公素別安陸詞與冬日郡齋書事詩。

嘉祐四年己亥（一〇五九）

七十歲。

改知虢州。赴闕前先歸吴興。梅堯臣有送張子野知虢州先歸湖州詩，是年張先年已七十，虢州似並未曾赴，即以尚書都官郎中致仕。

嘉祐五年庚子（一〇六〇）

七十一歲。

秋在杭州。知州唐詢離任。作山亭宴慢有美堂贈彦猷主人贈別。

梅堯臣卒，年五十九。

嘉祐六年辛丑（一〇六一）

七十二歲。

酬發運馬子山少卿惠酥與詩、子山再惠詩見和因又續成子山不以予不才兩發章薦二詩，約此年在杭作。

英宗治平元年甲辰（一〇六四）

七十五歲。

爲父張維作十詠圖。

治平二年乙巳（一〇六五）

七十六歲。

二月，蔡襄以端明殿學士、尚書禮部侍郎知杭。與蔡襄同泛西湖。有次韻蔡君謨侍郎寒食西湖、次韻清明日西湖、九月望日同君謨侍郎泛西湖夜飲諸詩。

治平三年丙午（一〇六六）

七十七歲。

五月，蔡襄徙知應天府。作喜朝天清暑堂贈蔡君謨詞。

治平四年丁未（一〇六七）

七十八歲。

十月，祖無擇以龍圖閣學士知杭州。作破陣樂錢塘詞以賀。

蔡襄卒，年五十六。

神宗熙寧元年戊申（一〇六八）

七十九歲。

與祖無擇、元居中遊風水洞。作和元居中風水洞上祖龍圖韻詩。

八月，程師孟自京赴知福州，途經杭州，與祖無擇同遊西湖。張先作屬疾聞知府龍圖與公闢大卿學士八月十五日遊山泛湖夜歸詩。

熙寧二年己酉（一〇六九）

八十歲。

五月，祖無擇坐事罷知杭州，鄭獬代。

秋，與祖無擇等同遊慈嚴院。兩浙金石志卷六有定山慈嚴院題名，云：「祖無擇、沈振、元居中、張先，熙寧己酉孟秋晦偕遊。」祖無擇有慈嚴院詩。

作醉垂鞭錢塘送祖無擇詞。

熙寧三年庚午（一〇七〇）

八十一歲。

作好事近和毅夫內翰梅花、同調（燈燭上山堂）詞。

四月，鄭獬徙知青州。

作天仙子鄭毅夫移青社詞。

熙寧四年辛亥（一〇七一）

八十二歲。

十一月，孫覺以右正言直集院知湖州。蘇軾以太常博士直史館通判杭州。

熙寧五年壬子（一〇七二）

八十三歲。

五月，陳襄以尚書刑部郎中、知制誥知杭州。

九月，子張文剛卒，年二十七。

此年，知湖州孫覺爲張先作十詠圖序。張先有醉落魄吴興莘老席上詞。

歐陽修卒，年六十六。鄭獬卒，年五十二。

熙寧六年癸丑（一〇七三）

八十四歲。

杭州營妓周韶求脱籍從良，知州陳襄從之。同輩龍靚、胡楚皆作詩爲韶送行。張先望江南贈龍靚、雨中花令贈胡楚、武陵春（每見韶娘梳鬢好）三詞，約作於此時。

熙寧七年甲寅（一〇七四）

八十五歲。

春，自杭歸湖。作玉聯環（南園已恨歸來晚）詞。

三月，李常以太常博士充秘閣校理知湖州。

買妾。蘇軾作張子野年八十五尚聞買妾述古令作詩。張先和作僅存一聯。

六月，葬子文剛於湖州卞山東，王安石作張常生墓志銘。

同月，陳襄徙知應天府。知應天府翰林侍讀學士、禮部侍郎楊繪知杭州。

作熙州慢贈述古、虞美人述古移南郡、河滿子陪杭守泛湖夜歸、芳草渡（雙門曉鎖響朱扉）四詞以贈陳襄。

作沁園春寄都城趙閱道，以遥念趙概。

九月，楊繪徙知應天府，蘇軾徙知密州。張先與楊繪餞蘇軾於杭州中和堂，作勸金船流杯堂上唱和翰林主人元素自撰腔、更漏子流杯堂席上作二詞。

又有定風波令次韻子瞻送元素内翰、同調再次韻送子瞻。

蘇軾有江城子湖上與張先同賦、南鄉子沈强輔雯上出文犀麗玉作胡琴送元素還朝同子野各賦一首，張先詞今不傳。

同月，與楊繪、蘇軾、陳舜俞、劉述會李常於湖州。作定風波令即六客詞、木蘭花席上贈周邵二生詞。時李行中亦在湖。張先與蘇軾、李常、劉述、陳舜俞爲行中各賦醉眠亭詩。

熙寧八年乙卯（一〇七五）

八十六歲。

正月，在湖州作泛清苕正月十四日與公擇吴興泛舟詞。

三月，作木蘭花乙卯吴興寒食、同調去春自湖歸杭憶南園花已開有當時猶有蕊如梅之句今歲還鄉南園花正盛復爲此詞以寄意。

作三絶句寄密州蘇軾。蘇軾作和張子野見寄三絶句，一題過舊遊、一題見題壁、一題竹閣見憶。張先原作已佚。

熙寧九年丙辰（一〇七六）

八十七歲。

三月，李常徙知齊州。作天仙子公擇將行、離亭宴公擇别吴興二詞以贈。

同月，徐鐸、徐鋭兄弟同榜登進士第。作感皇恩徐鐸狀元詞以賀。

陳舜俞卒。

熙寧十年丁巳（一〇七七）

八十八歲。

五月，趙抃以資政殿大學士、右諫議大夫知杭。

神宗元豐元年戊午（一〇七八）

八十九歲。

趙概自睢陽至杭訪趙抃。張先從遊。作感皇恩安車少師訪閲道同遊湖山詞。

是年卒。葬於湖州卞山多寶寺西。

蘇軾作祭張子野文，又有題張子野詩集後。

張先著述：談鑰嘉泰吴興志謂「有集一百卷，唯樂府傳於世」。紹興續編四庫闕書目：「張子野集十二卷。」宋史藝文志：「張先詩十二卷。」周密齊東野語謂張先有汴京刻本安陸集，卷數不詳。然以上諸書，除詞集外，皆已久佚。清安邑葛鳴陽輯安陸集，僅得張先詩八首、詞六十一首。張先詞，陳振孫直齋書録解題、馬端臨文獻通考著録長沙劉氏書坊百家詞本張子野詞一卷。明吴訥唐宋名賢百家詞本張子野詞一卷，或即出長沙書坊本。清康熙二十八年侯文燦刻十名家詞，有子野詞一卷，爲現傳子野詞之最早刻本，凡百二十九闋。乾隆間鮑廷博得菉斐軒鈔本張子野詞二卷。案：乾隆時阮元藏有菉斐軒詞林要韻抄本後，秦恩復刻於詞學叢書，跋謂此書出於元明之季，原抄後爲葉恭綽所得，則定爲元初所刻。王重民中國善本書提要著録菉斐堂子史匯纂二十四卷，爲崇禎十六年虞山馮廷章、馮駿聲父子校刊，菉斐軒、菉斐堂不知是否同屬一家。然菉斐軒本張子野詞區分宮調，體例同於宋初尊前、金奩諸集，屬宋時編次。鮑廷博校以十名家詞本，去其重複，得六十三闋，輯爲補遺上，又從諸家選本中，得十六首，輯爲補遺下，共百八十四闋，於乾隆五十三年刻入知不足齋叢書第十三集。咸豐九年黄子湘重校鮑本，頗有芟薙，朱孝臧據黄校本刻入彊村叢書。

張先孫張有，字謙中，隱於黄冠，雅善篆書，著復古編二卷，政和甲午祭禮款識一卷。宋史翼卷二八有傳，謂「復古編專本許慎説文，一點一畫不妄借，號稱精博。張有時年六十」。程俱北山小集卷一五、樓鑰攻媿集卷五三、楊時龜山集卷二五皆有復古編序。晁公武郡齋讀書志卷四、陳振孫直齋書録解題卷三、宋史藝文志著録。

附録五 張先傳記資料

蘇軾 祭張子野文

子野郎中張丈之靈。曰：仕而忘歸，人所共蔽。有志不果，日月其逝。惟余子野，歸及强鋭。優遊故鄉，若復一世。遇人坦率，真古愷悌。龐然老成，又敏且藝。清詩絶俗，甚典而麗。搜研物情，刮發幽翳。微詞宛轉，蓋詩之裔。坐此而窮，鹽米不繼。嘯歌自得，有酒輒詣。我官於杭，始獲擁篲。歡欣忘年，脱略苛細。送我北歸，屈指默計。死生一訣，流涕挽袂。我來故國，實五周歲。不我少須，一病遽蛻。堂有遺像，室無留髮。人亡琴廢，帳空鶴唳。醻觴再拜，淚溢兩眥。

——蘇軾文集卷六三

王明清 本朝有兩張先

本朝有兩張先，皆字子野。一則樞密副使遜之孫，與歐陽文忠同在洛陽幕府，其後文忠爲作墓志，稱其「志守端方，臨事敢決」者。一乃與東坡先生遊，東坡推爲前輩，詩中所謂「詩人老去鶯鶯在，公子歸來燕燕忙」，能爲樂府，號「張三影」者。

——玉照新志卷一

王偁　梅堯臣傳

梅堯臣，字聖俞，宣城人也，世以詩名。……歐陽修論其詩曰：「世謂詩人少達而多窮，蓋非詩能窮人，殆窮者而後工也。」堯臣以爲知言。同時有張先子野、刁約景純，皆有文名，而佚其事。

——東都事略卷一一五

葛立方　張子野年八十五猶聘妾

張子野年八十五猶聘妾，東坡作詩所謂「詩人老去鶯鶯在，公子歸來燕燕忙」是也。荆公亦有詩云：「篝火尚能書細字，郵筒還肯寄新詩。」其精力如此，宜其未能息心於粉白黛緑之間也。坡復有贈張刁二老詩，有「共成一百七十歲」之句，則子野年益高矣。故其末章云：「惟有詩人被折磨，金釵零落不成行。」

——韻語陽秋卷一九

周密　張氏十詠圖序

先世舊藏吴興張氏十詠圖一卷，乃張子野圖其父維平生詩，有十首也。

其一：太守馬太卿會六老於南園云：「賢侯美化行南國，華髮欣欣奉宴娛。政績已聞同水薤，恩輝遂喜及桑榆。休言身外榮名好，但恐人間此會無。他日定知傳好事，丹青寧羨洛中圖。」

其二：庭鶴云：「戢翼盤桓傍小庭，不無清夜夢烟汀。靜翹月色一團素，閑啄苔錢數點青。終日稻粱聊自足，滿前鷄鶩漫相形。已隨秋意歸詩筆，更與幽栖上畫屏。」

其三：玉蝴蝶花云：「雪朵中間蓓蕾齊，驟聞尤覺綃工遲。品高多説瓊花似，曲妙誰將玉笛吹。散舞不休零晚樹，團飛無定撼風枝。漆園如有須爲夢，若在藍田種更宜。」

其四：孤帆云：「江心雲破處，遥晃去帆孤。浪闊疑開漢，風高若泛湖。依微過遠嶼，仿佛落荒蕪。莫問乘舟客，利名同一途。」

其五：宿清江小舍：破損，僅存一句云：「菰葉青青緑荇齊。」

其六：歸燕云：「社燕秋歸何處鄉，羣雛齊老稻青黄。猶能時暫棲庭樹，漸覺稀疏度苑墻。已任風庭下簾幕，却隨烟艇過瀟湘。前春認得安巢所，應免差池揀杏梁。」

其七：聞砧云：「遥野空林砧杵聲，淺沙棲雁自相鳴。西風送響暝色静，久客感秋愁思生。何處征人移塞帳，即時新月落江城。不知今夜擣衣曲，欲寫秋閨多少情。」

其八：宿後陳莊云：「臘凍初開苕水清，烟村遠郭漫吟行。灘頭斜日鳧鷖隊，枕上西風鼓角聲。一棹寒燈隨夜釣，滿犁膏雨趁春耕。誰言五福仍須富，九十餘年樂太平。」

其九：送丁遜秀才赴舉云：「鵬去天池鳳翼隨，風雲高處約先飛。青袍賜宴出關近，帶取瓊林青色歸。」

其十：貧女云：「蒿簪掠鬢布裁衣，水鑑雖明亦懶窺。數畝秋禾滿家食，一機官帛幾梭絲。物爲貴寶天應與，花有秋香春不知。多少年來豪族女，總教時樣畫蛾眉。」

孫覺莘老序之云：「富貴而壽考者，人情之所甚慕，貧賤而夭短者，人情之所甚哀；然有得於此者，必遺於彼。故寧處康强之貧，壽考之賤，不願多藏而病憂、顯榮而夭短也。贈尚書刑部侍郎張公諱維，吴興人。少年學書，貧不能卒業，去而躬耕以爲養。善教其子，至於有成。平居好詩，以吟詠自娱。浮遊閭里，上下於溪湖山谷之間，遇物發興，率然成章，不事雕琢之巧，綵繪之華，而雅意自得。徜徉閑肆，往往與異時處士能詩者爲輩。蓋非無憂於中，無求於世，其言不能若是也。公不出仕，而以子封至正四品，亦可謂貴；不治職，而受禄養以終其身，亦可謂富；行年九十有一，可謂壽考。夫享人情之所甚慕，而違其所哀，無憂無求，而見之吟詠，則有其自得而無怨懟之辭，蕭然而有沉澹之思，其然宜哉。公卒十八年，公子尚書都官郎中先亦致仕家居。取公平生所自愛詩十首，寫之縑素，號十詠圖，傳示子孫，而以序見屬。余既愛侍郎之壽，都官之孝，爲之序而不辭。都官字子野，蓋其年八十有二云。」

此事不詳於郡志，而張維之名亦不顯，故人少知者。會直齋陳振孫貳卿方修吴興志，討摭舊事，見之大喜。遂傳其圖。且詳考顛末，爲之跋云：「慶曆六年，吴興郡守宴六老於南園，酒酣賦詩，安定胡先生瑗教授湖學，爲序其事。六人者，工部侍郎郎簡年七十九、司封員外郎范説年八十六、衛尉寺張維年九十一，俱致仕；劉餘慶年九十二、周守中年九十五、吴琰年七十二，皆有子弟列爵於朝。劉，殿中丞述之仲父；周，大理丞頌之父；吴，大理丞知幾之父也。詩及序刻石園中，園廢，石亦不存。其事見圖經及安定言行録。余嘗考之，郎簡，杭人也，或嘗寓於湖。范説，咸平三年進士，同學究出身。周頌，天聖八年進士。劉、吴盛族，述與知幾皆有名跡可見，獨張維無所考。近周明叔史君得古畫三幅，號十詠圖者，乃維所作詩也。首篇即南園宴集所賦，孫覺莘老序之，其略云云，於是始知維爲子野之父也。時熙寧五年，歲在壬子，逆數而上八十二年，子野之生，當在淳化辛卯，其父享年九十有一，正當爲守。會六老之年，實慶曆丙戌。逆數而上九十一年，則周世宗顯德丙辰也。後四年宋興，自是日趨太平極盛之世，及於熙寧、元豐，再更甲子矣。子野於其間擢儒科，登膴仕，爲時聞人。贈其父官四品，仍父子皆耋期，流風雅韻，使人遐想慨慕不能已，可謂吾鄉衣冠之盛事矣！世固知有子野而不知有其父也。自慶曆丙戌後十八年，子野爲十詠圖，當治平甲辰。又後八年，孫莘老爲太守，爲之作序，當熙寧壬子。又後一百七十七年，當淳祐己酉，其圖爲好古博雅君子所得。會余方緝吴興人物志，見之如獲珙璧，因細考而詳録之，庶幾不朽於世。其詩亦清麗閑雅，如『灘頭斜日鳧鷺隊，枕上西風鼓角聲』，又『花有秋香春不知』，皆佳句也。子野之墓在卞山多寶寺，今其後影響不存矣。此圖之獲，豈不幸哉。」

本朝有兩張先，皆字子野。其一博州人，天聖三年進士，歐陽公爲作墓志；其一天聖八年進士，則吾州人也。二人名姓字偶皆同，而又適同時，不可不知也。且賦詩云：「平生聞説張三影，十詠誰知有乃翁。逢世升平百年久，與齡耆艾一家同。名賢叙述文章好，勝事流傳繪素工。遐想盛時生恨晚，恍如身在畫圖中。」南園故址在今南門内，牟存叟端平所居是也。其地尚爲張氏物，先君爲經營得之，存叟大喜，亦常賦五絶句，其一云：「買家喜傍水晶宫，正是南園故址中。我欲築室名六老，追還慶曆太平風。」蓋紀實也。余家又偶藏子野詩一帙，名安陸集，舊京本也。鄉守楊嗣翁見之，因取刻之郡齋。適二事皆出余家，似與子野父子有緣耳。

——周密齊東野語卷一五

張先，字子野，吴興人。晏殊尹京兆，辟爲通判，歷官都官郎中。居錢塘，嘗創花月亭。有子野詞一卷。

——御選歷代詩餘卷一二〇

陸心源　張先傳

張先字子野，烏程人，天聖八年進士。詩格清麗，尤長於樂府。談志客有謂先曰：「人皆謂公『張三中』，即『心中事』、『眼中淚』、『意中人』也。」先曰：「何不目爲『張三影』。」客不曉。先曰：

「『雲破月來花弄影』，『嬌柔懶起，簾櫳卷花影』、『柳徑無人，墜飛絮無影』，此余平生所得意也。」古今詞話李公擇守吳興，招先及楊元素、陳令舉與蘇子瞻、劉孝叔集於郡圃，號「六客」。談志先作一叢花詞云：「沈思細恨，不如桃李，猶解嫁東風。」一時盛傳。歐陽永叔尤愛之，恨未識其人。先至都，謁永叔，閽者以通，永叔倒屣迎之曰：「此乃桃杏嫁東風郎中。」子瞻守杭，先尚在，嘗預宴席，有南鄉子詞，卒章云：「也應旁有老人星。」蓋以自謂，是時年八十餘矣。子瞻數與倡酬，聞其買妾，爲之賦詩，皆用張姓事。書録解題：東坡詩云：「詩人老去鶯鶯在，公子歸來燕燕忙。」詩人謂張籍，公子謂張祜，見侯鯖録。晚歲，優遊鄉里，常泛扁舟垂釣爲樂。至今號「張公釣魚灣」。仕至都官郎中。案：張先知虢州、渝州、鹿邑，見梅宛陵詩集。卒年八十九，葬卞山多寶寺之右。有文集一百卷，唯樂府傳於世。談志子文剛，字常勝，好學能文，再舉進士不第。王臨川集張常勝墓志。後山叢談云：「子野詞『雲破月來花弄影』、『簾幕卷花影』、『隨風絮無影』，世稱誦之，號『張三影』。陳振孫曰：『本朝有兩張先，皆字子野。其一博州人，天聖三年進士，歐陽修作墓志。其一天聖八年進士，則湖州人也。』」二人名姓字皆同，而又適同時，不可不知。

——宋史翼卷二六

附録六

序跋　評論

蘇軾　題張子野詩集後

張子野詩筆老妙，歌詞乃其餘技耳。華州西溪云：「浮萍破處見山影，小艇歸時聞草聲。」與余和詩云：「愁似鰥魚知夜永，懶同蝴蝶爲春忙。」若此之類，皆可以追配古人，而世俗但稱其歌詞。昔周昉畫人物，皆入神品，而世俗但知周昉士女，皆所謂「未見好德如好色」者歟？元祐五年四月二十一日。

——蘇軾文集卷六八

關演　張子野詩稿帖跋

張子野在熙寧間致政，來往杭、雪兩郡，是時東坡先生、楊元素、李公擇爲守、倅，陳令舉、柳子玉皆在，蓋一時文章巨公也。子野年八十餘，視諸公爲丈人行。東坡次韻春晝一篇，推仰之意至矣。

此卷有「池上飛橋亭外山，野禽偷静上勾欄」。又射弓詩云：「弦聲應手裂竹響，旗影翻風戲鳥飛。」絶類張文昌也。每展卷，想見其多才潦倒，良可秘護爾。庚戌十二月吉，霅溪老人關演子長。

——岳珂寶真齋法書贊卷一一

關注　張子野詩稿帖跋

東坡祭張郎中文云：「微詞宛轉，蓋詩之裔。」謂其精於詩詞也。此書風流藴藉，又詩詞之餘波云。建炎四年十二月七日，會稽關注書。

——岳珂寶真齋法書贊卷一一

岳珂　張子野書稿帖贊

右熙寧郎官張公先字子野手書二篇，真跡一卷。公詞名滿天下，「三影」之作，膾炙迨今。方熙寧時，垂車自怡，往來浙右霅上，六客公蓋預焉其一。壽俊耆耋，風流藴藉，蓋蔚然承平典型也。帖以粉牋，字跡已半磨落，二關子長、子東跋語具焉。紹定戊子三月得之高平范氏。贊曰：

觀水以心，本於知者之樂；取射以藝，譬諸巧者之中。時雖後先之不同，意或亡取而互用。句葩體莊，字謹心從。是曰仁宗太平之詞人。遺帖之存，固宜後世之知所重也。

鮑廷博　張子野詞跋

張都官以歌詞擅名當代，與柳耆卿齊名。尤以韻高，見推同調，「三中」「三影」，流聲樂府，至今艷稱之。而安陸集獨見遺於汲古閣六十家詞刻之外，誠詞壇憾事也。頃得緑斐軒鈔本二卷，凡百有六闋，區分宮調，猶屬宋時編次，喜付汗青。既又得亦園十家樂府，次爲補遺二卷，合計得一百八十八闋。於是，子野詞收拾無遺矣。昔東坡先生稱子野詩筆老妙，可以追配古人，歌詞乃其餘事。惜全集久亡，無從綴輯，以存其梗概耳。乾隆戊甲臘月朔，歙州鮑廷博識。

——知不足齋叢書本張子野詞

四庫全書總目安陸集提要

安陸集一卷、附録一卷。兵部侍郎紀昀家藏本。

宋張先撰。案仁宗時有兩張先，皆字子野。其一博州人，樞密副使張遜之孫。天聖三年（應作二年）進士，官至知亳州（應作亳州邑縣）。卒於寶元二年，歐陽修爲作墓志者是也。其一烏程人，天聖八年進士，官至都官郎中，即作此集者是也。道山清話竟以博州張先爲此張先，誤之甚矣。張鐸湖州府志稱，先有文集一百卷，惟樂府行於世。宋史藝文志載，先詩集二十卷。陳振孫十詠圖跋稱偶藏子野詩一帙，名安陸集，舊京本也。鄉守楊嗣翁見之，因取刻之郡齋云云。案：此跋載周密齊東野語。則振孫時其集尚存。然振孫作直齋書録解題，乃惟載張子野詞一卷，而無其詩集，殊不解何故也。自明以來，並其詞集亦不傳，故毛晉刻六十家詞，獨不及先。此本乃近時安邑葛鳴陽所輯，凡詩八首，詞六十八首。其編次雖以詩列詞前，而爲數無幾。今從其多者爲主，録之於詞曲類中，考蘇軾集有題張子野詩集後曰：「子野詩筆老妙，歌詞乃其餘技耳。華州西溪詩云：『浮萍破處見三影，野艇歸時聞草聲。』（案：石林詩話、瀛奎律髓「草聲」並誤作「棹聲」，近時安邑葛氏刊本據漁隱叢話改正。今從之。）與余和詩云：『愁似鰥魚知夜永，懶同蝴蝶爲春忙。』若此之類，皆可以追配古人，而世但稱其歌詞，昔周昉畫人物，皆入神品，而世俗但知有周昉士女。皆所謂『未見好德如好色者歟』云云。」然軾所舉二聯，皆涉纖巧。自此兩聯外，今所傳者惟吴江一首稍可觀。然「欲圖江色不上筆，静覓鳥聲深在蘆」一聯，亦有纖巧之病。平心而論，要爲詞勝於詩。當時以「張三影」得名，殆非無故。軾所題跋，當由好爲高論，未可據爲定評也。

——四庫全書總目卷一九八詞曲類

黄錫慶　安陸集序

北宋張子野安陸集詩詞，故人汪君冬巢手鈔本也。憶自壬辰汪君疾革，以此編屬余曰：「潮以生平精力半耗於詞，嚼徵含宫，抽黄儷白，追屯田之『柳岸』，步淮海之龍吟。嘗以『三影』舊無專刻，遂蒐求碎玉，採購遺珠，爇返魂之香，檢貯雲之篋，録此卷。久襲巾箱，顧以好古浸淫，探囊羞澀，雖楮毫之略備，愧梨棗之無資，讎校未遑，因循至此。子能爲我竟此志乎？」余敬聽而受之，嗣以銓曹聽鼓，春官濫竽，奔走京塵，轍無停晷。是以師承鮮實，然諾尚虚。茲聞故人隴墓，宿草已深，身後遺文，名山有托。冬巢所著若干卷，已付梓人，錫慶心儀。延陵挂劍之誠，敢負橋公鷄酒之約。不揣譾陋，用踐前言，庶冬巢之志可成，而余之責諾亦借以成矣。爰述其原，弁諸卷首。甘泉黄錫慶謹識。

——汪潮生所輯安陸集

丁丙　張子野詞一卷　明鈔本

宋張先撰，先字子野，吴興人。天聖八年進士。晏殊尹京兆，辟爲通判，歷官都官郎中，居錢塘，嘗創花月亭。張鐸湖州府志稱先有文集一百卷，惟樂府行於世。宋藝文志載先詩集二十卷。直齋書録解題載張子野詞一卷，自明以來，久罕流傳。汲古閣刻六十家詞，亦無先集。四庫著録者，乃安邑葛鳴陽所輯，名安陸集，凡詩八首，詞六十八首。右明鈔本詞一百二十九闋，後附東坡題跋，較爲完善，侯文燦編名家詞十卷，阮文達嘗推之。

——善本書室藏書志卷四〇

王鵬運　詹玉天遊詞跋

光緒甲申秋日，薄遊淇上，道出封丘，於敗肆中得鈔本詞一巨册，首尾斷爛，不可屬讀，完善者惟安陸詞及此耳。安陸詞後題云：「弘治丙辰二月花朝前四日，録於王氏館，復翁。」此本不知是否同時所録。然皆傳抄，非明本矣。癸巳春日，校付手民，亦元詞眉目也。吟湘病叟記。

黃錫禧　張子野詞跋

是本比侯亦園刻增多五十六闋，校注亦詳，惟誤標之調、後添之題，不免雜厠。引校異文，又間有顯係僞謬者，輒爲芟薙，以便繙覽，未敢質諸大雅也。己未三月黃錫禧識。

——彊村叢書張子野詞

朱孝臧　張子野詞校記

鮑刻張子野詞二卷、補遺二卷，原校稍繁，經江都黃子鴻芟正，仍著卷中，兹舉諸條，據黃氏改訂，或譔見所及者，疏記如右。孝臧。

——彊村叢書張子野詞校記

唐圭璋　張子野詞跋

子野詞一卷，有明鈔本，爲侯刻名家詞之底本，粟香室覆刻侯本，詞共一百三十首。四庫全書安陸集一卷，用葛鳴陽輯本，詞僅六十八首。鮑氏知不足齋本子野詞二卷，用緑斐軒鈔本，共一百六首，又補遺二卷，乃鮑氏從侯本及諸家採輯共七十九首，合計得詞一百八十五首。朱氏彊村叢書用黃錫禧校知不足齋本，最爲完善，末附蘇軾、鮑廷博、黃錫禧諸跋，並有朱氏校記及跋語。兹取朱氏本，而增入趙補二首，至滿庭芳（紅蓼花繁）一首、醉桃源（湘天風雨破寒初）一首、浣溪沙（錦帳重重）一首，並少游詞；夜行船（昨夜佳期）一首，乃謝絳詞；酒泉子五首、虞美人（畫堂新霽）一首、

（碧波簾幕）一首，並馮延巳詞；更漏子（星斗稀），乃温飛卿詞；蝶戀花（檻菊愁烟）一首、訴衷情（數枯金菊）一首，並晏殊詞；浣溪沙（水滿池塘）一首，乃趙令時詞；漢宮春（玉減香銷）一首，乃無名氏詞；生查子（含羞整翠鬟）一首、御街行（夭非花艷）一首、浣溪沙（樓倚春江）一首，並歐公詞；菩薩蠻（哀箏一弄）一首，乃晏幾道詞；菩薩蠻（牡丹含露）一首，乃唐人詞；阮郎歸（歌停鶯語）一首，乃東坡詞；三字令（春欲盡）一首，乃歐陽炯詞。茲並刪去。又歷代詩餘卷四載張先落梅風（宮烟如水）一首，據梅苑所載，乃無名氏之詞，因亦不補入。

——國立編譯一九三六年本全宋詞卷二五

劉攽　中山詩話一則

歐陽文忠公見張安陸，迎謂曰：「好，『雲破月來花弄影』。」

晁補之　評本朝樂府一則

張子野與柳耆卿齊名，而時以子野不及耆卿；然子野韻高，是耆卿所乏處。（吴曾能改齋漫録卷一六引）

陳師道　後山詩話二則

尚書郎張先善著詞，有云「雲破月來花弄影」、「簾幕卷花影」、「墜輕絮無影」，世稱誦之，號張三影。王介甫謂「雲破月來花弄影」，不如李冠「朦朧淡月雲來去」也。冠，齊人，爲六州歌頭，道劉、項事。慷慨雄偉。劉潛，大俠也，喜誦之。

杭妓胡楚、龍靚，皆有詩名。胡云：「不見當時丁令威，年來處處是相思。若將此恨同芳草，却恐青青有盡時。」張子野老於杭，多爲官妓作詞，與胡楚而不及靚。靚獻詩云：「天與羣芳十樣葩，獨分顔色不堪誇。牡丹芍藥人題遍，自分身如鼓子花。」子野於是爲作詞也。

張舜民　畫墁録一則

晏丞相殊領京兆，辟張先都官通判。一日，張議事府内，再三未答。晏公作色，操楚音曰：「本爲辟賢會道『無物似情濃』，今日却來此公事。」

范公偁　過庭録一則

張先子野郎中一叢花詞，一時盛傳，歐陽永叔尤愛之，恨未相識其人。子野家南地，以故至都，謁永叔，閽者以通，永叔倒屣迎之曰：「此乃桃杏嫁東風郎中。」東坡守杭，子野尚在，嘗預筵席，蓋年八十餘矣。

李清照　詞論一則

逮至本朝，禮樂文武大備。又涵養百餘年，始有柳屯田永者，變舊聲作新聲，出樂章集，大得聲稱於世。雖協音律，而詞語塵下。又有張子野、宋子京兄弟、沈唐、元絳、晁次膺輩繼出，雖時時有妙語，而破碎何足名家。至晏元獻、歐陽永叔、蘇子瞻，學際天人，作爲小歌詞，直如酌蠡水於大海，然

皆句讀不葺之詩爾。（胡仔苕溪漁隱叢話前集卷三三引）

葉夢得　石林詩話一則

張先郎中字子野，能爲樂府，至老不衰。居錢塘，蘇子瞻作倅時，先年已八十餘，視聽尚精强，家猶畜聲妓。子瞻嘗贈以詩云：「詩人老去鶯鶯在，公子歸來燕燕忙。」蓋全用張氏故事戲之。先和云：「愁似鰥魚知夜永，懶同蝴蝶爲春忙。」極爲子瞻所賞。然俚俗多喜傳詠先樂府，遂掩其詩聲，識者皆以爲恨云。（卷下）

許顗　彦周詩話一則

「燕燕于飛，差池其羽。之子于歸，遠送于野。瞻望弗及，泣涕如雨。」此真可泣鬼神矣。張子野長短句云：「眼力不知人，遠上溪橋去。」東坡送子由詩：「登高回首坡壠隔，唯見烏帽出復没。」皆遠紹其意。

吴曾　能改齋漫録一則

張子野長短句「雲破月來花弄影」，往往以爲古今絶唱。然予讀古樂府唐氏瑶暗别離云：「朱弦暗斷不見人，風動花枝月中影。」意子野本此。（卷八沿襲）

皇都風月主人　玉窗新話引楊湜古今詞話三則

張子野往玉仙觀，中路逢謝媚卿，初未相識，但兩相聞名。子野才韻既高，謝亦秀色出世，一見

慕悦，目色相授。張領其意，綴辔久而去，因作謝池春慢（繚墻重院）以叙一時之遇。（卷上）

晏元獻之子小晏善詞章，頗有父風。有寵人善歌舞，晏每作新詞，先使寵人歌之。張子野與小晏厚善，每稱賞寵人善歌。偶一日，寵人觸小晏細君之怒，遂出之。子野作碧牡丹一曲與小晏曰（引詞從略）。小晏見之，凄然與子野曰：「人生以適意爲貴，吾何咎之有。」乃多以金帛贖姬，及歸，使歌子野詞。（卷上）

張先字子野，嘗與一尼私約。其老尼性嚴。每卧於池島中一小閣上，俟夜深人静，其尼潛下梯，俾子野登閣相遇。臨别，子野不勝惓惓，作一叢花詞，以道其懷曰（引詞從略）。（卷上）

胡仔　苕溪漁隱叢話前集五則

遁齋閑覽云：「張子野郎中以樂章擅名一時。宋子京尚書奇其才，先往見之。遣將命者，謂曰：『尚書欲見「雲破月來花弄影」郎中乎？』子野屏後呼曰：『得非「紅杏枝頭春意鬧」尚書邪？』遂出，置酒盡歡。蓋二人所舉，皆其警策也。」

古今詩話云：「子野嘗作天仙子詞云：『雲破月來花弄影。』士大夫多稱之。張初謁見歐公，迎謂曰：『好！「雲破月來花弄影」，恨相見之晚也。』」二説未知孰是。

高齋詩話云：「子野嘗有詩云：『浮萍斷處見山影。』又長短句云：『雲破月來花弄影。』又云：『隔墻送過秋千影。』並膾炙人口，世謂『張三影』。」

後山詩話云：「尚書郎張先善著詞，有云『雲破月來花弄影』、『簾壓卷花影』、『墜柳絮無影』。世稱誦之，號張三影。」

古今詩話云：「有客謂子野曰：『人皆謂公張三中，即心中事、眼中淚、意中人也。』公曰：『何不目之爲張三影。』客不曉，公曰：『「雲破月來花弄影」、「嬌柔懶起，簾壓卷花影」、「柳徑無人，墜風絮無影」。此余平生所得意也。』」苕溪漁隱曰：細味三説，當以後山、古今詩話所載「三影」爲勝。（卷三七）

陸游　入蜀記一則

六月五日早抵秀州，以赴郡集以倅廨中，坐花月亭，有小碑，乃張先子野「雲破月來花弄影」樂章，云得句於此亭也。（卷一）

陳亮　復杜仲高書

別去第有悵仰，忽永康遞到所惠教，副以高文麗句，讀之一遍，見所謂「半落半開花有恨，一暗一雨春無力」，已令人眼動，及讀到「別纜解時風度緊，離觴盡處花飛急」，然後知晏叔原之「落花人獨立，微雨燕雙飛」，不得長擅美矣。「雲破月來花弄影」，何勞歐公之拳拳乎？世無大賢君子爲之主盟，徒使如亮輩得以肆其大嚼，左右至此亦屈矣。雖然，不足念也。

劉過　天仙子詞

强持檀板近芳樽，雲遏定。君須聽，低唱「月來花弄影」。

方回等　瀛奎律髓匯評一則

張先西溪無相院詩：「積水涵虚上下清，幾家門静岸痕平。浮萍破處見山影，小艇歸時聞棹聲。入郭僧尋塵裏去，過橋人似鑒中行。已憑暫雨添秋色，莫放修林礙月生。」

方回：此東坡所稱三、四聯。子野詩集湖州有之，近亡其本。

馮班：不獨三、四好，五、六亦好。

李光垣：應云「此三、四一聯東坡所稱」。

馮舒：此公一生只會「影」字。

查慎行：三、四小巧而鮮新。

紀昀：三、四有致，宜爲東坡所稱，然氣象未大，頗近詩餘，五句作意而笨。（卷四七）

燕南芝庵　唱論一則

近世所謂大樂，蘇小小蝶戀花、鄧千紅望海潮、蘇東坡念奴嬌、辛稼軒摸魚子、晏叔原鷓鴣天、柳耆卿雨霖鈴、吴彦高春草碧、朱淑真生查子、蔡伯堅石州慢、張先天仙子也。

王世貞　藝苑巵言二則

花間以小語致巧，世説靡也。草堂以麗字取妍，六朝隃也。即詞號稱詩餘，然而詩人不爲也。何者？其婉孌而近情也，足以移情而奪嗜。其柔靡而俗也，詩嘽緩而就之，而不知其下也。之詩而詞，非詞也；之詞而詩，非詩也。言其業，李氏、晏氏父子、耆卿、子野、美成、少游、易安至矣，詞之正宗也。温、韋艷而促，黄九精而險，長公麗而壯，幼安辨而奇，又其次也，詞之變體也。詞興而樂府亡矣，曲興而詞亡矣，非樂府與詞之亡，其調亡也。

張子野青門引、万俟雅言梅花引、青玉案，句字俱佳。

楊慎　詞品五則

白樂天之詞，望江南三首在樂府，長相思二首見花庵詞選。予獨愛其「花非花」一首云：「花非花，霧非霧。夜半來，天明去。來時春夢不多時，去似朝雲無覓處。」蓋其自度之曲，因情而生文也。花非花，霧非霧，雖高唐、洛神，奇麗不及也。張子野衍之爲御街行，亦有出藍之色。（卷一）

宋賈黄中幼日聰明過人。父取書與其身相等，令誦之，謂之等身書。張子野歸朝歡詞云（引詞從略）。此詞極工，全録之。不觀賈黄中傳，知等身金爲何語乎？（卷一）

詩「膚如凝脂」，凝音佞。唐詩「日照凝紅香」、白樂天詩「落絮無風凝不飛」，又「舞繁紅袖凝，歌切翠眉愁」，又「舞急紅腰凝，歌遲翠黛低」，徐幹臣詞「重省，別時淚漬，羅巾猶凝」，張子野詞「蓮臺香燭殘痕凝」，高賓王詞「想蓯汀，水雲愁凝，猿鶴悲吟」，柳耆卿詞「愛把歌喉當筵逞，遏天邊，亂雲愁凝」，今多作平韻，失之，音律亦不協也。（卷一）

張子野減字木蘭花云：「垂螺近額。……」又晏小山詞云：「垂螺拂黛青樓女。」又云：「雙螺未學同心綰，已占歌名。……」又云：「紅窗碧玉新名舊，猶綰雙螺。……」垂螺、雙螺，蓋當時角妓未破瓜時髮飾之名。今秦中妓搬演旦色，猶有此制。（卷二）

李師師，汴京名妓。張子野爲制新詞，名師師令。略云：「蜀彩衣長勝未起。縱亂雲垂地。正值殘英和月墜。寄此情千里。」秦少游亦贈之詞云：「看遍潁州花，不似師師好。」後徽宗微行幸之，見宣和遺事。瓮天脞語又載，宋江潛至李師師家，題一詞於壁云：（引詞從略）。小詞盛於宋，而劇賊亦工如此。（拾遺）

新刻注釋草堂詩餘評林李廷機評語五則

宴春臺慢（麗日千門） 人間之富貴，俱見此詞。詞令上品。（卷一）

浣溪沙（樓倚春江百尺高） 張三影洞徹閨怨，方能摹寫如此。（卷二）

青門引（乍暖還輕冷） 張三影胸次超脱，啓口自是不凡。（卷三）

天仙子（水調數聲持酒聽） 張子野作樂詞，有「三中」、「三影」，果奇拔，爲騷弦絶唱，至今誦之，快耳賞心。（卷三）

歸朝歡（聲轉轆轤聞露井）　此詞洞徹閨怨，瞭然在目。（卷三）

卓人月　詞統一則

張先以「三影」名者，因其中有三「影」字，故自譽也。然以「雲破月來花弄影」爲最，餘二「影」字不及。

草堂詩餘楊慎評語三則

生查子（含羞整翠鬟）　「蕉雨」最不可聽。（卷一）

醉落魄（雲輕柳弱）　古人詩詞詠吹笛者多用梅花落事，如此用法便新警。（卷二）

天仙子（水調數聲持酒聽）　「雲破月來花弄影」，景物如畫，畫亦不能至此。絶倒！絶倒！（卷二）

精選古今詩餘醉潘游龍評語三則

謝池春慢（繚墻重院）　後叠秀艷，下直入古歌。（卷四）

一叢花令（傷高懷遠幾時窮）　「不如桃杏」，恁地情蕩。（卷八）

生查子（含羞整翠鬟）　「鎖」字入此處，甚有致。（卷一四）

古今詞統二則

一斛珠（雲輕柳弱）　人羡湯若士（顯祖）「丹青女易描，真色人難學」之句，不知爲子野所創。

（卷八）

一叢花（傷春懷遠幾時窮）　還魂記妙語皆出於子野。（卷一〇）

草堂詩餘沈際飛評語十二則

青門引（乍暖還輕冷）　懷則自觸，觸則愈懷，未有觸之至此極。（正集卷一）

生查子（含羞整翠鬟）　「雁柱」二句，摹彈箏神。「鎖」字入此處致甚。（正集卷一）

浣溪沙（樓倚春江百尺高）　「今宵」應「暮烟」句，曰「日長」，又味愈深。（正集卷一）

天仙子（水調數聲持酒聽）　「雲破月來」句，心與景會，落筆即是，着意即非，故當膾炙。（正集卷二）

醉落魄（雲輕柳弱）　香生色真，真佳人如是。淺破櫻桃，非佳人無此吹口。「蕁」字、「角」字，狀景愈細。（正集卷二）

宴春臺慢（麗日千門）　「雕觴」六句，致。「猶有花上月」二句，清貴説得住。（正集卷三）

歸朝歡（聲轉轆轤聞露井）　「西園人語夜來風」二句，嬌軟工新。「有情無物不雙棲」二句，桂英詩：「靈沼文禽皆有匹，仙園美木盡交枝。無情微物猶如此，何事風流言別離。」可以釋此。（正集卷五）

一叢花令（傷高懷遠幾時窮）　「不如桃杏」，則不如者多矣，有傷深情。（別集卷三）

謝池春慢（繚墻重院）　望若圖綉，丹青奇分，似古歌。（别集卷三）

師師令（香鈿寶珥）　「學妝皆道稱時宜」四句，能换字句，協節。「不須回扇障清歌」四句，辛妍。（後集卷三）

西江月（憶昔錢塘話别）　言者聽者俱苦。（續集卷上）

醉桃源（落花浮水樹池）　波折宛轉。（續集卷三）

朱彝尊　静志居詩話一則

張子野吴興寒食詞：「中庭月色正清明，無數楊花過無影。」余嘗嘆其工絶，在世所傳「三影」之上。詠梅者類取於「疏影」、「暗香」，侍郎（指林漢翀）獨以無影形容之，亦奪胎也。詩云：「玉蕊含風香，苔枝帶霜冷。夜静月冥濛，空庭卧無影。」（卷一六「林漢翀」條）

李調元　雨村詞話一則

「張三影」已勝稱人口矣，尚有一詞云：「無數楊花過無影。」合稱之名「四影」。

李漁　窺詞管見一則

琢句煉字，雖貴新奇，亦須新而妥，奇而確。妥與確，總不越一理字。欲望句之驚人，先求理之服衆。時賢勿論，吾論古人。古人多工於此技，有最服予心者，「雲破月來花弄影」郎中是也。有蜚聲千載上下，而不能服强項之笠翁者，「紅杏枝頭春意鬧」尚書是也。「雲破月來」句，詞極尖新，而實爲理之所有。若紅杏之在枝頭，忽然加一「鬧」字，此語殊難着解。爭鬥有聲之謂鬧，桃李爭則有之，紅杏鬧春，予實未之見也。「鬧」字可用，則「吵」字、「鬥」字、「打」字，皆可用矣。宋子京當日以此噪名，人不呼其姓氏，意以此作尚書美號，豈由尚書二字起見耶？予謂「鬧」字極粗極俗，且聽不入耳，非但不可加於此句，並不當見之詩詞。近日詞中，爭尚此字者，子京一人之流毒也。

沈謙　填詞雜説一則

「紅杏枝頭春意鬧」、「雲破月來花弄影」，俱不及「數點雨聲風約住，朦朧淡月雲來去」。予嘗謂李後主拙於治國，在詞中猶不失爲南面王，覺張郎中、宋尚書，直衙官耳。

賀裳　皺水軒詞筌一則

唐李益詞曰：「嫁得瞿唐賈，朝朝誤妾期。早知潮有信，嫁與弄潮兒。」子野一叢花末句云：「沈恨細思，不如桃杏，猶解嫁東風。」此皆無理而妙，吾亦不敢定爲所見略同，然較之「寒鴉數點」，則略無痕跡矣。

賀裳　載酒園詩話一則

樂天：「丘墟北門外，寒食誰家哭？風吹曠野紙錢飛，古墓累累春草緑。棠梨花映白楊樹，盡是死生離別處。冥冥重泉哭不聞，瀟瀟暮雨人歸去。」東坡易以「烏飛鵲噪昏喬木，清明寒食誰家哭」，此如美人梳掠已竟，增插一釵，究其美處豈繫此？至張子野衍其「花非花」爲小詞，則掖庭之流入北里也。

許昂霄　詞綜偶評四則

蘋牡丹（野緑連空）　前闋説舟中，後闋説琵琶，末句即香山所謂「唯見江心秋月白」也。

踏莎行（衾鳳猶温）「映花避月上行廊」二句，是一幅美人曉起圖。

醉落魄（雲輕柳弱）「生香真色人難學」以上寫美人。「横管孤吹，月淡天垂幕」以下説吹笛。「倚樓人在闌干角」，暗用唐詩。

生查子（含羞整翠鬟）　玩後四句，乃是憶彈箏之人而作，非詠箏也。

木蘭花（西湖楊柳風流絶）「驪駒應亦解人情，欲出重城嘶不歇」，與小山玉樓春結二語相似。

先著　詞潔四則

青門引（乍暖還輕冷）　子野雅淡處，便疑是後來姜堯章出藍之助。（卷一）

醉落魄（雲輕柳弱）「生香真色」四字，可以移評石帚、玉田之詞。（卷二）

繫裙腰（惜霜淡照夜雲天）　以「憐偶」字隱語入詞，亦清便可人。（卷二）

師師令（香鈿寶珥）　白描手法，爲姜白石之前驅。（卷三）

周曾錦　卧廬詞話一則

張子野詞「雲破月來花弄影」、「嬌柔懶起，簾壓卷花影」、「柳徑無人，墜飛絮無影」，人因目之爲

「張三影」。余按子野詞，又有句云「隔墻送過秋千影」，又云「中庭月色正清明，無數楊花過無影」，又詩句云「浮萍破處見山影」，語並精妙，然不止「三影」也。此公專好繪影，亦是一癖。又按「柳徑無人」二句，子野詞集作「柔柳摇摇，墜輕絮無影」。

沈雄　古今詞話詞辨二則

天仙子萬斯年曲　樂府解題曰：「龜茲樂也，教坊記有是名。」詞譜爲黄鐘宫曲。朱崖李太尉爲應製體，花間集多賦天台仙子，單調也，有平、仄二體。韋莊詞：「金似衣裳玉似身。眼如秋水鬢如雲。霞裾玉帔一羣羣。來洞口，望烟分。劉阮不歸春日曛。」和凝詞：「洞口春紅飛蔌蔌。仙子含愁眉黛緑。阮郎何事不歸來，懶燒金，慵篆玉。流水桃花空斷續。」又韋莊詞：「深夜歸來長酩酊。扶入流蘇猶未醒。醺醺酒氣麝蘭和。驚夢覺，笑呵呵。長道人生能幾何。」三詞俱不體。其張先所賦「雲破月來花弄影」，則又仄韻雙調不在此選者。（卷上）

王阮亭曰：彭羨門善於言情，春暮之什，亦自矜勝。詞云：「鶯擲金梭，柳抛翠縷。盈盈嬌眼慵難舉。落花一夜嫁東風，無情蜂蝶輕相許。尺五樓臺，秋千笑語。青鞋濕透胭脂雨。流波千里送春歸，棠梨開盡愁無主。」此即張子野「不如桃杏，猶解嫁東風」也。賀黄公謂其無理而入妙，羨門「落花一夜嫁東風，無情蜂蝶輕相許」句，愈無理則愈入妙，便與解人參之，亦不易易。（卷上）

劉體仁　七頌堂詞繹一則

詞亦有初、盛、中、晚，不以代也。牛嶠、和凝、張泌、歐陽炯、韓偓、鹿虔扆輩，不離唐絶句，如唐之初未脱隋調也，然皆小令耳。至宋則極盛，周（邦彦）、張（先）、柳（永）、康（與之），蔚然大家。至姜白石、史邦卿，則如唐之中。而明初比唐晚，蓋非不欲勝前人，而中實枵然，取給而已，於神味處，全未夢見。

陳錫銘　黄妳餘話一則

「欲見『雲破月來花弄影』郎中」，此宋子京語也。范公偁過庭録謂張子野一叢花詞云：「不如桃杏，猶解嫁東風。」歐陽永叔愛之。子野謁永叔，永叔倒屣迎之，曰：「此乃桃杏嫁東風郎中。」歐公標目，又與小宋不同。世但知子野以「三影」自夸，否則稱爲「張三中」而已。

尤侗　詞苑叢談序一則

詞之係宋，猶詩之係唐也。唐詩有初、盛、中、晚，宋詞亦有之。唐之詩，由六朝樂府而變。宋之詞，由五代長短句而變。約而次之，小山、安陸，其詞之初乎。淮海、清真，其詞之盛乎。石帚、夢窗，似得其中。碧山、玉田，風斯晚矣。……詞之見於話者，如後主之「小樓昨夜」，延巳之「一池春水」，子京之「紅杏枝頭」，子野之「雲破月來」，東坡之「大江東去」，耆卿之「曉風殘月」，少游之「山抹微雲」，美成之「並刀如水」，澤民之「淚濕闌干」，教授之「鬢邊一點」，皆其膾炙齒牙者。

歷代詩餘引古今詞話一則

謝池春慢（繚墻重院）　子野往玉仙觀道中逢謝媚卿，作謝池春慢，一時傳唱幾遍。（卷一一四）

萬樹　詞律二則

慶春澤（飛閣危橋相倚）　「絮」字非韻，乃三影借葉也。杜文瀾按：「絮」字讀作「枲」，轉入八霽，便可與四紙通。然終是出韻，不可爲法。（卷一〇）

歸朝歡（聲轉轆轤聞露井）　子野用字繁密，自在蘇、辛之上。（卷一八）

欽定詞譜一則

慶春澤（飛閣危橋相倚）　「絮」在六御韻，屬角音。通首所用，乃四紙韻，屬徵音，本不相通，詞律注：「借葉。」無據。或曰吴越間方言「絮」讀「枲」，轉入八霽，便可與四紙通。（卷一四）

翁方綱　石洲詩話一則

張子野吴江七律，於精神豐致，兩擅其奇，不獨西溪無相院之句膾炙人口也。過和靖居亦絶唱。（卷三）

潘代輿　養一齋詩話一則

張子野湖州西溪詩：「浮萍斷處見山影，野艇歸時聞草聲。」上句佳，却似詩；下句不佳，尚是詩，個中消息當參（卷五）。

錢裴仲　雨華盦詞話一則

柳七詞中，美景良辰、風流憐惜等字，十調九見。即如雨淋鈴一闋，只「今宵酒醒」二句膾炙人口，實亦無甚好處。張、柳齊名，秦、黄並譽，冤哉！

黄蘇　蓼園詞選四則

生查子（含羞整翠環）　按「一一」字，從「頻」字生來，「春鶯」語，從「得意」字生來。前一闋，寫得意時情懷，無限旖旎。次一闋，寫別後情懷，無限凄苦，胥於箏寓之。凡遇合無常，思婦中年，英雄末路，讀之皆淚下。

青門引（乍暖還輕冷）　沈際飛曰：「懷則愈觸，觸則愈懷，未有觸之至此極者。」按落寞情懷，寫來幽雋無匹。不得志於時者，往往借閨情以寫其幽思。角聲而曰「風吹醒」，「醒」字極尖刻。至末句「那堪」、「送影」，真是描神之筆，極希窅渺之致。

醉落魄（雲輕柳弱）　「雲輕柳弱」，寫佳人神韻清遠。「生香真色」，尤爲高雅。至「聲入霜林」，「梅」亦能「落」，此又是真藝矣。寫得佳人色藝天然。惟一「真」字，豈是尋常所有寫佳人耶？借佳人以寫照耶？須玩味於筆墨之外，方可不是買櫝還珠也。

天仙子（水調數聲持酒聽）　按子野進士，爲都官郎中。此詞或繫未第時作。子野吴興人。聽以沙禽與花自喻也。「重重」三句，言多蔽障也。結句仍繳送春本題，恐其時之晚也。

水調而愁，爲自傷卑賤也。「送春」四句，傷其時光易去，而後期茫茫也。「沙上」句，言其所居岑寂，

田同之　西圃詞説一則

華亭宋尚木征璧曰：「吾於宋詞得七人焉，曰永叔秀逸，子瞻放誕，少游清華，子野娟潔，方回鮮清，小山聰俊，易安妍婉。若魯直之蒼老，而或傷於頽；介甫之劖削，而或傷於拗；无咎之規檢，而或傷於樸；稼軒之豪爽，而或傷於霸；務觀之蕭散，而或傷於疏。此皆所謂我輩之詞也。」

王奕清等　歷代詞話一則

子野詞勝乎情，耆卿情勝乎詞。詞情相稱，少游一人而已。（卷四）

張崎亭　論詞絶句一首

一身花月張三影，千古評來此射雕。儷白把酒詞愈妙，好教風調繼南朝。（習静齋詩話卷三引）

譚瑩　論詞絶句一首

歌詞餘技豈知音，三影名胡擅古今。碧牡丹纔歌一曲，頓令同叔也情深。

厲鶚　論詞絶句一首

張柳詞名枉並駕，格高韻勝屬西吴。可人風絮墜無影，低唱淺斟能道無。（樊榭山房集卷七）

紀昀　閱微草堂筆記一則

李秋崖與金谷村嘗秋夜坐濟南歷下亭，時微雨新霽，片月初生。秋崖曰：「韋蘇州『流雲吐華月』句興象天然，覺張子野『雲破月來花弄影』句便多少著力。」谷村未答，忽暗中人語曰：「豈但著力不著力，意境迥殊。一是詩語，一是詞語，格調亦迥殊也。即如花間集『細雨濕流光』句，在詞家爲妙，在詩家則靡靡矣。」愕然驚顧，寂寞無一人。（卷一七）

張惠言　詞選序一則

宋之詞家，號稱極盛。然張先、蘇軾、秦觀、周邦彦、辛棄疾、姜夔、王沂孫、張炎，淵淵乎文有其質焉。其蕩而不返，傲而不理，枝而不物，柳永、黄庭堅、劉過、吴文英之倫，亦各引一端，以取重於當世。而前數子者，又不免有一時放浪通脱之言出於其間。後進者彌以馳逐，不務原其指意，破折乖刺，壞亂而不可紀。故自宋之亡而正聲絶，元之末而規矩隳。

吴衡照　蓮子居詞話二則

張子野師師令，相傳爲贈李師師作。按子野天聖八年進士，見齊東野語。至熙寧六年，年八十五，見東坡集。熙寧十年，年八十九卒，見吴興志。自子野之卒，距政和、重和、宣和年間，又三十餘年，是子野已不及見師師，何由而爲是言乎？調名師師令，非因李師師也。好事者率意附會，並忘子野年幾何矣，豈不疏歟！（卷一）

詞至南宋，始極其工。秀水創此論，爲明季孟浪言詞者示救病刀圭，意非不足。夫北宋也，蘇之大，張之秀，柳之艷，秦之韻，周之圓融，南宋諸老，何以尚兹！（卷四）

宋翔鳳　樂府餘論一則

張子野慶春澤「飛閣危橋相倚。人獨立，東風滿衣輕絮」以「絮」字葉「倚」，用方音也。後姜堯章齊天樂，以「此」字葉「絮」字，亦此例。

周濟　宋四家詞選目録序論一則

子野清出處、生脆處，味極雋永，只是偏才，無大起大落。

丁紹儀　聽秋聲館詞話二則

昔張子野有「雲破月來花弄影」、「嬌柔懶起，簾幕卷花影」、「柔柳摇摇，墜輕絮無影」句，自詡爲「張三影」。尚有「隔墻送過秋千影」、「無數楊花過無影」二語，均工絶。（卷五）

張子野師師令云：「香鈿寶珥……」蓋爲汴京妓李師師作。秦少游亦贈以生查子云：「遠山眉黛長……」後爲周美成所眷，爲賦少年遊云：「並刀如水……」耆舊續聞謂記徽宗幸師師家事，美成因此事幾被譴，師師聲價鄭重可知。乃劉屏山汴都紀事詩云：「輦轂繁華事可傷，師師垂老過湖湘。縷衣檀板無顏色，一曲當時動帝王。」是其末路仳離，與唐時泰娘絶相類。較明之王嬙、卞玉京所遇尤不如。惟子野係仁宗時人，少游於哲宗初貶死藤州，均去徽宗時甚遠，豈宋有兩師師耶？

（卷一七）

劉熙載　藝概詞概二則

宋子景詞是宋初體。張子野始創瘦硬之體，雖以佳句互相稱美，其實趣尚不同。

詞貴得本地風光，張子野遊垂虹亭作定風波有云：「見説賢人聚吴分。試問。也應傍有老人星。」是時子野年八十五，而坐客皆一時名人，意確而語自然，洵非易到。

蔣敦復　芬陀利室詞話

三影句，説者不一，余與之審定，爲「無數楊花過無影」、「隔墻送過秋千影」、「雲破月來花弄影」三語。（卷三）

江順詒　詞學集成三則

香研居詞麈，歙方成培撰。深明音律之源，語多可採。……宫調發揮云：「宋時知音者，或先制腔而後實之以詞，如楊元素先自制腔，張子野、蘇東坡填詞實之，名勸金船；范石湖制腔，而姜堯章填詞實之，名玉梅令是也。」（卷一）

常州張皋文先生校録唐宋詞凡四十四家，僅一百十六首，可謂嚴也。其序論曰：「宋之詞家，號爲極盛。張先、蘇軾、秦觀、周邦彦、辛棄疾、姜夔、王沂孫、張炎，淵淵乎有其文焉。其蕩而不返，傲而不理，枝而不物，柳永、黄庭堅、劉過、吴文英之倫，亦各引端，以取重當時。而前數子者，又不免有一時放浪通脱之言出於其間。後進彌以馳逐，不務原其旨意，破折乖刺，壞亂而不可紀。」詒案：此論高出流輩，發前人所未發。（卷一）

比詞於詩，原可以初、盛、中、晚論，而不可以時代後先分。如南唐二主似唐之初，秦、柳之瑣屑，周、張之纖靡，已近於晚。北宋惟李易安差强人意。至南宋白石、玉田，始稱極盛，而爲詞家之正軌。以辛擬太白，以蘇擬少陵，尚屬閏統。竹山、竹屋、梅溪、碧山、夢窗、草窗，則似中唐退之、香山、昌谷、玉谿之各臻其極。（卷一）

張德瀛　詞徵一則

同叔之詞温潤，東坡之詞軒驍，美成之詞精邃，少游之詞幽艷，无咎之詞雄邈，北宋惟五子可稱大家。若柳耆卿、張子野，則又當時翕然嘆服者也。（卷五）

蔣兆蘭　詞説一則

歐陽、大小晏、安陸、東山，皆工小令，足爲師法。詞家醉心南宋慢詞，往往忽視小令，難臻極詣。鄙意此道，要當特致一番功力於温、韋、李、馮諸作，擇善揣摩，浸淫沉潛，積而久之，氣韻意味，自然醇厚不復薄索。蓋宋初諸公，亦正從此道來也。

許寶善　自怡軒詞選二則

醉落魄（雲輕柳弱）　子野詞亦復真色生香。（卷一）

青門引（乍暖還輕冷）　古今詩話：「有人謂子野曰：『人皆謂公張三中，心中事、眼中淚、意中人也。』公曰：『何不曰爲張三影，「雲破月來花弄影」、「嬌柔懶起，簾押卷花影」、「柳徑無人，墜飛絮無影」，此余平生所得意也。』」似此則加上「隔墻送過秋千影」，應目爲「張四影」矣。（卷一）

謝章鋌　賭棋山莊詞話二則

論言：自制氏去而古義亡，四始衰而雅音溺。樂勝則流，詩降爲曲。雖燥濕所感，生民大情。而政府相推，品物恒性。文辭繁詭，則靡而非典。才情異區，斯麗而有則。有唐中葉，創始倚聲。俎豆青蓮，宗祧囉嗊。温飛卿助教之年，杜紫微制誥之日。易梵唄爲艷曲，雜紇那於鐃吹。雙聲單調，綱領之要可指；側犯换頭，情變之數易濫。迨至五代，風流彌劭。孟蜀花間，南唐蘭畹，或沿波於初造，或尋條於後時。「小樓吹徹」，「水殿風來」，君臣閑作，互相嘈哄。以至深宫剗襪之辭，秘監欹梳之作，莫不流播旗亭，傳歌酒肆。然而綺縟爲多，柔靡不少。豐藻克贍，而風骨不飛；振綵失鮮，則負聲無力。斯言諒矣。洎乎天水徵祥，斯學不墜。元祐、慶曆，代不乏人。晏元獻之辭致婉約，蘇長公之風情爽朗。豫章、淮海，掉鞅於詞壇；子野、美成，聯鑣於藝苑。幽索如屈宋，悲壯如蘇李，固已同祖風騷，力求正始。君子正其文，瞽師調其器，厥功所存，良可嘉嘆。然而畛域猶存，涯度未遠。争價一句之奇，麗採百字之偶。大成之集，遺以來喆。若夫學士「微雲」，郎中「三影」。尚書「紅杏」之篇，處士「春草」之什。柳屯田「曉風殘月」，文潔而體清；李清照「落日暮雲」，慮周而藻

密。綜述性靈，敷寫器象，蓋駸駸乎大雅之林。（卷三）

融齋謂詞喻諸詩，東坡、稼軒，李、杜也。耆卿，香山也。白石、玉田，大曆十子也。其有似韋蘇州者，張子野也。（卷三）

陳廷焯　詞則十一則

翦牡丹（野綠連空）　子野善押「影」字韻，特地精神。（大雅集卷一）

青門引（乍暖還輕冷）　韻流弦外，神泣個中。耆卿而後，聲調漸變，子野猶多古意。（大雅集卷二）

卜算子（夢短寒夜長）　饒有古意。（大雅集卷二）

木蘭花（西湖楊柳風流絶）　「驪駒」二句，較叔原「紫騮認得舊遊踪，嘶過畫橋東畔路」，更覺有味。（閑情集卷一）

減字木蘭花（垂螺近額）　子野詞最爲近古，耆卿而後，聲色大開，古調不復彈矣。（閑情集卷一）

醉落魄（雲輕柳弱）　情詞並茂，姿態横生，李端叔謂子野才短情長，豈其然歟？（閑情集卷一）

碧牡丹（步帳摇紅綺）　深情綿邈，晏公聞之，能無動心耶？（閑情集卷一）

浣溪沙（樓倚春江百尺高）　造語别致。（别調集卷一）

惜瓊花（汀蘋白）　春去秋來。「而今」二字，含無數别感。結得孤遠。（别調集卷一）

漁家傲（巴子城頭青草暮）　筆意高古。情必深，語必古。（別調集卷一）

醉垂鞭（雙蝶綉羅裙）　蓄勢在一結，風流壯麗。（別調集卷一）

陳廷焯　雲韶集二則

慶春澤（飛閣危橋相倚）　無人整妝亦常事耳，却寫得如許情態，如許哀怨，情詞淒凉。（卷二）

天仙子（水調數聲持酒聽）　繪影繪色，神來之筆。筆致爽直，亦芊綿，最是詞中高境。（卷三）

陳廷焯　詞壇叢話二則

張子野詞，才不大而情有餘，別於秦、柳、晏、歐諸家，獨開妙境，詞中不可無此一家。

張子野吊林君復詩「烟雨詞亡草更青」，蔡君謨寄李良定詩「多麗新詞到海邊」，一篇之工，見之吟詠。「山抹微雲秦學士」，「露華倒影柳屯田」，「曉風殘月柳三變」，「滴粉搓酥左與言」，一句之工，形諸口號。他如「賀梅子」、「張三影」、「王桐花」、「崔黄葉」、「崔紅葉」、「竹影詞人」之類，古今不可悉數，品騭自應不爽。

陳廷焯　白雨齋詞話（足本）十二則

唐五代詞，不可及處，正在沉鬱，然如子野、少游、美成、白石、碧山、梅谿諸家，未有不沉鬱者。即東坡、方回、稼軒、夢窗、玉田等，似不必盡以沉鬱勝，然其佳處，亦未有不沉鬱者。詞中所貴，尚未可以知耶。（卷一）

張子野詞，古今一大轉移也。前此則爲晏、歐，爲温、韋，體段雖具，聲色未開；後此則爲秦、柳，爲蘇、辛，爲美成、白石，發揚蹈厲，氣局一新，而古意漸失。子野適得其中，有含蓄處，亦有發越處。但含蓄不似温、韋，發越亦不似豪蘇膩柳，規模雖隘，氣格却近古。自子野後，一千年來，温、韋之風不作矣！益令我思子野不置。（卷一）

張子野之「舞徹梁州，頭上宮花顫未休」，陳無己之「彈到斷腸時，春山眉黛低」，劉潛夫之「貪與蕭郎眉語，不知舞錯伊州」，均無害爲婉雅。而余所愛者，則張子野「望極藍橋，正暮雲千里，幾重山，幾重水」，司馬公之「相見争如不見，有情還似無情」，周美成之「舊時衣袂，猶有東風淚」，賀方回之「芭蕉不展丁香結，枉望斷天涯，兩厭厭風月」。……皆極其雅麗，極其凄秀。（卷六）

蓮子居詞話云：「蘇之大，張之秀，柳之艷，秦之韻，周之圓融，南宋諸老，何以尚兹。」此論殊屬淺陋。謂北宋不讓南宋則可，而以秀艷等字尊北宋則不可。如徒曰「秀」、「艷」、「圓融」而已，則北宋豈但不及南宋，並不及金、元矣。至於耆卿與蘇、張、周、秦並稱，而數方回，亦爲無識。又以「秀」字目子野，「韻」字目少游，「圓融」字目美成，皆屬不切。即以「大」字目東坡，「艷」字目耆卿，亦不甚確。大抵北宋之詞，周、秦兩家，皆極頓挫沉鬱之妙，而少游托興尤深，美成規模較大，此周、秦之異也。子野詞，於古雋中見深厚；東坡詞，則超然物外，別有天地；而江南賀老，寄興無端，變化莫測，亦豈出諸人下哉！此北宋之雋，南宋不能過也。若耆卿詞，不過長於言情，語多凄秀，尚不及

晏小山，更何能超越方回，而與周、秦、蘇、張並峙千古也。（卷四）

王介甫謂張子野「雲破月來花弄影」，不及李世英「朦朧淡月雲來去」。此僅就一句言之，未觀全體，殊覺武斷。即以一句論，亦安見其不及也？（卷七）

張子野詞，最見古致。如云：「江水東流郎在西，問尺素、何由到？」情詞凄怨，猶存古詩遺意。後之爲詞者，更不究心於此。（卷八）

宋人如「紅杏尚書」、「賀梅子」、「張三影」、「山抹微雲秦學士」、「露華倒影柳屯田」、「曉風殘月柳三變」、「滴粉搓酥左與言」之類，皆以一語之工，傾倒一世。宋與柳、左無論矣，獨惜張、秦、賀三家，不乏杰作，而傳詠者轉以次乘，豈白雪、陽春，竟無和者歟？爲之三嘆！（卷八）

子野吊林君復詩：「烟雨詞亡草更青。」蔡君謨寄李良定詩：「多麗新詞到海邊。」此則一篇之工，見諸吟詠。然亦其人並非專家，故不惜以一篇之工，藝林傳播。「國朝崔黄葉」、「崔紅葉」，亦猶是也。至「賀梅子」、「張三影」、「秦學士」，詞品超絶，而亦以一語之工得名，致與諸不工詞者同列，則亦安用此知己也！（卷八）

聲名之顯晦，身份之高低，家數之大小，只問其精與不精，不係乎著作之多寡也。子建、淵明之詩，所傳不滿百首，然較之蘇、黄、白、陸之數千百首者，相越何止萬里。詞中如飛卿、端己、正中、子野、東坡、少游、白石、梅溪諸家，膾炙人口之詞，多不過二三十闋，少則十餘闋或數闋，自足雄峙千

古，無與爲敵。近人以多爲貴，卷帙裒然，佳者不獲一二闋，吾雖以之覆酒甕、覆醬瓿，猶恐汚吾酒醬也。（卷一〇）

唐、宋名家，流派不同，本原則一。論其派別，大約温飛卿爲一體皇甫子奇、南唐二主附之。韋端己爲一體牛松卿附之。馮正中爲一體唐五代諸詞人以暨北宋晏、歐、小山附之。張子野爲一體，秦淮海爲一體柳詞高者附之。蘇東坡爲一體，賀方回爲一體毛澤民、晁具茨高者附之。周美成爲一體竹屋、草窗附之。辛稼軒爲一體張、陸、劉、蔣、陳、杜合者附之。姜白石爲一體，史梅谿爲一體，吴夢窗爲一體，王碧山爲一體黄公度、陳西麓附之。張玉田爲一體。其間惟飛卿、端己、正中、淮海、美成、梅谿、碧山七家殊途同歸，餘則各樹一幟，而皆不失其正，東坡、白石尤爲矯矯。（卷一〇）

余擬輯古今二十九家詞選，附四十二家。約二十卷。有唐一家：附一家。温飛卿附皇甫子奇。五代三家：附四家。李后主、附中宗。韋端己、附牛松卿、孫光憲。馮延巳。附李珣。北宋七家：附六家。歐陽永叔、附晏元獻。晏小山、張子野、蘇東坡、秦少游、附柳耆卿、毛澤民、趙長卿。賀方回、周美成。附陳子高、晁具茨。南宋九家：附八家。辛稼軒、附朱敦儒、黄公度、劉克莊、張孝祥、劉改之、陸放翁、蔣竹山。姜白石、高竹屋、史梅谿、吴夢窗、陳西麓、周草窗、王碧山、張玉田。元代一家：附二家。張仲舉。附彭元遜、末附金之元遺山。國朝八家：附二十一家。陳其年、附吴梅村、曹潔躬、尤梅庵、鄭板橋。曹珂雪、附彭駿孫、徐電發、嚴藕漁。朱竹垞、附李分虎、李符曾、王阮亭、董文友。厲太鴻、附黄石牧。史位存、附王小山、王香雪。趙璞函、附過湘雲、吳竹嶼。張皋文、附張翰風、李申耆、鄭善長。莊中白。附蔣鹿潭、譚仲修。……此選大意務在窮源竟委，故取其正，兼取其變，爲利於初學。非謂詞之本原即在二十九家中，漫無低昂也。（卷一〇）

詞有表裏俱佳、文質適中者，温飛卿、秦少游、周美成、黄公度、姜白石、史梅溪、吳夢窗、陳西麓、王碧山、張玉田、莊中白是也，詞中之上乘也。有質過於文者，韋端己、馮正中、張子野、蘇東坡、賀方回、辛稼軒、張皋文是也，亦詞中之上乘也。有文過於質者，李後主、牛松卿、晏元獻、歐陽永叔、晏小山、柳耆卿、陳子高、高竹屋、周草窗、汪叔耕、李易安、張仲舉、曹珂雪、陳其年、朱竹垞、厲太鴻、過湘雲、史位存、趙璞函、蔣鹿潭是也，詞中之次乘也。有有文無質者，劉改之、施浪仙、楊升庵、彭羨門、尤西堂、王漁洋、丁飛濤、毛會侯、吳園次、徐電發、嚴藕漁、毛西河、董蒼水、錢葆馚、汪晉賢、董文友、王小山、王香雪、吳竹嶼、吳谷人諸人是也，詞中之下乘也。有質亡而並無文者，則馬浩瀾、周冰特、蔣心餘、楊荔裳、郭頻伽、袁蘭村輩是也，並不得謂之詞也。論詞者，本此類推，高下自見。（卷一〇）

詩有詩境，詞有詞境，詩詞一理也。然有詩人所辟之境，詞人尚未見者，則以時代先後遠近不同之故。一則如淵明之詩，淡而彌永，樸而愈厚，極疏極冷，極平極正之中，自有一片熱腸，纏綿往復，此陶公所以獨有千古，無能爲繼也。求之於詞，未見有造此境者。一則如杜陵之詩，包括萬有，空諸依傍，縱橫博大，千變萬化之中，却極沈鬱頓挫，忠厚和平，此子美所以横絶古今，無與爲敵也。求之於詞，亦未見有造此境者，若子建之詩，飛卿詞固已幾之；太白之詩，東坡詞可以敵之。子昂高古，摩詰名貴，則子野、碧山正不多讓；退之生鑿，柳州幽峭，則稼軒、玉田時或過之。至謂白石似淵明，大晟似子美，則吾尚不謂然。（卷一〇）

夏敬觀　吷庵詞評九則

醉垂鞭（朱粉不須施）末二句　體物微妙。

菩薩蠻（憶郎還上層樓曲）　古樂府作法。

山亭宴慢（宴亭永晝喧簫鼓）　長調中純用小令作法，則具一種風味。晏小山詞亦如此。

破陣樂（四堂互映）　「暝色韶光」：猶言夜間云春色也。「粉面」：非指婦女，亦係指粉墻而言，始與「飛甍朱户」相貫。

少年遊慢（春城三二月）　八字句中對。

剪牡丹（野緑連空）　「綉屏」：必指山言。

子野詞凝重古拙，有唐五代之遺音，慢詞亦多用小令作法。後來澀體，煉詞煉句，師其法度，方能近古。

子野在北宋諸家中，可云獨樹一幟，比之於書，乃鍾繇之體也。

李端叔謂子野詞才不足而情有餘。晁无咎謂子野與耆卿齊名，而時以子野不及耆卿。然子野韻高，是耆卿所不及處。蘇東坡謂子野詩筆老妙，歌詞乃其餘技耳。

吴梅　詞學通論一則

大抵（宋）開國之初，沿五季之舊，才力所詣，組織未工。晏、歐爲一大宗，二主一馮，實資取法，顧未能脱其範圍也。汴京繁庶，競賭新聲。柳永失意無憀，專事綺語；張先流連歌酒，不乏艷詞。惟托體之高，柳不如張。蓋子野爲古今一大轉移也。前此爲晏、歐，爲温、韋，體段雖具，聲色未開，此後爲蘇、辛，爲姜、張，發揚蹈厲，壁壘一變，而界乎其間者，獨有子野，非如耆卿專工鋪叙，以一二語見長也。迨蘇軾得其大，賀鑄則取其精，秦觀則極其秀，邦彦集其成，此北宋詞之大概也。（第七章概論二）

陳匪石　聲執一則

北宋小令，近承五季。慢詞藩衍，其風始微。晏殊、歐陽修、張先，固雅負盛名，而砥柱中流，斷非幾道莫屬。（卷下）

張伯駒　叢碧詞話一則

後主蝶戀花詞「數點雨聲風約住，朦朧淡月雲來去」，眼前景别人道不得。張子野「雲破月來花弄影」，似胎息於此。

俞陛雲　唐五代兩宋詞選釋三則

宴春臺（麗日千門）　古今詞語評汴河出土石刻之魚游春水詞云：「八十九字而風花鶯燕動植之物曲盡，此唐人語也。」後之狀物寫情，無能及者。觀子野此詞，善狀帝城春景之盛。天家之宫闕，五侯之池館，士女之車馬，以及飛觴舞袖，香獸羅衣，粲然咸備，較魚游春水詞尤爲絢麗。結句至月上猶留連不去，極寫其酣遊也。

青門引（乍暖還輕冷）　殘春病酒，已覺堪傷，況情懷依舊，愁與年增，乃加倍寫法。結句之意，一見深夜寂寥之景，一見别院欣戚之殊。夢窗因秋千而憶凝香纖手，此則因隔院秋千而觸緒有懷，别有人在，乃側面寫法。

碧牡丹（步帳摇紅綺）　上闋追憶聞歌，「眉」、「黛」二句，紅牙按拍，有怨入落花之感。下闋重到歌筵，而驚鴻已渺，惆悵成詞，有情不自禁。道山清話謂晏元獻辟子野爲通判，公有侍兒，每令侑觴，往往歌子野所爲詞，後爲王夫人所擯。一日，公招子野飲，追懷前事，作碧牡丹一調，令座妓歌之，至「暮雲山水」末句，公憮然曰：「人生行樂，何自苦如此！」乃出錢取侍兒歸，相傳爲韻事云。

唐圭璋　唐宋詞簡釋三則

天仙子（水調數聲持酒聽）　此首不作發越之語，而自然韻高。中間自午至晚，自晚至夜，寫來情景宛然。首因聽水調而愁，因愁而借酒圖消，然愁重酒多，遂致沉醉。迨沉醉既醒，眼看春去，又引起無窮感傷。「送春」四句，即寫春去之感。人事多紛，流光易逝，往事則空勞回憶，後期則空勞夢想，撫今思昔，至難爲懷。「沙上」兩句，寫入夜凄寂景象。「雲破」句，寫景靈動，古今絶唱。「重重」四句，寫夜深人静，獨處簾内，又因風起而念落花，仍回到惜春送春之意。李易安「應是緑肥紅瘦」句，亦襲此，然太着跡，並不如此語之藴藉有味矣。

青門引（乍暖還輕冷） 此首與天仙子同爲子野韻勝之作。首叙所處之境，已極悲凉。時節則近清明，所居則寂寞庭軒，氣候則風雨交加、冷暖不定。人處此境，情何以堪，故於對花飲酒之際，又不禁勾起去年傷春之病。謂「風雨晚來方定」，可見沉陰不開，竟日凄迷；謂「又是去年病」，可見羈恨難消，頻年如此。换頭兩句，寫夜境亦幽寂，忽爲角聲吹醒，自不免百端交集，感從中來。「那堪」兩句，兼寫情景。明月送影，真是神來之筆。而他人歡樂之情，一經對照，更覺愁不可抑。

漁家傲（巴子城頭青草暮） 此首和詞，疏蕩有韻。起記相别之處，次記别時之景。「杯且舉」兩句，述勸酒之情。下片，答謝贈别者之情意，尤爲深厚。

附録七

北宋張先十詠圖辨僞

吴　敢

一九九五年十月，北京故宫博物院以一八〇〇萬圓的價格從翰海拍賣公司秋季拍賣會上購回了北宋著名詞人張先的十詠圖，當時創下我國古代繪畫作品拍賣之最高記録。此圖清代曾入藏内府（石渠寶笈續編卷三、阮元石渠隨筆卷二著録），合浦珠還，誠爲幸事。但此卷是否確爲張先之傳世孤跡？筆者細審全圖，比勘有關文獻，不禁疑竇叢生。南宋周密齊東野語（下簡稱野語）卷十五「張氏十詠圖」條爲張先此圖已知之最早記録，周密稱此圖爲「先世舊藏」，並詳録十詠及題跋，據其所録陳振孫（號直齋）跋，可知此圖爲周明叔於淳祐己酉（一二四九）年購得，而周明叔即周密之父。周密於書中記述自家舊藏，誠爲可靠之第一手資料，亦是判定此卷真僞的重要依據。石渠寶笈續編卷三「張先十詠圖」條編者按語稱圖中所載十詩及孫覺序、直齋跋與野語所載「俱同」，純屬敷衍塞責之語，實未與野語本細校，筆者將二者對勘後，發現故宫此卷之十詠詩、孫覺序、陳振孫跋與野語所録均有較大出入，其他方面亦存諸多可疑之處，現一一拈出，以俟博雅君子之教正。（圖片資料依據翰海拍賣公司一九九五年十月之拍賣圖録）

（一）十詠詩文字

十詠圖乃張先取其父張維所作詩十首，據詩意畫圖而成，並抄録詩作於上。故宫購藏本之十詠詩與周密野語所録有諸多異文，現依次標出（前爲野語所録，括號中爲故宫本之異文）：

其一，吴興太守馬太（大）卿會六老於南園：賢侯美化行南國，華髮欣欣奉宴娱。政績（跡）已聞同水薤，恩輝遂（還）喜及桑榆。休言身外榮名好，但恐人間此會無。他（它）日定知傳好事，丹青寧羡洛中圖。

其二，庭鶴：戢翼盤桓傍小庭，不無清夜夢烟汀。静翹月色一團素，閑啄薹錢數（幾）點青。終日稻粱聊自足，滿前鷄鶩漫（謾）相形。已隨秋意歸詩筆，更與（共）幽栖上畫屏。

其三，玉蝴蝶花：雪朵中間蓓蕾齊，驟聞（開）尤覺綉工遲。品高多説瓊花似，曲妙誰將玉笛吹。散舞不休零晚樹，團飛無定撼風枝。漆園如有須爲夢，若在藍田種更宜。

其四，孤帆：江心雲破處，遥見去帆孤。浪闊疑升漢，風高若泛湖。依微過遠嶼，仿佛落荒蕪（墟）。莫問乘舟客，利名同一途。

其五，宿清江小舍：野語本僅存「菰葉青青緑荇齊」一句，故宫本則爲「□葉青青緑荇齊，

□□□□□□□。□□□□□□□□，□覺輕舟過水西」。

其六，歸燕： 社燕秋歸何處鄉，羣雛齊老稻青黃。 猶能時暫棲庭樹，漸覺稀疏度苑墻。 已任風庭(亭)下簾幕，却隨烟艇過瀟湘。 前春識得安巢所，應免差池揀(棟)杏梁。

其七，聞砧： 二者文字相同。

其八，宿後陳莊[二]： 臘凍初開苕水清，烟村遠(去)郭漫(可)吟行。 灘頭斜日鳧鷺隊，枕上西風鼓角聲。 一棹寒燈隨夜釣，滿犁膏(時)雨趁春耕。 誰言五福仍須富，九十年(餘)餘(年)樂太平。

其九，送丁遜秀才赴舉： 鵬去天池鳳(衆)翼隨，風雲高處約先飛。 青袍賜(錫)宴出關近，帶取瓊(瑶)林春色歸。

其十，貧女： 蒿簪掠鬢布裁衣，水鑒雖明亦懶窺。 數畝秋禾滿家食，一機官帛幾梭絲。 物爲貴寶天應與，花有秋香春不知。 多少(謝)年來豪族女，總教時樣畫蛾眉。

據野語「十詠圖」條陳振孫跋語「近周明叔史君得古畫三幅，號十詠圖者，乃(張)維所作詩也」、「又後一百七十七年，當淳祐己酉，其圖爲好古博雅君子(周明叔)所得」，知張先十詠圖於淳祐己酉(一二四九)，爲周明叔所得，而周明叔即周密之父周晉(字明叔，號嘯齋)，從野語卷十三「書籍之厄」條可知其酷嗜書籍金石之收藏。 周密將「十詠圖」録入書中，一乃保存鄉邦文獻(張氏父子與周氏父子皆吴興人)，二則實記其家一段收藏因緣。 戴表元序稱周密野語一書「其言核，其事確」，夏承燾先生亦稱此書爲周密著作之「最經意者」〔二〕，然則周密以嚴謹的著述態度，抄録家藏十詠圖之詩和題跋於書中，而結果却出入如此之多（後孫覺序及陳振孫跋情況亦同），實不合情理。以上異文共達二十七處，其中除文義相近（如「瓊」與「瑶」）〔三〕、可相通假之處外（如「賜」與「錫」），故宮本且有文義明顯不通者，如歸燕一首之「應免差池楝杏梁」句，「楝杏梁」三字不成義，「楝」字，野語本作「揀」，燕揀杏梁而栖，乃古代詩詞中之常用典故，唐代鄭谷燕詩有「低飛緑岸和梅雨，亂入紅樓揀杏梁」之名句。「揀」字訛爲「楝」字，殆由抄録者不知出處和文義所致，有「張三影」美譽之大詞人張先必不會犯此種低級錯誤〔四〕。又孤帆一首，野語本通押「虞」韻，而故宮本第六句「仿佛落荒墟」之「墟」字則屬「魚」韻，「魚」、「虞」二韻，宋代廣韻分屬二部（後世詩韻亦不通押），此種出韻現象，「平居好詩，以吟詠自娱」〔五〕的張維當不至發生，而其子大詞人張先在抄録時也不至毫無所察。最奇怪的是宿清江小舍一詩，周密在野語中記載得很清楚，他家收藏此圖時，此詩已殘損，僅存「菰葉青青緑荇齊」一句，而故宮購藏本却除「□葉青青緑荇齊」句外，還多出「□覺輕舟過水西」六字，比周密所見，反而多出近一句〔六〕。古畫隨着時間的推移，不是殘損得更厲害，而是自行復原（從筆跡上看，此句確爲同一人所書，非爲後人增補），這未免近乎神話，此處或許正是作僞者有意露出之破綻〔七〕。

（二）序與題跋

一、北宋孫覺（莘老）序。故宮本亦有與野語記載不符處，如野語本「貧賤而夭短」句，故宮本作「貧賤而夭折」；野語本「少年學書」句，故宮本作「少而書學」；野語本「不事雕琢之巧」句，故宮本「不事」後多一「於」字；野語本「而雅意自得」句，故宮本作「而辭意自得」；野語本「其然宜哉」句，故宮本作「其亦宜哉」；野語本「而以序見屬」句，故宮本作「而以序引見屬」。孫覺此序現居畫中孤帆一段之下部，有明顯之挖補痕跡，這或可解釋爲被後人由卷中別處（如卷首）割置此處。但據翰海拍賣圖録所載，此卷本幅寬五十二釐米，而孫覺此序之寬度據目測僅占本幅之三分之一，約十七釐米，與張先畫卷本幅寬窄相差三十多釐米，委實過於懸殊，此序若爲孫覺爲張先所作之原序，裝於卷中大小實在不稱。且此序書法低劣，孫覺之落款亦緊接正文，位置局促，殊無格式可言。

二、南宋陳振孫跋。故宮本與野語著録相異處不可勝數，跋長不能盡録，兹各録其中一段，以見一斑：

「於是始知維爲子野之父也。時熙寧五年，歲在壬子，逆數而上八十二年，子野之生，當在淳化辛卯〔八〕。其父享年九十有一，正當爲守會六老之年，實慶曆丙戌。逆數而上九十一年，則周世宗顯德丙辰也。後四年宋興，自是日趨太平極盛之世，及於熙寧、元豐，再更甲子矣。」（野語本所録）

「於是知其爲子野之父也。子野年八十五猶買妾，東坡爲之作詩，實熙寧癸丑。作圖之年八十有二，則庚戌也。逆數而上，求其生年，當在端拱己丑。其父享年九十有一，當馬守燕六老之歲，實慶曆丙戌。逆數而上，求其生年，則周世宗顯德丙辰也。後四年宋興，自是日趨太平極盛之世，以及

於熙寧，甲子載周矣。」（故宮本所録）

以上異文中，故宮本陳振孫跋語關於張先作十詠圖之年及其生年有極明顯之相牴牾處：即前稱「子野年八十五猶買妾，東坡爲之作詩，實熙寧癸丑。（子野）作圖之年八十有二〔九〕，則庚戌也。逆數而上，求其生年，當在端拱己丑。」（翰海拍賣圖録陳振孫跋語第十七至十九行）則張先作十詠圖當在熙寧三年庚戌（一〇七〇），其生年爲端拱二年己丑（九八九）；同此跋文，後又云：「自慶曆丙戌後十八年，子野爲十詠圖，當治平甲辰。又後八年，孫莘老爲太守，爲之作序，當熙寧壬子」（陳跋第二十七至二十九行），則子野作此圖之時間又當爲治平元年甲辰（一〇六四），其「作圖之年八十有二」，則其生年，當爲太平興國八年癸未（九八三）。同一篇跋文中，竟然前後自相矛盾如此，其僞可知。且故宮本陳振孫此跋落款云：「庚戌七月五日直齋老叟書，時年七十有二。後六年，從明叔借摹，並録余所跋於卷尾而歸之。丙辰中秋後三日也。」觀其文義，則此款應是前後兩次寫成（庚戌一次，丙辰一次），從翰海拍賣圖録上看，此款「後六年」句緊接「時年七十有二」句，一氣而下，中間並無隔斷，也無庚戌年題款時鈐蓋的印章（只鈐有「陳氏山房之印」一印，位於「後三日也」四字之左側）。細審前後書寫之墨色也無差異，實爲一次寫成。

三、故宮本張先十詠圖後，有元代鮮于樞（字伯機）一跋。跋中稱張先此圖乃「吴興一寓公，家藏累世」者所出示。據此圖爲周氏父子收藏的事實，此「寓公」當即指周密。鮮于樞乃周密入元定居杭州後，交往最密切的友朋之一〔一〇〕。且周密比鮮于樞年長二十五歲，是其長輩。周密的雲烟過眼録中記載了鮮于樞的收藏，志雅堂雜鈔中則有多條提到他在鮮于樞處觀賞名畫古玩的情景，而周密收藏的保母帖後亦有鮮于樞前後兩次欣賞時留下的題跋〔一一〕。由此可見兩人經常觀賞對方的藏品。鮮于樞此跋落款時間爲「大德改元仲秋望日」，而此時周密尚在世〔一二〕，故鮮于樞所謂「吴興一寓公」，只能是指周密，以鮮于樞與周密交誼之深，竟於跋中不標收藏者周密之名，而徑以「一寓公」稱之，實不近情理之甚。在他人收藏的書畫上題跋，不標出其收藏者之姓名别號而徑以「一寓公」稱之，已屬不情，況於忘年長輩乎！跋中且有「因書其後，以嘉其志」這樣居高的語氣，可見題者於周密與鮮于樞之年輩、交遊關係一概漠然無知，其爲僞跡，確然無疑。此跋之書法雖具形似，但筆力孱弱，書寫拘謹，缺乏自然生動的氣韻。阮元在其石渠隨筆中竟稱贊此跋書法「亦佳」，亦蔽於形跡，未可稱爲精鑒。跋後陽文「樞」字名章亦劣，與顏真卿祭侄稿上「樞」字陽文藏印比較，相去甚遠。

四、故宫本十詠圖後另有元代顏堯焕及脱脱木兒二跋，限於資料，無法考其真僞。據翰海拍賣圖録徐邦達先生一文，可知此二跋與鮮于樞一跋「三人所書之紙質一同」，鮮于樞一跋可證其僞，則此二跋亦甚可疑。顏堯焕一跋落款時間爲「泰定乙丑」（一三二五），與鮮于樞一跋「大德改元」（一二九七），相距已二十八年，而所用紙質竟然相同，似亦太過巧合。

（三） 收藏印鑒

據翰海拍賣圖録，張先十詠圖上有南宋賈似道「悦生」（瓢印）、「秋壑」、「秋壑珍賞」三印。從前文可知，周密之父周晉購藏十詠圖的時間爲淳祐九年己酉（一二四九）。宋史奸臣傳賈似道傳云：「淳祐五年，（賈似道）以寶章閣直學士爲沿江制置副使，知江州兼江西路安撫使。一歲中，再遷京湖制置使兼知江陵府，調度賞罰，得以便宜施行。淳祐九年，加寶文閣學士、京湖安撫制置大使。十年，以端明殿學士移鎮兩淮，年始三十餘。」則周明叔購藏十詠圖之年（淳祐九年），賈似道權勢正熾，賈氏收藏之物此時流散而被别人所得的可能性不大。另周密野語卷十九「賈氏園池」條所記：景定三年（一二六二），理宗始將集芳園賜賈似道，園中有理宗御書「秋壑」二字。則賈似道以「秋壑」爲號，必不會早於景定三年，此卷上有「秋壑」、「秋壑珍賞」二印，其爲賈氏所得決不會早於景定三年，而淳祐己酉（一二四九）此圖已爲周密之父所購藏，因而此卷由賈氏收藏後再爲周密之父購得的可能性並不存在。且在野語、雲烟過眼録、志雅堂雜鈔等書中，凡經賈氏收藏過的書畫，周密都一一予以標明，若十詠圖曾經賈氏收藏，而野語「張氏十詠圖」條竟無一語涉及，亦不合情理。

倘謂此圖先由周氏父子收藏，後爲賈似道所得，此種可能性亦不存在。賈似道於德祐元年乙亥（一二九五）二月兵敗魯港，十月被殺於漳州。而周密野語之成書時間，應爲入元之後，如書中「賈氏園池」一條已寫到賈似道死後園池荒蕪的景況。直至野語成書，十詠圖應尚在周密處，因書中無一語慨嘆此圖之失，且如無圖在手，光憑記憶，張維十詩及孫覺序、陳振孫長跋，必不能如此精確詳盡。另外，核對故宫本之賈似道「悦生」收藏瓢印，亦與傳世名跡黄庭堅松風閣詩卷上之「悦生」瓢印不符〔一三〕。

松雪齋文集卷三有趙孟頫題先賢張公十詠圖一詩〔一四〕。同卷另有趙氏次韻周公謹見贈一詩，夏承燾先生定其爲趙孟頫入元後南歸見周密時所作〔一五〕。筆者推測前詩亦是趙氏入元南歸於周密處見十詠圖後所賦（趙孟頫比周密少二十二歲，賈似道被殺時，趙氏僅二十二歲，此前爲周密題十詠圖的可能性不大）〔一六〕。若此，則又可爲賈似道敗亡時十詠圖尚在周密處添一佐證。

（四）書畫風格

張先乃與柳永齊名的北宋著名詞人，嘗與晏殊、歐陽修、王安石、宋祁、趙抃、蘇軾、蔡襄諸文人遊。其吴江詩有「欲圖江色不上筆」之句，可知確能作山水畫，其藝術水平無從推斷，但其作品應具文人之特質，殆無疑義。故宫購藏此圖，山水、人物、花鳥、屋宇、舟楫等各色俱全，且亭臺水榭具有界畫之性質，極爲繁密。其繪畫技巧熟練而藝術水平不高，呈現出濃重的畫工氣息，而缺乏文人之雅致，似與張先之身份不符。從時代風格判斷，其筆法亦少宋人之渾穆，而顯得飛揚尖薄，類似於明人，這在對圖中蟹爪樹枝的表現上顯得尤爲明顯。

宋代關注張子野詩稿帖跋中曾稱譽張先「此書風流藴藉，又詩詞之餘波云」〔一七〕，可知張先書法亦佳。而故宮購藏此卷之十詠詩書跡委實醜陋低劣，與「風流蘊藉」之境地相去甚遠，善鑒者自能辨之，不待贅言。

從野語陳振孫跋語「近周明叔史君得古畫三幅，號十詠圖者，乃維所作詩也」及周密所云「先世藏吳興張氏十詠圖一卷」，可知張先十詠圖原爲三幅，周明叔購藏後始裝爲一卷。筆者甚疑張先原作三幅畫意或許並不連屬，不似故宮此卷有一完整而統一的構圖。

總括上述，故宮博物院購藏之張先十詠圖紕漏百出，作僞痕跡明顯，其非張先手跡，應可斷言。至於其作僞之時代，必晚於宋，俟驗明其上明初內府收藏章「典禮紀察司印」之真僞，殆可論定。

【注】

〔一〕故宮本作宿後陳莊偶書。

〔二〕見唐宋詞人年譜周草窗年譜附録一草窗著述考。

〔三〕送丁遜秀才赴舉一詩，「瓊林」與「瑤林」文義雖近，但據上句「青袍賜宴」語，則此處實用「瓊林宴」之典，故宮本作「瑤林」，不妥。宋史選舉志：「太平興國八年，進士始分三甲，自是錫宴就瓊林苑。」

〔四〕石渠寶笈續編著録此字釋文亦爲「揀」，乃編者意改，實未細審此字卷中誤書爲「楝」字。

〔五〕見野語本孫覺序。

〔六〕石渠寶笈續編「張先十詠圖」條編者按語居然云「並詩中脱處亦同」，其草率敷衍可知。

〔七〕古人害怕報應而故意露出破綻之特殊作僞心理，可參看徐邦達先生古書畫鑒定概論第三章書法中的文字考訂條。

〔八〕張先之確切生年，可參見夏承燾先生唐宋詞人年譜張子野年譜。

〔九〕此句殆由作僞者誤解野語本陳振孫跋所致。實孫覺作序之年，張先年八十有二。

〔一〇〕夏承燾先生唐宋詞人年譜周草窗年譜中據志雅堂雜鈔「乙丑六月二十一日，同伯機訪喬仲山運判觀畫」條，定周密與鮮于樞相交於咸淳乙丑（一二六五）。偶誤。乙丑當爲己丑之誤，此條在「甲午人日，張受益相訪」條後、「己丑閏十月二十一日至王子慶家」條前，可證。咸淳乙丑，鮮于樞年僅九歲。

〔一一〕見知不足齋叢書本四朝聞見録附録。

〔一二〕據夏承燾先生唐宋詞人年譜周草窗年譜，大德二年戊戌（一二九八）周密尚與趙孟頫等人集鮮于樞池上，觀王羲之思想帖真跡。

〔一三〕見上海博物館編中國書畫家印鑒款識「賈似道」條。

〔一四〕見松雪齋文集卷三，元沈氏刊本。

〔一五〕詳見夏承燾先生唐宋詞人年譜周草窗年譜「六十四歲」條。

〔一六〕趙孟頫南歸與周密之交往，所知有三：一在至元二十四年丁亥（一二八七），爲周氏題保母帖；一在元貞元年乙未（一二九五），爲其作鵲華秋色圖；一在大德二年戊戌（一二九八），與周氏共集鮮于樞池上，觀王羲之思想帖真跡。

〔一七〕見本書附録六。

附録八

再論北宋張先十詠圖真僞

陶然

美術報第二一九期發表了吴敢先生的北宋張先十詠圖辨僞一文（下簡稱吴文），不久第二二六期上又發表了周刃先生的反駁文章一千八百萬買幅僞作？（下簡稱周文），對吴先生的觀點提出了不同的看法，筆者於張先其人甚感興趣，對十詠圖的真僞問題亦頗關注。故不揣譾陋，略抒鄙見，以求就正於方家。

吴文對十詠圖中存在的問題作了全面而詳盡的考察，斷定其爲僞作，立言有據，此事可謂已成定讞。而周先生雖然在文中强調科學的鑒定方法，實則除了主觀臆想出古人的許多「疏忽」外，並未對吴先生提出的張先十詠圖的紕漏之處作出合理的解釋，且文中存在不少由於對文獻的闕讀和誤讀引起的差錯，在行文中也存在邏輯混亂、郢書燕説等問題。本文擬就周文認爲的一些古人「疏忽」略作商榷。

一、舉例要有可比性

周文以明代唐寅桐山圖中「釣」字誤書成「鈎」字爲例，認爲十詠圖之歸雁詩中「揀」字誤書成「棟」字亦是筆誤，「乃一時疏忽所致」。按徐邦達先生古書畫鑒定概論二十五頁「錯訛字」條分析了書畫中錯訛字的兩種情況，其一爲寫者臨摹抄録前人原來文句，看錯了筆畫而誤書，甚至有書不成字的。徐先生藉唐柳公權蘭亭詩卷將「夫子」書成「先子」之訛，判定此詩卷爲僞作。其二爲作者在寫自己所作的詩文時偶然粗心大意以致誤寫。舉的例子就是唐寅的桐山圖，徐先生是這樣描述的：「唐氏此種毛病曾不止一次地見到，大約此人既急性又馬虎，寫完了也不再看一遍改正改正，就拿出去，所以會常出這樣的錯誤。」這兩者都是錯字，但原因不同，所以徐先生在書中鄭重聲明要「區別對待」。十詠圖乃張先紀念父親之作，並將其父生平所自愛詩十首抄録在畫卷上，其創作態度必然恭敬而慎重，在此種情況下，以張先這樣的大文人將「揀」字誤書爲「棟」字，實在是不可想象的。正如吴文所説，只有不解文意的抄手纔可能犯此種錯誤。且此圖創作完成後在家中擱置六年，方送請孫覺作序，顯然不是「寫完了也不再看一遍改正改正，就拿出去」的應酬之作，即使有錯誤，在此六年中也完全有時間和機會加以改正。故依據徐邦達先生斷定蘭亭詩卷爲僞作的方法，憑這一字之訛，即應對此十詠圖持懷疑態度。周文以書畫中錯訛字的第二種情況爲例來説明第一種情況，顯然不具有可比性。周先生只從徐先生書中看到了一個例子，而没有學到區別對待的辯證方法。

二、推論應符合邏輯

關於故宮本十詠圖陳振孫跋語，吴敢先生指出了跋中關於張先作圖之年及其生年明顯的自相矛盾： 即在同一篇跋文中，前面説子野作圖之年爲熙寧三年庚戌（一〇七〇），後又云作圖之時當爲治平元年甲辰（一〇六四），則張先之生年亦有端拱二年（九八九）與太平興國八年（九八三）之差異。這已決非周文所説的「似有點小毛病」所能推諉的了。陳振孫跋語有云：「會余方緝吴興人物志，見之（按指十詠圖）如獲拱璧，因細考而詳録之，庶幾不朽於世。」（周密齊東野語及故宮本十詠圖陳跋皆有此語，當必爲陳跋原文）周密齊東野語亦稱陳氏作此跋的緣起爲：「方修吴興志，討摭舊事，見之大喜，遂傳其圖，且詳考顛末，爲之跋云……」周密著作中有多處涉及陳振孫之事跡，對陳氏應甚爲瞭解，周密此語當非臆測。由此可見陳氏作此跋的態度是十分審慎並希望能傳之後世的，決不可能像周文所説的那樣前面自己寫作了一段後又根據孫覺序文加上一段，以致難以自圓其説。由於周先生對陳跋此段文字的闕讀，造成他對陳振孫寫作此跋態度的誤解，「前後並未再作考訂」的解釋顯然不符合陳振孫寫作此跋之嚴謹態度。陳振孫乃南宋大藏書家，其直齋書録解題考訂精詳，爲目録學上的重要著作，從陳氏此跋中亦可見出其考訂的功力。而周文竟云：「古人由於手頭的資料信息有限，於年歲的推算上偶有誤差亦屬常事，今人不必太多苛責。」顯然對陳振孫缺乏足夠的瞭解。至於孫覺作序之年，按夏承燾先生唐宋詞人年譜張子野年譜所考，野語中「都官字子野，蓋其年八十有二云」之語中的「二」字應爲「三」字之訛，或乃版本流傳過程中産生的舛誤，而非周文所云一定爲推算之誤。

故宮本陳振孫跋落款云：「庚戌七月五日直齋老叟書，時年七十有二。後六年從明叔借摹並録余所跋於卷尾而歸之。丙辰中秋後三日也。」（按此款爲齊東野語所無。）按照周先生的説法，陳振孫此跋乃作於庚戌（一二五〇），但並未抄録於畫卷上，而是六年後即丙辰（一二五六）再次向周明叔借摹時纔抄録上去的。不知周先生有何文獻依據以證明此説，想必是根據故宮本陳跋而作出的推斷。即使假定此説成立，那麽從格式上説，「庚戌七月五日直齋老叟書，時年七十有二」一句，必應與前文相接而書，因爲它與前文連接方成一篇完整的庚戌年跋文。而故宮本陳跋此句却與前文分割，反與丙辰年續跋連書，顯然不合情理，此爲其一；其二，陳振孫於庚戌年作跋文後，爲何不立即書於畫卷上，而要等到六年以後方抄録呢？他又怎能預知六年後定能再見此畫呢？且據齊東野語中「詳考顛末，爲之跋云」之語及陳氏跋文本身的語氣來看，此跋庚戌年必已書於畫卷之上；其三，據清修湖州府志卷七十四人物傳，陳振孫於嘉熙元年（一二三九）改知嘉興府，再爲浙西提舉，後除國子司業，以某部侍郎除寶章閣待制致仕，贈光禄大夫。庚戌年（一二五〇）陳氏作跋時，當正在浙西提舉任上，故齊東野語稱之爲「貳卿」，而由浙西提舉至部侍郎決非數年内所可躋登，又宋制一般七十致仕，故揆之情理，陳振孫在湖州作跋時之年齡不可能如故宫本陳跋所云已七十二歲。據此，周先生之説必不能成立，吴先生認爲此跋題款雖從文意上看乃兩次寫成，實爲作僞者一次抄成的看法並不能被推翻。

三、應正確理解古文獻

周文謂「周密在齊東野語中所言十詠圖意在記張先事蹟，而非專爲記圖，故録其大概，非求字字詳實」，此語亦甚誤。按筆者細查齊東野語，此條標題即爲「張氏十詠圖」，周密於其中詳録張氏十詩，並連詩句的殘損處也予以注明；對孫覺序及陳振孫長跋皆予抄録，誠如吴文所云：「一乃保存鄉邦文獻（張氏父子與周氏父子皆吴興人），二實記其家一段收藏因緣。」齊東野語中唯有此條乃專記一圖之始末，且其中除引陳跋「子野於其間擢儒科，登膴仕，爲時聞人」一句外，並無其他對張先事跡的記載，周先生對野語此段文字的理解顯然充滿了自己的主觀臆測，或未曾詳細閲讀野語原文所致歟？周氏父子爲此圖的收藏者，這是誰也不能否認的事實，齊東野語爲此圖最早之詳細著録，而此書乃周密一生著述中最爲嚴謹者，且張先並無其他傳世畫跡可供比照，「當『目鑒』無所依傍，比較的條件實在不足時，考訂也可能起主要的作用」（徐邦達古書畫鑒定概論第六頁），故野語之所著録理當成爲判定此卷真僞的重要依據。事實上，石渠寳笈續編及翰海拍賣圖録也都把與野語著録相一致作爲判定此卷爲真跡的根據，可惜皆未與野語細加核對。

周文認爲周密野語之記載乃根據其「早年在家時所作的筆記，年久轉抄，難免有些出入」。但周先生何以知道周密有所謂的早年筆記呢？　現存文獻中並未發現有任何材料可證明此點，故想必周先生所云也不過是臆測的推論而已。　且即使有所謂的早年筆記，在轉抄過程中發生訛誤也只能是周文所説的「難免」的一些，但將野語本與故宮本對勘後，任何不帶偏見的人都可以發現這已不是周先生所説的「有些出入」了。　吴文已指出關於十詠詩的出入，兩者竟達二十七處之多，除了聞砧一詩外，其他九首都有異文；　孫覺序，兩者亦有異文；　陳振孫跋，兩者的異文正如吴文所説多至不可勝數。　如此多的出入，顯然已非周文「難免有些出入」之語所可解釋的了。

此外，周文對吴文中一些最重要的論據避而不談。　如吴文提出宿清江小舍一詩，周密家收藏此圖時，此詩已殘損，僅存「菰葉青青緑荇齊」一句，而故宮本却除「□葉青青緑荇齊」句外，還多出「□覺輕舟過水西」六字，比周密當時所見反而多出近一句。　筆者曾細加核對，故宮本多出之六字與前句確爲同一人的筆跡，且無割裂填補之痕，決非後人增補。　這多出的六字，是周先生所無法解釋的，故只能視而不見了。

顯而易見，用周先生這種「不必苟求」的鑒定方法，是可以把任何僞作都解釋成真跡的。　書畫鑒定需要的是從僞跡中發現可疑之處的識見，而不是「古人一時疏忽」這種輕描淡寫的解釋。　其實，周先生可以想一想，除了他對文獻的闕讀和誤解之處外，他需要把自己主觀臆測的三種可能性强加在同一張畫上(張先將父親的詩句抄錯、陳振孫把張先作圖之年與其生年弄得自我矛盾、周密抄録自家收藏的十詠圖却出現無數多的錯誤),纔能勉强把此圖説成是真跡,這本身不是已很説明問題了嗎? 這些古人難道真的是如此疏忽嗎?

後記

知不足齋叢書本張子野詞卷一中吕宫調下，録菩薩蠻詞五首，末章「牡丹含露真珠顆，美人折向簾前過。含笑問檀郎：『花强妾貌强？』檀郎故相惱，剛道『花枝好』。『花若勝如奴，花還解語無？』」全宋詞據槁簡贅筆，謂乃唐無名氏詞，删去不録。本書從之，移於附録二張子野詞中誤入他人之詞。然佐證不足，不能無疑，頗爲躊躇。案槁簡（全宋詞誤作「齋」）贅筆，本不著撰人。陳振孫直齋書録解題卷一一始考知爲章淵所作。章淵字伯深，章惇之後，章援之孫。居長興，以場屋待士如寇盗，遂不就舉，自號懲窒子。序言凡五卷，陳振孫所見惟存二卷，今僅於説郛（宛委山堂本）卷四四殘存數則。其第十則云：「今見婦人粗率者，戲之曰『碎花打人』。唐宣宗時有婦人以刀斷其夫兩足，宣宗戲語宰相曰：『無乃碎花打人。』蓋引當時人有詞云：『牡丹含露真珠顆，美人折向庭前過。含笑問檀郎，花强妾貌强。檀郎故相惱，剛道花枝好。一餉發嬌嗔，碎挼花打人。』」此説不見唐與北宋人載籍，槁簡贅筆謂爲唐宣宗時詞，未知所據。章淵爲南宋時人，後於張先近百年，所云蓋出於異聞，未可遽以信實。全宋詞從而删之，有違審慎原則。不若仍歸張先本集，録以存疑，以俟再考。

吴熊和校記

一九九五年十一月三日

《中國古典文學叢書》已出書目

詩經今注	高亨注
楚辭今注	湯炳正、李大明、李誠、熊良智注
司馬相如集校注	[漢]司馬相如著　金國永校注
揚雄集校注	[漢]揚雄著　張震澤校注
張衡詩文集校注	[漢]張衡著　張震澤校注
阮籍集	[魏]阮籍著　李志鈞等校點
陶淵明集校箋(修訂本)	[晉]陶潛著　龔斌校箋
世説新語箋疏(修訂本)	[南朝宋]劉義慶撰　余嘉錫箋疏　周祖謨等整理
世説新語校釋	[南朝宋]劉義慶撰　[南朝梁]劉孝標注　龔斌校釋
鮑參軍集注	[南朝宋]鮑照著　錢仲聯增補集説校
謝宣城集校注	[南朝齊]謝朓著　曹融南校注集説
文心雕龍義證	[南朝梁]劉勰著　詹鍈義證
詩品集注(增訂本)	[梁]鍾嶸著　曹旭集注
文選	[梁]蕭統編　[唐]李善注
王梵志詩集校注(增訂本)	[唐]王梵志著　項楚校注
盧照鄰集箋注	[唐]盧照鄰著　祝尚書箋注
駱臨海集箋注	[唐]駱賓王著　[清]陳熙晉箋注
王子安集注	[唐]王勃著　[清]蔣清翊注

孟浩然詩集箋注	[唐]孟浩然著　佟培基箋注
王右丞集箋注	[唐]王維著　[清]趙殿成箋注
李白集校注	[唐]李白著　瞿蜕園、朱金城校注
高適集校注	[唐]高適著　孫欽善校注
杜詩趙次公先後解輯校	[唐]杜甫著　[宋]趙次公注 林繼中輯校
杜詩鏡銓	[唐]杜甫著　[清]楊倫箋注
錢注杜詩	[唐]杜甫著　[清]錢謙益箋注
岑參集校注	[唐]岑參著　陳鐵民、侯忠義校注
戴叔倫詩集校注	[唐]戴叔倫著　蔣寅校注
韋應物集校注(增訂本)	[唐]韋應物著　陶敏、王友勝校注
權德輿詩文集	[唐]權德輿撰　郭廣偉校點
韓昌黎詩繫年集釋	[唐]韓愈著　錢仲聯集釋
韓昌黎文集校注	[唐]韓愈著　馬其昶校注 馬茂元整理
劉禹錫集箋證	[唐]劉禹錫著　瞿蜕園箋證
白居易集箋校	[唐]白居易著　朱金城箋校
柳宗元詩箋釋	[唐]柳宗元著　王國安箋釋
柳河東集	[唐]柳宗元著　[宋]廖瑩中輯注
元稹集校注	[唐]元稹著　周相録校注
長江集新校	[唐]賈島著　李嘉言新校
三家評注李長吉歌詩	[唐]李賀著　[清]王琦等評注
樊川文集	[唐]杜牧著　陳允吉校點
樊川詩集注	[唐]杜牧著　[清]馮集梧注
温飛卿詩集箋注	[唐]温庭筠著　[清]曾益等箋注

玉谿生詩集箋注　[唐]李商隱著　[清]馮浩箋注　蔣凡校點
樊南文集　[唐]李商隱著　[清]馮浩詳注　錢振倫、錢振常箋注
皮子文藪　[唐]皮日休著　蕭滌非、鄭慶篤整理
鄭谷詩集箋注　[唐]鄭谷著　嚴壽澂、黄明、趙昌平箋注
韋莊集箋注　[五代]韋莊著　聶安福箋注
二晏詞箋注　[宋]晏殊、晏幾道著　張草紉箋注
梅堯臣集編年校注　[宋]梅堯臣著　朱東潤編年校注
歐陽修詩文集校箋　[宋]歐陽修著　洪本健校箋
蘇舜欽集　[宋]蘇舜欽著　沈文倬校點
嘉祐集箋注　[宋]蘇洵著　曾棗莊、金成禮箋注
王荆文公詩箋注　[宋]王安石著　[宋]李壁箋注　高克勤點校
王令集　[宋]王令著　沈文倬校點
蘇軾詩集合注　[宋]蘇軾著　[清]馮應榴注　黄任軻、朱懷春校點
東坡樂府箋　[宋]蘇軾著　[清]朱孝臧編年　龍榆生校箋
欒城集　[宋]蘇轍著　曾棗莊、馬德富校點
山谷詩集注　[宋]黄庭堅著　[宋]任淵、史容、史季温注　黄寶華點校
山谷詩注續補　[宋]黄庭堅著　陳永正、何澤棠注
山谷詞校注　[宋]黄庭堅著　馬興榮、祝振玉校注
淮海集箋注　[宋]秦觀撰　徐培均箋注

淮海居士長短句箋注	[宋]秦觀著　徐培均箋注
清真集箋注	[宋]周邦彦著　羅忼烈箋注
樵歌校注	[宋]朱敦儒著　鄧子勉校注
李清照集箋注(修訂本)	[宋]李清照著　徐培均箋注
陳與義集校箋	[宋]陳與義著　白敦仁校箋
蘆川詞箋注	[宋]張元幹著　曹濟平箋注
劍南詩稿校注	[宋]陸游著　錢仲聯校注
放翁詞編年箋注(增訂本)	[宋]陸游著　夏承燾、吴熊和箋注 陶然訂補
范石湖集	[宋]范成大撰　富壽蓀標校
于湖居士文集	[宋]張孝祥著　徐鵬校點
稼軒詞編年箋注(定本)	[宋]辛棄疾撰　鄧廣銘箋注
姜白石詞編年箋校	[宋]姜夔著　夏承燾箋校
後村詞箋注	[宋]劉克莊著　錢仲聯箋注
雁門集	[元]薩都拉著 殷孟倫、朱廣祁校點
揭傒斯全集	[元]揭傒斯著　李夢生標校
高青丘集	[明]高啓著　[清]金檀注 徐澄宇、沈北宗校點
震川先生集	[明]歸有光著　周本淳校點
海浮山堂詞稿	[明]馮惟敏著 凌景埏、謝伯陽標校
滄溟先生集	[明]李攀龍著　包敬第點校
梁辰魚集	[明]梁辰魚著　吴書蔭编集校點
沈璟集	[明]沈璟著　徐朔方輯校
湯顯祖詩文集	[明]湯顯祖著　徐朔方箋校

湯顯祖戲曲集	[明]湯顯祖著　錢南揚校點
白蘇齋類集	[明]袁宗道著　錢伯城校點
袁宏道集箋校	[明]袁宏道著　錢伯城箋校
珂雪齋集	[明]袁中道著　錢伯城點校
隱秀軒集	[明]鍾惺著　李先耕、崔重慶標校
譚元春集	[明]譚元春著　陳杏珍標校
陳子龍詩集	[明]陳子龍著 施蟄存、馬祖熙標校
牧齋初學集	[清]錢謙益著　[清]錢曾箋注 錢仲聯標校
牧齋有學集	[清]錢謙益著　[清]錢曾箋注 錢仲聯標校
牧齋雜著	[清]錢謙益著　[清]錢曾箋注 錢仲聯標校
牧齋初學集詩注彙校	[清]錢謙益著　[清]錢曾箋注 卿朝暉輯校
李玉戲曲集	[清]李玉著 陳古虞、陳多、馬聖貴點校
吴梅村全集	[清]吴偉業著　李學穎集評標校
歸莊集	[清]歸莊著
顧亭林詩集彙注	[清]顧炎武著　王蘧常輯注 吴丕績標校
安雅堂全集	[清]宋琬著　馬祖熙標校
吴嘉紀詩箋校	[清]吴嘉紀著　楊積慶箋校
陳維崧集	[清]陳維崧著　陳振鵬標點 李學穎校補

秋笳集	[清]吴兆騫撰　麻守中校點
漁洋精華録集釋	[清]王士禛著
	李毓芙、牟通、李茂肅整理
聊齋志異會校會注會評本	[清]蒲松齡著　張友鶴輯校
敬業堂詩集	[清]查慎行著　周劭標點
納蘭詞箋注	[清]納蘭性德著　張草紉箋注
方苞集	[清]方苞著　劉季高校點
樊榭山房集	[清]厲鶚著　[清]董兆熊注
	陳九思標校
劉大櫆集	[清]劉大櫆著　吴孟復標點
儒林外史彙校彙評	[清]吴敬梓著　李漢秋輯校
小倉山房詩文集	[清]袁枚著　周本淳標校
忠雅堂集校箋	[清]蔣士銓著　邵海清校
	李夢生箋
甌北集	[清]趙翼著　李學穎、曹光甫校點
惜抱軒詩文集	[清]姚鼐著　劉季高標校
兩當軒集	[清]黄景仁著　李國章校點
茗柯文編	[清]張惠言著　黄立新校點
瓶水齋詩集	[清]舒位著　曹光甫點校
龔自珍全集	[清]龔自珍著　王佩諍校點
水雲樓詩詞箋注	[清]蔣春霖著　劉勇剛箋注
人境廬詩草箋注	[清]黄遵憲著　錢仲聯箋注
嶺雲海日樓詩鈔	[清]丘逢甲著　丘鑄昌標點